천상의 예언
그리고 모험

THE CELESTINE PROPHECY
: An Adventure
by James Redfield

Copyright © 1993 by James Redfield
All rights reserved.

Korean Translation Copyright © 2013 by Minumin

Korean translation edition is published by arrangement with
Grand Central Publishing, New York, New York, USA through Imprima Korea Agency.

이 책의 한국어판 저작권은 임프리마 코리아 에이전시를 통해
Grand Central Publishing과 독점 계약한 ㈜민음인에 있습니다.
저작권법에 의해 한국 내에서 보호를 받는 저작물이므로 무단 전재와 무단 복제를 금합니다.

천상의 예언
그리고 모험

The Celestine Prophecy

제임스 레드필드 지음 | 주혜경 옮김

판미동

목차

저자가 독자에게 전하는 메모 — 9

임계질량 — 13
더 길어진 지금 — 38
에너지의 문제 — 71
힘의 투쟁 — 116
신비주의자들이 전하는 메시지 — 154
과거의 청산 — 204
흐름에 몸 맡기기 — 249
사람 사이의 윤리 — 297
새로 도래하는 문화 — 363

감사의 말 — 413

지혜 있는 자는 궁창의 빛과 같이 빛날 것이요
많은 사람을 옳은 데로 돌아오게 한 자는
별과 같이 영원토록 빛나리라.
다니엘아 마지막 때까지 이 말을 간수하고 이 글을 봉함하라.
많은 사람이 빨리 왕래하며 지식이 더하리라.

─ 다니엘 12장 3-4절(개역개정판)

저자가 독자에게 전하는 메모

이 책을 읽고 있는 당신도 아마 인류 문화에 보이는 미세한 비틀림 이랄까 변화랄까, 아니면 삶의 미스터리에 관한 실마리가 열리듯 무언가 휘저어지는 듯한 감을 느낄 것이다. 여러 논객은 이를 새로 생겨나는 세계관 또는 불확실성 시대의 인사(人事)라고 불러 왔다. 그러나 우리는 그런 이름이 의미하는 것보다 훨씬 더 심오한 무언가를 직관적으로 느끼고 있다.

이는 우주의 역사에 대해 그리고 우리는 과연 '나 자신을 누구라고 생각하느냐'라는 사고의 핵심과 연결된 문제다. 결정적으로는 영적인 삶을 추구하는 또 다른 길을 발견한 것이나 다름없지만 과학이나 진화론에 반(反)하는 것은 아니다. 특정 종교에 의존하지도 않는다. 그것은 우리가 직접 겪는 일상적인 경험을 이제까지와는 사뭇 다른 어떤 초월적인 새로운 경험으로 바꾼다.

현재 우리에게 일어나고 있는 일들은 타고난 잠재능력이나 쓰이지 않는 뇌의 부분, 발사될 때만 기다려 온 DNA의 나머지 부분을 자연스럽게 채워 주는 일종의 깨어남 혹은 깨달음에 가깝다. 인간이 오기 몇 겁 전부터 있어 온 일들을 찾아가던 끝에 마침내 하나씩 하나씩 발견해 내면서 저절로 그 모든 일이 아주 자연스러운 결과로 일어나고 있다.

오늘날 우리가 지르는 '아하'의 탄성은 오래전 실제로 죽어가던 부족의 동료들을 지켜보면서 우리 역시 죽는다는 의미임을 깨닫고 충격을 받은 뒤 원시의 잠에서 벌떡 깨어나던 그때 그 발견의 연장선상에 있다. 그리고 사색을 거쳐 그것을 동굴의 벽에 그림으로 표현하면서 깨어난 상태를 유지하는 능력이 한층 더 확장됐고, 우리의 세계는 그렇게 최초로 예술에 반영되었다. 그리하여 이 인식은 마침내 과학을 발명해 냈을 때 용기 있게 성취한 객관성의 감각으로 틀을 이루기 시작했다. 이 모든 단계로 말미암아 우리는 가장 억누르고 싶어 하는 실제적인 인간의 상황에 대해 조금쯤 힘을 얻을 수 있을 것이다. 왜 그래야 하는지 아무런 확신도 없이 우리가 여기 이 삶 속에 있다는 사실 말이다.

좀 더 깨어난 상태를 경험하면 현재의 영적 의식을 탐구하는 데 박차를 가할 수 있다. 우리는 지금도 수세기 전부터 해 온 바로 그 질문을 스스로 던지고 있다. "나는 왜 여기에 있는가?" "어디로 가고 있는가?" "내 행동은 어떻게 이 모든 전체의 일부를 이루는가?" 옛날과 다른 점이 있다면 이제는 묻고 있는 우리의 수가 많아졌다는 것뿐이다. 그리고 마침내 답이 나오고 있다.

다행스럽게도 우리가 있기 이전에 무수한 추구가 이어져 온 덕분에 이에 대한 답들은 덜 추상적이고 우리 일상과 더 밀접하게 연결돼 있다. 바로 우리 자신이 그런 점들을 증명할 수 있다.

우리가 여기 있는 이유는 언제나 그랬듯이 불가피하게 일어났던 우주와 인생 그리고 인류 문화 전체의 진화를 끝낼 수 있는 '진화의 흐름'을 경험하고, 그 신비로운 일의 일부가 되기 위해서다. 하지만 이는 너무 앞질러 가는 듯하니 이 정도에서 멈추는 게 좋겠다. 나머지 세세한 사항들은 독자 여러분이 이 책을 읽고 알아내도록 남겨두겠다.

—제임스 레드필드

임계질량

나는 식당 앞에 트럭을 세운 다음 머리를 의자에 기댄 채 생각에 잠겼다. 샬린은 이미 식당 안에서 나를 기다리고 있을 것이다. 하지만 왜 꼬박 육 년간 소식 한 마디 없다가 지금 갑자기 나타난 건지? 그것도 내가 세상일을 피해 숲으로 들어가 생활한 지 일주일밖에 안 된 이 시점에 기다렸다는 듯 말이다.

잠시 후 트럭에서 내려 식당으로 걸음을 옮겼다. 등 뒤에서 타오르던 마지막 저녁놀이 서쪽으로 막 가라앉으며 비에 젖은 주차장 바닥 위로 금빛 어린 호박색 광선 몇 줄기가 떨어지고 있었다. 한 시간 전에 잠깐 몰아친 뇌우가 모든 것을 흠뻑 적셔 놓아서 여름날 저녁이지만 공기가 제법 선선했다. 사그라지는 석양 때문에 현실 세계가 아닌 듯한 느낌마저 들었다. 머리 위에는 어느새 반달이 떠오르고 있었다.

식당에 들어서면서 예전에 알고 있던 샬린의 모습을 떠올려 봤다.

아직도 아름답고 열정적인 모습 그대로일까? 아니면 세월이 꽤 흘렀으니 그녀도 변했을까? 샬린은 내게 남미에서 발견된 유물인 고대 필사본에 대해 빨리 말해 주고 싶어서 참을 수가 없다고 했다. 도대체 어떤 문서이기에 그러는 것일까? 그녀는 전화로 이렇게 말했다.

"공항에서 비행기를 갈아타기 전에 두 시간 정도 여유가 있는데 같이 저녁 먹을 수 있어? 너도 이 필사본의 내용을 들으면 무척 좋아할 거야. 딱 네 스타일의 신비함이거든."

딱 내 스타일의 신비함이라니? 무슨 뜻으로 그런 말을 한 것일까?

식당 안은 사람들로 붐볐다. 빈자리가 나기를 기다리는 사람도 여러 명 있었다. 종업원을 찾아 물어보니 일행이 이미 자리를 잡고 기다리고 있다면서 2층 테라스 쪽 좌석으로 안내해 줬다.

계단을 올라가다 보니 한 무리의 사람들이 한 테이블을 둘러싸고 모여 있었다. 그들 중에는 경찰관 두 명도 있었다. 갑자기 경찰관들이 휙 돌아서더니 내 옆을 스쳐 계단을 뛰어 내려갔다. 곧이어 나머지 사람들이 흩어지자 그제야 그들에게 가려져 있던 테이블이 보였다. 그곳에 한 여자가 앉아 있었는데 다름 아닌 샬린이었다.

나는 한달음에 달려가 물었다.

"샬린, 무슨 일이야? 뭐가 잘못됐어?"

샬린은 일부러 과장해서 화난 듯이 고개를 뒤로 젖히더니 곧 특유의 멋진 미소를 지으며 일어섰다. 머리 모양이 조금 달라지기는 했지만 작고 섬세한 얼굴에 커다란 입과 푸른색 두 눈은 내 기억 속의 모습 그대로였다.

샬린은 내 몸을 끌어당겨 다정하게 포옹하면서 말했다.

"아마 믿지 못할 거야. 몇 분 전에 잠깐 화장실에 다녀왔는데 그 사이에 누가 내 가방을 훔쳐 갔지 뭐야."

"뭐가 들어 있었는데?"

"별로 중요한 건 없었어. 여행하면서 읽으려던 책이랑 잡지 몇 권이 다였어. 그런데 웃기지. 옆 테이블에 있던 사람들이 그러는데 어떤 남자가 내 자리로 걸어오더니 내 가방을 집어 들고 그대로 나가더래. 그들이 그 남자의 인상착의를 알려 줘서 경찰관들이 이 일대를 수색하겠다고 했어."

"그럼 나도 찾는 일을 도울까?"

"아니, 아니야. 그 일은 잊어버려. 시간도 없고 너하고 할 이야기가 있어."

내가 고개를 끄덕이자 샬린은 자리에 앉자고 했다. 마침 종업원이 와서 우리는 메뉴판을 보고 식사를 주문했다. 그 뒤에 십 분이나 십오 분쯤 일상적인 이야기를 나눴다. 나는 스스로 자청한 고립생활에 대해 그다지 무게를 두지 않으려고 했다. 하지만 샬린은 내 태도에 모호한 구석이 있는 걸 알아차렸다. 그녀는 내 쪽으로 몸을 기울이더니 다시 한 번 특유의 미소를 지으며 물었다.

"그래서 지금 네게 정말로 일어나고 있는 일이 뭐야?"

샬린의 눈을 보니 매우 강렬하고 진지해 보였다.

"지금 여기서 그 이야기를 다 듣겠다는 거야?"

"뭐, 항상 그렇듯이."

"좋아, 말할게. 사실 요즘 호숫가에서 나 혼자만의 시간을 보내고 있어. 지금까지 난 열심히 일했어. 하지만 이제 내 삶의 방향을 바꿔 볼까 고민하고 있지."

"네가 그 호수에 대해 말했던 것이 기억나. 너랑 여동생이랑 그 땅을 팔기로 했던 것 같은데."

"아직 팔지 않았어. 그런데 문제는 재산세야. 도시 인근 땅이라 세금이 자꾸 늘어나고 있거든."

샬린은 고개를 끄덕이며 다시 물었다.

"그럼 이제부터는 뭘 할 건데?"

"아직은 모르겠어. 하지만 뭔가 다른 일을 해야겠지."

샬린은 뭔가 비밀이 있는 듯한 표정으로 나를 흥미롭게 바라봤다.

"너도 다른 사람들과 마찬가지로 들썩이고 있는 것 같아."

"그럴지도 모르지. 그런데 그건 왜 묻는데?"

"필사본에 그런 말이 씌어 있거든."

가만히 샬린을 응시했다. 잠시 침묵이 흐른 뒤 내가 먼저 말했다.

"그 필사본에 대해 이야기해 봐."

샬린은 머릿속으로 생각을 정리하려는 듯이 의자에 몸을 기댔다. 그러더니 다시 내 눈을 똑바로 바라보며 입을 열었다.

"전화로도 말했지만 난 몇 해 전에 신문사를 그만두고 유엔 소속의 연구기관에 들어갔어. 그곳에서 문화와 인구 변화를 조사하는 일을 했지. 그러다 얼마 전 페루의 문화를 조사하는 임무를 맡았어. 페루 리마 대학에 가서 조사하고 있는데 고대의 필사본이 발견됐다는 소문이 계속 들려오더라고. 그런데 그것에 대해 자세한 내용을 알려줄 사람이 아무도 없었어. 심지어 고고학이나 인류학을 연구하는 사람도 알려 주지 못하더군. 그래서 페루의 정부 관리에게 문의했더니 그들은 그런 문서 따위는 없다고 딱 잘라 부인하더라고. 나중에 어떤 사람이 알려 주었는데, 무슨 이유에선지 이 문서의 존재를 숨기고 있는 게 바로 정부래. 하지만 그 사람도 문서에 대해서는 더 이상 아무 말도 하지 않았어.

너도 알다시피 내가 호기심이 많잖아. 그래서 임무가 끝난 뒤에 페루에 며칠 더 머물면서 필사본에 대해 알아보기로 했지. 하지만 실마리인 듯해서 추적해 보면 매번 막다른 골목에 부딪히고 말았어. 그런데 어느 날 리마 교외의 식당에서 점심을 먹는데 어느 신부님이 나를 유심히 바라보는 거야. 그러더니 다가와서 내가 그날 오전에 필사본에 관해 물으며 다니고 있다는 말을 들었다는 거야. 지금은 자기 이름을 알려 줄 수 없지만 내가 알고 싶어 하는 것에 대해 모두 답해 주겠다고 했어."

샬린은 잠시 머뭇거리다가 여전히 나를 뚫어지게 바라보며 말을 이었다.

"그 신부님 말씀에 따르면 필사본은 기원전 600년경에 씌어졌는데 인간 사회의 대대적인 변화를 예언하는 내용이 담겨 있대."

"그 변화가 언제부터 시작되는데?"

"21세기의 마지막 십 년에."

"지금 말이야?"

"그래, 지금."

"대체 어떤 변화가 시작된다는 거지?"

샬린은 조금 당황한 듯하더니 힘주어 말했다.

"신부님 말씀으로는 일종의 의식의 르네상스랄까 새로운 의식으로 다시 태어나는 것인데 아주 서서히 일어난대. 종교적인 성격이 아니라 영적인 성격의 변화지. 이 지구별에서 인간의 삶과 그 의미에 관해 새로운 지식이 발견되고 있는데 이것이 인간 문화를 극적으로 바꿔 놓는다는 거야."

샬린은 잠깐 말을 멈췄다가 이렇게 덧붙였다.

"그 필사본은 몇 개의 장이랄까 부분으로 나뉘어 있는데 그 각각이 삶에 대한 통찰을 보여 준대. 지금 이 시기에 인간은 이런 통찰을 차례대로 깨닫기 시작해 의식이 순차적으로 높아지면서 우리가 사는 지구가 현재의 상태에서 완전히 영적인 문화로 바뀐다는 거야."

나는 고개를 흔들고 비꼬듯이 눈썹을 치켜세우며 물었다.

"그 이야기를 정말로 믿어?"

"글쎄, 내 생각에는······."

나는 샬린의 말을 끊고 아래층에 앉아 있는 사람들을 가리키며 말했다.

"한번 둘러봐, 저것이 실제 세계야. 지금 저기서 뭐 하나라도 변하고 있는 게 보여?"

그때 우리와 멀리 떨어진 벽 쪽에 놓인 테이블에서 분노에 찬 목소리가 터져 나왔다. 무슨 말인지는 알아들을 수 없었지만 순식간에 식당 안이 조용해졌다. 처음엔 도난사건이 또다시 일어난 줄 알았지만 그저 단순한 말다툼이었다. 30대로 보이는 여자가 자리에서 일어나더니 맞은편에 앉은 남자를 쏘아보며 소리쳤다.

"난 이런 관계를 원하는 게 아니야! 알아들어? 내가 원하는 것과 점점 달라지고 있다고!"

그 여자는 화를 참는 듯 숨을 내쉬다가 테이블 위에 냅킨을 던지고 식당 밖으로 나가 버렸다. 샬린과 나는 놀라서 서로 얼굴을 바라봤다. 우리가 아래층에 있는 사람들에 대해 이야기하던 바로 그 순간에 소동이 벌어졌기 때문이다. 샬린이 남자만 혼자 남은 테이블 쪽을 고개로 가리키며 말했다.

"저게 변하고 있는 실제 세계야."

나는 아직도 얼떨떨한 상태에서 물었다.

"어떻게?"

"변화는 첫 번째 통찰에서 시작되지. 신부님 말씀으로는 처음엔 아주 깊은 곳에서 불안정하게 들썩이는 감각이 무의식적으로 표면에 떠오른다고 했어."

"들썩인다고?"

"그래."

"우리가 찾는 게 도대체 뭔데?"

"글쎄, 그게 확실하지가 않아. 필사본에 따르면 우리는 다른 종류의 경험을 얼핏 일별하기 시작하고 있어. 무언가 삶에서 다르게 느껴지는 순간들, 더 강렬하고 힘을 내도록 북돋우는 그런 순간들이지. 하지만 우리는 이런 경험이 뭔지, 어떻게 해야 그걸 지속할 수 있는지, 언제 끝나는지 몰라. 그저 미흡한 기분을 느끼다 다시 평범한 상태로 돌아간 삶 속에서 불안하게 들썩이는 거야."

"그럼 아까 그 여자가 남자에게 화를 낸 것도 불안한 들썩임 때문이라는 거야?"

"그래, 우리 모두가 그렇듯이 그 여자도 불안했던 거야. 우리는 너나없이 삶에서 더 보람된 성취를 찾고 싶어 해. 그래서 자기를 아래로 끌어내리려는 것을 참지 못해. 이런 불안한 탐색이 최근 몇십 년간 우리 사회에 '내가 먼저'라는 태도를 생겨나게 했지. 이제 이런 이기심은 월스트리트 사람들부터 길거리의 갱에 이르기까지 모두에게 영향을 주고 있어."

샬린은 나를 똑바로 쳐다보며 이렇게 덧붙였다.

"인간관계에서도 상대에 대한 요구사항이 하도 많아서 관계를 유지하기가 불가능해진 거야."

그 말을 들으니 최근에 내가 경험한 두 번의 관계가 기억났다. 두 번 다 처음엔 열렬하게 시작했지만 일 년도 못 가서 헤어지고 말았다. 내가 주의를 기울이고 다시 입을 열 때까지 샬린은 참을성 있게 기다려 줬다.

"인간관계에서 우리가 정확하게 뭘 어떻게 하고 있는데?"

샬린이 대답했다.

"그 문제에 관해 신부님과 한참 동안 이야기를 나눴어. 신부님은 인간관계에서 서로에게 지나치게 많은 것을 요구하거나 상대가 자기 세계 속으로 들어와 살길 바라고 자기가 하고 싶은 대로 해 주길 기대하면 필연적으로 자의식, 즉 에고의 싸움이 되고 만다고 했어."

샬린의 말은 정곡을 찔렀다. 내가 경험한 두 번의 관계 또한 결국에는 권력투쟁으로 전락하고 말았던 것이다. 두 경우 모두 해야 할 일이나 계획이 충돌의 원인이었다. 속도가 너무 빠르고 시간이 없다 보니 무엇을 할지, 어디에 갈지, 어떤 관심사를 추구할지 두 사람의 서로 다른 생각을 도무지 조정할 수가 없었다. 결국엔 누가 리드해 그날의 향방을 결정할 것인가 하는 난제를 도저히 해결할 수가 없었다.

샬린이 말을 이었다.

"필사본에 따르면 이 지배권 장악 싸움 때문에 우리가 한 사람과 오랫동안 관계를 지속하기가 아주 어렵다는 거야."

"별로 영적인 상황 같진 않은데."

"나도 신부님에게 똑같은 말을 했어. 신부님은 최근 우리 사회의 병패들이 대부분 이런 들썩임과 탐색 때문에 일어나지만, 이는 일시적인 것이므로 끝난다는 점을 기억하래. 우리가 실제로 찾고 있는 게 뭔지, 색다르고 성취감을 주는 경험이 뭔지 마침내 스스로 의식하게 된다는 거야. 바로 그것을 완전히 이해하면 첫 번째 통찰을 얻게 되는 거지."

식사가 나오자 종업원이 와인을 따라 줬다. 우리는 잠시 말을 멈추고 음식을 먹기 시작했다. 샬린은 팔을 뻗어 내 접시에서 연어를 조금 떼어 가 맛보면서 콧잔등에 주름이 잡히도록 웃었다. 샬린과 함께 보냈던 시간이 얼마나 편했는지 새삼 떠올랐다.

"좋아, 그렇다 치고 우리가 찾고 있는 이 경험은 뭐지? 첫 번째 통찰이 뭐냐고."

샬린은 잠시 멈칫했다. 어떻게 말을 시작해야 할지 갈피를 잡지 못하는 듯했다.

"그건 대답하기 좀 어려운 문제지만 신부님은 이런 식으로 설명했어. 삶 속에서 겹쳐서 일어나는 우연들을 의식하면 그때 첫 번째 통찰이 일어난다고."

샬린은 내 쪽으로 몸을 기울이며 말을 이었다.

"지금까지 하고 싶은 일에 대해 예감이랄까 직감을 느껴 본 적이 있어? 살아오면서 선택하고 싶었던 길이라든지? 그러고 나서 어떻게 해서 그런 일이 일어났는지 감탄한 적은? 그 일에 대해서는 반쯤 잊고 다른 데 집중하다가 문득 누군가를 만나든가 어떤 책을 읽든가 또는 어딘가를 갔는데 예전에 마음속으로 그려 봤던 기회로 인도된 적이 있지 않아?"

샬린의 말은 계속됐다.

"음, 신부님 말씀으로는 이런 우연의 일치가 점점 더 잦아지면서 우리도 그것들이 그저 단순한 우연이 아니라는 걸 문득 깨닫게 된다고 했어. 어떤 설명할 수 없는 힘이 우리 삶을 인도하는 듯 운명처럼 느껴지지. 그런 경험을 거쳐 우리는 신비와 흥분을 느끼고 그 결과 살아 있음을 한층 더 실감하게 돼.

우리가 이제까지 일별했던 경험이 이것이고, 우리가 언제나 드러내려고 애쓰는 것도 이것이야. 날마다 더 많은 사람이 이런 신비한 동향이 실제이며 여기엔 뭔가 의미가 있다는 것, 일상적인 삶 아래서 뭔가 다른 게 일어나고 있다는 걸 확신하고 있어. 이런 인식이 바로 첫 번째 통찰이야."

샬린은 잠깐 말을 멈추고 내 반응을 기대하듯이 바라봤다. 하지만 나는 아무 말도 하지 않았다.

"아직 모르겠어? 첫 번째 통찰은 이 행성에서 각 개인의 삶을 둘러싼 내재적인 신비를 다시 생각하는 거야. 우리는 이런 신비한 우연을 경험하고 있고, 비록 아직은 그걸 이해하지 못해도 그게 실재한다는 건 알아. 어린 시절에 그랬듯이 앞으로 삶의 또 다른 측면이 있고, 그 드러나지 않은 이면에서 또 다른 과정이 작용하고 있다는 걸 지금 다시 감지하고 있는 셈이지."

내 쪽으로 몸을 좀 더 기울이는 샬린을 보고 물었다.

"넌 여기에 굉장히 관심이 많구나, 그렇지?"

그러자 샬린은 정색하며 말했다.

"너도 한때 이런 경험들에 관해 말한 적이 있잖아."

순간 놀라서 흠칫했지만 샬린의 말이 맞았다. 정말이지 한때 삶에서 우연의 일치(coincidence)들을 경험하던 시기가 있었다. 그때 나는 그런 현상을 심리학적으로 이해하려고 노력하기도 했다. 그러다가 어떤 이유에선지 관점이 바뀌어 미숙하고 비현실적인 인식이라고 여기면서 더는 그런 우연들을 인식하지 않게 되었다.

나는 샬린을 똑바로 바라보며 방어하듯 말했다.

"아마 그때 나는 동양철학이나 기독교 신비주의에 관한 책들을 읽고 있었을 거야. 그걸 네가 기억하고 있는 걸 거야. 하여간 네가 첫 번째 통찰이라고 부르는 건 이미 수없이 글로 씌어졌어. 지금이라고 뭐가 다르겠어? 신비한 우연의 일치가 어떻게 문화적인 변화로 이어진다는 거야?"

샬린은 잠깐 말을 멈추고 테이블을 내려다봤다. 그러고는 다시 나를 바라보며 말했다.

"오해는 하지 마. 분명히 이런 인식은 예전에도 경험됐고 글로도 씌어 왔어. 사실 신부님 말씀도 첫 번째 통찰은 전혀 새로운 게 아니라고 했어. 역사를 살펴보면 이런 설명할 수 없는 우연의 일치들을 경험한 사람들이 있었고, 철학이나 종교의 위대한 시도의 이면에도 이런 인식이 있었어. 하지만 지금 일어나고 있는 것은 그 숫자에 차이가 있어. 신부님 말씀에 따르면 이런 인식을 동시에 자각하는 개인의 숫자 때문에 변화가 일어나고 있다는 거야."

"그게 정확히 무슨 뜻이지?"

"필사본에 따르면 그런 우연의 일치를 자각하는 사람 수가 21세기의 여섯 번째 십 년 동안 극적으로 증가할 거래. 이런 증가세가 그 다음 세기 초반까지 계속되고 그때가 되면 그런 개인의 숫자가 어떤 특정한 수준에 도달할 거라고 했어. 나는 그것을 일종의 임계질량이라고 생각해."

샬린은 계속해서 말했다.

"필사본의 예언에 따르면 일단 우리가 이 임계질량에 도달하면 문화 전체가 이런 우연한 경험을 진지하게 받아들이기 시작할 거래. 많은 사람이 이 행성에 사는 인간의 삶이 어떤 불가사의한 과정으로 이뤄지고 있는지 궁금증을 느끼게 된다는 거야. 그리고 이처럼 삶에서 무슨 일이 일어나고 있는지에 관해 충분한 수의 사람이 똑같은 의문을 동시에 제기할 때 나머지 통찰들이 의식 속으로 들어올 거래. 왜냐하면 충분한 수의 사람이 진지하게 질문을 던지면 우리가 그 답을 알게 되기 때문이지. 그런 식으로 나머지 통찰들이 하나씩 차례로 드러날 거야."

샬린은 음식을 한 입 먹느라고 잠시 말을 멈췄다. 내가 물었다.

"우리가 나머지 통찰들을 이해하면 그때 문화가 변한다는 거야?"

"신부님이 말씀해 준 이야기로는 그래."

나는 잠시 샬린을 쳐다보며 임계질량이라는 개념을 생각해 봤다. 그러고는 이렇게 말했다.

"그런데 이 모든 게 기원전 600년에 쓰인 필사본치고는 정교하게 잘 다듬어지지 않았어?"

"그래 알아. 나도 그런 의문을 품었으니까. 그런데 처음 그 필사본을 번역한 학자들이 그게 진본이라는 사실을 절대적으로 확신했다고 신부님이 내 앞에서 장담했어. 그 이유는 바로 필사본이 아람어(예수 생존 당시 중동 지역에서 쓰던 언어로 현재도 쓰는 지역이 있음—옮긴이)로 쓰여 있기 때문이야. 구약성서를 기록할 때도 일부 쓰인 그 언어 말이야."

"아람어가 남미에? 그게 어떻게 기원전 600년에 거기까지 갔단 말이야?"

"그건 신부님도 모르시더라."

"그럼 교회 측은 그 필사본을 지지한대?"

"아니, 신부님 말씀으로는 성직자들 대부분이 필사본의 존재를 숨기려고 무척 애쓰고 있대. 신부님이 내게 이름을 밝히지 않은 것도 그런 이유 때문이야. 필사본에 관해 이야기하는 것조차 신부님에게는 매우 위험한 일처럼 보였어."

"성직자들이 필사본을 숨기려 하는 이유도 들었어?"

"그 필사본이 자신들이 믿는 종교의 완전함에 도전하기 때문이라고 했어."

"어떻게?"

"나도 정확하게는 몰라. 신부님도 그 부분에 대해서는 별로 이야기하지 않았거든. 아마도 교회 원로들은 나머지 통찰들이 기독교의 전통 교리를 확대한다고 생각해 불안함을 느끼는 것 같아. 그들이야 현재의 방식으로 만사가 다 좋다고 여기니까 말이지."

"그렇군."

샬린은 계속해서 말했다.

"신부님 자신은 필사본 때문에 교회의 원칙이 흔들리지는 않을 거라고 생각한대. 오히려 영적인 진리를 밝히면 교리가 더 분명하게 드러날 거래. 만약 교회 지도자들이 삶을 다시 신비롭게 보려고 노력하고 나머지 통찰들마저 거친다면 그들도 분명히 이 사실을 알게 되리라고 강하게 확신한대."

"다른 통찰들에 대해서도 이야기했어?"

"아니, 하지만 두 번째 통찰에 대해선 언급했어. 그것은 최근의 역사를 더 올바르게 해석하는 내용이래. 변화를 한층 더 명료하게 규명하는 통찰이지."

"신부님이 그것에 대해 더 자세히 설명해 줬어?"

"아니, 그럴 시간이 없었어. 신부님은 볼일이 있어 가야 한다고 했지. 그래서 그날 오후에 신부님의 집에서 다시 만나기로 약속했는데 내가 갔을 때는 집에 없었어. 세 시간이나 기다렸는데도 나타나지 않더군. 나도 비행기 시간이 촉박해서 더는 기다리지 못하고 그냥 돌아왔어."

"그럼 그분과는 더 이상 대화를 나누지 못한 거야?"

"그래. 그 뒤로 보지 못했으니까."

"페루 정부는 여전히 필사본의 존재를 인정하지 않고?"

"전혀."

"그게 언제 일어난 일이지?"

"한 달 반쯤 전에."

몇 분간 우리는 말없이 음식을 먹었다. 이윽고 샬린이 나를 올려다 보며 물었다.

"그래서 어떻게 생각해?"

"잘 모르겠어."

내 마음의 일부분은 인간이 정말로 변할 수 있다는 개념 자체에 여전히 회의적이었다. 하지만 내 마음의 또 다른 부분은 그런 개념을 이야기하는 필사본이 실제로 있을지도 모른다는 사실에 경이로워하고 있었다.

"신부님이 복사본이나 다른 무언가를 보여 주진 않았어?"

"아니, 내가 가진 건 대화 내용을 적은 메모뿐이야."

또다시 침묵이 흘렀다. 잠시 후 샬린이 입을 열었다.

"난 네가 이 이야기를 들으면 엄청 흥분할 거라고 생각했어."

다시 샬린을 바라보며 말했다.

"그 필사본 내용이 진짜라는 증거가 있어야 할 것 같아."

내 말에 샬린은 다시 활짝 미소 지었다. 내가 물었다.

"왜?"

"나도 똑같은 말을 했거든."

"누구한테? 그 신부님에게?"

"응."

"신부님은 뭐랬어?"

"그분은 경험이 곧 증거라고 하더라."

"그게 무슨 뜻이지?"

"우리가 겪는 경험이 필사본에 있는 내용을 증명해 준다는 거야. 우리가 내면적으로 뭘 느끼는지, 역사적 시점에서 지금 우리 삶이 어떻게 진행되는지 성찰해 보면 필사본의 내용이 일리가 있고 그게 진짜라는 걸 알게 된다는 거야."

샬린은 잠시 망설이더니 이렇게 물었다.

"어때? 일리가 있는 것 같아?"

나는 잠시 생각해 봤다. 일리가 있는가? 모든 사람이 나처럼 불안하게 들썩이고 있는가? 만일 그렇다면 삶에는 우리가 알고 있는 것 이상, 우리가 경험하는 것 이상의 무언가가 실제로 있다는 단순한 통찰이 그 들썩거림의 원인인가? 즉 30년간 축적된 간단한 인식의 결과 말이다. 잠시 고민하다가 솔직하게 말했다.

"아직 잘 모르겠어. 좀 더 생각할 시간이 필요한 것 같아."

나는 식당 바깥에 있는 정원으로 걸어 나가서 분수대를 향해 놓인 삼나무 벤치 뒤에 섰다. 오른쪽으로 명멸하는 공항의 불빛이 보이고, 이륙하려는 제트 여객기의 엔진 굉음도 들렸다.

"참 아름다운 꽃이네."

샬린의 목소리가 내 뒤쪽에서 들렸다. 돌아보니 샬린이 통로 양쪽에 줄지어 심어진 피튜니아와 베고니아에 감탄하면서 내 쪽으로 걸어오고 있었다. 샬린이 내 옆에 서자 나는 한쪽 팔로 그녀의 어깨를 감쌌다. 지난 기억이 홍수처럼 밀려왔다. 여러 해 전 우리 둘 다 버지니아 주 샬럿스빌에 살았을 때는 저녁때 만나 대화를 나누며 시간을 보내곤 했다. 우리는 주로 학문적인 이론과 심리적 성장에 관해 이야기했다. 우리 둘 다 그 대화에, 또 서로에게 매료되어 있었다. 그러면서도 항상 플라토닉한 관계를 유지했다. 샬린이 말했다.

"널 다시 보게 되어 얼마나 좋은지 말로 표현하지 못하겠어."

"나도 그래. 널 보니 옛날 생각이 많이 나는군."

"그런데 우리가 왜 계속 연락하지 않았을까?"

샬린의 질문은 나를 다시 예전으로 돌아가게 했다. 그녀를 마지막으로 봤을 때가 떠올랐다. 샬린은 내 차 안에서 작별을 고했다. 당시 나는 온갖 새로운 아이디어를 가득 품고 고향으로 돌아가는 길이었다. 그곳에서 심하게 학대받은 청소년들을 위해 일하고 싶었다. 나는 그런 아이들이 살아가는 데 장애가 되는 강박적인 반응과 행동을 뛰어넘도록 도와줄 방법을 알고 있다고 여겼다. 하지만 시간이 지나면서 내가 시도한 방법은 실패로 돌아가고 말았다. 결국 실패했다는 사실을 인정할 수밖에 없었다. 사람들을 자신의 과거에서 벗어나게 하려면 어떻게 해야 하는지는 여전히 수수께끼로 남았다. 그래도 지난 육 년간을 돌이켜 보면 가치 있는 시간이었다는 생각이 들었다. 동시에 이제는 그다음 단계로 나아가야 한다는 충동도 느꼈다. 하지만 어디에서 무엇을 할 것인가?

당시 샬린과 나눈 대화는 아동기의 트라우마(정신적 외상)에 대해 명료하게 이해하는 데 도움을 주었다. 하지만 그 이후 나는 그녀에 관한 생각을 고작 두어 번 했을 뿐이다. 그런데 그녀가 다시 내 삶 속으로 들어온 지금 우리 대화는 예전과 마찬가지로 흥미진진했다. 생각이 여기에 미치자 내가 말했다.

"그동안 일에 몰입해 지냈던 것 같아."
"나도 그랬어. 신문사에선 늘 기사가 이어졌지. 눈 돌릴 짬이 없었으니까. 다른 건 죄다 잊고 지냈어."
나는 샬린의 어깨를 감싼 팔에 살짝 힘을 줬다.
"샬린, 우리 대화가 잘 통했잖아. 항상 편안하고 자연스럽게 대화가 이어졌지."
샬린은 환한 눈빛과 미소로 나와 같은 생각임을 확인시켜 주었다.
"그래, 너랑 대화하면 에너지가 샘솟곤 했어."
내가 이어서 말하려는 순간 샬린은 내 뒤쪽으로 시선을 돌려 식당 입구를 뚫어지게 응시했다. 그녀의 얼굴은 불안하고 창백해 보였다. 나도 그쪽을 돌아보며 물었다.
"뭐 잘못된 게 있어?"
주차장 쪽으로 아무렇지도 않게 걸어오는 사람이 몇 명 있었지만 이상한 점은 없어 보였다. 나는 다시 몸을 돌려 샬린의 얼굴을 바라봤다. 그녀는 여전히 불안하고 혼란스러운 듯했다. 나는 다시 물었다.
"대체 뭘 보고 그러는 거야?"
"맨 앞줄에 있던 자동차 뒤의 회색 셔츠 입은 남자 봤어?"
다시 주차장 쪽을 봤더니 또 한 무리의 사람들이 식당 입구를 막 나서고 있었다.
"어떤 남자?"
샬린은 목을 길게 빼고 두리번거렸다.
"지금은 보이지 않아."
샬린은 다시 내 눈을 똑바로 바라보며 말했다.

"옆 테이블에 있던 사람들이 내 가방을 훔쳐 간 남자의 인상착의를 말해 줬어. 머리숱이 적고, 턱수염을 기르고, 회색 셔츠 차림이었다고. 그런데 아까 저쪽 차에서 우리를 지켜보는 그 사람을 봤어."

그 말을 듣자 마음이 불안하고 명치끝이 답답해졌다. 나는 샬린에게 주차장을 한 바퀴 둘러보고 올 테니 멀리 가지 말라고 당부했다. 주변을 돌아봤지만 그 남자는 눈에 띄지 않았다.

벤치로 돌아오자 샬린은 내게로 한 걸음 더 다가서더니 나지막한 목소리로 물었다.

"그 사람은 내가 필사본을 갖고 있다고 생각하는 걸까? 네가 보기엔 어때? 그래서 내 가방을 가져갔다가 다시 돌려주려는 걸까?"

"잘 모르겠어. 하지만 경찰에 다시 연락해서 네가 본 대로 알리자. 내 생각엔 네가 타고 갈 항공편의 탑승객들도 반드시 조사해야 할 것 같아."

우리는 식당 안으로 들어가서 경찰서에 전화를 걸었다. 경찰관들이 도착하자 무슨 일이 일어났는지 설명했다. 그들은 이십 분간 차량들을 모두 조사하고 나서 더 이상 이 일에 매달릴 수 없다고 했다. 하지만 샬린이 타고 갈 여객기의 탑승자들을 조사해 달라는 요청에 대해서는 그렇게 하겠다고 했다.

경찰관들이 떠난 뒤 샬린과 분수대 옆에 서 있었다. 이제 마음이 진정됐는지 그녀가 물었다.

"그건 그렇고 우리 무슨 이야기를 하고 있었지? 내가 그 남자를 보기 전에 말이야."

"우리에 관해 이야기하고 있었어. 샬린, 왜 나한테 연락해서 이 모든 것을 말해야 한다고 생각했어?"

샬린은 난처한 표정을 지으며 말했다.

"페루에 있을 때 신부님이 필사본에 대해 이야기하는 동안 자꾸만 네가 마음속에 떠올랐어."

"아, 그랬어?"

샬린은 계속 말을 이었다.

"그땐 그 이유에 대해 깊이 생각하지 않았지. 하지만 나중에 버지니아로 돌아오고 나서 매번 필사본에 대해 생각할 때마다 네가 떠오르는 거야. 몇 번이나 전화하려고 했는데 그때마다 딴 일이 생겨 잊어버렸어. 그러다가 다시 업무를 맡아서 마이애미로 가야 했는데 비행기에 타고 나서 이곳을 경유한다는 걸 알았어. 그래서 여기에 내리자마자 네게 전화를 건 거야. 자동응답기에서 지금 호숫가에 머물고 있으니 급한 일이 있으면 그곳으로 연락하라는 말이 나오더라. 난 이 정도면 전화해도 괜찮겠다고 판단했어."

나는 잠시 어떻게 말해야 할지 몰라서 샬린을 바라보기만 했다. 그러다가 마침내 말을 꺼냈다.

"물론 나는 네가 전화해 줘서 기뻐. 잘했어."

내 말에 샬린은 손목시계를 들여다보며 말했다.

"시간이 벌써 많이 지났네. 이제 공항으로 가야겠어."

"내가 태워다 줄게."

우리는 내 트럭을 타고 공항으로 출발했다. 공항에 도착해 중앙 터미널에서 탑승 구역으로 걸어가면서도 혹시 수상한 사람이 있는지 주의 깊게 살펴봤다. 우리가 탑승구에 도착했을 때는 이미 승객들이 비행기에 오르고 있었다. 우리가 만났던 경찰관 한 명이 승객들을 일일이 살펴보고 있었다. 경찰관에게 다가가자 그는 승객 전원을 살펴봤지만 가방을 훔쳐 간 남자와 비슷한 사람은 없었다고 말했다. 우리가 고맙다고 하자 그는 곧 자리를 떠났다. 샬린은 나를 향해 돌아서더니 웃으며 말했다.

"이제 가야겠어."

그러고는 팔을 뻗어 내 목을 껴안았다.

"이게 내 전화번호야. 이제부터는 서로 연락하며 지내자."

"그래, 하지만 지금은 내 말 명심해. 항상 조심하고, 뭐든 예사롭지 않은 걸 발견하면 즉시 경찰에 신고해."

"걱정하지 마. 난 괜찮을 거야."

우리는 잠시 서로의 눈을 바라봤다. 내가 물었다.

"이제 그 필사본은 어떻게 할 거야?"

"글쎄, 잘 모르겠어. 언론에 보도되면 뭔가 알 수 있으려나."

"보도가 계속 억제되면?"

샬린은 또 한 번 활짝 웃으며 말했다.

"그럴 줄 알았어. 너 낚였어. 내가 말했잖아, 네가 좋아할 거라고. 넌 어떻게 할래?"

나는 어깨를 으쓱했다.

"혹시 그것에 관해 뭔가 더 발견할 수 있을지 알아봐야겠지."

"좋아. 뭐든 더 발견하면 내게도 알려 줘."

다시 작별인사를 한 뒤 샬린은 탑승구 안으로 들어갔다. 나는 그녀가 뒤돌아보고 손을 흔들며 탑승 통로로 사라질 때까지 지켜봤다. 그러고는 트럭으로 가서 주유하려고 잠깐 멈췄을 뿐 곧장 달려서 호숫가로 돌아왔다.

집에 도착한 나는 가리개를 쳐 놓은 현관 밖으로 나가서 흔들의자에 앉았다. 귀뚜라미와 청개구리가 요란하게 울어 대는 저녁이었다. 멀리서 쏙독새 우는 소리가 들렸다. 호수 건너편 서쪽으로 낮게 가라앉은 달은 제 그림자가 비친 수면의 잔물결 한 가닥을 내 쪽으로 보내 주었다.

모처럼 저녁 시간을 흥미롭게 보내긴 했지만 문화의 변화라는 개념 자체에 여전히 회의적이었다. 나도 다른 사람들처럼 1960년대와 1970년대의 사회적 이상주의에 사로잡혀 지냈었고, 1980년대의 영적인 변화에도 관심을 가졌다. 하지만 정말 무슨 일이 벌어지고 있는지 판단하기 어려웠다. 과연 새로운 정보가 인류 사회를 통째로 바꿀 수 있을지 의심스러웠다. 현실과는 너무 동떨어진 이상주의자의 말처럼 들렸다. 어쨌든 인류는 이 행성에서 오랫동안 생존해 왔다. 그런데 그토록 오랜 시간이 흐른 뒤에 왜 이제 와서 갑자기 자기 존재에 대한 혜안을 갖게 되는가? 나는 잠시 호수를 더 바라보다가 전등을 끄고 침실로 들어가 책을 읽었다.

이튿날 아침, 아직도 꿈이 머릿속에 생생히 남아 있는 상태로 갑자기 깨어났다. 그리고 일이 분쯤 꿈을 처음부터 끝까지 기억해 내기 위해 침실 천장을 응시하고 있었다. 나는 뭔가를 찾으려고 숲 속을 헤치며 걷고 있었다. 숲은 아주 크고 대단히 아름다웠다.

꿈 중간에 어찌할 바를 모르고 몹시 당황한 채 어디로 가야 할지 판단할 수 없는 상황이 몇 번이나 있었다. 그때마다 믿을 수 없게 어디선가 홀연히 한 사람씩 나타나곤 했는데, 마치 그다음에 내가 어디로 가야 할지 알려 주기 위해 계획적으로 배치된 것 같았다. 꿈에서 깨어날 때까지도 내가 찾고 있던 것이 뭐였는지는 알 수 없었지만 믿지 못할 정도로 낙관적인 자신감이 느껴졌다.

나는 자리에서 일어나 앉았다. 창문 커튼 사이로 햇살이 방을 가로질러 쏟아지고 그 한 줄기 햇살 속에서 먼지 입자가 빛을 내며 떠다녔다. 창가로 걸어가 커튼을 열어젖혔다. 푸른 하늘 위로 해가 그 모습을 드러낸 화창한 날씨였다. 강한 바람이 나뭇가지를 흔들었다. 하루 중 이맘때 호수는 잔 물살을 지으며 눈부시게 빛날 것이고, 수영하는 사람의 물기 젖은 살갗을 스치는 바람이 조금 쌀쌀하게 느껴질 것이다.

나는 밖으로 나가서 물속에 뛰어들었다. 수면으로 떠오른 다음 몸을 뒤집어 낯익은 산들을 바라보며 호수 가운데를 향해 배영으로 헤엄쳐 갔다. 산등성이 세 개가 만나는 깊은 골짜기에 있는 이 호수는 할아버지가 젊은 시절에 발견한 곳으로 가장 완벽한 위치에 자리 잡고 있었다.

할아버지가 세 산의 산등성이를 처음 걸었던 때로부터 이제 백 년이 지났다. 신동이었던 소년 탐험가는 쿠거(퓨마)와 멧돼지가 출몰하고 크리크 인디언들이 북쪽 산등성이 위에 원시적인 오두막을 짓고 살던 세상에 살았다. 아직까지는 야생이 남아 있던 시절이었다. 그때 그는 언젠가는 우람한 고목과 일곱 개의 샘이 솟는 이 완벽한 골짜기에서 살리라고 맹세했다. 그래서 마침내 오두막집을 짓고 어린 손자와 산책을 하며 살게 되었다. 할아버지가 이 골짜기에 느꼈던 매력을 완전히 이해할 수는 없지만 나는 이 땅을 지키려고 애썼다. 심지어 문명이 점점 잠식해 들어와 결국 이 주변을 완전히 포위해 버린 지금까지도.

호수 가운데서 바라보니 북쪽 산등성이의 정상 근처에 광맥이 노출된 바위가 눈에 띄었다. 어제는 그 바위 위에 올라갔다. 할아버지가 그랬듯이 전망을 바라보고, 냄새를 맡고, 나무 꼭대기에서 바람결이 소용돌이치는 모습을 지켜보며 평화를 느끼고 싶었다. 거기에 앉아서 아래쪽으로 굽어보이는 호수와 빽빽하게 자란 골짜기의 나뭇잎을 둘러보는 동안 서서히 기분이 좋아졌다. 마치 그곳의 에너지와 경관이 내 안에 자리한 응어리를 녹여 준 것 같았다. 그러고 나서 몇 시간 뒤 샬린을 만나서 필사본에 대한 이야기를 들었던 것이다.

나는 다시 헤엄쳐서 집 앞의 나무로 만든 잔교(棧橋)로 올라갔다. 이 모든 것이 믿어지지 않았다. 나는 삶에 환멸을 느낀 나머지 여기 이 산속에 숨어 있었다. 그런데 난데없이 샬린이 나타나서 내가 왜 불안정하고 뒤숭숭한 상태인지를 설명해 줬다. 그것도 인류의 존재에 대한 비밀을 알려 주겠다고 약속한 오래된 필사본의 구절을 인용해서 말이다. 그런데 그녀의 등장이야말로 필사본이 언급하는 정확한 우연의 일치, 그저 우연히 일어난 사건치고는 너무도 있음 직하지 않은 바로 그런 것이었다.

혹시 그 옛 문서의 말이 옳을 수도 있지 않을까? 부정하고 냉소적으로 대하면서도 이런 우연의 일치를 의식하는 임계질량을 향해서 사람들이 서서히 모여들었던 것은 아닐까? 이제 우리는 이 현상을 이해할 수 있는, 그래서 마침내 삶의 목적까지 이해할 수 있는 위치에 다다른 것은 아닐까? 그 새로운 이해가 어떤 것일지 궁금했다. 그 신부님의 말처럼 필사본의 나머지 통찰들이 그것을 알려 줄까?

나는 결정을 내려야 했다. 필사본으로 말미암아 내 삶에 새로운 방향이 열린 듯했다. 지금 뭘 해야 하느냐 그것이 문제였다. 여기에 머물 수도 있고 더 탐구할 길을 찾아 나아갈 수도 있다. 문득 위험할 수도 있다는 생각이 들었다. 누가 샬린의 가방을 훔쳐 갔을까? 필사본을 숨기려는 사람들 가운데 한 명일까? 어떻게 그것을 알 수 있을까?

나는 앞으로 닥칠지도 모르는 위험에 대해 한동안 생각해 봤지만 다 잘될 거라는 느낌이 들었다. 그 생각이 점점 커지면서 걱정하지 않기로 마음먹었다. 조심하면서 천천히 해 나가면 되리라. 나는 집 안으로 들어가 전화번호부를 펼치고 가장 넓은 광고 지면을 차지한 여행사에 전화를 걸었다. 내 전화를 받은 직원은 지금 당장 페루로 가는 항공편을 예약할 수 있다고 알려 줬다. 마침 어떤 사람이 페루로 가는 항공편과 리마에 있는 호텔 예약을 취소했다는 것이다. 그 직원은 항공편과 호텔을 패키지로 할인해 줄 수 있다고 덧붙였다. 다만 내가 세 시간 이내에 떠날 수 있다면 말이다.

세 시간이라고?

더 길어진 지금

나는 허겁지겁 짐을 싸서 정신없이 고속도로를 질주한 끝에 제시간에 공항에 도착해 항공권을 찾고 페루행 비행기에 올라탈 수 있었다. 비행기 뒤쪽으로 가서 창문 쪽 좌석에 앉고 나니 그제야 피로가 몰려왔다. 한숨 자야겠다고 생각한 뒤 다리를 뻗고 눈을 감아 봤지만 긴장이 풀리지 않았다. 갑자기 불안이 엄습하면서 이 여행에 대해 두 가지 상반된 감정이 생겼다. 이렇게 아무 준비도 없이 떠나다니 정신 나간 짓이 아닐까? 페루에선 어디로 가야 하지? 누구하고 이야기해야 하지?

호숫가에서 느꼈던 확신은 순식간에 사라지고 그 대신 회의가 밀려왔다. 첫 번째 통찰과 문화적 변화가 다시 비현실적인 공상 속 이야기처럼 여겨졌다. 그러다 보니 두 번째 통찰 역시 있을 것 같지 않았다. 새로운 관점이 어떻게 우리에게 이런 우연의 일치를 지각하게 하고, 더 나아가 수많은 대중의 마음속에 그것을 인식하게 할 수 있겠는가?

나는 몸을 더 길게 뻗고 심호흡을 했다. 어쩌면 페루에 갔다가 곧바로 돌아오는 쓸데없는 여행이 될 수도 있겠다는 생각이 들었다. 물론 돈을 낭비하긴 하겠지만 그다지 해로울 건 없을 것 같았다.

비행기가 덜컹 하고 움직이더니 활주로로 이동하기 시작했다. 나는 눈을 감았다. 거대한 제트 여객기가 임계속도에 도달해 마침내 이륙한 뒤 두꺼운 구름층으로 진입하자 어지러움이 밀려왔다. 잠시 후 순항 고도에 오르자 서서히 긴장이 풀리면서 잠이 들었다. 삼사십 분쯤 지났을 때 난기류로 비행기가 몇 번 흔들리면서 잠에서 깨자 화장실에 다녀오기로 했다.

라운지 구역으로 가는데 둥근 테 안경을 낀 키 큰 남자가 창가에 서서 승무원과 이야기를 나누고 있었다. 그는 잠깐 내게 눈길을 돌렸다가 다시 이야기를 계속했다. 짙은 갈색 머리에 마흔다섯 살쯤 돼 보이는 남자였다. 문득 내가 아는 사람인가 하는 생각이 들었지만 가까이서 보니 모르는 사람이었다. 그들의 앞을 지나치는 순간 남자의 말이 들렸다.

"어쨌든 고마워요. 당신은 페루에 자주 왕래하니까 혹시 필사본에 대한 이야기를 들은 적이 있을지도 모른다고 생각했어요."

말을 마친 남자는 돌아서서 비행기 앞쪽으로 걸어갔다.

나는 놀라서 말문이 막혔다. 그가 말한 필사본이 바로 그 필사본일까? 화장실에 들어간 나는 어찌해야 할지 몰라 당황스러웠다. 그런데 내 마음 한구석에선 방금 들은 말을 잊고 싶어 했다. 아마도 딴 이야기였겠지, 다른 책이었을 거야 하면서 말이다.

자리로 돌아온 나는 그 남자에게 말을 걸어 물어보는 대신 그냥 잊어버리기로 결정한 것에 만족해하며 눈을 감았다. 그렇게 앉아 있자니 호수에서 느꼈던 설렘이 다시 떠올랐다. 만일 저 사람이 정말로 필사본에 대한 정보를 갖고 있다면? 그리고 필사본을 가졌다면 무슨 일이 일어날 것인가? 그 사람에게 묻지 않고서는 절대로 알 수 없는 것이었다.

몇 번 더 갈팡질팡하고 나서야 자리에서 일어나 앞쪽으로 걸어갔다. 그 남자는 통로와 창가 중간에 앉아 있었다. 마침 그의 바로 뒷좌석이 비어 있었다. 나는 승무원에게 자리를 옮기고 싶다고 말한 다음 짐을 챙겨서 그 자리에 앉았다. 그리고 몇 분쯤 지나 남자의 어깨를 가볍게 두드렸다.

"실례합니다. 아까 필사본에 대해 말씀하시는 걸 들었는데, 혹시 페루에서 발견된 필사본입니까?"

내 말에 그 남자는 놀란 듯했지만 신중한 태도를 보였다. 그러고는 망설이는 목소리로 대답했다.

"예, 그렇습니다."

나는 내 소개를 하고 최근에 페루에 다녀온 친구한테서 필사본에 대한 이야기를 들었다고 말했다. 그는 눈에 띄게 안심하는 표정을 지으며 뉴욕 대학의 역사학과 조교수인 웨인 도브슨이라고 자기소개를 했다.

우리가 이야기를 나누는 동안 내 옆에 앉은 신사가 짜증스러운 표정을 지었다. 그는 좌석을 뒤로 젖히고 잠을 청하려던 참이었던 것 같았다. 나는 웨인 교수에게 다시 물었다.

"필사본을 보셨습니까?"

"일부만 봤어요. 당신은 보셨나요?"

"아뇨, 친구한테서 첫 번째 통찰에 대해 들었을 뿐입니다."

이때 내 옆에 앉은 신사가 몸을 들썩이더니 자세를 바꿨다. 그러자 웨인이 그 신사를 보고 물었다.

"죄송합니다. 저희가 방해가 되고 있군요. 혹시 저와 자리를 바꾸시면 어떨까요?"

"그렇게 합시다. 그게 낫겠소."

우리가 일어서서 통로로 나오자 그 신사는 앞자리로 옮겼다. 내가 얼른 창가 쪽으로 옮겨 앉자 웨인은 내 옆자리에 앉았다. 그가 다시 입을 열었다.

"첫 번째 통찰에 관해 들으신 내용을 제게 말씀해 주시겠습니까?"

나는 잠시 마음속으로 내가 이해한 것을 정리해 봤다.

"첫 번째 통찰은 우리 삶을 변화시키는 신비로운 일들, 다시 말해 다른 어떤 과정이 작용하고 있다는 걸 느끼게 하는 일에 대한 자각입니다."

말하는 동안 나 자신이 한심하게 느껴졌다. 웨인은 내 마음이 불편하다는 걸 눈치 챈 듯 이렇게 물었다.

"당신은 그 통찰에 대해 어떻게 생각합니까?"

"잘 모르겠습니다."

"현대를 살아가는 우리 상식에는 별로 들어맞지 않는 내용이죠. 그렇지 않나요? 차라리 이 모든 걸 무시하고 실질적인 문제로 다시 돌아가는 게 오히려 속이 더 편할 거라는 생각이 들지 않나요?"

내가 웃으며 고개를 끄덕이자 웨인이 계속 말했다.

"사실 누구나 그렇게 생각할 것입니다. 삶에서 뭔가 더 큰 일이 일어나고 있다는 걸 분명히 알아차리고도 우리는 습관적인 사고방식으로 그런 개념 자체를 알 수 없는 걸로 간주하고 그런 자각을 완전히 무시하죠. 그래서 두 번째 통찰이 필요한 것입니다. 우리 인식에 대한 역사적인 배경을 알면 그것이 좀 더 타당하게 여겨질 테니까요."

나는 고개를 끄덕이며 물었다.

"그렇다면 선생님은 지구의 변화를 예언하는 필사본의 내용이 정확하다고 보십니까?"

"예."

"역사학자로서요?"

"그렇습니다! 하지만 그러려면 역사를 정확한 방식으로 바라봐야 합니다."

웨인은 심호흡을 한 뒤 다시 말했다.

"제 말을 믿으세요. 여러 해 동안 잘못된 방식으로 역사를 공부하고 가르쳐 온 사람으로서 말씀드리는 겁니다. 이제껏 오로지 문명의 기술적 성취와 발전을 가져온 위대한 인물에만 초점을 맞춰 왔으니까요."

"그런 접근법에 무슨 문제가 있나요?"

"지금까진 아무런 문제도 없었죠. 하지만 정말로 중요한 건 역사적 시대마다 사람들이 뭘 느끼고 생각했느냐 하는 것입니다. 저는 그 사실을 이해하기까지 오랜 시간이 걸렸어요. 우리 삶을 포함해 더 긴 맥락에 대한 지식을 제공하는 것이 역사의 역할입니다. 단순히 기술의 진화만을 뜻하는 게 아니에요. 역사는 생각의 진화를 말합니다. 우리보다 앞서 살았던 사람들의 현실을 이해해야만 오늘날 우리가 왜 이런 관점으로 세계를 바라보게 되었는지 알 수 있습니다. 그리고 앞으로 더 진보하려면 어떻게 해야 하는지도 알 수 있죠. 말하자면 길고 긴 문명의 발달사 중 어느 시점에 우리가 진입해 있는지를 정확하게 짚을 때 어디로 가고 있는지를 제대로 감지할 수 있습니다."

웨인은 말을 멈췄다가 이렇게 덧붙였다.

"두 번째 통찰의 효과는 이런 역사적 관점을 정확하게 제공합니다. 최소한 서구적 사고의 관점에선 말입니다. 그에 따라 필사본의 예언은 더 긴 맥락에 해당하며, 예언의 말들은 타당한 정도가 아니라 불가피한 것이 됩니다."

나는 웨인에게 몇 번째 통찰까지 봤느냐고 물었다. 그러자 그는 두 개의 통찰만 봤다고 대답했다. 필사본에 대해 떠도는 소문을 들은 즉시 페루에 잠깐 다녀온 것이 삼 주 전의 일인데 그때 그것을 찾았다는 것이다. 그는 이렇게 말했다.

"페루에 도착하자마자 필사본의 존재를 인정하는 사람을 두어 명 만났어요. 그런데 그들은 필사본에 관해 이야기하길 몹시 두려워하더군요. 그들 말로는 그 나라 정부가 제정신이 아닌 것처럼 복사본을 갖고 있거나 그것에 관해 정보를 유포하는 사람들에게 물리적인 위협을 가하고 있답니다."

웨인의 표정이 한층 진지해졌다.

"그 이야기를 듣고 불안했어요. 그런데 얼마 뒤 제가 머물던 호텔의 웨이터한테서 필사본에 대한 이야기를 들려주는 신부님을 안다는 말을 들었어요. 웨이터는 그 신부님이 유물을 숨기려는 정부에 대항해 싸우고 있다고 했어요. 그 말을 듣자마자 신부님의 사택으로 당장이라도 달려가고 싶었죠."

그 순간 내가 놀란 표정을 지었는지 웨인이 말을 멈추고 물었다.

"뭐가 잘못됐나요?"

"제 친구도 어떤 신부님한테서 필사본에 관한 이야기를 들었다고 했거든요. 그분은 이름을 밝히지 않았지만 제 친구에게 처음 만난 자리에서 첫 번째 통찰을 알려 줬어요. 그리고 다시 만나기로 했는데, 그분이 나타나지 않았답니다."

"그렇다면 같은 분일 수도 있겠네요. 왜냐하면 저도 그 신부님을 찾을 수 없었으니까요. 그분의 사택은 잠겨 있고 마치 사람이 살지 않는 것처럼 보였어요."

"그분을 한 번도 만나지 못한 건가요?"

"예, 하지만 저는 그 사택을 둘러보기로 했어요. 그러다 사택 뒤편에 문이 잠겨 있지 않은 낡은 창고 건물을 보고 왠지 그 안을 살펴봐야겠다는 생각이 들었죠. 안으로 들어가자 쓰레기가 널려 있고 벽에 헐거운 판자가 붙어 있는 게 눈에 띄었어요. 그래서 그 판자를 뜯어내 보니 첫 번째와 두 번째 통찰의 번역본이 들어 있었어요."

웨인은 자기 말을 이해했느냐는 듯이 나를 쳐다봤다.

"그러니까 우연히 발견하셨군요?"

"그렇죠."

"이번 여행에 그 번역본을 가져오셨나요?"

웨인은 고개를 저었다.

"아뇨. 전 그것을 철저히 연구하기로 결정을 내리고 동료들에게 맡겼어요."

"그럼 두 번째 통찰에 관해 요약해 주실 수 있나요?"

웨인은 생각에 잠긴 듯 한참 입을 다물고 있다가 마침내 웃으며 고개를 끄덕였다.

"우리가 여기 함께 있는 이유가 바로 그 때문인 것 같군요."

그러더니 계속 말했다.

"두 번째 통찰은 현재 우리의 의식을 더 긴 역사적 관점으로 확장하게 합니다. 1990년대가 끝나면 이건 20세기가 끝나는 것일 뿐 아니라 역사에서 천 년 단위의 한 기간이 끝나는 것이기도 하니까요. 우리는 두 번째 밀레니엄(천 년)을 마치게 될 겁니다. 우리가 어디에 와 있으며 이 다음에 무슨 일이 일어날지를 이해하려면 지난 천 년 동안 실제로 어떤 일들이 일어났는지를 먼저 이해해야 합니다."

"필사본에는 정확하게 뭐라고 씌어 있습니까?"

"두 번째 밀레니엄이 가까워 오면, 그게 바로 지금인데 우리는 역사를 전체로서 볼 수 있고 이번 천 년의 후반부, 즉 우리가 현대라고 부르는 시기에 특별히 발달해서 우리를 사로잡은 특정한 집착을 알아볼 수 있게 될 거라고 했어요. 오늘날 동시에 발생하는 일들을 우리가 인식하게 되는 건 이런 집착에서 깨어나는 것이라고도 볼 수 있어요."

"어떤 집착을 말하는 건가요?"

웨인이 장난기 어린 미소를 지으며 내 질문에 답했다.

"천 년을 다시 살 준비가 됐습니까?"

"그럼요, 말씀만 하십시오."

"제 이야기만으론 충분하지 않습니다. 앞서 이야기한 대로 역사를 이해하려면 세계를 바라보는 당신의 일상적인 관점이 어떻게 발달됐으며, 그것이 당신보다 먼저 살았던 사람들의 현실에 따라 어떻게 형성됐는지를 이해해야 합니다. 사물을 바라보는 현대적 시각이 발달하기까지 천 년이 걸렸고, 그렇기 때문에 현재의 위치를 제대로 이해하려면 당신은 일단 서기 1000년으로 돌아가서 거기서부터 전체 밀레니엄을 경험하면서 현재까지 와야 합니다. 마치 한 번의 삶 속에서 그 모든 기간을 실제로 살아 보는 것처럼 말이죠."

"어떻게 하면 그렇게 할 수 있나요?"

"제가 안내해 드리겠습니다."

나는 잠시 망설이며 창밖으로 시선을 돌려 까마득히 보이는 저 아래의 지형을 내려다봤다. 시간이 이미 다르게 느껴지기 시작했다. 마침내 내가 말했다.

"해 보겠습니다."

"좋아요. 서기 1000년 우리가 중세시대라고 부르는 그 시대에 살고 있다고 상상하십시오. 당신이 첫 번째로 이해해야 할 것은 기독교 교회의 막강한 힘을 가진 성직자들이 이 시대의 실체를 규정하고 있다는 사실입니다. 그들은 직위를 이용해 대중에게 큰 영향력을 행사합니다. 그리고 그들이 실제라고 묘사하는 세계는 무엇보다 영적인 세계입니다. 그들은 인류에 대한 신의 계획을 인간의 삶에서 가장 중요한 관념으로 배치하고 거기에서 현실을 창조해 내고 있습니다. 이런 상황을 시각화해 보세요."

웨인은 잠시 말을 멈췄다가 이었다.

"당신은 자신의 아버지와 같은 사회계층입니다. 본질적으로는 농민 아니면 귀족, 둘 중 하나죠. 그리고 당신은 평생토록 그 계층에서 벗어날 수 없으리라는 걸 압니다. 하지만 머지않아 자신이 어떤 계층에 속하든, 어떤 일을 하든 사회적 신분은 성직자들이 정의한 영적인 삶이라는 현실 다음으로 오는 부차적인 것임을 깨닫습니다. 삶이란 영적인 시험을 통과하는 과정임을 깨닫는 거죠. 성직자들의 설명에 따르면 신은 우주 한가운데 인간을 두었는데 그것은 삶의 유일한 목적이 구원받는 것이기 때문입니다. 그래서 당신은 이 시험에서 신의 힘과 은밀한 악마의 유혹이라는 서로 대립하는 힘 가운데서 올바른 것을 선택해야 합니다.

하지만 당신 혼자 이 과정을 거쳐야 하는 것이 아니라는 점을 이해하십시오. 사실 이 점에서 당신은 자신의 신분을 개인적으로 결정할 자격이 없습니다. 그건 성직자들의 몫입니다. 그들은 성서를 해석하고 각 단계마다 그것이 신의 뜻에 들어맞는지, 아니면 사탄에게 속고 있는지를 일일이 알려 줍니다. 그들은 자신들의 지시에 따른다면 내세에 보상받을 것이라고 말하기도 합니다. 반면에 그들이 처방한 길을 따르지 않으면 교회에서 파문을 당하거나 저주나 천벌이 뒤따르죠."

웨인은 나를 뚫어지게 바라봤다.

"필사본에 따르면 여기서 이해해야 할 중요한 것은 중세 세계를 이루고 있는 모든 요소가 다른 세상, 즉 내세의 용어들로 정의된다는 것입니다. 우연히 일어나는 뇌우나 지진부터 풍작 또는 사랑하는 이의 죽음까지 삶에서 일어나는 모든 현상이 신의 뜻이거나 숨겨진 악마의 유혹 중 하나로 규정됩니다."

웨인은 말을 멈추고 나를 바라봤다.

"제 이야기를 듣고 있습니까?"

"예, 그것이 현실처럼 느껴지는군요."

"자, 그럼 이제 그 현실이 붕괴되기 시작하는 걸 상상해 보세요."

"그게 무슨 뜻입니까?"

"중세의 세계관, 즉 지금 당신이 갖고 있는 세계관은 14세기, 15세기에 허물어지기 시작합니다. 먼저 당신은 성직자들이 부적절하게 처신했다는 걸 알아차리죠. 예를 들어 성직자들은 순결에 대한 서약을 남몰래 위반하거나, 영적인 법칙을 어긴 정부 고위관료들에게 사례금을 받고 면죄부를 주기도 하죠.

이런 부도덕성은 당신을 두렵게 합니다. 왜냐하면 성직자들은 자기들만이 당신과 신을 연결해 주는 유일한 존재로 자처하고 있기 때문이죠. 성서를 해석하는 사람도, 당신의 구원을 중개해 주는 사람도 그들이 유일하다는 점을 떠올려 보세요.

갑자기 반란의 소용돌이가 당신을 에워싸기 시작합니다. 마르틴 루터가 이끄는 무리가 교황이 주도하는 기독교와 완전히 결별하기를 원하고 있습니다. 그들은 성직자들이 타락했으니 사람들의 마음을 더 이상 지배하지 말아야 한다고 주장합니다. 각 개인이 중개자 없이 성서에 직접 접근하고 원하는 대로 해석할 수 있어야 한다는 개념에 바탕을 둔 교회가 새롭게 생겨나기 시작합니다.

당신이 믿을 수 없어 하며 지켜보는 동안 반란이 성공합니다. 성직자들은 힘을 잃고 있습니다. 몇 세기에 걸쳐 현실을 규정해 온 그들의 신용이 이제 당신 눈앞에서 땅에 떨어지고 있습니다. 그 결과 세계 전체에 대해 의문을 품게 됩니다. 우주의 본성과 인류의 목적에 대해 분명하게 일치했던 견해의 기반 자체가 붕괴되고 있습니다. 이 모든 것이 성직자들이 제시한 대로 만들어졌기 때문이죠. 이제 서양 문화권에서 살아가는 사람들은 매우 불안정한 상황에 놓이게 됩니다.

어쨌든 당신은 지금까지 이것이 실제라고 성직자들이 규정해 주는 데 익숙해 있었는데, 이제 외부에서 방향을 제시해 주지 않으니 혼란스러워 어찌할 바를 모릅니다. 당신은 이렇게 묻습니다. 성직자들이 알려주었던 실제와 인류의 존재 이유가 틀린 것이었다면 대체 뭐가 옳은 것이냐고 말입니다."

웨인은 잠깐 말을 멈추고 나를 바라보며 물었다.

"이런 붕괴가 당시 사람들에게 어떤 영향을 끼쳤는지 아십니까?"

"불안감과 동요를 일으켰겠죠."

"조금의 과장도 없이 말하자면 어마어마한 격변이 일어났습니다. 지난날의 세계관은 도처에서 도전을 받았어요. 실제로 1600년대에 이르러 천문학자들은 그때까지 교회가 주장해 온 것과 달리 해와 별이 지구를 중심으로 도는 게 아니라는 사실을 입증했어요. 지구 또한 은하계에서 작은 항성인 태양의 궤도를 도는 작은 행성에 불과하다는 것도 밝혀냈죠."

웨인은 내 쪽으로 몸을 기울인 채 말했다.

"이게 중요합니다. 인류는 이제 신이 만든 우주의 중심에 있던 자리를 잃어버렸어요. 이런 사실이 어떤 영향을 미치게 되었는지 아십니까? 당신은 날씨가 바뀌거나 식물이 자라나거나 누군가 갑자기 죽는 것을 볼 때 불안하고 곤혹스럽습니다. 예전엔 신의 뜻이거나 악마의 짓이라고 말했죠. 하지만 중세의 세계관이 붕괴되면서 예전의 확신도 사라진 겁니다. 당연하게 받아들였던 모든 것에 이제 새로운 정의가 필요해졌어요. 특히 신이 어떤 분인가 하는 신의 본성 그리고 당신과 신의 관계에 대한 새로운 정의가 필요해졌습니다."

웨인은 다시 말을 이었다.

"바로 그런 인식을 바탕으로 현대가 시작됩니다. 민주주의 정신이 자라면서 교황과 왕권에 대한 집단적 불신도 늘어납니다. 추측이나 성서에 대한 믿음에 의거해 우주를 정의하는 것은 더 이상 수용되지 않습니다. 확실성을 잃었음에도 성직자들이 그랬던 것처럼 어떤 새로운 계층이 나타나 우리의 현실을 통제할 수 있는 위험을 무릅쓰려고 하지 않습니다. 만약 당신이 거기에 있었다면 과학의 새로운 권한을 형성하는 데 참여했을 겁니다."

"뭘 형성한다고요?"

웨인은 내 질문에 웃으며 대답했다.

"당신은 정의되지 않은 광대한 우주를 바라보면서 그 당시의 사상가들이 그랬듯이 새로운 이 세계를 체계적으로 탐구하고 합의를 형성할 방법이 필요하다고 생각했을 겁니다. 그리고 실제를 발견하는 이 새로운 방식을 과학적인 방법이라고 불렀을 겁니다. 과학적인 방법이란 우주가 움직이는 방식에 대해 하나의 개념을 실험해 본 다음 몇 가지 결론에 도달하면 그것을 다른 이들에게도 제시해 동의하는지 알아보는 것일 뿐 그 이상의 무엇도 아닙니다.

그리고 나서 당신은 이 새로운 우주로 탐험가들을 내보낼 준비를 했을 겁니다. 당신은 저마다 과학적 방법으로 무장한 탐험가들에게 역사적 사명을 과업으로 주었습니다. 그 사명이란 새로운 우주를 탐험해서 그곳이 어떻게 움직이는지 알아보고, 우리가 그곳에서 살고 있는 의미가 무엇인지 발견하는 것이죠.

당신은 신이 지배하던 우주에 대한 확신을 잃어버렸으므로 신의 본성에 대한 확신도 함께 잃어버렸어요. 하지만 합의 과정을 거쳐 모든 것의 본성을 발견해 낼 방법을 터득했다고 느낍니다. 신의 본성뿐 아니라 이 행성에서 인류가 존재하는 진정한 목적까지 포함해서 말입니다. 그래서 탐험가들을 보내 당신이 처한 모든 상황의 본성을 찾아서 보고하도록 한 것이죠."

웨인은 말을 멈추고 나를 바라보다가 다시 말했다.

"필사본에 따르면 이 시점에서 우리는 한 가지 집착에 몰두하기 시작했고, 지금은 거기서 깨어나고 있습니다. 우리 존재에 대해 완전한 설명을 가져오라고 탐험가들을 보냈지만 우주가 워낙 복잡하다 보니 그들은 금방 돌아올 수가 없었죠."

"어떤 집착이었습니까?"

"그 당시의 시점으로 다시 돌아가 보세요. 과학적인 방식으로는 신에 대해 그리고 인류가 지구에 온 목적에 대해 밝혀 주는 새로운 그림을 가져오지 못하자 그런 불확실성과 의미의 부재가 서양의 문화에 심오한 영향을 끼쳤어요. 그래서 우리는 의문에 대한 답을 얻을 때까지 다른 것을 해야 했습니다. 결국 겉보기에 아주 논리적인 해법에 도달했죠. 우리는 서로에게 말했죠. '우리가 처해 있는 진정한 영적 상황에 대한 해답을 얻으러 간 탐험가들이 아직 돌아오질 않으니 기다리는 동안 이 새로운 세계에 정착해 보는 게 어떨까요? 이 세계를 잘 다뤄 우리에게 이롭게 할 방법을 지금 배우고 있으니 그동안 생활수준을 높이고 세상에 대한 안전감각을 키워 보는 게 좋지 않을까요?'라고 말이죠."

웨인은 나를 보고 싱긋 웃었다.

"그게 바로 우리가 한 일입니다. 4세기 전이었죠! 지구를 정복하고, 그곳의 자원들을 활용해 상황을 개선하는 데 집중하고, 우리 손으로 직접 일하면서 방향을 잃었다는 상실감을 떨쳐 버리기 위해 노력했죠. 그리고 이제 천 년의 끝자락에 도달해서야 그동안 무슨 일이 벌어졌는지 알게 된 겁니다. 우리는 점점 집중에서 몰두로 빠져들었죠. 영적인 상실을 채우려고 그 대신에 세속적이고 경제적인 안전을 추구하는 일에 몰두하면서 자신을 완전히 잃어버렸어요. '우리가 살아 있는 이유가 무엇인가', '여기서 영적으로 무슨 일이 일어나고 있는가'라는 의문은 서서히 밀려나면서 결국 완전히 억제됐습니다."

웨인은 강렬한 눈빛으로 나를 보더니 다시 말을 이었다.

"더욱 안락하게 살기 위해 노력하면서 설정한 삶의 양태가 차츰 그 자체로 완전하며 그것이 곧 우리가 살아야 할 이유인 양 변질됐죠. 그러면서 우리는 조직적으로 본래 품었던 의문 자체를 조금씩 망각하게 됐습니다. 우리가 왜 살아가고 있는지 여전히 모른다는 사실을 잊어버린 겁니다."

창밖 저 아래로 아득하게 커다란 도시가 보였다. 비행 경로로 짐작해 보건대 아마 플로리다의 올랜도일 듯했다. 나는 질서정연한 큰 도로와 길들이 만들어 낸 기하학적인 윤곽선을 내려다보면서 새삼 인간의 힘에 감탄했다. 옆자리를 보니 웨인은 잠이 든 듯 눈을 감고 있었다. 그는 점심식사가 나올 때까지 한 시간 동안 두 번째 통찰에 대해 이야기해 주었다. 식사를 마친 뒤에 나는 샬린에 대해 들려주고 내가 왜 페루에 오기로 결심했는지도 이야기했다. 그러고는 창밖으로 구름의 형상을 응시하면서 웨인이 들려준 이야기를 생각하고 있었다. 그때 그가 불쑥 질문을 던졌다.

"그래서 당신 생각엔 어때요? 두 번째 통찰이 이해가 되나요?"

웨인의 질문에 고개를 돌리니 그는 졸린 듯한 표정으로 나를 보고 있었다.

"잘 모르겠어요."

웨인은 다른 승객들을 고개로 가리키며 말했다.

"인간 세계(human world)에 대한 관점이 좀 더 분명해졌다는 생각이 들지 않나요? 모든 사람이 얼마나 몰두한 상태로 살아왔는지 알겠어요? 이 같은 관점은 많은 것을 설명해 줍니다. 당신이 알고 있는 사람들 가운데 얼마나 많은 이가 일에 사로잡혀 살고 있습니까? A형 인간(심장 전문의 마이어 프리드먼이 분류한 성격 유형으로 혈액형과는 관련이 없으며 A형 성격은 성급하지만 성취욕이 강함 — 옮긴이)을 비롯해 스트레스와 관련된 질병을 앓고 있으면서도 결코 일의 속도를 늦추지 못하는 사람들 말입니다. 그들은 자기 자신을 생각하지 않고 일상 속에 묻혀 살기 때문에 일의 속도를 늦출 수가 없습니다. 삶에서 실질적으로 꼭 고려해야 하는 것만 최소한으로 생각하며 살아가죠. 자신이 살아가는 이유가 얼마나 불확실한가를 떠올리지 않으려는 겁니다.

두 번째 통찰은 우리 의식을 역사적 시간으로 확장시켜 줍니다. 우리는 자신의 일생뿐 아니라 전체 밀레니엄이라는 관점에서 문화를 볼 수 있습니다. 그것은 지금까지 우리를 사로잡아 온 집착을 드러내 보여 주고, 우리를 높이 들어 올려 초월하게 합니다. 당신은 방금 더 길게 확장된 역사를 경험했습니다. 이제 당신은 더 길어진 지금을 살고 있어요. 지금의 인간 세계를 보면 이런 집착, 곧 경제 발전에 대한 강렬한 집착이 뚜렷하게 보일 겁니다."

"그게 뭐가 잘못됐나요? 그 덕분에 서구 문명이 위대한 발전을 이루지 않았나요."

내가 이의를 제기하자 웨인은 크게 웃었다.

"물론 그 말이 맞아요. 아무도 그게 잘못됐다고 말하진 않아요. 사실 필사본에 따르면 집착은 인류 발전에 필요한 단계였어요. 그렇지만 우리는 지금까지 세상에 적응하는 데 충분한 시간을 보냈어요. 이젠 집착에서 깨어나 우리가 본래 품었던 의문을 생각해 봐야 할 때가 된 것입니다. 이 행성 뒤에 있는 삶에는 무엇이 있는지, 우리가 왜 여기에 와 있는지……."

한참 동안 웨인을 바라보다가 물었다.

"선생님은 다른 통찰들이 그런 의문을 설명해 줄 거라고 생각하는 겁니까?"

웨인은 고개를 갸우뚱했다.

"그 통찰들은 살펴볼 가치가 있다고 생각합니다. 바라건대 우리가 찾아내기 전에 누군가 필사본의 나머지 부분을 없애지만 않으면 좋겠어요."

"페루 정부는 이렇게 중요한 유물을 파기하고도 자기들이 무사하리라고 생각하는 걸까요?"

"아마도 은밀하게 하겠죠. 공식적으론 필사본이 아예 존재하지 않는다고 주장하니까요."

"제 생각엔 과학계에서 분연히 들고 일어날 것 같은데요."

웨인은 결의에 찬 표정으로 나를 바라봤다.

"그렇습니다. 제가 페루로 가고 있는 것도 그 때문이죠. 저는 저명한 과학자 열 명을 대표하고 있는데, 그들 모두 필사본 원본을 대중에게 공개하라고 요구하고 있어요. 저는 페루 정부의 관련자들에게 제가 그곳에 갈 테니 협조해 달라는 서신을 미리 보내 놓았어요."

"그랬군요. 그들이 어떤 반응을 보일지 궁금합니다."

"아마 모른다고 잡아떼겠죠. 하지만 적어도 이것이 공식적인 시발점이 될 겁니다."

웨인은 시선을 돌리고 깊은 생각에 잠겼다. 나도 다시 창밖을 내다봤다. 그러면서 우리가 타고 있는 이 비행기에도 지난 4세기 동안의 기술 발전이 고스란히 담겨 있다는 사실을 깨달았다. 지금까지 우리는 지구에서 찾아낸 자원들을 다루는 방법을 연구해 왔다. 이 비행기도 수많은 사람이 몇 세대에 걸쳐 필요한 부품들을 하나하나 연구하고 발명해서 만들어 냈을 것이다. 단 하나의 아주 작은, 한 걸음의 작은 진보를 위해서 얼마나 많은 사람들이 자신의 일에 몰두하며 고개 한 번 들지 않고 평생을 보냈을까?

그 순간 웨인이 이야기해 준 역사의 전체 범위가 내 의식에 완전히 흡수되는 것을 느꼈다. 마치 내 생애의 일부분인 것처럼 천 년의 세월을 뚜렷하게 볼 수 있었다. 천 년 전에 우리는 신과 인간의 영성이 분명하게 규정된 세계에 살았다. 그러다가 그것을 잃었다. 아니 잃었다기보다는 그 이상의 무엇이 있다고 판단하기에 이르렀다. 그리하여 사람들은 진실을 알아내 보고하라고 탐험가들을 파견했다. 그리고 그들을 기다리는 동안 우리는 새로 세운 세속적인 목적, 즉 세상에 적응해 좀 더 안락하게 살아가는 데 몰두하기 시작했다.

결국 우리는 세상에 적응했다. 광석에서 추출한 금속을 녹이면 갖가지 기계장치를 만들 수 있다는 것을 발견했다. 처음엔 증기, 그다음엔 가스, 다시 전기 그리고 핵분열 에너지까지 다양한 동력원을 발견해 냈다. 농업과 대량생산을 체계화하고, 막대한 물품을 비축해 놓고, 방대한 유통망도 구축했다.

이 모든 것을 추진하는 동력은 자신의 안전을 꾀하고 목적을 이루려는 개인의 욕구에서 비롯된 발전에 대한 요구였다. 우리는 진실을 기다리는 동안 자기 자신과 자손을 위해 더 안전하고 편안한 삶을 누리기로 결정했다. 그리고 불과 4세기 만에 우리 생활을 안락하게 해 주는 온갖 물건과 편의시설을 만들어 냈다. 하지만 자연을 정복해 더 편하게 살고자 하는 데만 초점을 맞춘 우리의 강박적인 욕구는 지구의 자연계를 오염시켜 마침내 붕괴될 지경에 이르도록 만들었다. 이런 식으로는 계속 살아갈 수 없게 된 것이다.

웨인의 말이 옳았다. 두 번째 통찰을 알고 나니 우리가 얻은 새로운 인식이 과연 불가피한 것이었다고 여기게 되었다. 우리가 목적으로 삼은 문화는 정점에 근접했다. 집단 전체가 결정한 일들을 거의 달성했다. 하지만 공교롭게도 이제까지의 집착이 깨지면서 우리는 다른 것으로 눈을 돌리며 깨어나고 있다. 현대사회를 밀어붙이던 가속도가 천 년의 끝자락에 이르러 늦춰지는 것이 거의 눈앞에 보이듯 확연히 느껴졌다. 400년간 지속된 집착은 이제 완료됐다. 물질이 주는 안정이라는 수단을 확보한 우리는 이제 왜 그 일을 했는지 이유를 알아낼 준비가 된 것이다. 언제든 착수할 태세가 된 것이다.

나는 주변의 탑승객들 얼굴에서 집착에 사로잡힌 증거를 찾을 수 있었다. 하지만 언뜻언뜻 새로운 자각의 흔적도 발견할 수 있었다. 그것을 보면서 우연의 일치에 대해 이미 알아차린 사람이 과연 얼마나 될지 궁금증이 일었다.

곧 리마에 착륙할 것이라는 승무원의 안내방송에 이어 비행기가 앞쪽으로 기울며 하강하기 시작했다.

나는 웨인에게 내가 묵을 호텔을 알려 주면서 어디에 묵을 건지 물었다. 그는 자기가 묵을 호텔 이름을 말해 주며 내가 묵을 호텔에서 이삼 킬로미터밖에 떨어져 있지 않다고 덧붙였다. 내가 물었다.

"이제 어떻게 하실 계획입니까?"

"여러 가지 생각을 해 봤는데 우선 미국 대사관에 가려고 합니다. 그곳에서 제가 여기에 온 이유를 알리면 공식적인 기록으로 남을 테니까요."

"좋은 생각입니다."

"그다음엔 페루 과학자들을 되도록 많이 만나 이야기해 보려고 합니다. 리마 대학 소속 과학자들은 필사본을 알지 못한다고 대답했지만 여러 유적지에서 일하는 다른 과학자들 가운데 기꺼이 말해 줄 사람이 있을 겁니다. 당신은 어때요? 어떤 계획이 있나요?"

"없습니다. 혹시 선생님과 함께 다녀도 괜찮을까요?"

"물론이죠. 그러잖아도 그렇게 하자고 제안하려던 참입니다."

비행기가 착륙한 다음 우리는 짐을 찾고 나서 웨인이 묵는 호텔에서 만나기로 약속했다. 밖으로 나가 보니 하늘은 황혼에 물들어 가고 있었다. 나는 손을 들어 택시를 세웠다. 공기는 건조하지만 바람이 상쾌했다.

내가 탄 택시가 움직이기 시작했을 때 다른 택시 한 대가 바로 따라붙더니 그 뒤에도 일정 간격을 두고 계속 따라오고 있었다. 흘낏 뒤를 돌아보니 승객은 뒷좌석에 탄 사람 한 명뿐이었다. 몇 번 방향을 틀었는데도 여전히 뒤따라오자 불안이 엄습하며 가슴이 철렁했다. 마침 택시 기사가 영어를 할 줄 알아서 나는 그에게 곧장 호텔로 가지 말고 시내를 한 바퀴 돌아 달라고 했다. 관광에 관심이 있어 그렇다고 했더니 그는 별 말 없이 시내를 돌기 시작했다. 그러자 뒤의 택시도 계속 따라왔다. 대체 이게 무슨 일인가?

호텔에 도착하자 나는 기사에게 차 안에 잠시 그대로 있어 달라고 요청했다. 그리고 문을 열고 나가 택시비를 계산하는 척하며 살펴보니 뒤를 따라온 택시는 약간 떨어진 커브 길에 정차했다. 그리고 뒷좌석에서 한 남자가 내리더니 호텔 출입문으로 천천히 걸어가는 것이었다.

나는 다시 택시로 뛰어들어 문을 닫으며 기사에게 빨리 출발하자고 말했다. 뒤를 돌아보니 그 남자는 도로에 서서 내가 탄 차가 시야에서 사라질 때까지 지켜보고 있었다. 시선을 앞으로 돌리자 백미러로 택시 기사의 얼굴이 보였다. 그는 긴장된 표정으로 나를 찬찬히 살피고 있었다.

"죄송합니다. 갑자기 숙소를 바꾸기로 결정했습니다."

나는 별일 아니라는 듯 미소를 지었지만 마음속으론 당장 공항으로 돌아가 첫 번째 미국행 비행기를 타고 싶었다. 하지만 기사에게 웨인이 묵는 호텔 이름을 알려 준 뒤 목적지를 반 블록 남겨 두고 차를 세우게 했다.

"여기서 기다려 주세요. 금방 돌아올게요."

거리는 행인으로 붐볐는데 대부분 페루 사람이었다. 하지만 여기저기에서 미국인이나 유럽인도 보였다. 관광객의 모습을 보니 왠지 안전하다는 느낌이 들었다. 나는 호텔과 50미터쯤 떨어진 곳에서 걸음을 멈췄다. 뭔가 이상한 느낌이 들었다. 그 순간 돌연 총성이 울리면서 비명이 터져 나왔다. 내 앞에 있던 사람들이 모두 땅바닥에 엎드려서 앞쪽이 훤히 보였다. 그런데 웨인이 극심한 공황상태에 빠져 제정신이 아닌 듯한 눈빛으로 내 쪽으로 달려오고 있었다. 몇 명의 남자가 그 뒤를 쫓아오고 있었다. 그중 한 남자가 허공에 대고 총을 쏘며 그에게 멈추라고 명령했다. 웨인은 달리다가 나를 발견하고는 소리쳤다.

"뛰어요! 제발 뛰라고!"

나는 공포에 질린 채 몸을 돌려 골목으로 달리기 시작했다. 앞쪽에는 높이가 2미터에 가까운 울타리가 가로막고 있었다. 나는 있는 힘껏 높이 뛰어올라 울타리 끝을 두 손으로 잡고 매달린 채 오른쪽 다리를 울타리 위에 걸쳤다. 그러고는 왼쪽 다리도 울타리 위에 걸치고 나서 뒤를 돌아봤다. 웨인은 필사적으로 달리고 있었다. 그때 총성이 몇 발 더 울렸고 그는 비틀거리더니 바닥에 쓰러졌다.

나는 울타리 반대쪽으로 넘어가 길가에 쌓여 있는 쓰레기 더미와 골판지 상자를 뛰어넘으며 계속 뛰었다. 뒤쪽에서 쫓아오는 발소리가 들리는 듯했지만 차마 돌아볼 용기가 나지 않았다. 골목을 빠져나오니 혼잡한 큰 거리가 나왔다. 거리를 지나는 사람들의 표정에선 전혀 두려운 기색을 찾아볼 수 없었다. 나는 가슴이 쿵쿵 뛰는 걸 느끼며 용기 내어 뒤를 돌아봤다. 아무도 없었다. 나는 사람들 속에 섞이려고 얼른 오른쪽 보도로 걸어갔다. 웨인은 왜 도망쳤을까? 그는 정말 죽었을까?

"잠깐만요."

누군가 내 왼쪽 어깨를 잡으며 말했다. 깜짝 놀라서 도망가려고 하자 그 남자는 손을 뻗어 내 팔을 잡으며 다시 말했다.

"제발 잠깐만 기다려 봐요. 무슨 일이 일어났는지 봤어요. 당신을 돕고 싶어요."

나는 떨리는 목소리로 물었다.

"당신은 누구십니까?"

"저는 윌슨 제임스라고 합니다. 나중에 설명할게요. 우선은 여기서 벗어나야 합니다."

윌슨의 목소리와 태도에는 사람을 안심시켜 주는 어떤 힘이 있었다. 나는 그의 말에 따르기로 했다. 우리는 거리를 따라 걸어 올라가 어느 피혁제품 상점 안으로 들어갔다. 그는 카운터에 있던 남자에게 고갯짓을 하고는 곰팡내 나는 뒷방으로 나를 데려갔다. 그러고는 문을 닫고 커튼을 쳤다.

윌슨은 60대라고 하는데 나이보다 훨씬 젊어 보였다. 어쩌면 강렬한 눈빛 때문인지도 몰랐다. 그는 페루 혈통으로 짙은 갈색 피부에 검은 머리카락을 지녔다. 하지만 미국인처럼 들릴 정도로 영어를 능숙하게 구사했다. 그는 밝은 하늘색 티셔츠에 청바지 차림이었다. 윌슨이 말했다.

"여기 있으면 당분간 안전할 겁니다. 그런데 왜 그들이 당신을 잡으려고 했죠?"

내가 대답하지 않자 윌슨이 다시 물었다.

"필사본 때문에 이곳에 온 것 맞죠?"

"그걸 어떻게 알았습니까?"

"당신과 함께 있던 사람도 역시 같은 이유로 이곳에 온 건가요?"

"예, 그의 이름은 웨인입니다. 우리가 둘이란 걸 어떻게 알았습니까?"

"내 방이 골목길 위에 있어요. 그들이 당신들을 쫓을 때 마침 창밖을 내다보고 있었죠."

"혹시 웨인이 총에 맞았나요?"

나는 질문을 했지만 답변을 듣는 게 두려웠다.

"모르겠습니다. 확실히 보진 못했어요. 당신이 도망치는 걸 보고 뒤쪽 계단으로 뛰어 내려와서 당신을 앞질러 가야 한다는 생각이 들었죠. 도와주고 싶었어요."

"왜죠?"

윌슨은 내 질문에 어찌 대답해야 할지 확신이 서지 않는 듯 잠시 나를 바라봤다. 그리디니 그의 얼굴에 온화한 표정이 떠올랐다.

"아마 이해하지 못하겠지만, 창 앞에 서 있을 때 오래된 친구를 생각하고 있었어요. 지금은 세상을 떠나고 없습니다. 그 친구는 더 많은 사람에게 필사본을 알려야 한다는 신념 때문에 목숨을 잃었어요. 그러다가 골목길에서 벌어지는 일을 보고 당신을 도와야 한다고 느꼈어요."

윌슨의 말대로 나는 그의 말이 잘 이해되지 않았다. 하지만 그가 나를 진실하게 대한다는 느낌을 받았다. 내가 뭔가를 더 물어보려는 순간 윌슨이 다시 말했다.

"이런 이야기는 나중에 다시 합시다. 지금은 더 안전한 곳으로 가는 게 낫겠어요."

"잠깐만요, 윌슨 씨. 저는 그저 미국으로 돌아가는 방법만 알면 됩니다. 어떻게 해야 하죠?"

"그냥 윌이라고 불러요. 아직 공항으로 가는 건 위험합니다. 그들이 당신을 찾고 있다면 분명히 공항부터 확인해 볼 테니까요. 내 친구들이 도시 외곽에 살고 있어요. 그들에게 부탁하면 당신을 숨겨 줄 겁니다. 상황이 나아지면 어떻게 이 나라를 빠져나가야 하는지도 알려 줄 겁니다."

윌은 문을 열고 상점 안을 둘러본 뒤 밖으로 나가 거리를 살펴봤다. 그리고 다시 돌아와 몸짓으로 자기를 따라오라고 했다. 우리는 잠시 거리를 걷다가 파란색 지프에 올랐다. 차 뒷좌석에는 장기간의 여행을 준비한 듯 텐트와 가방, 식료품 등이 차곡차곡 쌓여 있었다.

우리는 침묵 속에서 차를 달렸다. 나는 조수석에 기대앉아 생각을 정리해 보려고 애썼다. 아직 두려움 때문에 마음이 진정되지 않았다. 이렇게 되리라고는 전혀 예상치 못했던 것이다. 만일 체포당해 감옥에 갇히거나 아예 현장에서 사살됐더라면 어쩔 뻔했는가? 내가 처한 상황을 곰곰 생각해 봤다. 갈아입을 옷은 없지만 다행히 돈과 신용카드 한 장이 있었다. 그리고 무슨 이유에선지 신뢰가 가는 윌도 곁에 있었다.

"그 사람 이름이 웨인이라고 했나요? 당신들 둘이 뭘 했기에 그들이 뒤쫓는 거죠?"

갑자기 윌이 물었다.

"제가 알기론 아무 일도 없었습니다. 웨인과는 이곳으로 오는 비행기 안에서 처음 만났어요. 그는 역사학자인데, 공식적으로 필사본을 조사하려고 여기에 왔어요. 다른 과학자들을 대표해서 말입니다."

내 말을 듣고 윌은 놀란 듯했다.

"그가 온다는 걸 페루 정부에서 알았나요?"

"예, 정부 관료 몇 명에게 협조를 부탁한다고 서신을 보냈답니다. 그런데 그들이 그를 체포하려고 했다는 사실을 믿을 수가 없어요. 심지어 필사본의 사본조차 지니고 있지 않은데……."

"그에게 필사본의 사본이 있나요?"

"첫 번째와 두 번째 통찰에 대한 내용만입니다."

"미국에 사본이 있으리라곤 생각지도 못했어요. 그는 필사본을 어디서 구했나요?"

"지난번 페루에 왔을 때 필사본에 관해 아는 어떤 신부님 이야기를 듣고 그분의 사택을 찾아갔답니다. 결국 신부님을 만나진 못했지만 숨겨 둔 사본을 찾았다고 하더군요."

내 말에 윌은 슬픈 표정을 짓더니 작은 목소리로 말했다.

"호세입니다."

"예? 누구라고요?"

"내가 아까 죽었다고 말한 친구가 바로 그 신부입니다. 그는 될 수 있는 한 많은 사람에게 필사본을 알려야 한다는 확고한 신념을 갖고 있었죠."

"신부님은 도대체 어떻게 된 건가요?"

"호세는 살해당했습니다. 누구의 소행인지는 아직 몰라요. 시신은 그가 살던 집에서 몇 킬로미터 떨어진 숲에서 발견됐죠. 그의 신념을 반대하는 적이 죽였다고 생각할 수밖에 없어요."

"페루 정부 말인가요?"

"정부나 교회 측 사람일 겁니다."

"아니, 교회가 어떻게 그런 짓을 할 수 있죠?"

"가능해요. 교회는 내밀하게 필사본에 반대하는 태도를 보이고 있어요. 필사본 내용을 이해하고 암암리에 옹호하는 신부가 몇몇 있지만 매우 조심스러워하고 있어요. 하지만 호세는 그 내용을 알고 싶어 하면 누구에게나 터놓고 그것을 알려 줬죠. 나는 호세가 살해당하기 몇 달 전부터 그에게 아무에게나 복사본을 주지 말고 은밀하게 행동하라고 주의를 줬죠. 하지만 호세는 자신이 해야만 하는 일이기에 하는 거라고 했어요."

"필사본은 언제 처음 발견됐나요?"

"삼 년 전에 처음 번역됐는데 언제 발견됐는지는 아무도 몰라요. 아마도 여러 해 동안 인디언들 사이에서 원본이 떠돌아다니다가 호세에게 발견된 것 같아요. 호세는 그것을 직접 번역했어요. 물론 교회에서는 필사본의 내용을 알게 되자 완전히 은폐하려고 했죠. 지금 우리가 가진 건 사본뿐이에요. 아마도 원본은 교회 측이 파기해 버린 것 같아요."

윌은 도심을 벗어나 동쪽으로 차를 몰았다. 우리는 수로가 많은 지역을 관통하는 좁은 이차선 도로를 달리고 있었다. 작은 판잣집을 몇 채 지나치고 값비싼 울타리를 둘러친 드넓은 목초지도 지나쳤다. 침묵을 깨고 윌이 물었다.

"웨인이 당신에게 첫 번째와 두 번째 통찰에 대해 이야기해 줬나요?"

"두 번째 통찰에 대해 이야기해 줬어요. 첫 번째 통찰에 대해서는 친구에게 들었죠. 그 친구도 이곳에서 어떤 신부님과 만났다고 했는데 아마도 그분이었나 봅니다."

"그럼 당신은 두 가지 통찰을 이해하고 있나요?"

"그런 것 같아요."

"우연의 일치가 종종 더 깊은 이면을 지닌다는 사실을 이해한 건가요?"

"이번 여행만 해도 우연한 사건이 꼬리를 물고 차례대로 일어나는 걸 보면 그런 것 같아요."

"그것은 당신이 일단 정신을 똑바로 차리고 에너지와 연결되면 일어나기 시작해요."

"연결이요?"

내 말에 윌은 미소를 지으며 말했다.

"필사본을 더 읽어 보면 그 말이 나와요."

"그 이야기를 좀 더 듣고 싶군요."

"나중에 다시 이야기합시다."

말을 마친 윌은 고갯짓으로 이제 차를 돌려 자갈이 깔린 사유지 진입로로 들어갈 것임을 알려 주었다. 약 100미터 앞쪽에 나무로 지은 소박한 집이 보였다. 윌은 집 오른편에 서 있는 큰 나무 아래에 차를 세우더니 말했다.

"내 친구가 이 지역 땅 대부분을 가진 대지주 밑에서 일합니다. 이 집도 그 대지주가 제공한 겁니다. 그는 막강한 세력을 가진 사람인데, 필사본을 은밀하게 지지하고 있어요. 그러니 이곳에 있으면 안전할 거예요."

그때 현관에 불이 켜지더니 페루 원주민처럼 보이는 땅딸막한 남자가 달려 나왔다. 남자는 활짝 웃으면서 스페인어로 뭐라고 하며 열정적으로 소리쳤다. 지프 옆으로 다가온 남자는 열린 창 너머로 윌의 등을 토닥거리며 나를 바라봤다. 윌은 그에게 영어로 말해 달라고 부탁한 뒤 우리를 소개시켰다.

"이분에게 도움이 필요하네. 미국으로 돌아가기를 원하는데 매우 조심스럽게 움직여야 할 거야. 오늘은 이분을 자네에게 부탁하려고 왔네."

남자는 윌을 유심히 보며 말했다.
"자네 또 아홉 번째 통찰을 찾으러 가려는 건가?"
"그래."
윌은 지프에서 내리면서 대답했다. 나도 문을 열고 내렸다. 윌과 남자는 집 쪽으로 걸어가면서 이야기를 나눴는데 무슨 내용인지는 들리지 않았다.
내가 다가가자 남자가 말했다.
"난 준비를 시작하지."
그리고 남자는 다른 쪽으로 걸어갔다. 마침 윌이 나를 돌아보자 물었다.
"저분이 아까 했던 말이 무슨 뜻이죠? 아홉 번째 통찰을 찾으러 가다니요?"
"지금까지 발견되지 않은 필사본의 일부분입니다. 필사본에는 여덟 개의 통찰이 나와 있죠. 하지만 거기에는 또 다른 통찰, 즉 아홉 번째 통찰이 있다고 언급돼 있어요. 그래서 많은 사람이 그것을 찾고 있어요."
"그게 어디 있는지 알고 있나요?"
"아뇨, 몰라요."
"그러면 어떻게 찾을 건데요?"
윌은 미소를 지으며 대답했다.
"호세가 여덟 개 통찰을 찾은 것과 같은 방식이죠. 당신이 첫 번째와 두 번째 통찰을 발견하고 그다음에 나를 만난 것과 같은 방식 말이에요. 에너지와 연결돼서 충분한 양의 에너지를 축적하면 우연의 일치가 꾸준히 일어나기 시작해요."

"어떻게 하면 연결될 수 있죠? 그게 몇 번째 통찰인가요?"

윌은 내가 어느 정도 이해하고 있는지 그 수준을 가늠해 보려는 듯이 나를 바라봤다.

"연결하는 것은 한 개의 통찰이 아니라 통찰 전체예요. 두 번째 통찰에서 과학적 방법을 활용해 이 지구에서 인간이 살아가는 목적을 찾아오라고 탐험가들을 파견한 걸 기억해요? 하지만 그들이 곧바로 돌아오지 않았던 것을?"

"예."

"나머지 통찰들은 마침내 찾아낸 답을 뜻합니다. 하지만 그 답이 제도권 과학에서만 비롯되는 건 아니에요. 내가 말하는 답은 여러 분야의 탐구 영역에서 오고 있어요. 물리학, 심리학, 신비주의, 종교에서 찾아낸 내용이 모두 한데 모여서 우연의 일치에 대한 자각을 기반으로 새로운 통합을 이루고 있어요.

우리는 동시에 발생하는 우연들이 무엇을 의미하며, 어떤 식으로 작용하는지 세부 사항을 배우고 있어요. 그러면서 통찰을 하나씩 차례로 깨달으며 삶에 대해 완전히 새로운 관점을 구성해 나갑니다."

"그렇다면 각각의 통찰에 대해 듣고 싶습니다. 아홉 번째 통찰을 찾으러 떠나기 전에 설명해 줄 수 있나요?"

"나는 당신이 말한 식으로는 통찰을 얻을 수 없다는 걸 깨달았죠. 당신이 직접 여러 과정을 겪으면서 각각의 방식으로 각각의 통찰을 찾아내야 합니다."

"어떻게요?"

"그냥 우연히 일어날 겁니다. 내가 당신에게 말해 준다고 해서 가능한 일이 아니에요. 그렇게 하면 당신은 정보를 얻을 순 있어도 통찰을 얻지는 못합니다. 당신의 삶을 살아가는 동안 그것들을 하나씩 발견해야 해요."

우리는 침묵 속에서 서로를 바라봤다. 그때 윌이 미소를 지었다. 그와 이야기를 나누는 동안 믿을 수 없을 만큼 활력이 느껴졌다. 내가 물었다.

"당신이 지금 아홉 번째 통찰을 찾고자 하는 이유가 무엇인가요?"

"지금이 적기이기 때문입니다. 이곳에서 가이드로 일해 왔기 때문에 나는 이 지역을 잘 알고 있어요. 그리고 여덟 개의 통찰을 다 이해하고 있죠. 골목길이 내려다보이는 창문 앞에 서서 호세를 생각하고 있을 때 이미 북쪽으로 한 번 더 다녀오기로 결정했어요. 난 아홉 번째 통찰이 어딘가에 있다는 걸 알아요. 그리고 더 이상 젊지 않아요. 나는 그것을 찾아서 그 내용대로 성취하는 걸 마음속으로 그려 왔어요. 난 아홉 번째 통찰이 여러 통찰 중 가장 중요하다는 걸 알아요. 나머지 통찰을 모두 균형감 있게 보도록 하면서 삶의 진정한 목적을 알려 주는 게 바로 아홉 번째 통찰이에요."

윌은 문득 말을 멈추고 진지한 표정으로 말했다.

"사실은 삼십 분 일찍 떠날 예정이었어요. 그런데 왠지 뭔가를 잊어버린 듯 석연치 않은 느낌이 들었어요."

윌은 잠시 말을 멈췄다가 다시 이어갔다.

"바로 그때 당신이 나타났죠."

우리는 한참 동안 서로를 바라봤다. 내가 물었다.

"제가 당신과 함께 가야 한다고 생각하나요?"

"당신 생각은 어때요?"

"잘 모르겠어요."

나는 알 수가 없어서 이렇게 대답했다. 혼란스러운 느낌이 들었다. 페루에 오기로 결심하고 이곳에 올 때까지 만난 이들이 머릿속을 스치고 지나갔다. 샬린과 웨인 그리고 이제 윌까지. 나는 그저 약간의 호기심 때문에 이곳에 왔는데 이제 누가 나를 뒤쫓는지조차 모른 채 어느새 도망자 신세가 됐다. 그런데 정말 이상한 일은 이 순간 공황 상태에 빠져 겁에 질린 게 아니라 도리어 흥분한 상태라는 것이다. 나는 모든 지혜와 본능을 동원해 미국으로 돌아갈 방법을 찾아야 마땅하다. 하지만 내가 가장 원하는 일은 윌과 함께 가는 것이었다. 틀림없이 더 큰 위험으로 향하게 될 그 길을…….

머릿속으로 여러 가지 대안을 고려해 보는 동안 내게 다른 선택의 여지가 없다는 것을 깨달았다. 두 번째 통찰을 알고 나서 이미 예전의 생활로 돌아갈 가능성은 없어졌다. 깨어 있는 상태를 유지하려면 앞으로 나아가는 수밖에 없다. 이때 윌이 말했다.

"오늘 밤은 여기서 묵을 예정이니 내일 아침까지 결정하도록 해요."

"이미 결정했습니다. 당신과 함께 가고 싶습니다."

에너지의 문제

 우리는 동틀 녘에 일어나 줄곧 침묵을 지키며 오전 내내 동쪽을 향해 달렸다. 지프에 탔을 때 윌은 우리가 안데스 산맥을 가로질러 숲이 우거진 언덕과 고원으로 이뤄진 셀바(열대우림) 지역으로 곧장 갈 것이라고 설명했다. 그 뒤로는 거의 아무 말도 하지 않았다. 가는 동안 윌의 출신 배경과 우리의 목적지에 대해 몇 번 질문했지만 그는 운전에만 집중하고 싶다면서 정중하게 자기 의사를 밝혔다. 결국 나도 입을 다물고 주변 풍경에만 관심을 기울였다. 산 정상에서 바라보는 풍경은 참으로 놀라웠다.
 정오 무렵 우뚝 솟은 산꼭대기들 가운데 마지막 봉우리에 도착하자 우리는 전망 좋은 위치에 지프를 세우고 차 안에서 점심으로 샌드위치를 먹으며 눈앞에 펼쳐진 넓고 황량한 골짜기를 바라봤다. 골짜기 맞은편에는 푸른 식물들로 뒤덮인 작은 언덕이 솟아 있었다. 식사를 하면서 윌은 오늘 밤에 머물 곳은 19세기에 스페인 가톨릭교회에 속해 있었던 비시엔테 산장이라고 일러 주었다. 지금은 윌의 지인이 소유하고 있으며 기업이나 과학단체의 국제회의 장소로 주로 이용된다고 했다.

식사를 마치고 다시 차에 오른 우리는 여전히 침묵을 지켰다. 한 시간 정도 달리자 비시엔테 산장에 도착했다. 금속과 석재로 만든 문을 통과해 영지로 들어가 좁은 자갈길을 따라 북동쪽으로 진입했다. 기회다 싶어서 다시 비시엔테 산장과 우리가 여기에 온 이유에 대해 물어봤지만 윌은 대답을 피했다. 다만 이번에는 주변 경관을 집중해 보라고 권했다.

아닌 게 아니라 나는 산장 주변의 아름다운 경관에 곧바로 빠져들었다. 주변엔 색채가 풍부한 목장과 과수원이 펼쳐져 있었다. 풀마저 유난히 푸르고 싱싱해 보였다. 약 30미터 간격으로 우뚝 솟은 거대한 떡갈나무들 아래에까지 풀이 빼곡히 자라고, 목장의 풀들도 촘촘히 자라고 있었다. 눈에 보이는 모든 식물이 믿을 수 없을 정도로 매력적이었는데 그것이 어떤 매력인지는 정확히 알 수 없었다.

2킬로미터쯤 더 달려 동쪽으로 꺾어지자 오르막길이 나왔다. 그 언덕에 산장이 자리 잡고 있었는데, 통나무와 회색 돌로 지은 스페인풍의 커다란 건물이었다. 방이 적어도 오십 개는 넘어 보이고, 남쪽 벽 전체에 베란다가 달려 있었다. 산장을 둘러싼 정원에도 거대한 떡갈나무들과 이국적인 식물들이 자라는 화단이 여러 개 있고, 보도를 따라서도 매혹적인 꽃들과 양치식물이 자라고 있었다.

차에서 내리면서 윌은 잠시 주변 경관을 가만히 응시했다. 산장의 동쪽으로는 내리막길이 이어지고 그 아래로 수풀이 시원하게 펼쳐져 있었다. 산장 너머로 멀리 보이는 작은 언덕들은 푸른빛이 감도는 보라색을 띠었다.

그때 윌이 말했다.

"안에 들어가서 우리가 묵을 방이 있는지 알아봐야겠군요. 잠시 주변을 둘러보고 있어요. 이곳이 마음에 들 겁니다."

"정말 그렇군요."

윌은 산장으로 걸어가다가 몸을 돌려 다시 말했다.

"연구용 정원을 잊지 말고 꼭 보도록 해요. 우린 저녁때 다시 만나죠."

무슨 이유인지 윌이 나를 떼어 두려고 하는 것 같았는데 별로 개의치 않았다. 기분이 한결 좋아져 걱정스러운 생각도 들지 않았다. 윌은 비시엔테 산장이 많은 관광객으로 상당한 외화를 벌어들이는 덕분에 정부가 이곳에서 필사본에 관한 논의가 종종 이뤄진다는 사실을 알면서도 간섭하지 않는다고 이야기했다.

나는 커다란 나무들과 구불구불 나 있는 길이 마음에 들어 남쪽으로 발걸음을 옮겼다. 나무들이 있는 곳에 다다르니 작은 철문이 보이고 그 뒤로 돌계단을 지나 야생화가 흐드러지게 핀 초원이 이어졌다. 저 멀리 과수원이 하나 있고, 조그만 개울이 흐르며, 숲과 들도 보였다. 나는 철문 앞에서 걸음을 멈추고 아래쪽의 아름다운 풍경에 감탄하며 몇 차례 심호흡을 했다.

"참 아름답죠?"

뒤에서 누군가의 목소리가 들려 얼른 뒤를 돌아봤다. 30대 후반으로 보이는 여자가 등산 배낭을 매고 서 있었다.

"정말 그렇군요. 지금까지 이런 풍경을 본 적이 없습니다."

잠시 말을 멈추고 탁 트인 초원과 우리가 서 있는 양쪽으로 계단처럼 만들어진 화단에서 마치 폭포처럼 흘러내리는 열대식물들을 바라봤다. 그러고 나서 내가 물었다.

"혹시 연구용 정원이 어디 있는지 아십니까?"

"예, 저도 마침 그쪽으로 가던 길이었어요. 저를 따라오세요."

우리는 자기소개를 한 다음 계단을 내려가 사람들의 빈번한 왕래로 길이 닦인 남쪽으로 방향을 틀었다. 여자의 이름은 세라 로너였다. 엷은 금빛 머리카락에 파란색 눈을 가진 세라는 진지한 태도만 아니었으면 소녀처럼 보이는 외모였다. 우리는 몇 분간 아무 말 없이 걸었다. 세라가 먼저 물었다.

"여기엔 처음 오셨나요?"

"예, 저는 이곳에 대해 아는 게 없습니다."

"가끔이지만 여기에 드나든 지가 일 년쯤 되니 제가 조금 알려 드릴 수 있겠네요. 이곳은 이십여 년 전부터 과학자들이 모이는 국제적인 집합소로 인기를 끌었답니다. 여러 과학단체가 여기서 모임을 열었는데 생물학자와 물리학자들이 주축을 이뤘죠. 그러다가 몇 해 전에……."

세라는 잠시 머뭇거리며 나를 바라봤다.

"혹시 페루에서 발견된 필사본에 대해 들어 본 적이 있으세요?"

"예, 있어요. 첫 번째와 두 번째 통찰에 대해 들었습니다."

그 문서에 얼마나 매료됐는지 이야기하고 싶었지만 아직은 그녀를 신뢰할 수 없어서 참았다.

"그래서인지 당신이 이곳의 에너지를 흡수하고 있는 것처럼 보였어요."

우리는 마침 작은 개울을 가로지르는 나무다리를 건너고 있었다.

"무슨 에너지 말인가요?"

세라는 걸음을 멈추고 다리 난간에 몸을 기댄 채 물었다.

"세 번째 통찰에 대해 알고 있나요?"

"전혀 모릅니다."

"거기엔 물질세계를 새롭게 이해하는 방법이 나와 있어요. 예전에는 우리 눈에 보이지 않았던 에너지를 감지할 수 있게 된다고 씌어 있죠. 이 산장에는 이런 현상에 관심을 갖고 연구하며 의견을 나누는 과학자들이 주로 머물고 있답니다."

"그렇다면 과학자들은 그 에너지가 실재한다고 생각하는군요?"

세라는 몸을 돌려 다시 다리를 건너며 말했다.

"소수뿐이에요. 그리고 우리는 그것 때문에 비난을 받고 있어요."

"당신도 과학자인가요?"

"저는 메인 주에 있는 대학에서 물리학을 가르치고 있어요."

"다른 많은 과학자들이 당신의 의견에 반대하는 이유가 뭔가요?"

세라는 생각에 잠긴 듯 잠시 침묵을 지켰다.

"그것을 이해하려면 우선 과학의 역사를 이해해야 해요."

그 말을 하면서 세라는 이 주제에 대해 더 깊이 들어가기를 원하느냐고 묻듯 나를 힐끗 쳐다봤다. 나는 계속하라는 뜻으로 고개를 끄덕여 보였다.

"잠깐 두 번째 통찰에 대해 생각해 볼까요. 중세의 세계관이 붕괴

된 다음 서구사회의 사람들은 우리가 완전히 미지의 우주에서 살고 있다는 사실을 인식하게 됐어요. 우리는 우주의 본질을 이해하기 위해 먼저 사실과 미신을 분리시키기로 했어요. 그래서 과학자들은 과학적 회의(懷疑)라는 태도를 취하고 세계가 작동하는 원리에 대해 어떤 주장이 나오면 확실하고 구체적인 증거를 요구했어요. 새로운 것을 믿기 전에 우선 눈으로 보고 손으로 만질 수 있는 증거를 원한 거죠. 그리고 물리적인 방식으로 증명할 수 없는 개념은 체제에 따라 거부됐어요."

세라는 잠시 말을 끊었다가 이었다.

"이런 태도는 명백한 자연현상이나 바위와 나무 또는 신체 같은 객체, 즉 아무리 회의적인 사람도 눈으로 보고 인지할 수 있는 대상물을 이해하는 데 큰 도움이 됐어요. 우리는 물질세계를 이루는 각각의 부분에 재빨리 이름을 붙이기 시작하면서 우주가 왜 이런 식으로 움직이는지 알아내려고 했어요. 그리고 마침내 자연 속에서 존재하는 모든 것은 일정한 자연법칙에 따라 발생하며, 각 사건에는 직접적이고 이해할 수 있는 원인이 있다는 결론을 내렸죠."

세라는 짐짓 미소를 지어 보였다.

"당신도 알겠지만 과학자들도 그 당시 일반인과 별반 다르지 않았어요. 다른 사람들과 마찬가지로 우리도 자신이 살고 있는 이곳에 대해 속속들이 알아내자고 마음먹었어요. 우주를 이해하고 나면 이 세계가 안전하고 감당할 만한 곳이 될 거라고 생각한 거죠. 그래서 회의적인 태도로 우리가 좀 더 안전하게 살아가도록 만들어 줄 수 있는 구체적인 문제들에 초점을 맞췄지요."

우리는 다리를 건넌 뒤에 구불구불한 오솔길을 따라 작은 풀밭을 지나고 이제 나무들이 빽빽이 들어찬 곳으로 들어섰다. 세라는 계속 말했다.

"이런 태도로 과학은 뭔가 불확실하고 비밀스럽고 심오한 것들을 세상에서 체계적으로 없애 나갔어요. 아이작 뉴턴의 사고에 따라 우리는 우주가 마치 거대한 기계처럼 언제나 예측 가능한 방식으로만 움직인다는 결론을 내렸어요. 하기야 오랜 세월 증명할 수 있는 것이라곤 그런 게 전부였으니까요. 아무런 인과관계 없이 동시에 일어나는 사건들은 그저 우연이라고 치부했죠.

그러다가 두 가지 연구 결과가 우주의 수수께끼에 대한 우리의 안목을 다시 열어 줬어요. 물리학에서 일어난 혁명에 대해 지난 수십 년간 수많은 논문과 글이 발표됐지만 진정한 변화의 근간이 된 건 두 가지 이론뿐이었죠. 바로 양자역학과 알베르트 아인슈타인의 이론이었어요.

아인슈타인이 이룬 필생의 업적은 우리가 고체 또는 단단한 물질이라고 인지하는 대상물이 대부분 빈 공간이며 그것을 어떤 형태의 에너지가 관통하고 있다는 사실을 입증한 것이었어요. 물론 인간도 여기에 포함됩니다. 그리고 양자역학은 이 에너지를 점점 더 작은 차원에서 미시적으로 살펴보면 놀라운 결과가 나온다는 사실을 입증했어요. 이 에너지를 더 작게 쪼개서 소립자들이 어떻게 움직이는지 관찰하면 그 관찰하는 행위 자체가 결과를 달라지게 만드는데, 이는 마치 그 소립자들이 실험자의 기대에 따라 영향을 받는 것 같아요. 심지어 그 소립자들은 있어서는 안 될 곳에 나타나기도 해요. 예를 들어 한 개의 소립자가 동시에 두 군데에 존재할 수 없다거나 시간의 흐름상 앞으로도 뒤로도 갈 수 없다거나 하는 우주의 법칙을 따르지 않는 거죠."

세라는 잠시 나를 바라보다가 다시 말을 이었다.

"다시 말해서 우주를 구성하는 기본 재료의 중심부에는 인간의 의도와 기대에 따라 유연하게 변형될 수 있는 순수한 에너지가 있다고 여겨진다는 뜻이에요. 이는 과거에 우리가 믿고 있던 기계적 모형의 우주로는 도저히 설명할 수 없어요. 우리가 기대하면 그 기대 자체가 우리의 에너지를 세상으로 흘러들게 해서 다른 에너지 체계에 영향을 미치는 것이죠. 그런데 이것은 세 번째 통찰을 통해 우리가 믿게 되는 것과 일치해요."

세라는 고개를 저으며 이렇게 말했다.

"불행히도 과학자들 대다수는 이런 이론을 진지하게 받아들이지 않아요. 그들은 여전히 회의적인 태도를 지키면서 우리가 그걸 입증할 수 있는지 두고 보겠다는 식이죠."

그때 멀리서 희미한 목소리가 들려왔다.

"여기요, 세라! 우리 여기 있어요."

주위를 살피자 오른쪽으로 50미터쯤 떨어진 나무숲 사이에서 손을 흔드는 사람들이 보였다. 세라는 그쪽을 바라보더니 내게 말했다.

"저 사람들과 잠깐 할 이야기가 있어요. 세 번째 통찰의 번역본이 있는데 제가 돌아올 때까지 적당한 데서 읽어 보지 않겠어요?"

"그게 좋겠군요."

세라는 가방에서 서류철 하나를 꺼내 주고 자리를 떠났다.

나는 서류철을 손에 쥐고 앉을 만한 장소를 찾아 주변을 둘러봤다. 내가 있는 곳은 작은 관목이 빽빽하게 자라고 있으며 땅도 눅눅했다. 하지만 동쪽으로 보이는 곳은 약간 경사가 져서 언덕처럼 보였다. 나는 그쪽으로 가서 마른 땅을 찾아보기로 했다.

언덕 위에 오른 나는 말문이 막힐 정도로 위압당했다. 이런 데가 또 있을까 싶을 만큼 아름다운 경관이 눈앞에 펼쳐졌다. 약 50미터 간격으로 서 있는 옹이 지고 비틀린 떡갈나무들의 거대한 줄기가 꼭대기에서 서로 맞닿아 마치 하늘을 가리듯 둥근 덮개를 이루고 있었다. 바닥에는 높이가 1미터에서 1미터 50센티미터쯤 되는 열대식물들이 큼직큼직한 잎사귀를 단 채로 자라고 있었는데 그 폭이 30센티미터 가까이 되었다. 그 사이로 커다란 양치식물과 하얀 꽃이 핀 관목이 무럭무럭 자라고 있었다. 나는 마른 땅을 찾아 바닥에 앉았다. 나뭇잎에서 풍기는 흙냄새와 꽃 향기가 콧속에 가득 찼다.

나는 서류철을 열고 번역본의 앞부분을 폈다. 서문에는 세 번째 통찰이 물질세계에 대한 이해를 완전히 바꿔 놓을 것이라고 적혀 있었다. 세라가 들려준 내용과 같았다. 거기에는 두 번째 천 년의 마지막 부분에 이르면 인류는 우리 자신을 포함해 세상 만물의 토대를 이루고 있으며 외부 세계로 발산되는 새로운 에너지를 발견하게 되리라고 예언돼 있었다.

그 예언에 대해 잠시 생각해 보다가 다시 읽기 시작했는데 그때 내 마음을 사로잡는 대목이 나왔다. 거기엔 인류가 아름다움에 대한 감각을 고조시킴으로써 이 에너지를 처음 인지하게 된다고 적혀 있었다. 이 내용에 대해 생각하고 있을 때 아래쪽에서 누군가 걸어오는 소리가 들렸다. 고개를 들자 세라가 언덕 아래에서 내 쪽으로 올라오고 있었다. 그녀는 내게로 다가오더니 물었다.

"이곳 정말 멋지죠. 아름다움에 대한 인식을 다룬 부분까지 읽었나요?"

"예, 하지만 무슨 뜻인지 정확히 모르겠습니다."

"계속 읽어 보면 자세히 나오겠지만 제가 간단히 설명할게요. 아름다움을 인식하는 능력은 실제로 인간이 에너지를 어느 정도 감지할 수 있는지를 보여 주는 일종의 지표인 셈이죠. 일단 이 에너지를 볼 수 있으면 아름다움 또한 연속선상에 있다는 것을 깨닫기 때문이에요."

"그 말은 당신도 그 에너지를 볼 수 있다는 건가요?"

세라는 잠시도 머뭇거리지 않고 나를 바라보며 말했다.

"예, 하지만 저는 아름다움을 좀 더 깊이 있게 감상하는 법을 먼저 터득했어요."

"어떻게 그럴 수가 있죠? 아름다움은 상대적인 것이 아닙니까?"

세라는 고개를 저었다.

"사람마다 아름답다고 인식하는 물체가 다를 수 있어요. 하지만 아름다운 물체들이 지녔다고 여겨지는 특징은 똑같습니다. 생각해 보세요. 아름답다고 느껴지는 것은 그렇지 않은 것에 비해 존재감이 더 크고 형태가 뚜렷하며 색도 선명하지 않나요? 훨씬 두드러지고 빛이 납니다. 아름답지 않은 것이 무미건조하다면 아름다운 것은 마치 여러 가지 빛깔이 살아서 움직이는 듯하죠."

내가 고개를 끄덕이자 세라는 말을 이었다.

"이곳을 보고 당신은 우리와 마찬가지로 넋을 잃었을 거예요. 아름다운 풍경은 마치 살아 있는 것처럼 우리 마음속으로 뛰어들어 오죠. 색깔도 형태도 다른 곳에 비해 두드러지고요. 이제 아름다움을 인지하는 다음 단계는 만물의 주위를 감싸고 있는 에너지의 장을 보는 거예요."

내가 어리벙벙한 표정을 지었는지 세라는 소리 내어 웃었다. 그러더니 이내 웃음을 멈추고 진지하게 말했다.

"정원으로 가 보는 게 나을 듯하군요. 여기서 남쪽으로 800미터쯤 더 가면 정원이 있는데 당신도 흥미롭다고 느낄 거예요."

걸어가면서 세라에게 처음 만나는 낯선 사람인 내게 시간을 내어 필사본 내용을 설명해 주고 비시엔테 산장 주변도 안내해 줘서 고맙다고 인사했다. 그러자 세라는 어깨를 으쓱하며 말했다.

"당신은 우리가 진행하려는 연구에 우호적인 것처럼 보여요. 우리는 대외 홍보라는 측면에도 신경을 써야 해요. 이 연구를 계속 진행하려면 미국과 그 밖의 나라에도 알려야 하고요. 페루 정부 당국은 우리를 그다지 좋아하지 않는 것 같으니까요."

갑자기 뒤에서 누군가의 목소리가 들렸다.

"잠시 실례합니다!"

뒤를 돌아보니 오솔길 사이로 세 남자가 우리를 향해 빠르게 걸어오고 있었다. 세 남자는 요즘 유행하는 스타일의 멋진 옷차림이었으며 40대 후반으로 보였다. 그중 키가 가장 큰 남자가 물었다.

"혹시 연구용 정원이 어디 있는지 아십니까?"

그러자 세라가 되물었다.

"무슨 용건인지 알려 주실 수 있나요?"

"우리는 페루 대학에서 왔습니다. 이곳 소유주에게 정원을 조사하고 여기서 진행된다는 연구에 대해 이야기를 들어도 좋다는 허락을 받았습니다."

"당신들은 그 연구에 동의하지 않으시는 것 같군요."

세라가 웃으며 말했는데 분위기를 밝게 하려고 애쓰는 듯했다. 그러자 또 다른 남자가 말했다.

"절대 동의할 수 없소. 이제껏 관측된 적이 없는 새로운 에너지를 볼 수 있다니 당치도 않은 주장입니다."

"그 에너지를 보려고 노력은 해 보셨나요?"

세라의 질문을 무시한 채 남자가 다시 물었다.

"정원으로 가는 길을 알려 주시겠습니까?"

"물론이죠. 여기서 100미터쯤 가면 동쪽으로 꺾어지는 길이 보일 겁니다. 그 길로 400미터쯤 더 가면 정원이 나올 거예요."

"고맙습니다."

키 큰 남자가 인사를 마치자 세 사람은 급히 세라가 알려 준 방향으로 걸어갔다. 곁에서 지켜보던 나는 그녀에게 말했다.

"엉뚱한 방향을 알려 주셨군요."

"꼭 그렇진 않아요. 그쪽에도 정원이 있으니까요. 그리고 거기에 있는 사람들은 저런 부류의 회의론자들과 이야기하는 데 더 익숙하죠. 저런 사람들이 더러 오기도 하거든요. 과학자뿐 아니라 그저 호기심에 이끌려 오는 사람도 있어요. 우리가 연구하는 내용을 이해하려는 자세가 돼 있지 않은 사람들이죠. 그건 과학적 이해에 문제가 있다는 사실을 보여 주죠."

"그게 무슨 뜻이죠?"

"앞서도 말했듯 예전처럼 나무나 햇빛, 폭풍우처럼 가시적이고 분명한 우주의 현상들을 대할 때는 회의적인 태도가 유용했어요. 하지만 우주에는 존재한다고 확실히 말하기조차 어려운 미묘한 현상들이 있어요. 그 현상들은 회의적인 태도를 유보하거나 괄호 안에 넣고 온갖 가능한 모든 방법을 동원해 인식하려고 노력해야 볼 수 있어요. 일단 그 현상을 볼 수 있게 되면 그때는 기존의 방식으로 돌아가 엄밀하게 연구할 수 있죠."

"흥미롭군요."

계속 걷다 보니 숲이 끝나면서 다양한 식물이 자라고 있는 밭이 나왔다. 수십 개의 구획으로 나뉜 밭은 바나나에서 시금치에 이르기까지 대부분 식용작물을 심어 놓은 듯했다. 밭의 경계는 넓은 자갈길로 만들어졌는데 북쪽으로 뻗어 나가 공용도로와 이어졌다. 금속 재료로 지은 건물 세 채가 자갈길을 따라 서 있고 건물마다 네댓 명의 사람들이 일하고 있었다. 세라는 그중 가장 가까운 건물을 가리키며 말했다.

"저쪽에 내 동료들이 보이네요. 저리로 가서 그들을 만나 보면 좋을 거예요."

세라는 함께 연구를 진행하고 있는 남자 세 명과 여자 한 명을 소개해 줬다. 남자들은 나와 짤막한 인사를 나누고는 실례한다고 말한 뒤 다시 하던 일로 돌아갔다. 하지만 마저리라는 이름의 생물학자는 이야기를 나눌 시간적 여유가 있는 듯했다. 나는 마저리의 눈을 보며 물었다.

"여기서 하시는 연구가 정확히 어떤 것인가요?"

마저리는 예상치 못한 내 질문에 약간 당황한 듯했으나 곧 미소를 지으며 대답했다.

"어디서부터 이야기를 시작해야 할지 잘 모르겠는데요. 필사본 내용은 알고 있나요?"

"맨 앞부분만요. 이제 막 세 번째 통찰을 읽기 시작했어요."

"우리도 모두 그 정도예요. 이리 오세요. 보여 줄 게 있어요."

마저리는 따라오라는 손짓을 했다. 우리는 금속 건물을 돌아서 콩을 심은 구획으로 걸어갔다. 콩 포기들은 벌레 먹은 흔적이나 시든 잎사귀 하나 보이지 않을 정도로 건강하게 잘 자라고 있었다. 흙은 부엽토로 잘 부식돼 거의 솜털처럼 부드러워 보였다. 또한 포기마다 일정한 간격을 두고 심어 놓아 줄기나 잎사귀가 서로 닿지 않았다.

마저리는 가장 가까이 있는 콩 포기를 가리켰다.

"우리는 이들 식물을 완전한 에너지 시스템으로 보고 흙과 영양분, 습기, 빛 등 성장에 필요한 모든 것을 고려하려고 노력해 왔어요. 그 결과 각 개체를 둘러싼 주변의 완전한 생태계가 바로 하나의 살아 있는 시스템, 곧 하나의 유기체이므로 각각의 부분이 전체 건강에 영향을 미친다는 사실을 발견했어요."

마저리는 잠시 머뭇거리다가 다시 말했다.

"여기서 기본 핵심은 일단 우리가 식물 주변 전체의 에너지 관계에 대해 생각하기 시작하면 그때부터 놀라운 결과를 보게 된다는 점이에요. 우리가 연구하고 있는 식물은 다른 식물에 비해 특별히 크진 않아도 영양학적으로 뛰어난 효능을 가졌어요."

"어떤 효능인데요?"

"단백질과 탄수화물, 비타민, 무기질의 함량이 더 높았어요."

마저리는 기대에 찬 눈길로 나를 바라보며 말했다.

"하지만 그보다 더 놀라운 사실은 따로 있답니다! 사람들의 관심을 많이 받은 식물일수록 효능이 더욱 뛰어나다는 거예요."

"어떤 관심을 말하는 건가요?"

"주변의 흙을 다독거려 준다거나 날마다 살펴본다든가 하는 거죠. 우리는 실험집단과 통제집단을 비교하는 실험을 했어요. 한쪽은 각별히 관심을 주고, 다른 한쪽은 그렇게 하지 않았죠. 그 결과 우리는 똑같은 결과를 확인했습니다.

우리는 이 개념을 확장해 식물에 관심을 기울이는 데 그치지 않고 마음속으로 더 튼튼하게 자라 달라고 부탁해 봤어요. 식물 옆에 앉아서 식물의 성장에만 온 정신과 관심을 쏟아부었죠."

"그 식물들은 더 튼튼하게 자랐나요?"

"눈에 띌 정도로 튼튼하게 자랄 뿐 아니라 성장 속도 또한 더 빨랐어요."

"정말 놀랍군요."

"예, 저도 그랬어요."

그때 마저리는 우리 쪽으로 걸어오는 60대의 한 남자를 존경 어린 눈빛으로 바라보며 말했다.

"저분은 미량 영양소를 연구하는 하인스 교수님이에요. 워싱턴 주립대학에 계시는데 지난해 이곳에 온 뒤로 바로 휴직계를 내셨죠. 중요한 연구를 수행하신 분이에요."

하인스 교수가 다가오자 마저리는 나를 소개했다. 그는 관자놀이 주변의 머리카락만 몇 가닥 세웠을 뿐 머리카락이 검고 체격이 좋았다. 하인스 교수는 미저리의 부탁으로 자신의 연구 내용을 간략하게 설명하기 시작했다. 그리고 매우 정밀한 혈액검사로만 측정할 수 있는 신체기관의 기능, 특히 우리가 섭취한 음식의 질과 연관된 신체 기능에 관심이 많다고 했다. 그래서 비시엔테 산장에서 자란 영양분이 풍부한 식물이 신체의 기능을 극적으로 향상시키는 연구 결과에도 큰 흥미를 갖고 있다면서 이는 우리가 기존에 이해하고 있던 영양분의 작용 범위를 훨씬 넘어서는 것이라고 했다. 아울러 이곳 식물들이 지니고 있는 뭔가가 영향을 미친 것은 사실이지만, 그것이 어떤 영향인지는 아직 밝혀지지 않았다고 덧붙였다.

나는 마저리를 바라보며 물었다.

"그렇다면 우리가 이들 식물에 관심을 쏟으면 식물들이 그 보답으로 뭔가를 만들어 내서 그것을 섭취한 사람들의 기운을 북돋아 주는 셈이군요? 그것이 필사본에서 언급한 에너지인가요?"

내 말에 마저리는 하인스 교수를 쳐다봤다. 그러자 하인스 교수는 나를 향해 살짝 미소 지으며 말했다.

"아직은 모릅니다."

나는 하인스 교수에게 앞으로의 연구 계획을 물어봤다. 그는 워싱턴 주립대학에 똑같은 정원을 만들어 놓고 거기서 자란 식물들을 섭취한 사람들의 에너지가 더 높거나 건강을 더 오래 유지하는지 장기적으로 연구해 볼 계획이라고 말했다. 하인스 교수의 설명을 듣는 동안 나는 마저리의 모습을 흘낏흘낏 쳐다봤다. 문득 그녀가 말할 수 없이 아름답게 보였다. 비록 헐렁한 청바지에 티셔츠 차림이었으나 몸매는 날씬해 보였다. 마저리의 눈과 머리는 짙은 갈색이었고, 끝으로 갈수록 점점 가늘어져서 동그랗게 말린 곱슬머리가 얼굴 주위를 감싸고 있었다.

나는 마저리에게 강렬한 성적 매력을 느꼈다. 내가 신체적인 이끌림을 느끼고 있다는 사실을 스스로 인식한 바로 그 순간 그녀가 고개를 돌려 내 눈을 똑바로 응시하더니 한 걸음 뒤로 물러섰다.

"만날 사람이 있어 그만 가 봐야겠어요. 나중에 또 뵐게요."

마저리는 하인스 교수에게 인사를 건네고 나를 향해 수줍게 미소 짓고는 금속 건물 밖으로 나가 길 저쪽으로 걸어갔다. 나도 하인스 교수와 몇 분쯤 더 이야기를 나누다가 인사를 하고 세라가 있는 곳으로 갔다. 그녀는 다른 연구자 한 명과 진지하게 대화를 나누면서도 눈으로는 다가가는 내 모습을 보고 있었다.

내가 다가가자 세라와 이야기하던 사람은 미소를 짓고 클립보드 위의 메모지를 정리해 건물 안으로 들어갔다. 세라가 물었다.

"뭐 좀 알아내셨나요?"

나는 조금 머뭇거리며 대답했다.

"예, 저분들의 연구는 정말 흥미롭더군요."

땅바닥을 내려다보고 있는 내게 세라가 물었다.

"마저리는 어디로 갔죠?"

세라의 말에 고개를 들어 보니 재미있다는 표정으로 나를 바라보고 있었다.

"만나 볼 사람이 있다고 하던데요."

"당신이 그녀를 쫓아 버렸나요?"

세라가 미소를 띤 채 묻자 나도 웃으며 대답했다.

"그랬니 봅니다. 하지만 전 아무 말도 안 했는데요."

"말할 필요가 없었겠죠. 마저리는 당신의 장(場)에서 변화가 일어난 걸 감지할 수 있었을 테니까요. 그 변화는 상당히 뚜렷했어요. 한참 떨어져 있던 제게도 보이던걸요."

"제게 변화가 일어났다고요?"

"당신 신체 주변의 에너지 장을 봤어요. 우리는 그것을 보는 법을 배웠답니다. 항상 볼 수 있는 건 아니지만 적어도 어떤 빛 아래에서는 그래요. 어떤 사람이 성에 관해 생각하면 그 사람의 에너지 장이 소용돌이치듯이 빙빙 돌면서 욕구의 대상인 사람을 향해 실제로 몰려가니까요."

나는 세라의 말이 환상 속의 이야기처럼 비현실적으로 느껴졌다. 그래서 더 묻고 싶었지만 금속 건물에서 몇 사람이 몰려나오는 바람에 주의가 흩어졌다. 세라가 말했다.

"에너지를 투사할 시간이에요. 당신도 보고 싶겠죠."

우리는 학생처럼 보이는 청년 네 명을 따라 옥수수를 재배하는 밭으로 갔다. 가까이 가 보니 옥수수밭은 가로세로 1미터 정도의 두 구역으로 나뉘어 있었다. 첫 번째 구역에서 자라고 있는 옥수수들은 높이가 60센티미터 정도였고, 두 번째 구역의 옥수수들은 40센티미터도 채 안 돼 보였다. 네 명의 청년은 첫 번째 구역으로 가더니 네 귀퉁이에 한 명씩 안쪽을 향해 앉았다. 그러고는 넷이서 동시에 옥수수를 바라보기 시작했다. 늦은 오후의 햇살이 등 뒤에서 비치면서 옥수수밭을 부드러운 호박색으로 물들였지만 멀리 보이는 숲들은 이미 어둠 속에 잠기고 있었다. 옥수수밭과 학생들의 윤곽이 검은 숲의 배경 위로 두드러져 보였다.

그때 내 옆에 서 있던 세라가 말했다.

"완벽하군요. 보세요! 저게 보이세요?"

"뭐가요?"

"저 사람들은 자신들의 에너지를 옥수수에 보내고 있어요."

나는 그 모습을 뚫어지게 바라봤지만 아무것도 감지해 낼 수가 없었다.

"아무것도 보이지 않는데요."

"그럼 바닥에 앉아서 저 사람들과 옥수수 사이의 공간에 초점을 맞추고 집중해 보세요."

세라의 말대로 하자 한순간 뭔가 일렁이는 빛이 보이는 듯했다. 하지만 나는 그게 망막에 남아 있던 잔상이거나 착시현상을 일으킨 것이라고 생각했다. 그 뒤로 몇 번 더 시도해 보다가 그만 포기하고 말았다. 나는 자리에서 일어나며 말했다.

"역시 안 보이네요."

세라는 내 어깨를 토닥거리며 위로했다.

"걱정하지 마세요. 처음이 가장 어려우니까요. 눈의 초점을 맞추는 여러 가지 방법을 실험해 보면서 훈련해야 해요."

그때 한 청년이 우리를 보더니 입에 검지를 갖다 댔다. 그래서 우리는 다시 건물 쪽을 향해 걸어갔다. 세라가 물었다.

"비시엔테 산장에 오래 머물 예정인가요?"

"아마 아닐 겁니다. 제 동행이 필사본의 마지막 부분을 찾고 있거든요."

내 말에 세라는 놀란 듯했다.

"저는 필사본 전체를 다 찾은 줄 알았어요. 하기야 그럴 수도 있죠. 저는 제 연구와 관련된 부분에만 몰두해서 나머지 부분은 제대로 보지 않았거든요."

나는 세라에게 받은 번역본을 어디에 두었는지 생각나지 않아 본능적으로 바지주머니에 손을 넣었다. 그것은 돌돌 말린 채 바지 뒷주머니에 들어 있었다. 세라가 다시 말했다.

"우리는 에너지 장을 보는 데 좋은 시간대가 하루에 두 번 있다는 걸 알아냈어요. 바로 해가 뜰 때와 질 때죠. 만약 원한다면 내일 새벽에 만나서 다시 시도해 보죠."

번역본을 건네자 세라는 그것을 받으며 말했다.

"복사본을 한 부 복사해 놓을게요. 그러면 가져갈 수 있으니까요."

나는 세라의 제안을 잠시 생각해 보고 문제 될 게 없다는 판단을 내렸다.

"좋습니다. 하지만 그전에 시간이 될지 먼저 제 친구에게 물어봐야 합니다."

나는 그녀를 보고 웃으며 물었다.

"제가 에너지 장을 볼 수 있으리라고 생각하는 근거가 뭔가요?"

"직감이랄까요."

세라와 새벽 6시에 언덕에서 다시 만나기로 하고 산장까지 약 2킬로미터를 걸어서 돌아왔다. 해는 이미 완전히 졌지만 아직 남은 빛이 지평선을 따라 회색 구름을 오렌지 빛으로 물들이고 있었다. 공기는 싸늘했지만 바람은 불지 않았다.

산장에 도착해 커다란 식당 안으로 들어가니 배식 진열대 앞에서 음식을 받으려는 사람들이 길게 줄지어 서 있었다. 시장기가 느껴져 어떤 음식이 있는지 살펴보려고 줄 앞쪽으로 걸어갔다. 거기서 편안한 자세로 대화를 나누고 있는 윌과 하인스 교수를 만났다. 윌이 나를 보고 먼저 말을 건넸다.

"그래, 오후 시간을 어떻게 보냈나요?"

"굉장했어요."

"이분은 윌리엄 하인스 씨입니다."

윌이 옆의 남자를 소개했다.

"예, 벌써 만나 뵈었습니다."

내 말에 하인스 교수는 머리를 끄덕였다.

나는 윌에게 다음 날 새벽에 세라와 만나기로 한 약속을 이야기했다. 윌은 아직 만나지 못한 사람 두어 명을 더 찾아봐야 해서 오전 9시 이전엔 어차피 떠나지 못할 테니 괜찮다고 했다.

줄이 앞으로 움직이자 우리 뒤에 있던 사람들이 나에게 그냥 그 자리에 서도 된다고 해서 하인스 교수 옆으로 끼어들었다. 하인스 교수가 물었다.

"그래, 우리가 여기서 무슨 일을 하고 있는지 이해했나요?"

"잘 모르겠습니다. 그것이 제 안에 조금씩 스며들게 하려고 노력하고 있지만 에너지 장이라는 개념 자체가 워낙 생소해서요."

"그건 누구에게나 그럴 겁니다. 하지만 흥미롭게도 이 에너지야말로 과학이 항상 찾아왔던 겁니다. 가장 보편적이고 모든 물체의 근원이 되는 것이죠. 아인슈타인 이후로 물리학은 통일장 이론을 모색해 왔어요. 이 에너지가 과연 그것과 관련이 있는지는 모르지만 적어도 이 필사본이 매우 흥미로운 몇 가지 연구의 계기가 된 것만은 사실입니다."

"과학계에서 이런 사실을 받아들이려면 어떻게 해야 할까요?"

"에너지를 측정하는 방법을 알아야 합니다. 이 에너지의 존재는 사실 그다지 생소한 게 아닙니다. 가라테(空手道) 고수가 불가능해 보이는 일을 해내는 걸 본 적이 있을 겁니다. 맨손으로 벽돌 여러 장을 깨거나 장정 넷이 밀어도 꿈쩍도 않고 한자리에 앉아 있는 건 근원적인 기(氣) 에너지 때문이라고 이미 예전부터 알려져 왔죠. 체조선수 또한 중력을 거스르듯 공중에서 몸을 비틀고 돌고 매달리는 동작을 하는데 이것이 가능한 것도 숨어 있는 에너지 때문입니다. 물론 사람들 대부분은 두 눈으로 직접 보기 전까지는 제대로 받아들이지 않을 테지만요."

"교수님은 그 에너지를 직접 본 적이 있나요?"

"가끔 봤어요. 사실 그건 내가 어떤 음식을 먹느냐 하는 것에 달린 문제죠."

"그게 무슨 뜻인가요?"

"에너지 장을 순조롭게 볼 수 있는 사람들은 대부분 채식을 합니다. 그리고 그들은 자기 손으로 직접 기른 건강한 채소만 먹죠."

하인스 교수는 앞쪽에 놓여 있는 음식을 가리켰다.

"여기 있는 음식들 중 대부분은 그런 채소예요. 나처럼 육식에 중독된 늙은이를 위한 생선과 가금류도 조금 있어서 천만다행이긴 하지만요. 그렇지만 마음먹고 음식을 바꾼다면 나도 에너지를 볼 수 있을 겁니다."

나는 장기적으로 식단을 바꿔 보면 어떻겠냐고 물어봤다.

"잘 모르겠어요. 오래된 습관은 바꾸기가 어려우니까요."

줄이 앞으로 움직였다. 나는 채소 요리만 접시에 담았다. 우리 셋은 많은 사람이 식사하고 있는 커다란 식탁에 자리 잡고 앉아 한 시간쯤 가볍게 대화를 나눴다. 그러고 나서 윌과 나는 밖으로 나가 지프에서 짐을 내렸다. 짐을 바닥에 내린 뒤 윌에게 물었다.

"당신도 에너지 장을 본 적이 있나요?"

윌은 웃으며 고개를 끄덕인 뒤 말했다.

"내 방은 1층에 있고 당신 방은 3층에 있어요. 데스크에서 306호 방 열쇠를 받아 가요."

객실에는 전화기가 없었지만 복도에서 만난 종업원이 오전 5시에 방문을 두드려 깨워 주겠다고 했다. 나는 누워서 그날 하루를 돌이켜 봤다. 참으로 많은 일이 일어난 긴 하루였다. 그제야 나는 윌이 침묵을 지킨 이유를 이해했다. 그는 내가 나만의 방식으로 세 번째 통찰을 경험하기를 바랐던 것이다.

그러다 문득 누군가 문을 쾅쾅 두드리고 있다는 것을 알았다. 시계를 보니 5시 정각이었다. 다시 문을 두드리는 소리가 들리자 문 밖까지 들리도록 큰 소리로 "고마워요."라고 말했다. 그러고는 자리에서 일어나 작은 창문으로 밖을 내다봤다. 날이 밝아오는 기색이라고는 동녘에 어려 있는 희미한 빛뿐이었다.

나는 복도 끝에 있는 공동욕실에서 얼른 샤워를 한 뒤 옷을 갈아입고 아래층으로 내려갔다. 식당 문이 열려 있었다. 안으로 들어가니 놀랄 만큼 많은 사람이 돌아다니고 있었다. 나는 과일만 조금 먹고 서둘러 밖으로 나갔다.

땅 위에 안개가 몇 가닥 떠다니더니 멀리 보이는 초원에는 안개가 자욱하게 끼어 있었다. 나무 위에서는 새들이 지저귀며 서로 부르고 있었다. 얼마간 걷다 보니 동쪽 지평선에 해가 떠오르기 시작했다. 밝은 복숭아색으로 물든 지평선 위로 짙푸른 하늘이 펼쳐져 장관을 이뤘다.

약속 시각보다 십오 분 일찍 도착한 나는 커다란 나무에 기대앉아 머리 위로 옹이투성이의 나뭇가지를 보며 감탄하고 있었다. 몇 분쯤 지났을 때 길을 따라서 누군가 걸어오는 소리가 들렸다. 세라일 거라고 생각하면서 그쪽을 바라보고 있는데 40대 중반으로 보이는 한 남자가 나타났다. 전혀 모르는 사람이었다. 그 남자는 나를 보지 못한 채 내 쪽으로 방향을 돌리고는 계속 걸어왔다. 3미터쯤 앞에서 나를 발견한 남자는 깜짝 놀랐고 나도 그의 모습에 덩달아 움찔했다.

"어, 안녕하세요."

남자는 내게 강한 브루클린 억양으로 인사를 건넸다. 그는 곱슬머리에 이마 쪽이 조금 벗겨졌지만 운동선수처럼 탄탄한 체격을 지녔다. 복장은 청바지에 등산화를 신고 있었다. 나도 고개를 끄덕였다.

"갑자기 나타나 놀라게 해서 미안합니다."

"괜찮습니다."

남자는 자신을 필 스톤이라고 소개했다. 나도 이름을 말한 뒤 지금 친구를 기다리는 중이라고 했다. 나는 필에게 물었다.

"이곳에서 연구를 진행하고 계시나요?"

"그렇지 않아요. 저는 남가주 대학에서 근무합니다. 우리 팀은 이곳이 아니라 다른 주에서 열대우림의 파괴에 대해 연구하고 있죠. 하지만 짬이 날 때마다 이곳으로 차를 몰고 와서 숨을 돌리곤 합니다. 이곳은 다른 숲과 달라 즐겁게 시간을 보낼 수 있거든요."

필은 주위를 둘러보며 말했다.

"여기 있는 나무들 가운데 수령이 500년 가까이 된 나무도 있다는 걸 아세요? 이곳은 진짜 희귀한 원시림입니다. 모든 것이 완벽하게 균형을 이루고 있어요. 큰 나무들이 햇빛을 여과해 아래쪽에 있는 다양한 열대식물을 생태적으로 잘 자라게 해 주죠. 물론 열대우림에도 오래된 나무가 있긴 하지만 이곳과는 성장 방식이 달라요. 그곳은 기본적으로 밀림이니까요. 이곳에 있는 숲은 미국과 같은 온도대에 있는 오래된 숲의 모습과 더 유사합니다."

"저는 미국에서 이런 숲을 한 번도 본 적이 없어요."

"그렇겠죠. 이젠 겨우 몇 곳밖에 남아 있지 않으니까요. 그나마 제가 알고 있던 숲 대부분은 정부가 재목용으로 매각해 버렸어요. 그들 눈엔 이런 숲이 널따라 널빤지로만 보이는 모양이에요. 이런 곳을 건드리려는 자들은 부끄러운 줄 알아야 합니다. 저 에너지를 보세요."

"여기서 에너지가 보입니까?"

필은 말을 계속해도 되는지 판단하려는 듯 나를 유심히 바라봤다. 이윽고 그가 대답했다.

"예, 보입니다."

"제 눈에는 보이지 않더군요. 어제 정원에서 몇 사람이 식물에 에너지를 투사할 때 저도 시도해 봤지만 잘 되지 않았어요."

"아, 저도 처음엔 보지 못했어요. 그래서 자기 손가락을 바라보는 데서부터 시작해야 했죠."

"어떻게 하셨는데요?"

"저쪽으로 자리를 옮겨 볼까요? 제가 보여 드리겠습니다."

필은 나무들이 약간 벌어진 틈으로 머리 위쪽에 파란 하늘이 보이는 곳을 가리키며 말했다. 자리를 옮긴 뒤 필이 계속 말했다.

"뒤로 기대앉아 양손의 검지를 펴서 끝을 맞대세요. 이제 파란 하늘을 배경에 둔 채 두 손가락 끝을 3센티미터쯤 떼세요. 그리고 두 손가락 사이의 공간을 보세요. 뭐가 보입니까?"

"내 동공에 낀 먼지가 보이는데요."

"그런 건 일단 무시하세요. 눈의 초점을 약간 흐리게 하고 손가락을 좀 더 가까이 가져갔다가 다시 살짝 떼어 보세요."

나는 눈의 초점을 흐리게 하라는 말이 정확하게 무슨 뜻인지 몰랐지만 손가락을 가까이 또는 멀리 움직여 봤다. 그러다가 멍한 시선으로 두 손가락 사이의 공간을 지긋이 응시했다. 그 순간 두 손가락 끝부분이 흐릿하게 보이면서 가는 연기가 흘러나와 손가락 사이가 실로 이어진 것처럼 보였다.

"세상에나! 보여요!"

나는 신기해하며 내가 본 것을 설명했다.

"바로 그겁니다! 이제 그런 식으로 좀 더 연습해 보세요."

나는 양손의 네 손가락을 다 붙여 손바닥을 합장하기도 하고 팔뚝까지 붙이기도 했다. 어떤 자세를 하든 내 신체 일부에서 방출되는 에너지 가닥을 볼 수 있었다. 잠시 후 나는 팔을 내리고 필을 바라봤다. 그가 물었다.

"이제 제가 하는 것을 보실래요?"

필은 일어서서 1미터쯤 뒤로 물러선 자리에 섰다. 그의 머리와 상반신 뒤로 파란 하늘이 배경처럼 펼쳐졌다. 몇 분 동안 몰두하고 있는데 갑자기 뒤에서 소리가 나서 집중력이 흩어졌다. 뒤를 돌아보니 세라가 서 있었다.

필은 앞으로 다가오더니 세라를 보고 싱긋 웃었다. 그러고는 내게 물었다.

"당신이 만나기로 한 사람이 이분입니까?"

세라도 우리 두 사람을 보고 미소 짓고 있었다. 그녀는 필을 가리키며 말했다.

"어머, 아는 사람이네요."

세라와 필은 다정하게 포옹을 했다. 세라가 나에게 말했다.

"늦어서 미안해요. 웬일인지 내 머릿속의 자명종이 울리지 않았는데 이제야 그 이유를 알겠네요. 당신들 둘이 만나서 이야기할 기회를 주려고 그랬나 봐요. 두 사람은 뭐 하고 있었어요?"

"이분에게 손가락 사이에서 생기는 에너지 장을 보는 법을 가르쳐 주고 있었어요."

필의 말을 듣고 세라가 나를 쳐다봤다.

"작년에 필과 저도 바로 여기 이 장소에서 똑같은 걸 배웠답니다." 세라는 필을 힐끗 보고 말했다.

"우리가 서로 등을 맞대 볼까요? 그러면 이분이 우리 둘 사이에 생기는 에너지를 볼 수 있을 거예요."

두 사람은 내 앞에서 서로 등을 맞대고 섰다. 내가 내 쪽으로 좀 더 와 주면 좋겠다고 하자 두 사람은 나와의 거리가 1미터쯤 되는 곳까지 가까이 다가왔다. 짙푸른 하늘을 배경으로 두 사람의 윤곽이 드러났다. 놀랍게도 두 사람 사이의 공간이 더 밝게 보였다. 연한 노란빛을 띤 연분홍색이었다.

"보이는군요."

필이 내 표정을 읽고서 세라에게 말했다. 그러자 세라가 몸을 돌려서 필의 팔을 잡고 천천히 나에게서 멀어져 이제 나와 그들의 거리는 3미터쯤 되었다. 희끄무레한 분홍빛의 에너지 장이 그들의 상반신을 둘러싸고 있는 게 보였다.

"좋아요."

세라는 진지한 표정으로 내게로 걸어왔다. 그러고는 내 옆에 웅크리고 앉았다.

"이제 주변의 풍경을 보세요, 그 아름다움을요."

시선을 돌린 나는 그만 주변의 모습과 형체에 압도되고 말았다. 거대한 떡갈나무들을 하나하나가 아니라 한꺼번에 전체로 보면서도 완전히 초점을 맞출 수 있었다. 각각의 나무가 지닌 독특한 형상과 여기저기 뻗어 있는 나뭇가지에 완전히 매료됐다. 나는 빙빙 돌면서 이 나무에서 저 나무로 시선을 옮겼다. 이렇게 하고 있는 동안 마치 그 나무를 처음 보는 듯, 아니 제대로 감상하는 게 난생처음인 듯 떡갈나무 한 그루 한 그루에서 커다란 존재감이 느껴졌다.

문득 거대한 나무 밑에서 자라고 있는 열대 초목의 울창한 잎들이 내 시선을 사로잡았다. 이번에도 각각의 식물이 지닌 독특한 형태를 볼 수 있었다. 여러 종류의 식물이 함께 자라는 모습이 마치 작은 공동체를 이루고 있는 것처럼 보였다. 예를 들어 커다란 바나나 나무는 작은 토란과 식물에 둘러싸여 있어 한층 더 풍성해 보였다. 토란과 식물은 그보다 더 작은 양치식물 사이에 자리 잡고 있었다. 이런 국소 환경(mini environments)을 보면서 독특한 형상과 존재에 다시금 경이로움을 느꼈다.

3미터쯤 앞에 있는 관엽식물 하나가 유달리 내 눈길을 끌었다. 내가 예전에 집에서도 키운 적이 있는 토란과의 필로덴드론이었다. 암녹색 잎들이 직경 1미터가 넘게 사방으로 뻗쳐 있었는데, 무척 파릇파릇해 생명력이 넘쳐 보였다. 그때 세라가 말했다.

"그래요, 그 식물에 집중해 보세요. 하지만 초점을 흐리게 하세요."

나는 세라가 말한 대로 눈의 초점을 조절했다. 그리고 그 식물의 한쪽 면에서 15센티미터쯤 떨어진 공간에 초점을 맞추려고 노력했다. 차츰 빛이 어른거리는 듯싶더니 눈의 초점을 한 번 더 조절하자 식물 주위를 에워싸고 있는 포말 같은 흰빛이 보였다.

"이제 뭔가 보입니다."

그러자 세라가 말했다.

"주변을 한번 둘러보세요."

순간 나는 깜짝 놀라 뒤로 물러섰다. 내 시야에 들어오는 모든 식물이 저마다 흰빛을 띠고 있었다. 하지만 그것은 눈에는 보여도 완전히 투명해서 식물의 원래 색깔이나 형태를 흐리게 하지 않았다. 오히려 내가 보고 있는 흰빛은 식물이 지닌 독특한 아름다움을 배가시켜 주고 있었다. 마치 각각의 식물을 처음 보는 것처럼 그 식물만의 독특한 형상과 존재가 먼저 보였다. 그리고 나서 물리적인 순수한 아름다움이 극대화된 것 같았는데 바로 이 시점에서 에너지 장이 보였던 것이다.

"이것도 볼 수 있어요?"

세라는 내 앞에 있는 필로덴드론을 마주 보고 앉았다. 그녀의 몸 주위를 감도는 희끄무레한 빛이 마치 깃털처럼 밖으로 발산되더니 필로덴드론을 완전히 에워쌌다. 그러자 필로덴드론의 에너지 장이 1미터 정도 더 넓어졌다.

"이럴 수가!"

내가 크게 소리치자 두 사람은 웃음을 터뜨렸다. 불과 몇 분 전만 해도 의심스러웠던 현상을 이제 아무렇지 않게 보고 있다는 것에 의문이나 불안한 기분이 전혀 들지 않았다. 이렇게 기이한 일이 또 있을까 생각하니 절로 웃음이 나왔다. 게다가 에너지 장을 감지하고 보니 비현실적인 느낌이 드는 게 아니라 오히려 주변에 보이는 모든 것이 예전보다 한층 더 확실해지고 현실적으로 느껴졌다.

그와 동시에 주위의 모든 것이 다르게 보였다. 내가 방금 경험한 현상은 무엇과도 비교할 수 없는 것이었다. 예전에 영화에서 마술에 걸린 숲을 신비롭게 표현하려고 숲의 색깔을 진하게 보정한 장면을 본 적이 있는데 그게 유일하게 비슷한 경우였다. 식물의 줄기와 잎 사귀, 하늘이 모두 선명하게 존재감을 드러냈다. 약간 일렁이는 빛은 우리가 일반적으로 가정하던 것을 뛰어넘어 거기에 생명이, 어쩌면 의식이 있음을 암시해 주었다. 이 모든 현상을 봤으니 이제부터는 숲을 봐도 예전처럼 별것 아닌 듯 무심하게 지나칠 수 없을 것 같았다.

나는 필에게 말했다.

"바닥에 앉아서 필로덴드론에 에너지를 투사해 보세요. 한번 비교해 보고 싶습니다."

필은 당혹스러운 듯 말했다.

"저는 그건 못 합니다. 그 이유는 모르겠지만."

그래서 세라를 쳐다보자 그녀가 말했다.

"할 수 있는 사람도 있고 못 하는 사람도 있어요. 그 이유는 아직 밝혀지지 않았어요. 마저리는 대학원생들 가운데 에너지를 투사할 수 있는 학생을 선별하고 있죠. 몇몇 심리학자가 이런 능력과 성격의 상관관계를 알아내려고 노력하고 있지만 아직까지는 밝혀내지 못했어요."

"저도 한번 해 볼게요."

내 말에 세라는 그렇게 하라고 했다.

"좋아요. 해 보세요."

나는 바닥에 앉아 식물을 바라봤다. 세라와 필은 나를 두고 서로 직각을 이루는 위치에 섰다.

"어떻게 시작합니까?"

내 질문에 세라가 설명했다.

"그냥 식물에 관심을 기울여 보세요. 당신의 에너지로 식물을 부풀린다고 생각하면서요."

식물을 바라보며 내 안의 에너지로 그 식물을 부풀린다고 상상했다. 그리고 몇 분 뒤에 두 사람을 쳐다봤다.

"미안하지만 당신도 선택받은 소수가 아닌 게 확실해요."

세라의 단호한 말에 나는 필을 바라보며 조금 실망한 듯한 표정을 지어 보였다.

그때 아래쪽 길에서 성난 목소리가 들려와 우리 대화는 여기서 끊어졌다. 그쪽으로 시선을 돌리니 나무들 사이로 한 무리의 남자가 지나가면서 자기들끼리 심하게 언쟁을 벌이고 있었다. 이 모습을 보고 있던 필이 세라를 보며 물었다.

"저 사람들이 누군지 아세요?"

"아니요, 모르겠어요. 아마도 우리가 하는 연구를 언짢게 여기는 사람들이겠죠."

나는 주변의 숲을 다시 쳐다봤다. 모든 것이 평소와 같았다.

"아이코, 에너지 장이 더 이상 안 보여요!"

"뭔가가 당신을 낙담하게 했군요, 그렇죠?"

세라의 말에 필은 웃으면서 내 어깨를 다독였다.

"이제부터는 언제든 다시 할 수 있어요. 자전거 타는 것과 똑같아요. 그저 아름다운 것을 보고 거기서부터 시작해 점점 확장해 나가면 됩니다."

나는 갑자기 시간을 확인해 봐야 한다는 생각이 들었다. 해가 이미 하늘 높이 솟아 있고 아침나절의 가벼운 바람이 나뭇잎을 흔들고 있었다. 시계를 보니 7시 50분이었다.

"이제 가 봐야 할 시간이군요."

내 말에 세라와 필도 함께 돌아가기로 했다. 나는 얼마간 걷다가 숲이 우거진 언덕을 돌아보며 말했다.

"정말 아름다운 곳입니다. 미국엔 이런 장소가 별로 없어 참 안타깝습니다."

그러자 필이 말했다.

"당신도 다른 지역에서 에너지 장을 보게 되면 이 숲이 얼마나 강렬한지 깨닫게 될 겁니다. 이 떡갈나무들을 보세요. 페루에도 이런 나무는 아주 드문데 여기 비시엔테에서는 자라고 있어요. 영리를 목적으로 원시림을 벌채하고 다른 나무를 심어 놓은 숲은 에너지 장이 매우 낮습니다. 그리고 도시는 사람만 빼고는 온갖 종류의 다양한 에너지가 섞여 있죠."

나는 오솔길 옆에서 자라고 있는 식물에 주의를 집중하려고 노력해 봤지만 계속 걷다 보니 집중할 수가 없었다. 나는 혹시나 하는 걱정스러운 생각에 물었다.

"제가 정말 에너지 장을 다시 볼 수 있을까요?"

세라는 안심시켜 주려는 듯 차분히 말했다.

"물론이에요. 에너지 장을 한 번 본 이후로 다시 재현해 내는 데 실패했다는 말은 들어 보지 못했어요. 안과의사 한 분이 이곳에 온 적이 있는데 에너지 장을 보는 법을 배우고는 무척 흥분하더군요. 알고 보니 그분은 색맹을 비롯해 시력 이상이 있는 환자들을 치료해 왔어요. 그런데 그분의 말에 따르면 사람들 가운데는 게으른 감각기관을 가진 사람이 있어 환자들에게 예전에 경험해 본 적 없는 색깔 보는 법을 가르쳐 왔답니다. 그분은 에너지 장을 보는 것도 그것과 똑같이 잠들어 있는 감각기관을 일깨우는 일이고, 이론적으로 누구든지 할 수 있는 일이라고 이야기하더군요."

"이런 곳에서 살면 얼마나 좋을까요?"

내 말에 필이 대답했다.

"누군들 그렇지 않겠어요."

필은 세라에게 시선을 돌리며 물었다.

"하인스 교수님은 아직 이곳에 계신가요?"

"예, 그분이 떠날 리가 없죠."

세라의 대답에 필은 나를 보며 말했다.

"하인스 교수님은 에너지 장이 사람에게 어떤 영향을 줄 수 있는지 흥미로운 연구를 하고 있습니다."

"저도 어제 그분과 만나 이야기를 나눴어요."

내 말을 듣고 필이 이어 말했다.

"지난번에 그분은 이 숲처럼 에너지가 많은 장소에 머물 때 물리적으로 받게 되는 영향을 연구해 보고 싶다고 하더군요. 신체의 기능을 측정하는 방식을 이용해 그 효과를 확인할 수 있다고 했죠."

세라가 덧붙여 말했다.

"저는 그 효과를 이미 알고 있어요. 차를 몰고 이곳에 들어서기만 해도 벌써 몸과 마음이 한결 좋아지는 게 느껴져요. 모든 신체 기능이 확대되죠. 몸의 기운이 더 강해지고 생각도 훨씬 명료하게 할 수 있어요. 이 모든 걸 통해 얻은 통찰력 그리고 제가 지금 하고 있는 물리학 연구의 연관성을 생각하면 참 놀라워요."

세라의 말을 듣다가 궁금해 물었다.

"어떤 연구를 하고 있습니까?"

"어제 제가 소립자 물리학 실험에 대해 설명하면서 소립자가 실험자의 기대에 따라 움직인다고 말했는데 기억하세요?"

"예."

"저는 그 개념을 좀 더 확대해 실험하고 있어요. 다른 과학자들처럼 원자를 구성하는 입자에 대해 연구하는 것이 아니라 당신에게 이야기했던 대로 우주가 인간의 기대에 얼마나 응답하고 있는가 하는 질문에 대해 연구하는 겁니다. 기본적으로는 물리적인 우주 전체가 동일한 에너지로 구성돼 있으니까요. 다시 말해 우리의 예상이나 기대가 우리에게 일어나는 일에 어느 정도로 영향을 미치느냐에 관한 것이죠."

"우연의 일치에 대해 말하는 건가요?"

"그래요. 지금까지 당신 삶에서 일어난 사건들을 생각해 보세요. 뉴턴식의 구시대적 사고에 따르면 모든 일은 우연히 일어나죠. 인간이 잘 판단하고 결정해서 준비할 수도 있겠지만 모든 사건은 인간의 의지와는 무관하게 그 나름의 원인이 있어서 일어난다는 겁니다. 하지만 현대 물리학이 최근에 발견한 결과들 덕분에 우리는 이제 정정당당하게 물을 수 있죠. 우주는 그보다 더 역동적으로 움직이지 않느냐고요. 물론 우주의 기본적인 작용이야 기계적으로 돌아갈 테지만 한편으로는 우리가 투사하는 정신 에너지에 미묘하게 감응하기도 합니다. 사실 그러지 못할 이유도 없죠. 우리가 식물을 더 빨리 자라게 할 수 있다면 우리가 생각하는 대로 어떤 일을 더 빠르거나 더 늦게 일어나게 할 수도 있을 거예요."

"필사본에 그런 내용도 적혀 있나요?"

세라는 나를 보며 웃었다.

"물론이죠. 저도 필사본에서 이런 아이디어를 얻은걸요."

세라는 걸어가면서 가방을 뒤지더니 서류철을 꺼냈다.

"어제 드리기로 했던 복사본이에요."

나는 세라에게 받은 복사본을 슬쩍 훑어보고는 주머니에 넣었다. 우리는 다리를 건너고 있었다. 나는 주변에 있는 식물들의 색깔과 형태를 보느라고 잠시 걸음을 멈췄다. 그리고 눈의 초점을 조절하자 시야에 들어오는 모든 물체의 에너지 장이 보였다. 세라와 필은 노란 빛을 띤 녹색의 널따란 에너지 장을 지니고 있었는데 세라의 에너지 장에서는 더러 분홍색이 비치곤 했다.

갑자기 두 사람이 걸음을 멈추고 앞쪽을 바라봤다. 15미터쯤 앞에서 한 남자가 우리를 향해 빠르게 걸어오고 있었다. 불안한 느낌이 옥죄어 왔지만 나는 에너지 장에 집중하기로 했다. 남자가 가까이 오자 나는 그를 알아봤다. 어제 우리에게 길을 물어본 페루 대학의 과학자들 가운데 키가 큰 사람이었다. 붉은색의 에너지 장이 그 남자의 주위를 에워싸고 있는 게 보였다.

우리 쪽으로 다가온 남자는 세라를 보며 거만하게 물었다.

"당신, 과학자 맞죠?"

세라는 남자를 똑바로 쳐다보며 대답했다.

"그렇습니다."

"그렇다면 어떻게 이런 실험을 참을 수 있단 말이요? 정원들을 둘러봤는데 아주 엉망이더군요. 당신들은 어째서 정원을 체계적으로 관리하지 않는 거요? 특정한 식물이 더 크게 자라는 데는 여러 가지 이유가 있지 않소?"

"모든 요소를 다 관리하는 건 불가능합니다, 선생님. 우리는 그저 일반적인 경향을 보려고 할 따름입니다."

나는 세라의 말에 날이 서 있는 것을 알아차렸다. 그녀의 말투에 아랑곳하지 않고 남자는 계속해서 말했다.

"생명체가 화학작용을 일으키는 데 이제까지 존재하지 않았던 새로운 가시적 에너지가 관여한다는 것은 어처구니없는 주장이오. 증거가 없지 않소?"

"우리는 그 증거를 찾고 있습니다."

"뚜렷한 증거도 없이 어떻게 특정한 것이 존재한다고 가정할 수 있단 말이오!"

두 사람 모두 화가 난 목소리로 말하고 있었지만 나는 그저 건성으로 듣고 있었다. 내 주의는 온통 두 사람의 에너지 장이 서로 활발하게 움직이고 있는 데 쏠렸다. 두 사람이 논쟁을 시작할 때 필과 나는 몇 걸음 뒤로 물러섰다. 세라와 키 큰 남자는 1미터쯤 떨어진 거리에서 마주 보고 서 있었다. 나는 두 사람의 에너지 장이 더욱 짙어지는 듯한 느낌을 받았다. 마치 내면의 파동으로 동요가 일어난 듯했다. 논쟁이 길어지면서 두 사람의 에너지 장은 서로 섞이기 시작했다. 한 사람이 발언하면 그 사람의 에너지 장이 움직여 상대방의 에너지 장을 마치 진공청소기처럼 빨아들이는 것 같았다. 그러고 나서 상대방이 반박하면 에너지 장이 반대로 움직이곤 했다. 에너지 장의 움직임으로 보면 논쟁에서 이긴다는 것은 상대방의 에너지 장 일부를 포획해 자기 안으로 끌어들이는 것을 의미하는 듯했다.

"다시 말해 우리는 이해하고자 하는 현상을 관측해 온 겁니다."

세라의 말에 남자는 경멸하는 듯한 표정으로 말했다.

"그렇다면 당신들은 무능할 뿐 아니라 정신까지 나간 거요."

그러고는 남자는 화를 내며 자리를 떠났다.

"그러는 당신은 공룡이에요!"

세라는 남자를 향해 소리를 질렀다. 필과 나는 그 말에 웃음을 터뜨렸다. 하지만 세라는 여전히 신경이 날카로운 상태였다.

"저런 인간들은 날 화나게 만들어요."

우리는 오솔길을 따라 다시 걷기 시작했다. 필이 위로하듯 말했다.

"기분은 나쁘겠지만 그만 잊어버려요. 어딜 가도 저런 사람들과 마주치게 마련이니까요."

그러자 세라가 대꾸했다.

"하지만 왜 그렇게 많죠? 그리고 왜 하필 지금이냐고요?"

산장에 거의 도착했을 때 윌과 그의 지프가 보였다. 차 문이 열려 있고 차량 위 덮개에 여러 물건이 펼쳐져 있었다. 나를 본 윌이 오라고 손짓을 했다.

"이제 가 봐야 할 것 같군요."

나는 십 분 동안 계속 이어졌던 침묵을 깨고 입을 열었다. 아까 세라가 논쟁을 빌였을 때 그녀의 에너지 장이 어떻게 바뀌었는지 설명해 주려고 잠깐 말을 꺼냈을 때부터 이어져 온 침묵이었다. 아무래도 내가 표현을 제대로 하지 못했는지 두 사람은 나를 물끄러미 바라보더니 아무 반응도 보이지 않은 채 침묵을 지켰다.

"만나서 반가웠어요."

세라가 악수를 청하며 말했다. 필은 지프가 있는 쪽을 바라보며 나에게 물었다.

"저분은 윌슨 제임스 씨 아닌가요? 바로 저분이 당신과 함께 여행하고 있다는 분인가요?"

"예, 그런데 왜 그러시죠?"

"그냥 궁금해서요. 저분을 종종 본 적이 있어요. 이곳의 소유주와 아는 사이고 여기서 에너지 장에 대한 연구를 하도록 여러모로 도움을 준 초창기 그룹 중 한 분이라던데요."

"그럼 저와 같이 가서 인사를 나누시죠."

"아니요, 이제 가 봐야 합니다. 나중에 또 만나게 될 겁니다. 당신이 언젠가는 이곳으로 다시 돌아올 거라는 걸 알고 있으니까요."

"맞습니다."

세라 역시 가 봐야 한다면서 산장으로 연락해 자기를 찾으면 된다고 알려 줬다. 나는 두 사람을 몇 분간 붙잡고 많은 것을 가르쳐 줘서 고맙다고 인사했다. 그러자 세라가 더욱 진지한 표정으로 말했다.

"에너지를 보는 것, 즉 물리적 세계를 인지하는 이 새로운 방식은 접촉으로 옮겨지며 퍼져 나갑니다. 우리도 그 이유를 잘 모르지만, 어떤 사람이 이 에너지를 보는 사람과 어울리면 그 사람도 에너지를 볼 수 있게 되죠. 그러니까 당신도 가서 다른 사람들이 에너지를 볼 수 있게 도와주세요."

나는 고개를 끄덕이고 나서 지프를 향해 걸음을 재촉했다. 윌은 미소로 나를 맞았다. 미안한 생각이 들어 내가 물었다.

"준비가 다 됐나 봐요?"

"거의 다 됐어요. 어땠나요, 오늘 아침은?"

"정말 흥미로웠습니다. 말씀드릴 게 아주 많아요."

"그 이야기는 나중에 듣는 게 낫겠어요. 여길 빨리 떠나야 합니다. 상황이 그다지 좋아 보이지 않아요."

나는 윌에게 더 가까이 가며 물었다.

"뭐가 잘못됐습니까?"

"심각한 수준은 아닙니다. 나중에 설명해 줄 테니 먼저 짐부터 챙겨 와요."

나는 산장으로 들어가 방에서 짐을 챙겼다. 윌이 숙박비는 안 내도 된다고 미리 말해 줘서 카운터에 가서 직원에게 열쇠만 주고 밖으로 나왔다. 윌은 지프의 덮개를 열고 엔진 부분을 살펴보고 있었는데 내가 다가가자 쾅 소리를 내며 덮개를 닫았다.

"좋아요. 이제 갑시다."

우리는 주차장을 빠져나와 큰길을 향해 달렸다. 우리 말고도 몇 대의 차가 더 보였다. 더는 참지 못하고 윌에게 물었다.

"그런데 무슨 일입니까?"

"현지 공무원과 과학자 몇 명이 이곳과 관련된 사람들에 대해 항의를 해 왔다고 합니다. 불법적인 일이 이뤄지고 있다는 혐의를 제기한 건 아니고 여기 머무는 사람들 중 바람직하지 않고 비합법적인 연구를 하는 과학자가 있다는 겁니다. 하지만 공무원들이 계속해서 문제를 제기하면 비시엔테 산장은 영업을 못 하게 될지도 모릅니다."

내가 그저 멍하니 바라보기만 하자 윌이 말을 이었다.

"사실 이 산장은 어느 때든 단체 예약이 몇 건씩 있을 정도로 많은 사람이 찾아옵니다. 필사본과 관련된 연구를 하는 사람들은 소수에 불과하죠. 사람들 대부분은 이곳의 빼어난 경관 때문에 찾아와 자신들의 일을 하다 가곤 합니다. 그런데 공무원들이 계속 드나들면서 부정적인 분위기를 조성한다면 사람들은 더 이상 이곳을 찾지 않을 겁니다."

"비시엔테 산장이 벌어들이는 관광수입에 대해선 이 지역 관료들이 간섭하지 않는다고 말씀하신 것 같은데요?"

"물론 거기엔 손대지 않을 겁니다. 하지만 누군가 필사본에 대해 이야기해서 그들을 불안하게 만든 거죠. 혹시 정원에서 만난 사람들 가운데 무슨 일이 일어나고 있는지 눈치 챈 사람이 있던가요?"

"아니요, 그런 것 같지는 않았어요. 다만 왜 갑자기 주변에 화난 사람이 많아졌는지 이상하다고 생각하고 있어요."

윌은 더는 아무 말도 하지 않았다. 우리 차는 정문 밖으로 나가서 남동쪽으로 향했다. 2킬로미터쯤 더 가서 동쪽으로 난 길에 진입하자 저 멀리 높이 솟아 있는 산맥이 보였다. 잠시 후 윌이 말했다.

"이제 정원들 바로 곁을 지나갈 겁니다."

구획이 나뉜 경작지들과 첫 번째 금속 건물이 나타났다. 우리 차가 그 옆을 지나칠 때 건물 문이 열리며 한 사람이 나왔는데 나와 눈이 마주쳤다. 마저리였다. 그녀는 우리 차 쪽으로 몸을 돌려 미소를 지으며 나를 봤다. 우리는 아쉬운 듯 눈을 떼지 않고 서로를 바라봤다.

그때 윌이 물었다.

"누구였나요?"

"어제 만난 사람입니다."

윌은 고개를 끄덕이더니 화제를 바꿨다.

"세 번째 통찰에 대해 알았나요?"

"복사본을 한 부 받았습니다."

윌은 생각에 몰두한 듯 아무 대답도 하지 않았다. 나는 복사본을 꺼내 다음 부분을 찾아 읽기 시작했다. 거기에는 세 번째 통찰이 아름다움의 본성을 느끼게 하고, 거기서 더 나아가 에너지 장을 보는 법을 배우게 한다고 나와 있었다. 그리고 일단 그런 경험을 하게 되면 물리적인 우주에 대한 이해가 빠르게 바뀐다는 것이었다. 예를 들어 우리는 살아 있는 에너지가 담긴 음식을 더 많이 섭취하게 된다. 또한 어떤 특정한 지역이 다른 지역보다 에너지가 더 많이 나온다는 것과 오래된 숲처럼 자연을 그대로 보존한 환경에서 에너지가 가장 많이 나온다는 것을 인식하게 된다.

내가 마지막 쪽을 읽으려 할 때 갑자기 윌이 말을 걸어 왔다.

"정원에서 어떤 일이 있었는지 이야기해 봐요."

이틀 동안 만난 사람들과 내게 일어났던 일들을 이야기했다. 마저리와 만난 일을 이야기할 때 윌은 나를 보면서 미소를 지었다.

"그 사람들과 다른 통찰에 대해서도 이야기를 나눴나요? 그리고 그들이 정원에서 연구하고 있는 내용과 다른 통찰들이 어떻게 관련돼 있는지도 이야기했나요?"

"다른 통찰에 대해선 전혀 이야기하지 않았습니다. 처음엔 그들을 신뢰하지 않았고, 나중엔 그들이 저보다 더 많이 알고 있다고 생각했거든요."

"만약 당신이 알고 있는 걸 솔직히 털어놨다면 그들에게 중요한 정보가 됐을 겁니다."

"어떤 정보를 말하는 거죠?"

윌은 온화한 표정으로 나를 쳐다보며 말했다.

"그 대답은 오직 당신만이 알 수 있어요."

나는 대답할 말을 찾지 못해서 창밖으로 시선을 돌리고 풍경을 바라봤다. 도로 주변은 어느새 산악지대로 바뀌어 암석이 점점 많아졌다. 표면이 갈라져서 광맥이 드러난 커다란 화강암 아래를 지나기도 했다. 다시 윌이 말을 걸어 왔다.

"우리가 정원을 지나올 때 당신이 마저리를 다시 보게 된 이유가 뭐라고 생각합니까?"

나는 그냥 우연이었다고 대답하려다가 이렇게 말했다.

"잘 모르겠어요. 당신은 어떻게 생각하나요?"

"세상에 우연히 일어나는 일은 없다고 생각합니다. 내가 보기엔 두 사람 사이에 뭔가 끝내지 못한 일이 있는 것 같군요. 서로 해야 할 이야기가 있는데 하지 못했을 수도 있고요."

그 말을 듣고 보니 강렬한 호기심이 생기는 한편 마음이 어수선해졌다. 나는 이제껏 살아오면서 너무 거리를 둔다는 비난을 계속 받아 왔다. 상대방에게 질문은 하되 내 의견을 피력하거나 태도를 확실히 보여 주지 않았기 때문이다. 그런데 왜 지금 와서 그런 생각이 드는 건지 의아했다.

나는 내 기분이 달라지고 있다는 것을 알아차렸다. 비시엔테 산장에 머물 때는 모험심과 자신감으로 충만했는데 이제는 불안감이 점점 커지면서 울적해졌다. 나는 투정 섞인 어투로 말했다.

"당신 말을 들으니 우울한 기분이 드네요."

그러자 윌이 큰 소리로 웃더니 이렇게 말했다.

"그건 나 때문이 아니라 비시엔테 산장을 떠나서 그럴 겁니다. 그곳에 있는 에너지가 당신의 기분을 마치 연처럼 높이 띄워 놓았을 테니까요. 과학자들이 왜 여러 해 동안 그곳에 머물고 있다고 생각하나요? 그들은 자신들이 왜 그곳을 그렇게 좋아하는지 단서조차 못 찾았을 겁니다."

윌은 내 눈을 똑바로 보며 말을 이었다.

"하지만 우린 알아요. 그렇지 않나요?"

윌은 도로를 한번 살핀 뒤 다시 내 쪽으로 고개를 돌려 나를 쳐다봤다. 따스한 배려가 담긴 눈길이었다.

"그런 장소를 떠날 때는 에너지를 한껏 높여 둘 필요가 있어요."

어리둥절한 표정으로 윌을 보자 나를 안심시키려는 듯 미소를 지어 보였다. 우리는 잠시 침묵을 지켰다. 2킬로미터쯤 더 갔을 때 윌이 말했다.

"정원에서 일어난 일을 계속 이야기해 봐요."

나는 이야기를 계속했다. 실제로 에너지 장을 봤다고 이야기하자 윌은 놀란 듯이 나를 바라봤지만 아무 말도 하지 않았다.

"당신도 에너지 장을 볼 수 있나요?"

이 질문에 윌은 나를 힐끗 보며 말했다.

"예, 볼 수 있어요. 좀 더 이야기해 봐요."

계속 말을 하다 보니 어느덧 세라가 페루 대학의 과학자와 논쟁을 벌였을 때 그들의 대립이 에너지 장의 움직임으로 나타났다는 대목에 이르렀다. 그러자 윌이 물었다.

"그것에 대해 세라와 필은 뭐라고 이야기하던가요?"

"아무 말도 하지 않았어요. 그들은 그런 현상을 이해할 만한 위치에 있는 것 같지 않았어요."

"그럴 겁니다. 그들은 세 번째 통찰에 사로잡혀 있는 탓에 아직 거기서 앞으로 나아가지 못하고 있어요. 사람들이 에너지를 두고 경쟁을 벌이는 것이 바로 네 번째 통찰에 속하는 내용입니다."

"에너지를 두고 경쟁을 벌인다고요?"

윌은 미소를 띤 채 내가 손에 들고 있는 복사본을 향해 고갯짓을 했다. 나는 아까 읽으려 했던 마지막 쪽을 펼쳤다. 거기엔 네 번째 통찰에 대해 알기 쉽게 정리돼 있었다. 궁극적으로 인간은 우주를 하나의 역동적인 에너지, 즉 우리를 길러 주고 부양하며 우리 기대에 부응할 수 있는 에너지의 총체적인 집합체로 보게 되리라고 적혀 있었다. 한편 인간은 이 거대한 에너지와 연결이 단절된 채 살아왔는데, 사실은 우리 스스로 그것과의 연결을 끊은 것이며 그로 말미암아 우리는 힘이 없고 불안정하고 결핍을 느껴 왔다는 것도 알게 되리라고 했다. 이런 결핍에 직면한 인간은 자신이 아는 유일한 방법, 즉 다른 사람의 에너지를 훔치는 방법으로 자신의 에너지를 늘리려고 했다. 그리고 세상에서 일어나는 모든 갈등을 자세히 들여다보면 그 배경에는 바로 이런 원리가 작용하고 있다는 것이다.

힘의 투쟁

자갈길이 움푹 파인 데서 지프가 덜커덕거리는 바람에 나는 잠에서 깨어났다. 시계를 보니 오후 3시였다. 정신을 똑바로 차리려고 애쓰며 다리를 뻗다 보니 등허리에서 예리한 통증이 느껴졌다.

차 안에 오래 앉아 있었더니 완전히 지쳐 버렸다. 비시엔테 산장을 떠난 뒤로 윌은 뭔가를 찾고 있는지 이리저리 방향을 바꾸며 온종일 달리기만 했다. 게다가 전날 밤에는 작은 여인숙에서 묵었는데 침대가 딱딱하고 울퉁불퉁해서 거의 잠을 이루지 못했다. 이틀 연속으로 고생스럽게 이동하다 보니 저절로 불평이 나오려고 했다.

나는 자세를 고쳐 앉으며 윌을 바라봤다. 그는 오로지 도로만 바라본 채 운전에 온 신경을 집중하고 있었다. 어찌나 진지한 표정인지 방해하지 않기로 했다. 윌이 몇 시간 전에 이야기할 게 있다며 지프를 세웠을 때도 지금처럼 진지한 표정이었다. 그때 그는 이렇게 물었다.

"내가 통찰은 한 번에 하나씩 찾아야 한다고 말한 적이 있는데 그걸 기억하나요?"

"예."

"그러면 각각의 통찰이 스스로 나타날 거라는 말도 믿나요?"

"글쎄요, 지금까진 그렇게 나타났죠."

나는 반쯤 농담을 섞어 가며 대답했다. 하지만 윌은 여전히 진지한 표정이었다.

"세 번째 통찰을 발견하기는 쉬웠을 겁니다. 우리가 한 일이라곤 그저 비시엔테 산장을 방문하는 게 다였으니까요. 하지만 이제부턴 다음 통찰들을 찾는 일이 훨씬 더 어려워질 겁니다."

윌은 잠깐 말을 멈췄다가 다시 이었다.

"우리는 남쪽으로 가서 퀼라밤바 근처에 있는 쿨라는 작은 마을에 가려고 합니다. 그곳에는 작은 원시림이 있는데 당신이 가 봐야 할 것 같아요. 이제부턴 정신을 바짝 차려야 합니다. 우연은 주기적으로 일어나긴 하지만 우리가 그걸 알아차려야 합니다. 내 말이 이해가 됩니까?"

나는 이해할 것 같다며 반드시 명심하겠다고 대답했다. 그 뒤로 우리는 더 이상 대화를 나누지 않았고 나는 깊은 잠에 곯아떨어졌다. 등이 너무 아프다 보니 정신없이 잔 게 후회됐다. 다시 몸을 뻗자 윌이 나를 바라봤다. 윌이 별말 없자 내가 물었다.

"여기가 어딥니까?"

"다시 안데스 산맥입니다."

얼마 전부터 창밖의 풍경은 언덕 대신 높다란 봉우리와 골짜기로 바뀌었다. 풀들은 듬성듬성 거칠게 자라고 나무들은 키가 작고 바람에 휘어 있었다. 창문을 열어 심호흡을 해 보니 공기가 희박하고 차갑게 느껴졌다.
"이 재킷을 걸치는 게 나을 겁니다. 오후엔 더 추워질 테니."
윌이 가방에서 면으로 된 갈색 스포츠 재킷을 꺼내 줬다. 커브 길을 돌아 나가자 좁은 갈림길이 보였다. 한쪽에 작은 상점과 주유소가 있는 목조 건물이 있고 그 앞에는 덮개를 열어 놓은 차 한 대가 세워져 있었다. 범퍼를 덮은 천에는 각종 공구가 놓여 있었다. 우리 차가 그 옆을 지나갈 때 상점에서 금발머리의 한 남자가 나오며 우리를 잠시 쳐다봤다. 그는 둥근 얼굴에 검은 테 안경을 끼고 있었다. 그 남자의 얼굴을 보자 내 마음은 순식간에 오 년 전으로 달려갔다.
"저 사람은 예전에 함께 일하던 내 친구와 정말 닮았어요. 몇 년 동안 그 친구를 한 번도 떠올린 적이 없었는데."
그러자 윌은 내 표정을 살피더니 말했다.
"아까도 말했듯이 이제부터 일어나는 일들을 세심히 살펴봐야 합니다. 다시 그곳으로 돌아가서 혹시 그 사람에게 도움이 필요한지 알아봅시다. 현지인처럼 보이진 않더군요."
도로의 갓길이 충분히 넓은 지점을 발견한 우리는 차를 돌렸다. 상점으로 돌아오니 그 남자는 엔진을 만지고 있었다. 윌은 주유소 펌프 앞에 차를 대고 차창 밖으로 몸을 내밀며 말했다.
"차에 문제가 생겼나 보군요."
그 남자는 코 밑에까지 흘러내린 안경을 콧등으로 끌어올리며 우리를 쳐다봤는데, 내 친구도 똑같은 버릇이 있었다.
"예, 물 펌프가 도망가 버렸어요."

남자는 호리호리한 체격에 40대 초반으로 보였다. 영어를 제대로 구사했지만 프랑스 억양이 약간 섞여 있었다. 윌은 얼른 차에서 내려 우리를 소개한 뒤 상점 안으로 들어갔다. 남자는 손을 내밀며 미소를 지었는데 웃는 모습 역시 친숙하게 느껴졌다. 그는 자신을 크리스 르노라고 소개했다. 나 역시 친근하게 말을 걸었다.

"말씨가 프랑스 분 같군요."

"맞아요. 하지만 저는 브라질에서 심리학을 가르치고 있습니다. 이곳에서 고고학 유물인 필사본이 발견됐다는 이야기를 듣고 정보를 찾으러 왔어요."

나는 한순간 남자를 믿어도 될지 몰라서 망설이다가 마침내 말했다.

"우리도 같은 이유로 이곳에 왔습니다."

크리스는 깊은 관심을 보이며 나를 쳐다봤다.

"필사본에 대해 뭔가 알고 있는 게 있나요? 복사본을 보셨나요?"

내가 막 대답하려는 순간 윌이 망으로 된 문을 쾅 닫으며 상점 안에서 나왔다. 윌이 내게 말했다.

"운이 무척 좋군요. 주인 말이 야영할 자리가 있고, 또 뜨거운 음식도 있다고 하네요. 여기서 밤을 지내고 가는 게 좋겠어요."

그러고는 크리스를 돌아보며 기대하는 표정으로 말했다.

"당신이 예약해 둔 야영 자리를 우리와 나누는 게 싫지 않다면 말입니다."

그러자 크리스가 말했다.

"아닙니다. 저야 함께할 분들이 있으면 반갑죠. 어차피 펌프는 내일 아침이나 돼야 도착할 테니까요."

크리스와 윌은 곧이어 크리스의 차인 랜드크루저에 대해 이야기하기 시작했다. 그동안 나는 지프에 기대앉아 따스한 햇볕을 즐기며 크리스 덕분에 떠오른 옛 친구를 기분 좋게 회상했다. 크리스는 한눈에도 순진하고 호기심이 많아 보였는데 그 친구도 그랬다. 워낙 책 읽기를 좋아해서 많은 이론을 알고 있었는데 그가 들려준 이론들이 생각날 듯하면서도 오랜 세월이 흐른 뒤여서 잘 떠오르지 않았다.

윌이 내 등을 토닥거리며 말했다.

"짐을 야영 장소로 옮깁시다."

"그러죠."

나는 생각에 잠겨 건성으로 대답했다.

윌은 지프의 뒷문을 열고 텐트와 침낭을 꺼내 내 팔 위에 쌓아 올리더니 여벌의 옷가지가 가득 들어 있는 더플 백을 꺼냈다. 크리스는 자동차의 문을 잠그고 있었다. 우리 셋은 상점을 지나 계단을 몇 개 내려갔다. 건물 뒤에는 가파른 내리막이 있었다. 우리는 좁은 오솔길을 따라 내려가다가 왼쪽으로 꺾었다. 그리고 20미터 정도 더 내려가니 물 흐르는 소리가 들렸다. 물소리를 들으며 좀 더 내려가자 시냇물이 바위 위로 폭포를 이루며 흘러내리고 있었다. 더욱 서늘해진 공기에 짙은 박하 향이 묻어 있었다.

바로 앞에 평평한 땅이 보였다. 땅 위로 흘러내린 시냇물이 직경 8미터쯤 되는 물웅덩이를 이루고 있었다. 야영지는 깨끗했다. 불을 피우도록 둘러놓은 돌덩이도 보였다. 근처의 나무 옆에는 장작이 차곡차곡 쌓여 있었다.

"좋은 곳이군요."

윌은 감탄하며 큼직한 4인용 텐트를 펼쳤다. 크리스도 바로 옆에 다 작은 텐트를 펼쳤다.

"윌과 당신은 과학자인가요?"

크리스가 물었다. 마침 윌은 텐트를 다 친 뒤 저녁 재료를 알아보려고 위쪽으로 올라가 있었다.

"윌슨은 가이드입니다. 그리고 저는 지금 따로 하는 일은 없고요."

크리스는 어리둥절한 얼굴로 나를 쳐다봤다. 나는 웃으며 물었다.

"필사본을 읽어 볼 기회가 있었습니까?"

"첫 번째와 두 번째 통찰을 읽었습니다."

크리스는 내 쪽으로 가까이 다가오며 말을 이었다.

"제가 말씀드리고 싶은 것은 모든 게 필사본에 나온 대로 일어나고 있다는 겁니다. 우리가 세계를 바라보는 관점이 변하고 있어요. 심리학을 보면 이 사실을 알 수 있습니다."

"그게 무슨 뜻인가요?"

크리스는 숨을 고른 뒤 말했다.

"제 전문 분야는 갈등입니다. 사람들이 왜 그토록 서로를 폭력적으로 대하는지 연구하고 있죠. 사람들이 서로 통제하고 지배하려는 욕구를 느끼기 때문에 폭력을 쓴다는 것은 이미 알고 있던 사실이지만 우리 내면, 즉 개인의 의식이라는 관점에서 이런 현상을 연구하게 된 것은 최근 들어서입니다. 우리는 인간의 내면에서 어떤 일이 일어나기에 남을 통제하려는 욕구를 느끼는지 연구하기 시작했죠. 날마다 전 세계에서 일어나는 일로, 우리는 사람이 누군가와 만나서 대화를 나눌 때 두 가지 경우가 발생할 수 있다는 사실을 발견했습니다.

그 만남에서 어떤 상호작용이 일어나는지에 따라 그 사람이 더 강해지거나 더 약해진 것을 느끼게 된다는 거죠."

얼떨떨한 표정으로 크리스를 바라봤다. 그러자 그는 한 주제로 긴 강의를 한 것이 계면쩍은 듯 웃어 보였다. 나는 계속 설명해 달라고 부탁했다. 크리스가 다시 말을 이었다.

"이런 이유로 사람들은 언제나 통제하려는 태도를 보인다고 여겨져 왔죠. 우리는 어떤 특정한 상황이든 개의치 않고 무조건 대화에서 우위를 차지하려고 합니다. 우리는 통제할 방법을 찾아내 그 시합에서 우월한 위치에 머물려고 모든 수단을 모색하죠. 그것에 성공해 상대방보다 우위를 차지하면 우리는 약하다는 것을 느끼지 않고 심리적으로 고양됩니다.

다른 말로 바꾸면 사람들은 머리를 써서 상대방보다 한 수 앞서서 통제하려고 애써 왔는데 그 이유는 표면적으로 드러나는 실제적인 목표를 달성할 뿐 아니라 심리적으로도 고양되는 걸 느낄 수 있기 때문입니다. 개인뿐 아니라 국가 차원에서도 분별없는 갈등이 그토록 많이 일어나는 원인이 바로 여기에 있죠.

심리학 분야에서는 사람들 대부분이 이 모든 문제를 의식하기 시작했다는 데 의견이 일치하고 있어요. 사람들이 서로 조종하고 있다는 걸 깨닫게 되면서 우리의 동기를 재평가하고 있죠. 우리는 서로를 대하는 다른 방법을 찾고 있습니다. 저는 이런 재평가가 필사본에서 말하는 새로운 세계관이라고 생각합니다."

그때 윌이 돌아와 우리의 대화는 중단됐다.

"저녁 식사가 준비됐다고 합니다."

우리는 서둘러 오솔길을 올라가 상점 건물의 지하로 내려갔다. 그곳은 주인 가족이 사는 집이었다. 우리는 거실을 지나 식당으로 갔다. 식탁에는 뜨거운 스튜와 채소, 샐러드 등이 차려져 있었다.

"앉으세요, 앉으세요!"

주인이 영어로 말하면서 분주하게 의자를 뒤로 빼 주었다. 뒤에는 부인으로 보이는 나이 든 여자와 열다섯 살쯤 돼 보이는 소녀가 서 있었다.

윌이 의자에 앉으면서 실수로 포크를 건드리자 포크가 요란한 소리를 내며 바닥에 떨어졌다. 주인 남자는 여자를 험하게 노려봤다. 그러자 여자는 새것을 가져오지 않고 뭐하냐면서 아이를 심하게 나무랐다. 아이는 얼른 다른 방으로 가서 포크를 하나 들고 돌아오더니 자신 없는 태도로 윌에게 건네줬다. 허리를 굽히고 포크를 내미는 아이의 손이 약간 떨리고 있었다. 그때 식탁 맞은편에 앉은 크리스와 내 시선이 마주쳤다.

"맛있게 드십시오."

주인 남자는 내게 음식이 담긴 접시를 건네며 말했다. 식사하면서 크리스와 윌은 학교에서 학생들을 가르치고 논문을 써야 하는 일이 얼마나 어려운지를 이야기했다. 주인 남자는 식당에서 나갔지만 여자와 아이는 계속 문 앞에 서 있었다.

파이가 담긴 접시를 가져다줄 때 아이가 팔꿈치로 내 물잔을 치는 바람에 식탁에 물이 쏟아졌다. 그러자 여자는 아이에게 달려오더니 스페인어로 소리를 지르며 아이 몸을 옆으로 밀쳐냈다. 그러고는 물을 닦으며 영어로 말했다.

"정말 죄송합니다. 아이가 워낙 조심성이 없어서요."

그 말에 아이는 파이가 담긴 접시를 들어 여자에게 던졌다. 접시가 여자에게 맞지 않고 식탁 한가운데 떨어지면서 접시 파편과 파이 조각이 여기저기 흩어져 난장판이 되었다. 그때 주인 남자가 돌아와 버럭 소리를 지르자 아이는 방에서 뛰쳐나갔다.

"죄송합니다."

남자는 황급히 식탁으로 다가오며 말했다.

"괜찮습니다. 아이를 너무 나무라지 마십시오."

내가 말하는 동안 윌이 일어나서 계산을 치렀고 우리는 재빨리 식당에서 나왔다. 우리는 문 밖으로 나와서 계단을 내려갔다. 그때까지 아무 말도 하지 않던 크리스가 나를 보며 말했다.

"그 아이를 봤죠? 그 아이는 심리적 폭력의 전형적인 예입니다. 타인을 통제하려는 인간의 욕구가 극단적으로 흐르면 저렇게 되죠. 어른 두 사람이 아이를 완전히 장악하고 있어요. 아이가 얼마나 두려운지 허리를 굽히고 손을 떠는 모습을 보셨죠?"

"예, 하지만 아이도 더 이상 참지 못하는 것처럼 보이더군요."

"바로 그거예요! 그 아이의 부모는 한 번도 너그러운 모습을 보이지 않더군요. 그러니 아이의 관점에선 감정을 난폭하게 분출하는 것 외엔 방법이 없습니다. 그것이 아이가 자신을 위해 다소나마 통제권을 얻을 수 있는 유일한 방법입니다. 불행히도 저 아이는 어른이 되면 어릴 때 생긴 정신적 트라우마 탓에 다른 사람에 대한 통제권을 휘어잡고 사나운 방법으로 그들을 지배해야 한다고 생각하겠죠. 이런 성격이 깊이 각인돼 지금 부모가 그렇듯이 저 아이 역시 위압적인 어른이 될 겁니다. 특히 어린아이같이 힘없는 이들을 그렇게 대하겠죠. 사실 아이의 부모도 똑같은 트라우마를 겪었다는 건 의심할 여지가 없습니다. 그들의 부모가 자신들을 그런 식으로 지배했기에 그들도 그렇게 하는 거죠. 심리적 폭력이 한 세대에서 다음 세대로 이어지는 수단이 바로 그것입니다."

크리스가 문득 말을 멈추더니 다시 말했다.

"차에서 침낭을 꺼내 와야겠군요. 곧 돌아올게요."

나는 고개를 끄덕이고 윌과 함께 야영지 쪽으로 걸어갔다. 모처럼 윌이 말을 걸어 왔다.

"크리스와 이야기를 많이 하더군요."

"예, 많이 했어요."

윌이 미소를 지으며 말했다.

"사실은 크리스 혼자 이야기한 셈이죠. 당신은 듣고 있거나 직접적인 질문에만 대답할 뿐 자기 의견을 별로 내놓지 않더군요."

"크리스의 이야기에 흥미가 있었으니까요."

방어적으로 대답했지만 윌은 내 말투에 개의치 않았다.

"아까 주인 가족 사이에서 에너지의 흐름이 이동하는 걸 봤나요? 아이가 거의 죽을 지경이 될 때까지 부모가 아이의 에너지를 빨아들이고 있더군요."

"에너지 흐름을 보는 걸 깜박 잊었어요."

"그렇군요. 그런데 크리스도 에너지를 보고 싶어 할 것 같지 않나요? 아니 그보다 먼저 그와 만난 걸 어떻게 생각하나요?"

"잘 모르겠는데요."

"거기에 어떤 의미가 있다고 생각하지 않나요? 우리가 도로를 지나가고 있을 때 당신은 옛 친구를 떠올리게 하는 사람을 봤어요. 그 사람을 만나 보니 그 역시 필사본을 찾고 있었죠. 이 정도면 우연 이상이 아닐까요?"

"맞아요."

"당신이 크리스를 만난 건 이번 여정에 도움이 되는 정보를 얻기 위해서일지도 몰라요. 그렇다면 당신도 그에게 어떤 정보를 줘야 하지 않을까요?"

"예, 그런 것 같군요. 그럼 제가 그에게 뭘 이야기해야 할까요?"

윌은 다시 특유의 따스한 미소를 지으며 나를 바라봤다.

"진실이죠."

내가 무슨 말을 더 하기 전에 크리스가 우리 쪽으로 뛰어 내려왔다. 그는 우리를 보며 말했다.

"나중에 필요할지 몰라서 손전등을 가져왔어요."

그제야 나는 처음으로 황혼을 의식하며 서쪽 하늘을 바라봤다. 날은 거의 저물었지만 하늘은 여전히 밝은 오렌지색을 띠고 있었다. 하늘에 떠 있는 구름 몇 조각은 좀 더 어두운 붉은색을 띠고 있었다. 한순간 내 앞에 있는 식물들 주위로 뽀얀 흰빛이 서려 있는 게 보였지만 바로 사라져 버렸다.

"아름다운 석양이네요."

나는 말을 꺼내고서야 윌이 이미 텐트로 들어갔다는 걸 알았다. 크리스도 침낭 주머니에서 침낭을 꺼내느라 내 쪽을 보지 않고 건성으로 대답했다.

"예, 그렇군요."

크리스가 있는 곳으로 걸어갔다. 그러자 그는 고개를 들더니 나를 보며 물었다.

"미처 물어볼 기회가 없었는데 어떤 통찰들을 알았나요?"

"첫 번째와 두 번째 통찰은 내용만 전해 들었습니다. 그러다 윌과 함께 사티포 부근에 있는 비시엔테 산장에 머물게 되었는데 거기서 만난 과학자 한 분이 세 번째 통찰의 복사본을 줬어요. 정말 놀라운 내용이 적혀 있더군요."

내 말을 듣던 크리스의 두 눈이 빛났다.

"지금 갖고 계세요?"

"예, 한번 보시겠어요?"

크리스는 반색하며 내 복사본을 받아들고 텐트 안으로 들어가 읽기 시작했다. 나는 성냥과 낡은 신문지를 찾아서 불을 피웠다. 불이 활활 타오를 때쯤 윌이 텐트 밖으로 나왔다. 주위를 살피더니 윌이 물었다.

"크리스는 어디에 있나요?"

"세라가 제게 준 복사본을 읽고 있어요."

윌은 모닥불 옆으로 다가와 누군가 가져다 둔 매끈한 통나무에 걸터앉았다. 나도 그 옆에 앉았다. 이제 어둠이 완전히 내려 우리 왼쪽에 있는 나무들의 흐릿한 윤곽과 뒤쪽에 있는 주유소에서 나오는 희미한 불빛 그리고 크리스의 텐트에서 새어 나오는 약한 불빛 외엔 아무것도 보이지 않았다. 숲은 야행성 동물들의 소리로 살아 움직였는데, 그중에는 이제껏 내가 한 번도 들어본 적이 없는 소리도 섞여 있었다.

삼십 분쯤 지났을 때 크리스가 손전등을 들고 텐트에서 나왔다. 그러고는 우리 쪽으로 걸어와 내 왼쪽에 앉았다. 윌은 하품을 했다. 크리스가 흥분 섞인 어조로 말했다.

"그 통찰은 정말 굉장합니다. 그곳에 있던 사람들 가운데 에너지 장을 실제로 볼 수 있는 사람이 있었나요?"

나는 비시엔테 산장에 도착했을 때부터 내가 에너지 장을 볼 수 있게 되었을 때까지의 과정을 간략하게 들려줬다. 크리스는 잠시 아무 말 없이 있다가 물었다.

"그러니까 그들은 자신의 에너지를 식물에 투사해 식물의 성장에 영향을 미치는 실험을 실제로 하고 있었단 말이죠?"

"그것은 식물의 영양학적인 효능에도 영향을 미치죠."

크리스는 혼잣말을 하듯 중얼거렸다.

"하지만 복사본에 나온 내용은 그보다 훨씬 광범위해요. 세 번째 통찰은 우주 전체가 이 에너지로 이뤄져 있고, 그래서 우리는 식물만이 아니라 어쩌면 다른 존재들에게도 영향을 미칠 수 있다는 겁니다. 우리에게 속한 에너지, 즉 우리가 통제할 수 있는 에너지만으로도 그렇게 할 수가 있다는 거죠."

크리스는 잠시 말을 멈췄다가 다시 말했다.

"우리에게 속한 에너지가 어떻게 다른 사람에게 영향을 미치는지 정말 궁금하군요."

윌이 나를 바라보며 미소를 지었다. 잠시 망설인 끝에 나는 입을 열었다.

"제가 본 걸 말할게요. 두 사람이 논쟁하는 모습을 본 적이 있는데, 그때 그 두 사람의 에너지가 정말 이상하게 움직였어요."

크리스는 안경을 콧등으로 밀어 올리며 말했다.

"그 이야기를 자세히 듣고 싶어요."

그때 윌이 일어나며 말했다.

"저는 이만 들어가서 자야겠군요. 정말 길고 힘든 하루였어요."

우리는 윌에게 잘 자라고 인사했다. 윌은 텐트 안으로 들어갔다. 나는 세라와 상대방이 했던 말들을 들려주고 그들의 에너지 장이 어떻게 움직였는지 최선을 다해 묘사했다. 갑자기 크리스가 말했다.

"잠깐만요. 그러니까 당신은 두 사람이 논쟁을 벌일 때 그들의 에너지가 마치 서로를 사로잡으려는 듯 상대방을 끌어당기는 걸 봤단 말이죠?"

"맞습니다."

크리스는 몇 초간 생각에 잠겼다가 말했다.

"우리는 이것을 철저히 분석해 봐야 합니다. 두 사람이 서로 자기의 관점이 옳다면서 말다툼을 하고 있었어요. 심지어는 상대방의 믿음이 틀렸다는 걸 입증하려고 욕까지 했죠."

그러다가 크리스가 갑자기 고개를 치켜들었다.

"그래요. 모든 것이 이치에 딱 들어맞아요!"

"그게 무슨 뜻이죠?"

"만약 이 에너지의 움직임을 체계적으로 관찰할 수 있다면 사람들이 경쟁하거나 논쟁하거나 남에게 해를 입힐 때 서로 어떤 영향을 주고받는지 이해할 수 있을 거예요. 타인을 통제할 때 우리는 그들의 에너지를 흡수합니다. 말하자면 다른 사람을 희생시켜서 우리를 채우는 것인데, 그렇게 자신을 채우려는 것이 바로 인간의 동기입니다. 먼저 에너지 장을 보는 법을 배워야겠어요. 비시엔테 산장이 어디에 있나요? 그곳에 가려면 어떻게 가야 하죠?"

나는 비시엔테 산장의 위치를 대강 알려 주고 나서 윌에게 물어보면 더 정확하게 알 수 있을 거라고 했다. 그러자 크리스는 굳게 다짐하듯 말했다.

"그러겠습니다. 이제 잠을 좀 자둬야겠어요. 될 수 있으면 내일 아침 일찍 그곳으로 떠나고 싶으니까요."

크리스는 잘 자라는 인사를 하고 텐트 안으로 들어갔다. 탁탁 소리를 내며 타오르는 모닥불과 밤의 소리 속에서 나만 홀로 남았다.

잠에서 깨어나니 윌은 이미 텐트에서 나가고 없었다. 어디선가 오트밀 냄새가 났다. 침낭에서 나와 텐트 자락을 들치고 밖을 내다봤다. 윌은 불 위에 있던 냄비를 들어올리던 참이었다. 크리스는 보이지 않았다. 그의 텐트 역시 없었다. 나는 텐트 밖으로 나와 모닥불 쪽으로 걸어가며 물었다.

"크리스는 어디에 있습니까?"

"그는 이미 짐을 꾸려서 야영장을 떠났어요. 주문한 부품이 오는 대로 떠나려고 차에서 대기하고 있을 겁니다."

윌은 내게 뜨거운 오트밀 한 그릇을 건네주었다. 우리는 통나무에 걸터앉아 먹기 시작했다. 윌이 물었다.

"어제 밤늦게까지 이야기했나요?"

"아니요, 하지만 내가 아는 건 다 이야기해 줬어요."

바로 그때 누군가의 발소리가 들렸다. 크리스가 급하게 우리 쪽으로 내려오고 있었다.

"저는 준비가 다 끝났어요. 이제 작별인사를 드려야겠군요."

크리스는 우리와 잠시 이야기를 나누고 나서 급하게 계단을 뛰어 올라갔다.

윌과 나는 상점 주인의 욕실에서 교대로 몸을 씻고 면도를 했다. 그러고는 짐을 꾸리고 자동차에 기름을 가득 넣은 뒤 북쪽을 향해 출발했다. 운전하는 윌에게 물었다.

"쿨라까지 얼마나 걸립니까?"

"운이 좋으면 밤에 도착할 겁니다. 그런데 크리스에게 무엇을 배웠나요?"

윌의 표정을 살펴보니 아무래도 특정한 답을 바라는 듯했다.

"나도 모르겠어요."

"그럼 크리스가 어떤 개념을 알려 줬나요?"

"인간은 의식하진 못해도 타인을 조종하고 지배하려는 성향이 있는데 그 이유는 다른 사람의 에너지를 차지하기 위해서라고 했어요. 그렇게 해서 자신의 에너지가 늘어나면 강해지고 심리적으로 고양된 기분을 느낀다고 했죠."

윌은 똑바로 전방을 주시하고 있었지만 뭔가 다른 걸 생각하고 있는 듯했다.

"그건 왜 묻는 겁니까? 그게 네 번째 통찰인가요?"

그제야 윌은 나를 바라봤다.

"꼭 그렇진 않아요. 당신은 사람들 사이에 흐르는 에너지를 봤어요. 하지만 막상 그 일이 자신에게 일어날 때 당신이 실제로 어떻게 느낄지 궁금해서 그래요."

"그럼 어떤 느낌이 드는지 말해 주세요! 당신은 내가 말을 안 한다고 나무라지만 당신에게 어떤 정보를 얻어 내기란 마치 생니를 뽑는 것 같아요! 나는 필사본에 대해 당신이 알고 있는 걸 들으려고 며칠 동안 노력했어요. 하지만 당신이 한 일이라곤 그저 내 흥미를 떨어뜨린 것밖에 없었죠."

나는 와락 짜증을 내면서 말했다. 그러자 윌은 큰 소리로 웃고 나서 내게 미소를 지어 보였다.

"우리는 서로 합의하지 않았나요? 기억나죠? 내가 말을 해 주지 않는 데는 그만한 이유가 있습니다. 통찰 가운데 하나는 과거의 자기 삶에서 일어난 사건들에 관한 겁니다. 그 통찰로 자신이 누구인지, 이 행성에 왜 왔는지를 뚜렷이 인식하는 과정을 거치죠. 나는 당신이 그 통찰에 이를 때까지 기다렸다가 내가 경험한 것을 함께 이야기하고 싶을 뿐입니다. 이해하겠어요?"

"예, 알았어요."

윌이 흥미진진한 말투로 말하자 나도 웃으며 대답했다.

그 뒤로는 오전 시간 내내 침묵 속에서 차를 달렸다. 화창하게 갠 하늘은 눈이 부시게 푸르렀다. 높은 산길을 오를 때는 이따금 구름이 우리 앞을 가로막으며 차 앞 유리창에 온통 습기를 묻혀 놓곤 했다. 정오 무렵 우리는 전망 좋은 장소에 차를 세웠다. 동쪽으로 산세와 골짜기를 굽어볼 수 있는 곳이었다. 정적을 깨고 윌이 물었다.

"시장한가요?"

고개를 끄덕이자 윌은 차 뒷좌석에 둔 가방에서 정성껏 포장한 샌드위치 두 꾸러미를 꺼내 하나를 건네주며 물었다.

"이곳의 전망이 어떤가요?"

"아름다워요."

윌은 은근한 미소를 띠면서 나를 응시했는데 아무래도 내 에너지장을 살펴보는 듯했다. 윌의 태도가 궁금해 물었다.

"지금 뭘 하는 거죠?"

"그냥 보고 있어요. 산 정상은 특별한 장소죠. 누구든 산 정상에 앉아 있으면 에너지를 키울 수 있어요. 당신은 산 정상에서 전망을 바라보는 게 친숙한 듯하군요."

나는 윌에게 돌아가신 할아버지와 그분이 발견한 깊은 골짜기의 호수 그리고 그 골짜기를 내려다볼 수 있는 산 정상에 대해 이야기했다. 그리고 샬린을 만나기 몇 시간 전에 그곳의 정상에 올라 충만한 에너지를 받았던 일도 이야기했다. 그러자 윌은 고개를 끄덕이며 말했다.

"그런 곳에서 자란 경험이 지금의 당신을 있게 했군요."

산 정상에서 얻는 에너지에 대해 좀 더 물어보려고 할 때 윌이 말을 이었다.

"산 정상에 원시림이 있으면 에너지가 더욱 증폭된답니다."

"우리가 가는 원시림도 산 정상에 있습니까?"

"당신이 직접 봐요. 저기 보일 겁니다."

그러고 나서 윌은 동쪽을 가리켰다. 그곳에는 산등성이 두 개가 몇 킬로미터 정도 평행선을 그리며 나란히 달리다가 V자 형상을 이루며 한데 만나고 있었다. 두 산등성이 사이의 공간에는 자그마한 마을처럼 보이는 곳이 있었다. 그리고 두 산등성이가 만나는 곳에서 산이 소용돌이치듯 치솟아 험준한 정상에 이르렀다. 산의 정상은 우리가 있는 산보다 높아 보였고 그 주변은 싱싱한 풀과 나무로 뒤덮여 짙고 푸르러 보였다. 나는 손가락으로 그곳을 가리키며 물었다.

"저기 푸르른 곳 말인가요?"

"그래요. 비시엔테와 비슷하지만 더 강하고 특별하죠."

"어떻게 특별한데요?"

"다른 통찰을 만나게 해 주거든요."

"어떻게요?"

윌은 지프에 시동을 걸더니 다시 도로로 진입했다. 그리고 잠시 후 윌이 말했다.

"장담컨대 당신 스스로 알게 될 겁니다."

우리는 한두 시간쯤 말이 없었다. 그러다 나는 잠이 들었는데 얼마 뒤 윌이 내 팔을 흔들었다.

"일어나요. 이제 쿨라에 들어갈 겁니다."

나는 몸을 똑바로 세우고 차창 밖을 봤다. 앞쪽에 두 길이 하나로 합쳐지는 골짜기가 보였고 거기에 작은 마을이 있었다. 마을 양쪽으로 우리가 아까 봤던 산등성이 두 개가 뻗어 있었다. 산 정상에서 자라고 있는 나무들은 비시엔테에 있는 나무만큼이나 커 보이며 유난히 짙고 푸르렀다. 그때 윌이 뭔가 중요한 정보를 알려 주려는 듯 진지한 표정으로 말했다.

"마을로 들어가기 전에 일러두고 싶은 이야기가 있어요. 이 숲의 강력한 에너지에도 상관없이 이 마을은 페루의 다른 지역에 비해 아직 개발되지 않았어요. 이곳은 필사본에 대한 정보를 얻을 수 있는 곳으로 알려져 있죠. 하지만 내가 지난번에 왔을 땐 에너지도 느끼지 못하고 통찰도 이해하지 못하는 탐욕스러운 사람이 많았어요. 그들은 아홉 번째 통찰이 발견되든 말든 그걸로 돈을 벌 생각밖에 없어 보였어요."

나는 마을을 바라봤다. 도로가 너덧 개 정도 있는 작은 마을이었다. 마을의 한가운데를 가로지르는 두 개의 큰길 좌우엔 큼직한 건물들이 줄지어 있었지만, 나머지 도로들은 골목길 수준으로 주변에 작은 집들이 줄지어 있었다. 그리고 교차로에는 자동차와 트럭이 열두어 대 남짓 세워져 있었다. 마을과 어울리지 않는 차들의 정체가 궁금해 물었다.

"차들이 왜 저렇게 줄지어 세워져 있죠?"

윌이 미소 지으며 대답했다.

"이곳이 더 깊은 산으로 들어가기 전에 기름을 넣고 물건을 살 수 있는 마지막 마을이니까요."

윌은 시동을 걸고 마을 안으로 천천히 차를 몰더니 큰 건물 앞에서 멈췄다. 간판에 적힌 스페인어는 읽을 수 없었지만 창가를 들여다보니 식료품과 철물을 파는 상점인 듯했다. 윌이 차에서 내리며 말했다.

"여기서 잠시만 기다려요. 몇 가지 살 게 있어요."

내가 고개를 끄덕이자 윌은 상점 안으로 들어갔다. 주변을 둘러보자 트럭 한 대가 길 건너편에 서더니 몇 사람이 차에서 내렸다. 일행 중 짙은 갈색 머리에 작업용 재킷을 걸친 여자가 보였다. 놀랍게도 그녀는 마저리였다. 마저리는 20대 초반으로 보이는 청년과 함께 길을 건너 바로 내 앞쪽으로 걸어왔다.

나는 차 문을 열고 밖으로 나가며 소리를 질렀다.

"마저리!"

마저리는 걸음을 멈추고 주위를 둘러보다가 나를 보고는 미소를 지었다.

"안녕하세요."

마저리가 내게로 걸어오려고 하자 청년이 그녀의 팔을 움켜잡았다. 그러고는 내가 듣지 못하도록 작은 소리로 말했다.

"로버트가 아무하고도 이야기하지 말라고 했잖아요."

"괜찮아요. 아는 사람이에요. 먼저 들어가요."

청년은 나를 의심쩍은 시선으로 보더니 뒤로 물러나 상점 안으로 들어갔다. 나는 마저리에게 정원에서 우리 둘 사이에 일어났던 일을 더듬더듬 설명하려고 했다. 그러자 마저리가 웃으며 세라에게 이미 이야기를 들었다고 했다. 그녀가 다시 뭔가 말하려는 순간 윌이 물건을 한 아름 사 들고 상점에서 나왔다.

나는 두 사람을 서로 소개했다. 그리고 윌이 지프 뒷자리에 물건을 싣는 동안 마저리와 좀 더 이야기를 나눴다. 그러자 윌이 길 건너편에 보이는 작은 카페를 가리키며 말했다.

"좋은 생각이 떠올랐어요. 저기서 뭘 좀 먹으면 어떻겠어요?"

"그게 좋겠네요."

내 말에 마저리는 곤란한 듯이 말했다.

"그런데 어떻게 하죠? 잠시 뒤에 차가 떠날 예정이라서 곧 가 봐야 해요."

"어디로 가는데요?"

나는 마저리와 좀 더 이야기를 나누고 싶어 급하게 물었다.

"서쪽으로 3킬로미터쯤 떨어진 곳이에요. 저는 필사본을 공부하는 그룹을 만나러 가는 길이에요."

그때 윌이 의견을 말했다.

"저녁 식사를 마치고 우리가 당신을 거기까지 데려다 줄게요."

"예, 그러면 되겠군요."

마저리가 동의하자 윌이 나를 보며 말했다.

"나는 한 가지 더 구할 물건이 있으니 두 사람이 먼저 가서 음식을 주문해요. 내가 먹을 건 가서 주문할게요. 아마 삼사 분밖에 안 걸릴 겁니다."

윌은 남쪽으로 걸어 내려갔고 마저리와 나는 트럭을 몇 대 보내며 길을 건너려고 기다렸다. 그때 마저리와 함께 왔던 청년이 상점 밖으로 나오더니 우리 쪽으로 걸어왔다. 청년이 마저리의 팔을 붙들더니 물었다.

"지금 어디 가는 겁니까?"

"이분은 내 친구예요. 함께 식사하러 가는데 나중에 이분이 날 데려다 주기로 했어요."

"여기선 아무도 믿으면 안 돼요. 로버트가 허락할 리 없다는 걸 당신도 알잖아요."

"괜찮다니까요."

"안 돼요. 지금 당장 떠나야 해요."

나는 청년의 팔을 잡아 마저리에게서 떼어 내며 말했다.

"마저리가 한 말을 당신도 들었잖소."

그러자 청년은 뒤로 물러서더니 갑자기 겁먹은 표정으로 나를 바라봤다. 그는 돌아서서 다시 상점 안으로 들어갔다. 나는 마저리를 보고 말했다.

"이제 가죠."

우리는 길을 건너서 작은 카페로 갔다. 안으로 들어서자 동물성 기름 냄새와 담배 연기가 코를 찔렀다. 테이블이 여덟 개 정도 놓여 있었지만 다 차고 빈자리는 왼쪽 구석에 하나만 눈에 띄었다. 우리가 그 자리로 걸어가는 동안 몇몇 사람이 우리를 힐끗 쳐다봤지만 곧 시선을 돌렸다.

여종업원은 스페인어밖에 할 줄 몰랐지만 다행히 마저리가 알아들어서 식사를 주문했다. 그러고 나서 그녀는 다정하게 나를 바라봤다. 나도 싱긋 웃으며 물었다.

"같이 있던 청년은 누군가요?"

"케니라고 해요. 도대체 왜 그러는지 모르겠어요. 아까는 도와줘서 고마워요."

마저리는 내 눈을 똑바로 보고 말했다. 그녀의 말에 나는 기분이 한껏 좋아졌다.

"당신이 아까 말한 그룹은 어떻게 알게 됐나요?"

"로버트 젠슨이라는 고고학자가 있어요. 그 사람은 필사본을 연구하며 아홉 번째 통찰을 찾을 그룹을 결성했죠. 그런데 그가 몇 주 전에 비시엔테에 들렀어요. 그리고 저는 며칠 전에…….”

"예?"

"실은 비시엔테에서 머물며 어떤 사람과의 관계에서 벗어나고 싶었어요. 그때 로버트를 만났는데, 아주 매력적이고 그가 하는 일도 흥미로워 보였죠. 그는 아홉 번째 통찰을 찾으면 우리가 정원에서 하는 연구도 훨씬 더 탄력을 받게 될 거라고 나를 설득했어요. 그가 결성한 그룹이 그걸 찾고 있다고 했죠. 그리고 아홉 번째 통찰을 찾는 것이야말로 자신이 평생 해 온 일 중 가장 신나는 일이라면서 그룹에 끼어 서너 달 동안 함께 일해 보지 않겠느냐고 제안했어요. 저는 그걸 받아들였고요.”

마저리는 다시 말을 멈추고 시선을 아래로 떨어뜨렸다. 그녀의 얼굴에 불편해하는 기색이 뚜렷해서 나는 대화의 주제를 바꿨다.

"지금까지 통찰을 몇 개 읽었나요?"

"비시엔테에서 본 것 하나뿐이에요. 로버트에게 다른 통찰이 몇 개 더 있지만 그는 사람들이 그 통찰을 이해하려면 전통적인 신념부터 먼저 없애야 한다고 믿고 있어요. 그래서 차라리 주요한 개념만 전해 줄 테니 자기한테 배우는 게 낫다고 하더군요.”

얼굴을 찌푸렸는지 마저리가 내 표정을 살피며 말했다.

"그 방법이 당신 마음에 들지 않는 거죠?"

"왠지 의심스러운 생각이 들어요.”

마저리는 다시 나를 뚫어져라 응시했다.

"실은 저도 그런 생각이 들었어요. 저를 데려다 준 다음에 그 사람을 만나서 이야기해 보세요."

여종업원이 음식을 가져와 우리 앞에 두고 다시 걸어갈 때 윌이 들어오는 모습이 보였다. 그는 빠른 걸음으로 우리가 앉아 있는 테이블로 다가오더니 말했다.

"여기서 북쪽으로 2킬로미터쯤 떨어진 곳에서 어떤 사람들과 만나기로 했어요. 한두 시간 정도 걸릴 겁니다. 그사이에 당신이 지프를 운전해 마저리를 데려다 줘요. 난 다른 사람 차로 갈 테니까요. 그 뒤에 여기서 다시 만나기로 하죠."

나는 윌에게 로버트 젠슨에 대해 말해야 한다고 생각했지만 그만두기로 했다. 그러고는 고개를 끄덕이며 말했다.

"좋아요."

윌이 마저리를 보며 말했다.

"만나서 반가웠어요. 함께 식사하면서 이야기를 나누었으면 좋았을 텐데 아쉽군요."

마저리는 부끄러운 듯한 표정으로 윌을 쳐다봤다.

"저도요. 나중에 또 기회가 있을 거예요."

윌은 고개를 끄덕이더니 내게 차 열쇠를 주고 바로 떠났다.

마저리는 음식을 먹다가 말했다.

"윌이란 분은 목적이 분명한 사람 같아요. 그와 어떻게 만났나요?"

나는 페루에 처음 도착했을 때부터 있었던 일을 상세하게 이야기해 주었다. 내가 이야기하는 동안 마저리는 열중해서 들었다. 그녀가 열심히 들어주니 나도 이야기하기가 한결 편했다. 나는 극적인 전환점이 된 사건을 겪으며 통찰을 배우게 된 과정을 솔직하게 털어놓았다. 마저리는 마치 홀린 듯 내 말 한 마디 한 마디를 놓치지 않고 들었다. 그러다 어느 시점에 이르러 마저리가 말했다.

"세상에! 그럼 당신은 지금 위험에 처해 있나요?"

"아뇨, 그렇지 않아요. 리마에서 이렇게 멀리 와 있는걸요."

마저리는 여전히 기대에 찬 시선으로 나를 바라봤다. 그래서 비시엔테 산장에 도착해 세라와 만나 정원에 가게 된 일을 간단하게 이야기했다.

"그때 거기서 당신을 만났죠. 당신은 도망갔고요."

"그런 게 아니에요. 전 그때 당신에 대해 잘 몰랐어요. 그래서 당신의 감정을 봤을 때 거길 떠나는 게 최선이라고 생각했죠."

"지금이라도 사과하고 싶어요. 내 에너지를 주체하지 못한 것에 대해서요."

나는 미소를 지으며 사과했다. 마저리가 시계를 보더니 말했다.

"이제 돌아가야 할 것 같아요. 사람들이 걱정할 거예요."

나는 식탁 위에 음식 값을 넉넉히 놓고 마저리와 함께 밖으로 나왔다. 우리는 윌의 지프까지 걸어갔다. 밤공기가 차가워서 입김이 나오는 게 보일 정도였다. 차에 오르면서 마저리가 말했다.

"차를 북쪽으로 돌려서 저 길을 따라 쭉 가세요. 어디서 방향을 바꿀지는 가면서 알려 줄게요."

나는 고개를 끄덕이고 재빨리 차를 돌린 다음 마저리가 말한 대로 차를 몰면서 말했다.

"우리가 가고 있는 농장에 대해 좀 더 이야기해 보세요."

"로버트가 그 농장을 빌린 것 같아요. 그곳에서 사람들이 모여 오랫동안 통찰에 대해 연구한 게 분명해요. 제가 그곳에 머물고 나서도 사람들은 저장식품을 사 두고 자동차를 정비하더군요. 그중에는 성격이 거친 사람도 몇 명 있어요."

"로버트는 왜 당신에게 함께 가자고 했죠?"

"마지막 통찰을 찾아내면 그걸 함께 번역할 사람이 필요하다고 했어요. 적어도 비시엔테에서는 그렇게 말했죠. 하지만 여기에 와서 그가 한 말은 오직 보급물품을 챙기거나 여행 준비를 도와야 한다는 말뿐이에요."

"그 사람은 어디로 갈 계획인데요?"

"저도 몰라요. 물어도 대답해 주지 않아요."

2킬로미터가 넘게 달렸을 때 마저리는 왼쪽으로 나 있는 길을 가리켰다. 바위투성이의 좁은 길이었다. 길을 따라 산등성이를 향해 구불구불 올라가 편편한 곳에 이르자 널빤지로 지은 농가가 나왔다. 뒤로는 헛간과 별채가 있었다. 울타리를 친 풀밭에서 라마 세 마리가 우리를 유심히 바라보고 있었다.

지프의 속도를 줄여 천천히 세우자 몇 사람이 다가와 딱딱한 표정으로 우리를 빤히 쳐다봤다. 농가 옆에는 가스로 작동되는 발전기가 웡웡 소리를 내며 돌아가고 있었다. 그때 문이 열리면서 검은 머리에 키가 크고 강단 있어 보이는 마른 체격의 남자가 우리 있는 쪽으로 걸어왔다. 마저리는 턱으로 그 남자를 가리키며 말했다.

"저 사람이 로버트예요."

"잘됐군요."

나는 여전히 강한 자신감을 느끼면서 말했다. 차에서 내리자 로버트가 다가와 마저리를 보며 말했다.

"당신을 걱정하고 있었어요. 친구를 만났다고 들었습니다."

내가 손을 내밀며 인사하자 그는 내 손을 꽉 잡고 흔들었다.

"로버트 젠슨입니다. 두 분 다 무사하니 기쁘군요. 안으로 들어오시죠."

집 안으로 들어가니 몇 사람이 보급물품을 챙기느라 분주하게 움직이고 있었다. 한 사람은 야영에 쓰이는 텐트와 장비들을 방 뒤쪽으로 옮기고 있었다. 식당과 통해 있는 주방에서는 페루 여자 두 명이 음식을 싸고 있었다. 로버트는 거실 의자에 앉더니 우리에게도 앉으라고 권했다. 나는 아까 인사말이 궁금해 물었다.

"우리 둘 다 무사해서 기쁘다고 말씀하신 이유가 뭡니까?"

로버트는 내 쪽으로 몸을 기울이고 진지한 어조로 물었다.

"당신은 이곳에 언제 왔습니까?"

"오늘 오후에 왔습니다."

"그렇다면 이곳이 얼마나 위험한지 알 수 없겠죠. 사람들이 실종되고 있습니다. 필사본과 사라진 아홉 번째 통찰에 대해 소문을 들으셨나요?"

"예, 들었습니다. 사실은……."

로버트는 내 말을 가로채며 말했다.

"그렇다면 여기서 무슨 일이 일어나고 있는지 알아야 합니다. 마지막 통찰을 찾는 일이 험악해지고 있어요. 위험한 사람들이 이 일에 관여하고 있거든요."

"그들이 누군데요?"

"필사본이 지닌 고고학적인 가치에 대해 전혀 아랑곳하지 않는 사람들이죠. 그들은 오직 자신의 목적만을 위해 통찰을 손에 넣으려고 합니다."

그때 턱수염을 기르고 배가 불룩 나온 덩치 큰 남자가 끼어들어 로버트에게 목록을 하나 내밀었다. 두 사람은 스페인어로 잠시 대화를 나눴다. 로버트가 다시 나를 바라보며 물었다.

"당신도 사라진 통찰을 찾으려고 여기에 왔습니까? 지금 당신이 어떤 일에 말려들고 있는지 짐작이나 합니까?"

나는 난처한 기분이 들어 뭐라고 대답해야 할지 어려웠다.

"글쎄요. 저는 필사본 전체를 찾는 데 관심이 있습니다. 아직은 조금밖에 보지 못했으니까요."

로버트는 의자에 기댔던 몸을 똑바로 세우며 말했다.

"필사본은 국가의 유물이므로 정부의 허가 없이 복사하는 건 불법이라는 사실을 알고 있습니까?"

"예, 하지만 일부 과학자의 의견은 다르던데요. 그들은 정부가 필사본을 은폐하고 있다고 하더군요."

"당신은 페루 정부가 고고학적인 유물을 통제할 권리가 없다고 생각하는 겁니까? 그리고 페루 정부는 당신이 이 나라에 있는 걸 알고 있습니까?"

나는 뭐라고 대답해야 할지 몰랐다. 마음을 옥죄어 오던 불안감이 다시 솟아올랐다. 내가 아무 말도 못 하자 로버트는 미소를 띠며 말했다.

"내 말을 오해하지 마세요. 나는 당신 편입니다. 만약 외국에서 당신을 돕는 학술단체가 있으면 내게 알려 주세요. 하지만 내 느낌으론 당신은 목적 없이 그저 떠돌아다니는 것 같군요."

"그런 셈입니다."

나를 바라보던 마저리의 시선이 로버트에게 옮겨 간 걸 알아차릴 수 있었다. 마저리는 로버트를 보며 물었다.

"그럼 이분은 이제 어떻게 해야 할까요?"

로버트는 의자에서 일어나며 미소를 지었다.

"당신이 여기서 일할 자리를 마련해 줄 수도 있어요. 우린 사람이 더 필요해요. 우리가 가는 곳은 상대적으로 안전할 겁니다. 만에 하나 일이 제대로 풀리지 않으면 당신은 중간에라도 집으로 돌아갈 길을 찾으면 되니까요."

로버트는 나를 찬찬히 뜯어보며 말을 이었다.

"하지만 당신은 내가 하는 말을 그대로 따라야 합니다."

나는 마저리를 얼핏 쳐다봤다. 그녀는 여전히 로버트에게 시선을 주고 있었다. 나는 혼란스러움을 느꼈다. 어쩌면 로버트의 제안을 받아들이는 게 좋겠다는 생각이 들었다. 그는 페루 정부와 좋은 관계를 유지하고 있는 듯하니 이것이 내가 미국으로 적법하게 돌아갈 유일한 기회일지도 모른다. 어쩌면 이제까지 내가 나 자신을 기만한 것인지도 모른다. 로버트의 말이 옳을 수도 있다. 나는 내가 감당할 수 있는 범위를 너무 많이 벗어난 게 아닐까.

"로버트의 제안을 받아들이는 게 좋을 것 같아요. 이곳은 당신 혼자 다니기엔 너무 위험해요."

마저리가 자신의 의견을 말했다. 그녀의 의견이 옳을지도 모른다는 생각이 들었다. 그래도 나는 여전히 윌을 신뢰하고 우리가 하는 일에 대해 믿음이 있었다. 내 생각을 말하고 싶었는데 막상 말을 하려고 하자 어떻게 표현해야 할지 몰랐다. 더 이상 명료하게 생각할 수가 없었다.

갑자기 덩치 큰 남자가 다시 들어오더니 창밖을 내다봤다. 로버트도 재빨리 창가로 가서 밖을 내다보더니 몸을 돌려 마저리에게 아무렇지도 않은 듯한 어조로 말했다.

"누군가 오고 있어요. 케니에게 가서 이리로 와 달라고 하세요."

마저리가 고개를 끄덕이며 나갔다. 창문을 통해 트럭의 불빛이 점점 가까워지고 있는 것이 보였다. 트럭은 농가에서 20미터쯤 떨어져 있는 울타리 옆에 멈췄다. 로버트가 문을 열었을 때 밖에서 내 이름을 부르는 소리가 들렸다. 나는 무슨 영문인지 몰라 물었다.

"누구죠?"

"아무 소리도 내지 말고 가만있어요!"

로버트는 나를 날카롭게 흘겨보며 말했다. 그러고는 덩치 큰 남자와 함께 밖으로 나가더니 문을 꽉 닫았다. 창문을 통해 트럭 불빛 뒤에 홀로 서 있는 사람의 윤곽이 보였다. 그 순간 내가 처음 느낀 충동은 이대로 가만히 있어야 한다는 것이었다. 로버트가 내게 했던 말들은 내 안을 불길한 예감으로 가득 채워 놓았다. 하지만 트럭 옆에 있는 사람의 모습은 어딘지 낯이 익었다. 나는 문을 열고 밖으로 나갔다. 로버트는 나를 보자마자 재빨리 몸을 돌려 내가 있는 곳으로 걸어왔다.

"뭐 하고 있는 거요? 빨리 안으로 들어가요."

윙윙거리는 발전기의 소음 사이로 내 이름을 부르는 소리가 다시 들리는 듯했다. 로버트가 다시 말했다.

"지금 당장 안으로 들어가요! 저건 함정일 거요."

로버트는 내 앞에 버티고 서서 트럭이 보이지 않도록 내 시야를 가로막았다.

"어서 안으로 들어가시오!"

나는 겁에 질린 채 혼란에 빠져 아무것도 결정할 수 없었다. 그때 불빛 뒤에 있던 사람이 좀 더 가까이 걸어오자 로버트의 몸 뒤로 그 사람의 형태가 보였다. 그리고 나를 부르는 소리가 분명하게 들렸다.

"이리 와요! 당신에게 할 말이 있어요!"

그 순간 머릿속이 맑아지면서 그 사람이 윌이라는 것을 알았다. 나는 로버트를 지나쳐 윌에게 달려갔다. 그는 긴장된 표정으로 급하게 말했다.

"대체 무슨 일이 있었던 거요? 당장 여길 빠져나가야 해요."

"마저리는 어떻게 해요?"

"지금은 그녀를 위해 할 수 있는 일이 없어요. 빨리 떠나야 해요."

우리가 걸어가기 시작했을 때 로버트의 말이 들려왔다.

"이곳에 우리와 함께 머무는 게 좋을 거요. 당신은 결국 해내지 못할 테니까."

내가 뒤를 돌아보자 윌도 걸음을 멈추고 나를 바라봤다. 이곳에 머물지 떠날지를 선택하라는 것 같았다. 나는 단호하게 말했다.

"가요."

윌이 타고 온 트럭을 지나치면서 보니 두 사람이 앞좌석에서 우리를 기다리고 있었다. 지프에 다다르자 윌은 내게 열쇠를 건네받아 시동을 걸고 출발했다. 윌의 친구들이 탄 트럭이 우리 뒤를 따랐다. 잠시 후 윌이 몸을 돌려 나를 바라봤다.

"로버트의 말을 들으니 당신이 자기네들과 머물기로 결정했다던데 어떻게 된 건가요?"

"그 사람 이름은 어떻게 알았어요?"

나는 더듬거리며 물었다.

"조금 전에 그 사람에 관한 이야기를 들었어요. 그는 페루 정부를 위해 일하는 사람이라더군요. 고고학자이긴 한데 필사본에 대해 연구할 권리를 독점적으로 받는 대신 모든 걸 비밀에 부치기로 약속했대요. 다만 사라진 통찰을 찾기로 돼 있진 않았는데 정부와의 협약을 어기려고 마음먹은 게 분명해요. 소문에 따르면 그는 아홉 번째 통찰을 찾으러 곧 떠날 거라더군요. 나는 마저리와 함께 있다는 사람이 그 사람인 걸 알고 아무래도 가 봐야겠다는 생각이 들었죠. 그가 당신에게 뭐라고 말하던가요?"

"내가 위험한 처지에 있으니 자기와 함께 가는 게 안전하다고 했어요. 그리고 만에 하나 일이 잘못돼도 이 나라를 떠나는 걸 도와주겠다고 했어요."

윌이 고개를 저으며 말했다.

"그가 당신을 완전히 낚았군요."

"무슨 뜻이죠?"

"당신의 에너지 장을 봤어야 해요. 당신 에너지가 그에게 거의 흡수된 것처럼 보였죠."

"무슨 말인지 모르겠어요."

"비시엔테에서 세라가 어떤 과학자와 논쟁을 벌이던 때를 돌이켜 봐요. 두 사람 중 어느 한쪽이 자기가 옳다고 상대방을 설득해 이기고 나면 진 사람의 에너지가 이긴 사람에게 흘러들어 가 진 사람은 기운이 소진되고 혼란스러운 상태로 남죠. 어제 우리가 본 소녀 역시 그랬어요. 지금 당신도 그런 상태란 말입니다."

"내게 그런 일이 일어나는 걸 봤나요?"

"봤어요. 그럴 때 당신을 조종하는 그자의 행동을 중단시키고 거기서 빠져나오기란 매우 어려운 일입니다. 잠시 동안 난 당신이 그걸 못 해낼 줄 알았어요."

"맙소사! 그자는 정말 사악한 사람인가 봐요."

"꼭 그렇지만은 않아요. 어쩌면 그 사람도 자기가 뭘 하고 있는지 어렴풋하게만 인지하고 있을지도 모르죠. 하지만 자신이 상황을 장악하는 게 옳다고 여기고, 특정한 전략을 구사해 성공적으로 통제할 수 있는 방법을 이미 오래전에 학습했다는 건 의심할 여지가 없어요. 처음엔 당신의 친구인 척 행동하다가 약점을 찾아내어 이용하는 거죠. 당신의 경우엔 위험에 처해 있다는 것이 약점이었어요. 그는 당신이 선택한 길에 대한 확신을 꺾어 버림으로써 당신 자신과 그를 동일시하게 했죠. 일단 그렇게 되면 당신은 그의 수중에 들어가게 되는 거예요."

윌은 나를 똑바로 바라봤다.

"이건 사람들이 타인을 속여 에너지를 빼앗을 때 쓰는 여러 가지 전략 중 하나에 불과해요. 여섯 번째 통찰에서 나머지 것들을 배울 겁니다."

나는 마저리에 대해 생각하느라고 그 말을 제대로 듣고 있지 않았다. 그녀를 여기에 남겨 두고 떠나기가 싫어 윌에게 물었다.

"마저리를 데려오려면 어떻게 해야 할까요?"

"지금은 아닙니다. 마저리는 위험해 보이지 않아요. 내일 이곳을 떠날 때 그녀와 만나 이야기해 봅시다."

우리는 잠시 아무 말 없이 있었다. 침묵을 깨고 윌이 물었다.

"조금 전에 로버트는 자기 행동을 어렴풋하게만 인지하고 있을 거라고 했는데, 내가 한 말이 이해되나요? 그도 사람들 대부분과 다를 바 없어요. 그저 자기가 가장 강하게 느껴지는 일을 할 뿐이죠."

"사실 잘 모르겠어요."

윌은 잠시 생각하다가 입을 열었다.

"사람들 대부분은 아직도 이 모든 걸 의식하지 못하고 있어요. 사람들은 그저 자신이 약하게 느껴질 때 다른 사람을 통제하면 기분이 더 좋아진다는 걸 알고 있을 뿐이죠. 그들이 모르고 있는 건 자기 기분을 좋게 하기 위해 상대방의 희생을 요구한다는 사실이에요. 그들이 빼앗는 건 다른 사람의 에너지죠. 결국 사람들은 살아가는 동안 내내 다른 사람의 에너지를 노리고 누군가를 찾아다닙니다."

윌은 눈을 반짝이며 나를 바라봤다.

"물론 더러는 그것이 다른 방식으로 일어날 때도 있어요. 최소한 잠시 동안이나마 자발적으로 자신의 에너지를 보내 주는 사람을 만나는 거죠."

"그게 무슨 말이죠?"

"아까 카페에서 마저리와 식사했을 때를 돌이켜봐요. 두 사람이 무슨 이야기를 하고 있었는지는 모르지만 마저리가 자신의 에너지를 당신에게 보내 주고 있었어요. 카페 안으로 들어갔을 때 내 눈에 뚜렷하게 보였죠. 이야기해 봐요, 당신은 그때 기분이 어땠나요?"

"아주 좋았어요. 사실 마저리와 이야기할 때 내가 겪었던 일들과 개념들이 선명하게 떠올랐어요. 그래서 내 생각과 감정을 표현하기가 한결 쉬웠죠. 하지만 그게 무슨 의미가 있죠?"

윌은 미소를 지으며 말했다.

"더러 자기가 처한 상황을 이야기하면서 자신의 에너지를 완전히 자발적으로 내놓는 사람들이 있습니다. 마저리처럼 말이죠. 그러면 우리는 힘과 권능을 부여받은 것처럼 느끼죠. 하지만 그런 선물은 대개 오래 지속되지 않는다는 걸 당신도 알게 될 겁니다. 마저리를 비롯해 사람들 대부분은 에너지를 계속 보내 줄 만큼 강하지가 않거든요. 그래서 대부분의 관계가 결국에는 힘의 투쟁으로 변하는 겁니다. 자발적으로 에너지를 주고받던 사람들이 나중에는 누가 그걸 통제할지를 놓고 싸우는 거죠. 그리고 그 대가는 언제나 진 사람이 치르죠."

윌은 갑자기 말을 멈추고 나를 바라봤다.

"이제 네 번째 통찰을 깨달았나요? 당신에게 그동안 어떤 일들이 일어났는지 생각해 봐요. 당신은 사람들 사이에서 에너지가 흐르는 걸 봤고 그 의미가 뭔지 궁금하게 여겼죠. 그다음에 크리스와 만나서 심리학자들이 이미 사람들이 서로 통제하려는 이유를 찾기 시작했다는 이야기를 들었어요. 우리가 식사했던 페루의 가정에서 실증적인 예로 보기도 했죠. 다른 사람을 지배하는 자는 자신이 강해졌다고 느끼지만 지배당한 사람들에게 그들이 살아가는 데 반드시 필요한 에너지를 빼앗은 거죠. 설사 상대방을 위해서라거나 부모로서 자식을 보호하기 위해 통제할 수밖에 없었다고 하더라도 아무것도 달라지진 않아요. 어쨌든 피해를 준 거니까요.

그러고 나서 당신은 로버트와 만나서 그런 행위를 실제로 경험했어요. 누군가에게 정신적으로 지배당하면 결국 자신의 마음까지 빼앗긴다는 사실을 알게 된 거죠. 당신은 지적인 논쟁에서 로버트에게 진 게 아닙니다. 논쟁을 벌일 에너지나 명료한 정신마저 당신에겐 없었어요. 당신의 정신적인 힘이 전부 다 로버트에게 넘어가 버린 겁니다. 불행하게도 이런 종류의 정신적 폭력은 인류 문화에서 늘 일어나는 일입니다. 심지어 좋은 의도를 가진 사람들이 그럴 때도 많죠."

나는 그저 고개만 끄덕였다. 내가 겪은 일을 윌이 정확하게 정리해 줬기 때문이다. 그는 계속 말을 이었다.

"네 번째 통찰을 완전히 통합하려고 노력해 봐요. 이미 당신이 알고 있는 것과 그것이 어떻게 맞아 들어가는지 살펴보는 겁니다. 당신은 세 번째 통찰로 물질세계가 실제로는 광대한 에너지로 이뤄진 체계라는 사실을 깨달았습니다. 그리고 이제 네 번째 통찰은 사람들이 이 광대한 에너지의 극히 일부, 즉 인간의 몸에 흐르는 에너지를 서로 차지하려고 오랫동안 무의식적으로 경쟁해 왔다는 점을 지적하고 있습니다. 가족 간의 사소한 갈등에서부터 직장 동료들 간의 경쟁, 나아가 국가 간의 전쟁까지 인간 사회에서 일어나는 모든 갈등의 원인은 바로 그것 때문입니다. 자신이 약하다는 것을 아는 인간이 강해지기 위해 남의 에너지를 빼앗으면서 생겨난 결과죠."

"잠깐만요. 어쩔 수 없이 싸워야만 했던 전쟁도 있었어요. 그런 전쟁은 정당했어요."

내 항의에 윌이 대답했다.

"물론이죠. 하지만 어떤 갈등이든 즉시 해결하지 못하는 것은 한쪽이 에너지라는 목적을 위해서 비합리적인 입장을 고수하기 때문이죠."

윌은 갑자기 뭔가 생각났는지 작은 가방에서 집게로 고정한 종이 뭉치를 꺼냈다.

"깜박 잊을 뻔했네요. 네 번째 통찰의 복사본을 찾았습니다."

윌은 내게 복사본을 건네주더니 말없이 전방을 주시하며 운전에 몰두했다. 나는 윌이 자동차 바닥에 놓아두는 작은 손전등을 꺼내 이십여 분 동안 복사본을 읽었다. 거기에는 네 번째 통찰을 이해한다는 것은 인간 세상을 광대한 에너지 경쟁 장소, 곧 에너지를 얻기 위해 싸우는 장소로 인식하는 문제라고 적혀 있었다. 하지만 우리가 이런 문제를 이해한다면 즉시 싸움을 멈추고 에너지를 놓고 경쟁하는 데서 자유로워질 거라고 했다. 왜냐하면 우리는 이 에너지를 궁극적으로 다른 원천에서 얻을 수 있기 때문이다.

나는 윌을 바라보며 물었다.

"다른 원천은 뭡니까?"

윌은 이번에도 미소만 띤 채 아무 말도 하지 않았다.

신비주의자들이 전하는 메시지

이튿날 아침, 윌이 일어나 부스럭거리는 소리가 들리자 나도 잠에서 깨어났다. 전날 밤 우리는 윌의 친구 집에 묵었다. 그는 방 한구석에서 재빠르게 옷을 입고 있었다. 밖은 아직 어두웠다. 윌이 나지막한 목소리로 말했다.

"짐을 꾸립시다."

우리는 옷가지와 윌이 미리 사뒀던 물품을 챙겨 지프까지 몇 번 왕복하며 날랐다. 마을 중심가에서 몇백 미터밖에 떨어지지 않은 곳인데도 불빛이 거의 없어 캄캄했다. 해가 막 떠오르기 시작할 무렵이어서 동쪽 하늘에 여명이 비치는 정도였다. 새들 몇 마리가 곧 다가올 아침을 알리며 우는 소리 외에는 정적 속에서 아무 소리도 들리지 않았다.

윌이 졸린 표정으로 현관에 서 있는 친구와 간단하게 몇 마디를 나누는 동안 나는 먼저 지프에 올라 짐을 다시 챙겼다. 그때 교차로 쪽에서 소음이 들려왔다. 트럭 세 대가 마을 한가운데로 달려가는 불빛이 보이더니 잠시 뒤 멈춰 섰다. 윌이 내게 다가와 말했다.

"로버트일지도 모릅니다. 그쪽으로 가서 그들이 뭘 하는지 봅시다. 하지만 조심해야 합니다."

윌과 나는 길을 몇 개 건넌 뒤 큰길로 나가는 골목길에 들어섰다. 100미터쯤 앞에 트럭 세 대가 서 있었다. 두 대는 연료를 주유하고 있고 나머지 한 대는 상점 앞에 서 있었다. 그 부근에 대여섯 명의 사람이 서성대고 있었다. 그때 마저리가 상점에서 나와 트럭 안에 뭔가를 두더니 근처의 다른 상점들을 살피면서 무심히 우리가 있는 쪽으로 걸어오고 있었다. 윌이 속삭였다.

"저리로 가서 마저리를 우리 쪽으로 데려와요. 난 여기서 기다릴게요."

나는 모퉁이를 돌아 마저리를 향해 걸어가다가 공포에 질리고 말았다. 마저리 뒤로 로버트의 부하처럼 보이는 몇 사람이 자동화기를 들고 상점 앞에 서 있는 모습이 눈에 들어왔기 때문이다. 몇 초 뒤엔 공포심이 한층 강해졌다. 내가 있는 도로 건너편에서 무장 군인들이 낮게 웅크린 채 로버트의 부하들을 향해 서서히 접근하고 있었다.

마저리가 나를 발견한 순간 로버트의 부하들도 군인들을 발견하고 뿔뿔이 흩어졌다. 갑자기 연달아 터지는 자동소총 소리가 허공을 가득 채웠다. 마저리는 공포에 질린 눈으로 나를 바라봤다. 나는 앞으로 뛰어 나가 그녀의 팔을 움켜잡았다. 우리는 몸을 숙이고 옆 골목으로 숨었다. 스페인어로 성난 듯이 외치는 소리와 함께 총성이 몇 번 더 울렸다. 우리는 종이 상자를 쌓아놓은 무더기 위로 발을 헛디며 넘어지면서 얼굴이 서로 맞닿을 뻔했다.

"갑시다!"

나는 얼른 일어나며 말했다. 마저리도 일어나려다가 내 몸을 잡고 다시 주저앉으며 고갯짓으로 앞쪽의 골목길 입구를 가리켰다. 무기를 든 두 남자가 우리 쪽으로 등을 돌린 채 옆쪽의 도로를 살피고 있었다. 우리는 얼어붙은 듯 꼼짝할 수가 없었다. 잠시 뒤 두 남자는 도로를 가로질러 숲으로 달려갔다.

나는 지프가 있는 윌의 친구 집으로 가야 한다고 생각했다. 윌도 거기로 갈 게 분명했다. 우리는 조심조심 기어서 다음 도로로 갔다. 오른쪽에서는 여전히 성난 외침과 총성이 들려왔지만 아무도 보이진 않았다. 왼쪽 역시 아무도 안 보였다. 윌도 눈에 띄지 않았다. 우리보다 앞서 간 것 같았다.

"숲을 가로질러서 뜁시다. 그다음에 숲 가장자리를 따라 왼쪽으로 가는 겁니다. 거기에 지프가 세워져 있어요."

내 말에 마저리는 단단히 결심한 듯 고개를 끄덕이며 대답했다.

"알았어요."

우리는 잽싸게 길을 건넌 다음 숲을 가로질러 윌의 친구 집에서 30미터 정도 떨어진 곳까지 달려갔다. 지프는 아직 거기에 세워져 있었지만 주변에 아무런 움직임도 보이지 않았다. 우리가 윌의 친구 집으로 가려고 도로를 건너려는 순간 왼쪽에서 군용차량 한 대가 나타나더니 집 쪽으로 천천히 달려왔다. 동시에 윌이 도로를 가로질러 뛰어오더니 지프에 시동을 걸고 반대 방향으로 달리기 시작했다. 그러자 군용차량이 그 뒤를 쫓았다.

"제기랄!"

내가 말했다.

"이제 우린 어떡하죠?"

다시 공포에 질린 얼굴로 마저리가 말했다.

우리 뒤에서는 여전히 총성이 들렸는데 이번엔 더 가까이 들려왔다. 앞쪽의 숲은 울창했으며 높은 산 정상으로 이어져 있었다. 마을을 굽어볼 수 있는 산등성이는 남북 방향으로 뻗어 있었다. 윌과 내가 마을로 들어오기 전에 봤던 그 산등성이였다. 나는 단호한 어조로 말했다.

"저 산꼭대기로 올라갑시다. 어서요!"

우리는 산 정상을 향해 올라가기 시작했다. 몇백 미터쯤 오르다가 걸음을 멈추고 마을 쪽을 내려다봤다. 교차로마다 군용차량이 가득하고 군인들이 집집마다 돌아다니며 수색하는 듯했다. 그때 아래쪽 산기슭에서 사람들의 말소리가 들려왔다. 우리는 서둘러 산 위로 올라갔다. 우리가 할 수 있는 일은 발걸음을 재촉하는 것밖에 없었다.

우리는 오전 내내 산등성이를 따라 북쪽으로 올라갔다. 왼쪽으로 나란히 뻗어 있는 도로로 차량이 달려갈 때만 걸음을 멈추고 몸을 웅크렸다. 대부분은 조금 전에 봤던 어두운 회색의 군용차량이었지만 간간이 민간 차량도 지나갔다. 얄궂게도 도로는 유일한 지형지물인 동시에 온통 주변을 에워싸고 있는 황무지로부터 안전한 장소이기도 했다.

산등성이 두 개는 점점 더 가까워지며 가파르게 경사를 이루고 있었다. 표면이 깨어져 광맥이 드러난 뾰족하고 들쭉날쭉한 암석들이 두 산등성이 사이의 골짜기 바닥을 덮고 있었다. 그때 북쪽에서 윌의 지프와 비슷하게 생긴 차가 나타나 우리 쪽으로 오는가 싶더니 골짜기 밑으로 이어진 샛길에서 멈췄다.

"윌의 차 같아요."

나는 목을 길게 뺀 채로 말했다.

"그럼 그쪽으로 내려가 봐요."

마저리가 바로 대답했다.

"잠깐만요. 함정이면 어쩌려고요? 저들이 윌을 붙잡은 다음 우리를 유인하려고 그의 차를 이용하는지도 모르잖아요?"

마저리는 실망한 표정을 지었다.

"여기서 기다려요. 내가 먼저 내려가서 살펴볼게요. 만약 괜찮으면 내려오라는 신호를 보낼게요."

마저리는 마지못해 동의했다. 나는 지프가 서 있는 곳을 향해 가파른 산을 내려갔다. 무성한 나무들 사이로 어떤 사람이 차에서 내리는 모습이 어렴풋이 보였지만 누구인지 분간할 수 없었다. 나는 더러 두꺼운 부엽토에 발이 빠져 미끄러지기도 했지만 작은 관목이나 나뭇가지를 붙잡고 깨진 바위 사이를 어렵게 내려갔다.

마침내 지프가 서 있는 곳에서 100미터쯤 떨어진 지점까지 내려왔다. 맞은편의 산비탈에 있는 지프와 거의 수평이 되는 위치였다. 하지만 범퍼에 기대선 사람의 모습이 잘 보이지 않았다. 나는 더 자세히 보려고 오른쪽으로 걸어갔다. 윌이었다. 나는 오른쪽으로 더 가려다가 그만 발이 미끄러지고 말았다. 재빨리 팔을 뻗어 나무줄기를 붙든 덕분에 겨우 멈춰 설 수 있었다. 내 밑으로 10미터 높이의 깎아지른 낭떠러지가 보였다. 그걸 보자 뼛속까지 두려움이 스며드는 것 같았다. 가까스로 죽음을 모면한 것이다.

나는 나무줄기를 붙든 채로 몸을 일으켜 세운 뒤 윌의 주의를 끌려고 애를 썼다. 그는 내 위쪽의 산등성이를 살펴보고 있었는데 곧 시선을 아래로 내리더니 나를 정면으로 봤다. 윌은 깜짝 놀라며 관목을 헤치고 내 쪽으로 달려왔다. 나는 그와 나 사이에 놓인 가파른 골짜기를 손가락으로 가리켰다.

윌은 아래를 살펴보고 나서 나를 향해 소리쳤다.

"여기서는 건너갈 길이 보이지 않아요. 당신이 골짜기를 돌아서 이쪽으로 와야 할 것 같아요."

나는 고개를 끄덕이는 것으로 대답을 대신했다. 그리고 마저리에게 신호를 보내려는데 멀리서 자동차 소리가 들렸다. 윌은 지프에 올라타더니 속도를 내서 다시 도로 쪽으로 달려가 버렸다. 나도 서둘러 산 위로 올라갔다. 나뭇잎 사이로 나를 향해 걸어오는 마저리의 모습이 보였다. 갑자기 마저리 뒤에서 스페인어로 외치는 커다란 소리와 사람들이 달려오는 소리가 들렸다. 마저리는 튀어나온 바위 아래로 몸을 숨겼다. 나는 방향을 바꿔서 최대한 소리가 안 나게 왼쪽으로 달렸다. 나는 계속 달리면서 그녀의 모습이 보이는지 뒤를 돌아봤다. 마침내 발견했을 때 군인 두 명이 마저리의 팔을 잡고 일으켜 세우는 바람에 그녀는 큰 소리로 비명을 질렀다.

나는 몸을 숙이고 계속 달려서 산비탈을 올라갔다. 공포에 질린 마저리의 표정이 내내 머릿속을 떠나지 않았다. 일단 산 정상에 도착한 다음에는 다시 북쪽으로 향했다. 극심한 두려움과 공포로 내 가슴은 크게 뛰고 있었다.

2킬로미터쯤 달린 뒤에 멈춰 서서 귀를 기울여 봤다. 뒤에서는 아무 소리도 들리지 않았다. 길에 누워 잠깐 쉬면서 생각을 정리해 보려 했지만 마저리가 붙잡히던 광경이 자꾸 떠올랐다. 어쩌자고 그녀를 산등성이 위에 혼자 남겨 두었던 걸까? 이제 난 어찌해야 할까? 몸을 일으킨 나는 심호흡을 하며 맞은편의 산등성이를 바라봤다. 내가 달리는 동안 단 한 대의 차도 지나가지 않았다. 다시 귀를 기울여 봤다. 여전히 산에서 나는 여느 소리 외엔 아무 소리도 들리지 않았다. 마음이 서서히 가라앉기 시작했다. 따지고 보면 마저리는 그저 체포된 것뿐이었다. 총성 때문에 도망친 것 말고는 잘못한 일이 없다. 또한 과학자라는 신분이 밝혀지고 나면 곧 풀려날 것이다.

나는 다시 북쪽을 향해 걸었는데 등이 아프기 시작했다. 목도 마르고 심한 공복감으로 뱃속도 요동쳤다. 온몸에 흙이 묻어 지저분했다. 나는 두 시간 가까이 아무 생각 없이 걷기만 했다. 그러다가 오른쪽의 비탈길에서 누군가 달려오는 소리를 들었다. 나는 긴장해서 다시 귀를 기울여 봤지만 더는 소리가 들리지 않았다. 주변의 키 큰 나무가 햇빛을 가려 땅바닥에 관목 수풀이 적다 보니 50미터 정도가 시야에 들어왔다. 움직이는 것은 아무것도 없었다. 커다란 바윗덩어리와 나무들을 지나서 발소리를 줄이며 오른쪽으로 걸어갔다. 그래도 여전히 아무런 움직임이 없었다. 세 번째 바윗덩어리를 돌아갈 때 뒤쪽에서 잔가지가 꺾어지는 소리가 들렸다. 나는 천천히 몸을 돌렸다.

로버트의 농가에서 봤던 덩치 큰 남자가 공포에 질린 채 두 눈을 크게 뜨고 내 배에 자동소총을 들이댄 채 바위 뒤에 서 있었다. 그의 양팔은 덜덜 떨리고 있었다. 그는 내가 누군지 기억해 내려고 애쓰는 것 같았다. 나는 더듬거리며 말했다.

"잠깐만요, 난 로버트를 알아요."

남자는 나를 자세히 뜯어보더니 총을 내렸다. 그때 뒤쪽 숲에서 누군가 움직이는 소리가 들렸다. 남자는 한 손으로 총을 들고 나를 지나쳐 북쪽을 향해 뛰었다. 나도 본능적으로 그 뒤를 따랐다. 우리는 이따금 뒤를 힐끗 돌아보며 나뭇가지와 바위를 피해 죽을힘을 다해 달렸다. 몇백 미터를 달렸을 때 그가 발을 헛디뎌 넘어지는 바람에 나는 그를 앞질러 달리다가 바위 사이에 쓰러지다시피 주저앉았다. 숨을 내쉬며 뒤를 돌아보자 군인 한 명이 50미터쯤 떨어진 곳에서 덩치 큰 남자를 향해 총을 겨누고 있었으며, 남자는 여전히 일어나려고 애쓰고 있었다. 내가 미처 경고의 소리를 지르기도 전에 군인이 총을 쐈다. 등 뒤에서 발사된 총알은 남자의 가슴을 관통하면서 내게까지 피를 튀겼다. 총성이 메아리를 치며 허공으로 퍼져 나갔다. 남자는 아무 움직임 없이 멍하게 있더니 몸이 앞으로 구부러지면서 쓰러졌다.

나는 군인에게서 멀어지려는 맹목적인 본능에 따라 나무들 사이를 지나 무턱대고 뛰었다. 산등성이는 점점 더 험해져 바위투성이로 바뀌며 급격히 가팔라졌다. 깨진 바위를 힘겹게 기어오르는 동안 공포와 피로감으로 몸이 덜덜 떨렸다. 그러다가 미끄러졌을 때 용기를 내어 뒤를 힐끔 돌아봤다. 군인이 시신 쪽으로 다가가고 있었다. 군인이 고개를 들어 내 쪽을 올려다보는 순간 얼른 바위 뒤로 몸을 숨겼다. 나는 그대로 땅바닥에 찰싹 엎드려 바윗덩어리를 몇 개 더 지나갔다. 그다음엔 산등성이가 군인의 시야보다 높아졌기 때문에 다시 일어서서 나무와 바위들 사이를 전속력으로 뛰었다. 머릿속은 이미 마비된 상태였다. 그저 도망쳐야 한다는 생각뿐이었다. 감히 뒤를 돌아볼 엄두가 나지 않았지만 군인이 뒤에서 달려오는 소리가 분명히 들렸다.

산등성이가 다시 가팔라지면서 점점 힘이 들었다. 조금씩 힘이 빠지는 걸 느꼈다. 오르막의 끝부분에 이르자 평평한 땅이 나타났다. 나무들이 하늘 높이 솟아 있었고 덤불도 무성했다. 그 뒤로는 수직 암벽이어서 조심스레 손으로 바위를 짚고 발 디딜 데를 찾으며 기어 올라가야 했다. 그렇게 겨우 꼭대기까지 올라갔으나 앞에 펼쳐진 광경을 보니 가슴이 무너졌다. 30미터도 넘어 보이는 낭떠러지가 앞길을 가로막고 있어 더 이상 나아갈 방도가 없었다.

이젠 모든 게 끝이었다. 파멸의 운명을 맞이할 수밖에 없었다. 뒤에서 돌들이 굴러 떨어지는 소리가 연이어 들렸다. 군인이 내 뒤를 바짝 추격해 오고 있는 게 분명했다. 무릎을 꿇고 앉았다. 힘이 완전히 빠져 기진맥진한 상태였다. 나는 마지막으로 긴 한숨을 내쉬며 운명을 받아들이는 동시에 싸움을 접었다. 이제 곧 총알이 날아오리라. 그 와중에도 극심한 공포 끝에 맞이하는 죽음의 안도감이 거의 반가운 지경이라는 게 흥미로웠다. 죽음을 기다리는 동안 어렸을 때 일요일마다 하느님을 향해 순수하게 기도했던 일이 섬광처럼 스치며 지나갔다. 죽음을 실제로 겪어 보면 어떨까? 나는 마음을 열고 죽음을 맞이할 준비를 하기로 했다.

얼마나 시간이 흘러갔는지 모를 정도로 꽤 오래 기다린 뒤에야 문득 아무 일도 일어나지 않았다는 데 생각이 미쳤다. 주변을 둘러보고 나서야 비로소 내가 산에서 가장 높은 정상에 올라와 있다는 걸 알았다. 모든 산봉우리와 절벽이 내 발 아래에 있었다. 모든 방향에서 전경이 두루 내 시야에 들어왔다.

그때 남쪽 방향에서 하나의 움직임이 내 눈길을 끌었다. 내 뒤를 쫓던 군인이 로버트의 부하가 들고 있던 총을 한쪽 어깨에 맨 채 내게서 멀어져 가고 있었다. 그 광경을 보자 몸에 온기가 돌아오면서 소리 없는 웃음이 마치 잔물결처럼 나를 가득 채웠다. 어찌 된 셈인지 나는 살아남았다! 몸을 돌린 나는 가부좌를 하고 앉아서 희열을 음미했다. 영원히 여기서 머물러 있고 싶었다. 화창한 날씨여서 햇빛은 눈부시게 빛나고 하늘은 푸르렀다.

그렇게 앉아 있는 동안 먼 거리에 있는 보라색 언덕들이 가깝게 느껴졌다. 머리 위로 흘러 지나가는 흰 구름도 가깝게 느껴졌다. 마치 팔만 뻗으면 손으로 만질 수 있을 듯했다. 하늘을 향해 팔을 뻗다 보니 내 몸이 어딘가 다르게 느껴졌다. 팔은 믿을 수 없을 만큼 쉽게 위로 올라갔고, 아무런 노력도 하지 않았는데 등과 목, 머리가 완전히 수직으로 곧게 펴졌다. 가부좌를 틀고 앉았던 자세에서 팔을 사용하지 않고도 일어나서 몸을 쭉 펼 수 있었다. 완전한 가벼움이라고밖엔 부를 수 없는 느낌이었다.

먼 곳의 산을 바라보니 낮에 떠오른 달이 이제 지고 있었다. 4분의 3쯤 찬 달이 마치 주발을 엎어놓은 듯이 지평선 위에 걸려 있었다.

나는 왜 달이 그런 형상을 띠는지 이해했다. 내 머리 위 수백만 킬로미터 올라간 곳에 떠 있는 해가 지고 있는 달의 윗부분에서만 빛나고 있었기 때문이다. 나는 해와 달의 표면을 잇는 선을 정확하게 인지할 수 있었다. 그리고 나니 내 의식이 밖으로 더 확장되는 듯했다.

나는 지평선 아래에 있는 달의 형상을 상상했다. 그리고 서쪽에 살고 있는 사람들에게 달이 어떻게 보일지, 그들이 아직 볼 수 있을 형상을 상상해 봤다. 그러고 나서 내 발 아래, 즉 지구 반대편에 있는 사람들에게는 달이 어떻게 보일지 상상했다. 그곳의 사람들에게는 달이 보름달로 보일 것이다. 왜냐하면 내 머리 위에 떠 있는 해가 달에 정면으로 비치기 때문이다.

이런 상상으로 말미암아 놀라운 감각이 솟구쳐 올라 내 척추를 타고 내달렸다. 그러자 내 등이 훨씬 더 반듯하게 펴지는 듯했다. 내 머리 위로 느끼는 공간과 똑같은 공간이 내 발 아래에 있는 지구의 맞은편에도 있다는 사실을 지각한 것이다. 아니 더 정확하게 말하면 체험한 것이다. 나는 생애 처음으로 머리가 아닌 구체적인 감각으로 지구가 둥글다는 사실을 알았다.

한편으로 나를 흥분시킨 이 인식은 완전히 자연스럽고 지극히 예사롭게 여겨졌다. 나는 모든 방향으로 끝없이 펼쳐진 공간 속에 매달려 둥둥 떠 있는 듯한 이 느낌에 폭 잠겨 있고 싶었다. 내가 원하는 것은 오직 그것뿐이었다. 지구 위에 두 발을 딛고 밀어내는 중력에 저항하며 서 있는 것이 아니라 마치 내면의 어떤 부력이 나를 지탱하고 있는 듯한 느낌이 들었다. 그것은 헬륨을 적게 넣은 풍선처럼 발이 닿을락 말락 땅 위에 떠 있는 것과 비슷했다. 또한 운동선수가 여러 해에 걸친 집중적인 훈련으로 기량을 갈고닦아 운동신경이 완벽한 상태에 도달한 것과도 비슷한데, 그런 경우보다 신체기관의 협업이 훨씬 더 완벽하고 몸은 새털처럼 가벼웠다.

나는 다시 바위에 앉았다. 역시 모든 것이 가까이 있는 듯 느껴졌다. 내가 앉아 있는 광맥이 드러나 거친 바위, 산비탈 아래 보이는 키 큰 나무들, 지평선 위로 보이는 산들이 모두 그랬다. 미풍에 가볍게 흔들리는 나뭇가지들을 지켜보고 있노라니 그것이 시각적으로만 인지되는 것이 아니라 마치 내 몸의 털들이 바람결에 날리는 것처럼 또 다른 신체감각으로도 느껴졌다.

모든 것이 어떤 식으로든 내 몸의 일부로 지각됐다. 산꼭대기에 앉아서 모든 방향에서 풍경을 내려다보고 있자니 내 눈으로 보이는 만물이 거대한 몸을 이루고 있으며 그 몸의 머리가 나라는 사실을 항상 알고 있었던 것처럼 느껴졌다. 나는 내 눈을 통해 온 우주가 자신을 바라보고 있다는 느낌이 들었다.

이런 지각은 문득 하나의 기억을 불러일으켰다. 내 마음은 시간을 거슬러 내가 페루로 여행을 오기 전으로 달음질쳤다. 나는 아동기를 지나 태어나기 전으로 거슬러 올라갔다. 내가 잉태되어 이 행성에 태어난 것이 내 생명이 시작된 때가 아니라는 느낌이 들었다. 내 생명은 그보다 훨씬 전에 나의 나머지 부분, 즉 내 진정한 실체인 우주 그 자체가 생겨나면서 시작됐다.

나는 과학의 진화를 언제나 지루하게 여겼다. 하지만 내 마음이 계속 시간을 거슬러 올라 달음질치는 지금은 그 주제에 관해 읽었던 모든 것이 되살아났다. 거기에는 크리스를 닮았던 친구와 나눴던 대화도 포함돼 있었다. 그 친구가 흥미를 지녔던 분야가 바로 진화였던 것이 기억났다.

모든 지식이 구체적인 기억들 속에 녹아들어 있는 듯했다. 어찌 된 셈인지 나는 과거에 일어난 일들을 회상하고 있었으며, 그 기억으로 진화를 새로운 방식으로 볼 수 있었다.

최초의 물질이 폭발하면서 우주가 탄생하는 광경을 지켜보면서 세 번째 통찰에 나와 있는 것과 같이 그 어떤 것도 완전한 고체가 아니라는 사실을 깨달았다. 물질은 어떤 특정한 수준에서 진동하는 에너지에 불과하다. 태초에는 우리가 수소라고 부르는 가장 단순한 진동의 형태로만 물질이 존재했다. 우주에 있는 것이라고는 오직 수소뿐이었다.

나는 수소원자가 함께 뭉쳐서 가라앉기 시작하는 모습을 바라봤다. 마치 에너지를 지배하는 원리 또는 충동이 좀 더 복잡한 상태로 옮겨 가는 것 같았다. 충분한 밀도에 이르면 이 수소 덩어리는 열을 내며 타오르기 시작해 우리가 별이라고 부르는 형태가 만들어졌다. 그리고 그 과정에서 수소는 녹아서 더 큰 진동을 가진 원소들이 되어 튕겨 나갔다.

계속해서 지켜보는 동안 이 최초의 별들은 나이가 들어 마침내 폭발하면서 남아 있던 수소와 다른 원소들을 우주로 뿜어냈다. 그러고 나서 그 전체 과정이 또다시 시작됐다. 원소들은 함께 뭉쳐서 가라앉았고 결국 온도가 올라 뜨거워지면서 새로운 별이 만들어졌다. 그리고 그것이 또 새로운 원소들을 용해시키면서 물질을 만들어 냈고, 그것은 더 높은 수준에서 진동했다.

이런 과정이 계속해서 반복됐다. 별들의 세대가 차례로 이어지면서 이전에는 존재하지 않았던 새로운 원자들을 만들어 내고 마침내 광범위한 물질들, 즉 화학원소들이 만들어져 사방으로 흩어졌다. 물질은 가장 단순한 진동 에너지인 수소에서 시작돼 매우 빠른 속도로 진동하는 탄소로 진화했다. 이제 새로운 진화의 단계를 위한 무대가 마련됐다.

태양이 만들어질 때 물질 덩어리가 그 주위의 궤도에 떨어졌다. 그 중 하나인 지구에서 탄소를 비롯해 새로운 원소들이 만들어졌다. 지구의 온도가 떨어지자 융해된 덩어리 안에 갇혀 있던 기체가 표면으로 떠올라 수증기와 합쳐지면서 엄청난 폭우가 쏟아져 그때까지 척박했던 지표면을 바다로 만들었다. 바다가 지표면의 상당한 부분을 채웠을 때 하늘이 개면서 활활 타오르는 태양이 나타나 빛과 열과 복사로 새롭게 창조된 지구를 감싸 안았다.

엄청난 번개를 동반한 폭풍우가 주기적으로 지구에 휘몰아치는 와중에 야트막한 웅덩이와 강의 유역에서 탄소의 진동 수준을 뛰어넘는 좀 더 복잡한 물질이 생겨났다. 그것은 아미노산으로 대표되는 수준의 진동이었다. 그러나 이 완전히 새로운 수준의 진동은 안정되지 않고 그 자체로 머물러 있지도 않았다. 자신의 진동을 유지하려면 지속적으로 다른 물질을 흡수해야 했다. 즉 뭔가를 먹어야 했다. 마침내 진화의 새로운 단계인 생명체가 나타난 것이다.

나는 물속에서만 살고 있던 이 생명체가 두 종류의 상이한 형태로 갈라지는 것을 지켜봤다. 하나는 우리가 식물이라고 부르는 형태로 무기물을 섭취한 후 대기 중의 이산화탄소를 이용해 유기질을 만들어 냈다. 그리고 그 부산물로 세상에 최초의 산소를 뿜어냈다. 식물은 바다 전체로 빠르게 퍼져 나가다가 마침내 육지에서도 퍼지기 시작했다. 또 다른 하나는 우리가 동물이라고 부르는 형태로 자신의 진동을 지속하기 위해 오직 유기물만을 섭취했다. 동물들은 어류의 형태로 바다로 퍼져 나갔고, 그다음에 식물이 대기 중에 충분한 산소를 공급하자 힘든 여정을 거쳐 육지로 올라왔다.

나는 절반은 물고기이고 절반은 새로운 형태인 양서류가 새로 만들어진 산소를 폐로 호흡하면서 처음으로 물을 떠나는 모습을 지켜봤다. 그러고 나서 그 생명체는 파충류로 진화했고, 지구는 공룡들이 지배하는 시대가 되었다. 그다음엔 온혈 포유류가 나타나 마찬가지로 지구를 뒤덮었다. 진화 과정을 지켜보며 나는 출현하는 종들이 저마다 좀 더 높은 진동 수준의 생명체, 즉 물질을 대표하고 있다는 사실을 깨달았다. 그리고 마침내 진화는 끝이 났다. 그 정점에 인간이 있었다.

드디어 영상이 끝났다. 나는 단 한 번의 섬광으로 진화의 전체 이야기를 봤다. 마치 어떤 계획에 인도되듯 하나의 물질이 나타나고 더 높은 진동을 가진 다른 물질로 진화하기를 거듭해 마침내 인간이 출현하는 데 필요한 조건을 정확하게 만들어 냈다. 나는 앞으로 진화가 우리 삶에서 어떻게 전개될지 거의 이해할 수 있었다.

다음에 오게 될 진화는 우리 삶에서 느끼는 신비한 우연과 어떤 식으로든 관련이 있다. 이런 우연한 사건 속에 숨어 있는 어떤 것이 우리 삶을 앞으로 나아가게 하고 더욱 높은 진동을 만들어 진화를 더욱 촉진시킬 것이다. 하지만 이 부분은 아무리 애를 써도 이해가 되지 않았다.

나는 절벽의 바위 위에 앉아 오랫동안 평온과 완전함 속에 잠겨 있었다. 그러다 갑자기 서쪽으로 해가 가라앉고 있다는 사실을 인식했다. 북서쪽으로 2킬로미터쯤 떨어진 곳에 마을 비슷한 것이 눈에 띄었다. 지붕처럼 보이는 형상을 본 것이다. 서쪽 산등성이에서 이어진 길이 마을을 구불구불 돌아 나가는 듯했다.

자리에서 일어나 바위를 타고 아래로 내려가기 시작했다. 그러고는 큰 소리로 웃음을 터뜨렸는데 아직도 내가 주변의 모든 것과 연결돼 있어 내 몸 위를 걷는 듯한 느낌이 들었기 때문이다. 마치 내 몸의 여기저기를 탐험하고 있는 것 같았다. 참으로 신나고 흥미진진했다.

험한 절벽을 내려와 나무들이 있는 곳으로 걸었다. 석양이 숲 바닥을 따라 기다란 그림자를 드리우고 있었다. 절반쯤 내려왔을 때 큰 나무들이 울창한 지점이 있었다. 그곳으로 들어서자 몸이 미묘하게 변하는 것을 감지했다. 몸이 더 가볍고 신체기관이 완전히 하나로 움직이는 듯했다. 나는 걸음을 멈추고 나무들과 그 밑에서 자라는 덤불들을 형태와 아름다움에 집중하며 자세히 살펴봤다. 그러자 각각의 식물을 둘러싸고 있는 흰빛과 연분홍빛 광채가 보였다.

나는 계속해서 걸었다. 연한 푸른빛으로 반짝이는 개울을 지날 때는 기분 좋은 고요함이 마음을 채워 나른하고 졸리기까지 했다. 골짜기 아래쪽을 지나 맞은편 산등성이를 올라가자 마침내 도로가 나왔다. 나는 자갈이 깔린 도로변을 따라 북쪽을 향해 무작정 걸었다.

그렇게 걷다가 신부 복장을 한 사람이 모퉁이를 도는 모습이 보였다. 나는 흥분을 주체할 수가 없었다. 아무 두려움 없이 그 사람과 이야기해 보려고 뛰어갔다. 그 사람과 만나면 내가 무슨 말을 하고 어떻게 행동해야 할지 알 수 있을 것 같았다. 나는 자신이 완벽할 정도로 행복하고 안전하다고 느꼈다. 하지만 놀랍게도 그 사람은 갑자기 사라져 버렸다. 오른쪽으로 또 하나의 길이 꺾어져 계곡 밑으로 나 있었는데 그쪽에 아무도 없었다. 나는 도로를 따라 한참 더 달렸지만 그곳에도 없었다. 되돌아가 방금 지나쳐 온 길로 다시 가 볼까 하는 생각도 들었지만 마을이 앞에 있어 계속 걷기로 했다. 그러면서도 아까 지나쳤던 길이 몇 번이나 다시 생각났다.

100미터쯤 더 가서 다시 모퉁이를 돌 때 차량 여러 대가 달려오는 소음이 들렸다. 나무 사이로 군용차량들이 줄지어 속도를 내며 달려오는 광경이 보였다. 그냥 그대로 있을까 잠시 망설이는 순간 산등성이에서 목격한 총격 장면의 공포가 되살아났다.

시간이 없어 나는 도로 오른쪽으로 재빨리 몸을 던져 꼼짝 않고 엎드려 있었다. 군용차량 열 대가 지나갔다. 내가 엎드린 곳은 완전히 노출된 장소여서 아무도 내 쪽으로 눈을 돌리지 않기만 바랄 뿐이었다. 차량들이 달리는 도로는 나와 7미터 정도밖에 떨어지지 않아서 배기가스 냄새가 코를 찔렀다. 나는 군인들의 얼굴에 떠오른 표정까지 볼 수 있었다. 다행히 아무도 나의 존재를 눈치 채지 못했다. 차량이 모두 지나간 것을 확인한 다음 기어서 큰 나무 뒤로 갔다. 양손은 여전히 떨리고 평화롭게 연결됐던 감각이 산산이 부서지고 말았다. 예전의 불안감이 다시 찾아들자 속이 뒤틀렸다. 마침내 나는 아주 천천히 도로로 들어섰다. 그때 다시 차 소리가 들려와 허둥대며 비탈 아래로 내려갔다. 곧이어 군용차량 두 대가 쏜살같이 지나갔다. 속이 메스꺼웠다.

이번에는 도로와 충분한 거리를 두고 지나왔던 길을 조심스럽게 되돌아갔다. 아까 지나쳤던 오솔길이 나왔다. 혹시 무슨 소리나 움직임이 있는지 주의해서 살펴본 뒤 계곡 쪽으로 꺾어진 길 옆의 숲을 통과해 걷기로 했다. 몸이 다시 무겁게 느껴졌다. 도대체 내가 무슨 짓을 한 건가? 어쩌자고 도로 위를 걸었단 말인가? 정신이 나갔던 게 분명했다. 충격 장면을 본 데다 희열 상태를 겪고 나니 넋이 나간 것이다. 나는 자신에게 일렀다. 현실을 직시해야 해. 조심하지 않으면 안 돼. 아주 작은 실수만 해도 목숨을 잃게 될 거야!

나는 온몸이 얼어붙었다. 100미터쯤 앞에 신부 복장을 한 남자가 보였는데, 그는 바위에 둘러싸인 커다란 나무 아래에 앉아 있었다. 내가 바라보자 그 남자는 두 눈을 크게 뜨고 나를 똑바로 쳐다봤다. 나는 움찔했지만 그는 미소를 지으며 가까이 오라고 손짓했다.

조심스럽게 신부에게 다가갔다. 그는 미동도 없이 앉아 있었다. 가까이 가서 보니 남자는 쉰 살 정도의 나이에 키가 크고 마른 사람이었다. 짧게 자른 머리는 짙은 갈색이고 두 눈도 같은 색깔이었다.

남자가 완벽한 영어로 말했다.

"도움이 필요한 것 같군요."

"당신은 누구십니까?"

"나는 산체스 신부입니다. 당신은요?"

나는 내 이름과 이곳에 온 이유를 설명하는 동안 어지러움을 느끼고 처음엔 한쪽 무릎을 꿇었다가 이내 엉덩방아를 찧으며 주저앉고 말았다. 산체스 신부는 나를 보며 물었다.

"쿨라에서 일어난 사건과 관련이 있군요, 그렇죠?"

"그 일에 대해 아시는 게 있습니까?"

신부를 신뢰해도 좋을지 알 수 없어 조심스레 물었다.

"정부 관리들이 화가 많이 난 걸로 알고 있어요. 그들은 필사본이 공개되는 걸 원치 않으니까요."

"왜 그러는 거죠?"

산체스 신부는 자리에서 일어나더니 나를 내려다봤다.

"나와 함께 갑시다. 여기서 약 1킬로미터만 가면 우리 선교회가 있어요. 우리와 함께 있으면 안전할 겁니다."

나는 어차피 다른 대안이 없다는 걸 깨닫고 가까스로 몸을 일으키며 고개를 끄덕였다. 산체스 신부는 나를 안내하며 천천히 길 아래로 내려갔다. 그의 목소리와 태도에는 상대방에 대한 존중과 배려가 느껴졌다. 갑자기 산체스 신부가 물었다.

"군인들이 아직도 당신을 찾고 있습니까?"

"모르겠습니다."

신부는 잠시 가만히 있더니 다시 물었다.

"당신은 필사본을 찾고 있습니까?"

"이젠 아닙니다. 지금은 그저 이 고비를 넘기고 살아남아 집으로 돌아가고 싶을 뿐입니다."

신부는 나를 달래듯이 고개를 끄덕였다. 그에게서 풍겨 나오는 온화함이 내게도 전해졌다. 나는 신부를 믿기 시작했는데 그는 월을 생각나게 했다.

잠시 뒤 우리는 선교회에 도착했다. 선교회는 주변 경치가 뛰어난 아름다운 곳에 자리 잡고 있었다. 교회와 안뜰을 중심으로 작은 건물 몇 채가 옹기종기 모여 있었다. 산체스 신부가 신부 복장을 한 몇 사람에게 스페인어로 뭐라고 말하자 그들은 종종걸음으로 어디론가 바쁘게 걸어갔다. 그들이 어디로 가는지 보려고 했으나 피로가 몰려왔다. 신부는 여러 건물 가운데 한 곳으로 나를 안내했다.

안으로 들어가 보니 작은 거실 하나와 침실 두 개가 있었다. 벽난로에는 불이 활활 타오르고 있었다. 우리가 들어가자 다른 신부 한 명이 빵과 수프를 쟁반에 받쳐 들고 왔다. 녹초가 된 내가 음식을 먹는 동안 산체스 신부는 옆의 의자에 예의 바르게 앉아 있었다. 식사를 마친 나는 신부의 권유로 침대에 누웠고, 곧장 깊이 잠들어 버렸다.

안뜰로 걸어 들어가면서 바닥이 티끌 한 점 없이 완벽하게 손질돼 있다는 사실을 알아차렸다. 자갈이 깔린 보도 가장자리에 관목을 질서 있게 심어 놓아 울타리로 손색이 없었다. 각각의 관목은 본래의 형체가 자연스럽게 드러나 있었다. 가지를 잘라 내거나 따로 손질한 흔적은 보이지 않았다.

몸을 쭉 펴자 풀 먹인 셔츠의 감촉이 살갗에 와 닿았다. 성글게 짠 면으로 만들어 목 부분이 약간 쓸렸지만 깨끗하게 빨아서 다림질한 옷이었다. 조금 전 나는 신부 두 명이 목욕통에 더운 물을 붓는 소리에 잠에서 깼다. 그들은 갈아입을 옷도 가져다줬다. 나는 목욕을 하고 깨끗한 옷으로 갈아입은 뒤 식사를 준비해 뒀다는 말에 옆방으로 갔다. 식탁 위에 따뜻한 머핀과 말린 과일이 차려져 있었다. 내가 허겁지겁 음식을 먹는 동안 신부들은 근처에 서 있었다. 식사를 마치자 신부들은 자리를 떠났고 나도 밖으로 나와 안뜰로 향했다.

돌로 만든 벤치에 앉아 안뜰을 바라봤다. 태양이 나무 꼭대기를 막 지나면서 내 얼굴에도 따뜻한 빛을 비춰 주었다.

"잘 주무셨습니까?"

뒤에서 목소리가 들렸다. 돌아보니 산체스 신부가 곧은 자세로 서서 나를 내려다보며 웃고 있었다.

"아주 잘 잤습니다."

"같이 앉아도 될까요?"

"물론입니다."

우리는 몇 분간 아무 말도 하지 않았다. 나는 침묵이 길어지자 불편한 마음이 들어 뭔가 이야기하려고 신체스 신부를 몇 번 바라봤다. 하지만 신부는 고개를 살짝 뒤로 젖힌 채 두 눈을 가늘게 뜨고 해를 바라보고 있었다.

이윽고 신부가 입을 열었다.

"아주 좋은 장소를 찾으셨군요."

그 말은 오전의 이 시간에 이 벤치만큼 좋은 곳이 없다는 뜻인 듯했다.

"사실 신부님의 충고가 필요합니다. 제가 미국으로 돌아갈 수 있는 가장 안전한 방도가 무엇일까요?"

신부는 진지하게 나를 바라봤다.

"모르겠습니다. 그건 정부가 당신을 얼마나 위험한 인물로 여기는

지에 따라 달라지겠죠. 그럼 어떻게 해서 당신이 쿨라에 오게 됐는지 이야기해 주십시오."

나는 필사본에 대한 이야기를 처음 들었을 때부터 지금까지 있었던 일을 모두 이야기했다. 그런데 이제 와 생각해 보니 산 정상에서 느꼈던 황홀했던 희열은 공상 속의 일처럼 여겨졌다. 그래서 그 부분은 간단히 언급만 하고 지나갔다. 하지만 신부는 바로 그것에 관해 물었다.

"군인이 당신을 보지 못하고 가 버린 다음에 뭘 했습니까?"

"그냥 몇 시간 동안 앉아 있었습니다. 아마 안도감을 느꼈던 것 같아요."

"또 어떤 것을 느꼈나요?"

잠시 망설였지만 그때 느꼈던 것을 말하기로 결심했다.

"묘사하기가 어려운데요. 모든 것과 연결된 듯한 황홀한 느낌이랄까, 완전히 안전하고 확신에 찬 느낌이었어요. 몸도 더 이상 피곤하지 않았고요."

신부가 미소를 지으며 말했다.

"신비를 체험하셨군요. 산 정상 부근의 숲에서 그런 체험을 했다고 이야기하는 사람이 많습니다."

나는 모호하게 그저 고개만 끄덕였다. 그러자 신부는 벤치에서 몸을 돌리더니 내 얼굴을 정면으로 바라봤다.

"모든 종교의 신비주의자들이 늘 이야기하는 게 바로 그런 체험이죠. 그런 체험을 다룬 책을 읽어 본 적이 있나요?"

"몇 년 전에 잠깐 읽어 봤습니다."

"하지만 어제까지는 그것이 그저 머리로만 이해되는 관념에 불과했죠?"

"그랬던 것 같습니다."

그때 젊은 신부가 걸어와서 내게 눈인사를 하고는 산체스 신부에게 귓속말로 뭔가 속삭였다. 그가 고개를 끄덕이자 젊은 신부는 몸을 돌려 걸어갔다. 산체스 신부는 젊은 신부가 내딛는 발걸음 하나하나를 계속 주시했다. 안뜰을 가로질러 100미터쯤 걸어간 젊은 신부는 숲처럼 보이는 곳으로 들어갔다. 그제야 나는 처음으로 그곳 역시 무척 깨끗하고 다양한 식물이 가득하다는 걸 알아차렸다. 젊은 신부는 뭔가를 찾는 것처럼 몇 군데를 두리번거리더니 마침내 어떤 자리에 앉았다. 뭔가 특별한 수행을 하고 있는 것처럼 보였다.

산체스 신부는 흡족한 표정으로 미소를 짓더니 그제야 시선을 돌려 나를 바라봤다.

"지금 당장 귀국하는 건 아무래도 위험할 것 같습니다. 하지만 상황이 어떤지 알아보겠습니다. 당신 친구분들 소식도 알아보고요."

신부는 일어서더니 나를 마주 봤다.

"일이 있어서 가 봐야겠군요. 우리가 최선을 다해 모든 방식으로 당신을 도와줄 것임을 잊지 마세요. 일단은 여기서 편안하게 지내면서 긴장을 풀고 기력을 회복하세요."

나는 말없이 고개만 끄덕였다. 그러자 신부는 주머니에서 종이묶음을 꺼내더니 내게 건네주며 말했다.

"다섯 번째 통찰입니다. 당신이 겪었던 일과 같은 체험에 관한 내용입니다. 읽어 보면 흥미를 느낄 겁니다."

내가 주저하며 그것을 받는 동안 신부는 말을 계속했다.

"당신이 읽은 마지막 통찰에 대해서는 어떻게 이해하고 있는지 물어도 될까요?"

한동안 망설였다. 필사본이나 통찰에 대해 더는 생각하고 싶지가 않았기 때문이다. 그러다가 결국 입을 열었다.

"사람들이 서로 상대의 에너지를 빼앗으려고 하는 바람에 경쟁이나 싸움이 끊이지 않습니다. 우리가 다른 사람을 원하는 대로 조종하면 그들은 자신과 우리를 동일시하게 되고 우리는 그들의 에너지를 빼앗아 더 강해지죠."

내 이야기에 신부는 미소를 지은 채 말했다.

"그래서 에너지가 부족하다고 느끼는 사람들이 에너지를 뺏기 위해 다른 사람들을 통제하고 조종하려는 것이 문제란 말이군요."

"그렇습니다."

"하지만 또 다른 에너지 원천을 찾아 에너지를 받을 수 있다면 문제가 해결되겠군요."

"제가 마지막으로 읽은 부분에 그런 내용이 암시돼 있었습니다."

신부는 고개를 끄덕이더니 교회를 향해 천천히 걸어갔다. 나는 신부가 떠난 뒤에도 한동안 팔꿈치를 무릎에 댄 채 몸을 숙이고 앉아 있었다. 복사본은 들여다보지 않았다. 여전히 마음이 내키지 않았다. 지난 이틀간 일어난 일련의 사건이 가슴속의 열의를 모두 꺾어 놓은 듯했다. 나는 차라리 미국으로 돌아갈 방도에 대해 생각해 보는 게 속 편했다. 그때 건너편 숲에서 아까 봤던 젊은 신부가 일어서더니 육칠 미터 떨어진 곳으로 천천히 걸어가는 것이 눈에 띄었다. 그는 이번에도 내가 있는 쪽을 향해 몸을 돌리더니 바닥에 앉았다.

그 젊은 신부가 뭘 하고 있는지 궁금했다. 어쩌면 그는 내가 들고 있는 복사본에 적힌 내용을 실천하고 있을지도 모른다는 생각이 들었다. 나는 첫 장을 읽기 시작했다. 거기에는 오랫동안 신비주의적 의식이라고 일컬어져 온 것을 새롭게 해석한 내용이 적혀 있었다. 이제까지는 여러 종교에서 극소수의 수행자들만 보여 줬던 의식이지만 20세기의 마지막 십 년간 이 의식을 실제로 실행할 수 있다는 것이 널리 알려질 거라고 했다. 사람들 대부분에게 이 의식은 그저 하나의 지적인 관념으로 남아 있어 논쟁의 대상으로만 여겨질 것이다. 하지만 이 의식을 실제로 체험하는 사람이 점점 더 늘어날 것이다. 이들은 일상생활에서 이런 마음의 상태를 얼핏 일별하거나 섬광처럼 지나는 것을 체험하게 된다. 세상에 존재하는 모든 갈등을 끝내는 열쇠도 바로 이 체험이다. 사람들이 이런 체험을 하는 동안 또 다른 원천에서 에너지를 받아들이기 때문이다. 우리는 궁극적으로 자신의 의지에 따라 이 에너지의 원천에서 에너지를 끌어다 쓰는 방법을 배우게 된다.

나는 읽기를 멈추고 다시 젊은 신부를 바라봤다. 그 신부는 눈을 뜨고 있었는데 마치 나를 똑바로 쳐다보고 있는 듯했다. 젊은 신부의 얼굴이 자세히 보이진 않았지만 나는 그를 향해 고개를 끄덕였다. 놀랍게도 그 역시 내게 고개를 끄덕이더니 살며시 미소를 지었다. 그러고는 자리에서 일어나 내 왼쪽에 있는 건물을 향해 걸어갔다. 내 옆으로 다가오는 그를 지켜봤지만 그는 내 눈을 피한 채 건물 안으로 들어갔다.

뒤에서 발자국 소리가 들리기에 돌아보니 산체스 신부가 교회에서 나오고 있었다. 신부는 나에게 다가오며 미소를 지었다.
"오래 걸리지 않았죠? 이곳의 주변을 좀 더 둘러보겠어요?"
"예, 보고 싶습니다. 그런데 저기 앉을 수 있는 자리들은 어떤 곳이죠?"
나는 조금 전 젊은 신부가 앉아 있었던 자리를 가리키며 물었다.
"그럼 그쪽으로 가 봅시다."
안뜰을 가로지르는 동안 산체스 신부는 이 선교회는 400년이 넘었으며 스페인에서 온 독특한 성향을 가진 선교사가 세웠다고 알려 줬다. 그 선교사는 현지의 인디언들을 무력적인 방식으로 억압하는 대신 그들의 마음을 통해 개종시켜야 한다고 믿었다. 이 지역이 워낙 외졌기에 그 선교사는 아무런 간섭도 받지 않고 자신이 믿는 방식대로 실천했고 결국 성공했다고 한다.
"우리는 내면에 숨어 있는 진실을 통찰하는 그분의 전통을 이어 나가고 있습니다."
숲에 도착해 보니 앉는 자리 주변은 티끌 한 점 없이 깨끗했다. 2000제곱미터에 이르는 숲은 나무가 빽빽이 들어차 있고 나무 아래로 관목과 꽃들이 자라고 있었다. 관목과 꽃 사이사이에 조성한 산책로에는 강에서 가져온 반질반질한 자갈이 깔려 있었다. 안뜰과 마찬가지로 식물은 간격을 두고 심어져 저마다 독특한 형태를 드러내고 있었다. 그때 산체스 신부가 물었다.
"어디에 앉고 싶습니까?"
나는 주변의 몇 군데를 살펴봤다. 약간 구석진 곳에 앉을 만한 자리가 마련돼 있었는데, 하나하나가 그 자체로 완벽해 보였다. 각각의 자리마다 다양한 모양의 아름다운 식물과 바위, 나무들이 주변을 둘러싸고 있었다. 그중 젊은 신부가 마지막으로 앉았던 자리는 바위가 많은 곳이었다. 내가 그 자리를 가리키며 물었다.

"저기가 어떨까요?"

산체스 신부가 고개를 끄덕였고 우리는 그쪽으로 가서 앉았다. 그는 몇 분간 심호흡을 하고 나서 나를 바라보며 말했다.

"산 정상에서 체험한 것을 좀 더 이야기해 주겠어요?"

"더 이상 이야기할 게 없는데요. 그 체험이 오래 지속된 건 아니었거든요."

내가 말하기를 꺼리자 산체스 신부는 심각한 표정으로 나를 바라봤다.

"당신이 두려움을 느끼면서 그런 체험이 끝났다고 해서 그 의미가 사라지는 건 아닙니다. 그렇지 않나요? 어쩌면 그걸 되찾을 수 있을지도 모릅니다."

"그럴지도 모르죠. 하지만 사람들이 저를 죽이려고 하는 상황에서 우주적인 느낌에 집중하기는 어렵습니다."

신부는 소리 내어 웃고 나서 온화한 눈빛으로 나를 바라봤다. 순간 나는 궁금한 생각이 들어 물었다.

"당신들은 여기서 필사본을 연구하고 있나요?"

"예, 우리는 사람들에게 당신이 산 정상에서 느꼈던 것과 같은 체험을 추구하는 방법을 가르칩니다. 그때의 느낌을 일부 되돌려 봐도 괜찮겠죠?"

안뜰에서 어떤 신부가 산체스 신부를 부르는 바람에 대화가 중단됐다. 신부는 양해를 구하고 안뜰로 걸어가 자신을 부른 신부와 이야기를 나눴다. 나는 뒤로 기대앉아서 눈의 초점을 약간 흐리게 한 채 주변의 식물과 바위들을 바라봤다. 나와 가장 가까운 식물에서는 빛을 거의 볼 수 없었지만 바위에서는 뭔가가 보였다. 그때 산체스 신부가 돌아왔다.

"잠시 다녀올 곳이 있습니다. 모임이 있어서 마을에 가 봐야 해요. 거기서 당신 친구분들 소식과 당신이 안전하게 미국으로 돌아가는 방법을 알아볼 수 있을 겁니다."

"알았습니다. 그런데 오늘 돌아오십니까?"

"아마도 오늘은 어려울 것 같고 내일 아침에나 돌아올 겁니다."

내가 불안한 기색을 보이자 산체스 신부는 가까이 다가오더니 내 어깨에 손을 얹으며 말했다.

"걱정하지 말아요. 이곳은 안전합니다. 당신 집처럼 편안하게 생각해도 돼요. 주변도 둘러보고 이곳에 있는 신부들과도 이야기를 나눠 봐요. 다만 각자의 성장 단계에 따라 다른 사람보다 더 잘 받아들이는 사람이 있다는 걸 알아주면 좋겠어요."

나는 고개를 끄덕였다. 산체스 신부는 미소를 지어 보인 뒤 교회 뒤쪽으로 걸어가 낡은 트럭에 올랐다. 이곳에 트럭이 있다는 걸 이제야 알았다. 신부는 몇 번 시도한 끝에 시동이 걸리자 교회 뒷길을 돌아 산등성이로 이어지는 도로로 들어섰다.

나는 몇 시간 동안 그 자리에 머물면서 생각을 가다듬었다. 마저리가 무사한지, 윌은 잘 도망갔는지 궁금했다. 로버트의 부하가 살해되던 광경이 몇 차례 뇌리를 스치고 지나갔지만 나는 그 기억과 싸우며 평정을 유지하려고 애썼다.

정오가 되자 신부 몇 명이 안뜰 가운데 기다란 식탁을 펴고 음식 접시들을 가져다 놓았다. 음식이 다 차려지자 열두어 명쯤 됨직한 신부들이 와서 그들과 합류해 각자의 접시에 음식을 담아 벤치에 앉아 먹기 시작했다. 그들은 서로 마주 보며 기분 좋게 미소를 지었지만 말하는 소리는 거의 들을 수 없었다. 그들 가운데 한 명이 나를 보더니 손가락으로 음식을 가리켰다.

고개를 끄덕이고 안뜰로 가서 식탁에 놓인 옥수수와 콩을 접시에 담았다. 신부들은 나의 존재를 상당히 의식하는 눈치였지만 아무도 내게 말을 걸어 오진 않았다. 음식에 대해 몇 마디 했지만 돌아오는 답변은 공손한 미소와 동작뿐이었다. 내가 직접 눈을 맞추려 하면 그들은 시선을 아래로 떨어뜨렸다.

나는 혼자 벤치에 앉아서 음식을 먹었다. 음식은 소금으로 간을 하지 않고 허브로 향을 냈다. 점심을 먹은 신부들이 빈 접시를 쌓아 놓고 있을 때 다른 신부 한 명이 교회에서 나오더니 서둘러 접시에 음식을 담았다. 그는 앉을 자리를 찾아서 둘러보다가 나와 눈이 마주치자 미소를 지었다. 그는 조금 전에 여기저기 자리를 옮겨 가며 앉아 있던 젊은 신부였다. 미소로 답하자 그는 내게로 걸어오더니 서툰 영어로 말을 걸었다.

"벤치에 같이 앉아도 될까요?"

"예, 그러시죠."

젊은 신부는 내 옆에 앉아 음식을 먹기 시작했다. 그는 아주 천천히, 지나치게 여러 번 음식을 씹어 먹었는데 이따금 나를 보며 미소 짓곤 했다. 키는 작아도 강단 있어 보이는 체격이었는데 머리카락은 새카맣고 눈은 옅은 갈색이었다.

"음식은 마음에 드세요?"

젊은 신부가 물었을 때 나는 옥수수가 조금 남아 있는 접시를 무릎 위에 올려놓고 있었다.

"예, 그럼요."

나는 이렇게 대답하고 옥수수를 한 입 넣고 오래 씹었다. 젊은 신부가 천천히 음식을 씹는 모습을 보고 나도 그렇게 해야겠다고 생각한 것이다. 그리고 그제야 신부들이 모두 그런 식으로 음식을 먹었다는 걸 알아차렸다. 침묵을 깨고 물었다.

"이 채소는 모두 여기서 직접 기른 겁니까?"

젊은 신부는 음식을 삼키느라 잠시 머뭇거리고 나서야 대답했다.

"예, 음식은 매우 중요하니까요."

"혹시 신부님도 식물에 에너지를 투사하나요?"

젊은 신부는 깜짝 놀란 기색으로 나를 바라봤다.

"필사본을 읽으셨나요?"

"예, 처음 네 개의 통찰을 읽었습니다."

"그럼 채소를 재배해 보셨나요?"

"아닙니다. 이제 겨우 이 모든 걸 배우기 시작한걸요."

"에너지 장을 보십니까?"

"예, 가끔이요."

우리는 잠시 아무 말 없이 음식을 먹었다. 젊은 신부는 입안의 음식을 조심스럽게 씹고 나서 말했다.

"음식은 에너지를 얻는 첫 번째 방법입니다."

내가 고개를 끄덕이자 그는 적합한 영어 어휘를 찾느라 애쓰며 말을 이었다.

"하지만 음식에 들어 있는 에너지를 완전히 흡수하려면 음식을 제대로 인정해야 합니다. 아니, 음미해야 해요. 맛은 출입구이므로 맛을 음미하고 인식해야 합니다. 그래서 식사 전에 기도를 하는 것입니다. 단지 감사를 드리는 것뿐 아니라 식사 자체를 성스러운 경험으로 만들어 음식의 에너지가 우리 몸에 들어오게 하려는 것이죠."

젊은 신부는 자기 말을 이해했는지 살펴보려는 듯 나를 유심히 바라봤다. 내가 말없이 고개만 끄덕이자 그는 생각에 잠긴 듯한 표정을 지어 보였다. 신부는 내게 식사 전에 기도하는 종교적 관습의 이면에 숨어 있는 진정한 목적은 신중하게 음식을 음미하는 것, 즉 음식에서 더 높은 에너지를 흡수하기 위한 것임을 전하려는 듯했다. 그가 다시 말을 이었다.

"그러나 음식을 섭취하는 것은 첫 번째 단계에 불과합니다. 이런 방식으로 개인의 에너지가 증가하면 모든 것, 만물로부터 에너지를 민감하게 느낄 수 있죠. 그러면 먹지 않고도 에너지를 당신 안으로 끌어들이는 방법을 배우게 됩니다."

나는 긍정의 뜻으로 고개를 끄덕였고, 신부는 계속해서 말했다.

"우리 주변의 모든 것은 에너지를 갖고 있습니다. 하지만 각기 다른 종류의 에너지입니다. 그래서 어떤 장소에 있으면 다른 장소에 있을 때보다 에너지를 더 많이 얻을 수 있습니다. 말하자면 당신의 모습이 그곳의 에너지와 잘 들어맞느냐에 달려 있습니다."

"그럼 아까 당신이 여기저기 옮겨 다닌 것도 에너지를 더 많이 얻기 위해서였나요?"

젊은 신부는 기분 좋은 듯이 고개를 끄덕이며 대답했다.

"그렇습니다."

"그건 어떻게 합니까?"

"마음을 열고 앞에 있는 대상과 연결해 에너지 장을 볼 때처럼 감각을 키워야 합니다. 하지만 가득 채워지는 감각을 느끼려면 한 단계 더 나아가야 하죠."

"무슨 뜻인지 잘 모르겠습니다."

신부는 설명하기 어려운 듯 곤란한 표정을 짓다가 말했다.

"그러면 저를 따라오시겠어요? 직접 보여 드리죠."

"좋습니다."

나는 젊은 신부를 따라 안뜰을 가로질러 숲으로 갔다. 숲에 도착하자 신부는 마치 뭔가를 조사하는 것처럼 주변을 둘러봤다. 그는 빽빽한 숲과 경계를 이루는 한 지점을 가리키며 말했다.

"저쪽으로 가죠."

우리는 나무와 관목들 사이로 구불구불 펼쳐진 길을 따라 걸었다. 젊은 신부는 커다란 나무 앞의 지점을 선택했다. 큰 바위들 틈에서 자라 마치 거대한 몸통으로 바위를 뚫고 있는 것처럼 보이는 나무였다. 나무의 뿌리는 바윗덩어리들을 휘감거나 그 사이를 파고들어 땅속에 박혀 있었다. 나무 앞에는 이름 모를 꽃들이 반원을 이루며 자라고 있었다. 활짝 핀 노란 꽃봉오리에서는 낯설지만 달콤한 향기가 났다. 그 뒤로는 빽빽한 숲이 마치 초록색 벽지처럼 완전한 녹색으로 배경을 가득 채우고 있었다.

신부는 내게 관목들 한가운데 마련된 자리를 가리키며 옹이진 커다란 나무를 마주 보고 앉으라고 했다. 그리고 신부도 내 옆에 앉더니 물었다.

"저 나무가 아름답다고 생각하십니까?"

"예."

"그러면 음, 그걸…… 느껴 보세요."

신부는 적절한 말을 찾으려고 애썼다. 그러고는 잠시 생각해 보더니 이렇게 물었다.

"산체스 신부님 말씀을 들으니 산 정상에서 신비한 체험을 했다던데 그때의 느낌을 떠올릴 수 있나요?"

"아주 가볍고 안전하고 연결된 느낌이었습니다."

"어떻게 연결돼 있었습니까?"

"말로 표현하긴 어려운데요, 마치 전체 풍경이 내 일부 같았어요."

"그럼 그게 어떤 느낌이었습니까?"

나는 잠시 생각해 봤다. '그게 무슨 느낌이었지?' 그러자 문득 떠오르는 것이 있어 신부에게 말했다.

"사랑, 아마 세상 만물에 대해 사랑을 느꼈던 것 같아요."

"예, 바로 그겁니다. 이제 그걸 나무한테서 느껴 보세요."

"잠깐만요, 사랑이란 마음속에서 저절로 우러나는 것이지 제가 억지로 만들어 낼 수 있는 게 아니잖아요."

"당신은 사랑을 만들어 내지 않아도 됩니다. 사랑이 당신에게 들어오도록 허락하면 되죠. 하지만 그러려면 그게 어떤 느낌이었는지 떠올리면서 그걸 다시 느끼려고 노력해야 합니다."

나는 나무를 쳐다보면서 산 정상에서 느꼈던 감정을 떠올리려고 노력했다. 서서히 나무의 형상과 존재에 대해 감탄하는 마음이 솟아났다. 나무의 가치를 느끼면서 차츰 사랑의 감정이 느껴졌다. 어린 시절 어머니에게 느꼈던 감정, 조금 더 자란 뒤에 첫사랑의 대상이었던 소녀에게 느꼈던 감정과 같았다. 그러면서 나는 지금 나무를 쳐다보고 있지만 이 특별한 사랑이 어느새 모든 것에 대한 사랑으로 커진 것을 느꼈다.

젊은 신부는 1미터 정도 뒤로 물러서더니 그 자리에서 돌아서서 나를 유심히 쳐다보다가 말했다.

"좋습니다. 에너지를 받아들이고 있군요."

신부의 눈이 초점에서 약간 벗어나 있음을 알 수 있었다. 나는 궁금해서 참지 못하고 물었다.

"그걸 어떻게 아십니까?"

"당신의 에너지 장이 점점 더 확장되는 게 보여요."

나는 눈을 감고 산 정상에서 느꼈던 강렬한 감정에 다시 도달해 보려고 했지만 제대로 되지 않았다. 지금 느끼는 감정은 그때보다 약한 수준이었다. 나는 생각대로 되지 않자 좌절감을 느꼈다. 그때 신부가 물었다.

"무슨 일입니까? 갑자기 에너지가 떨어지고 있어요."

"모르겠어요. 그때처럼 감정이 강하게 느껴지지 않아요."

신부는 처음에는 재미있다는 표정으로 나를 쳐다보더니 이제 초조해지는 듯했다.

"당신이 산 정상에서 느꼈던 체험은 하나의 선물이었습니다. 새로운 방식을 볼 수 있도록 돌파구가 주어진 것이죠. 이제는 당신 스스로 노력해 그런 감정을 체험하는 법을 조금씩 배워 나가야 합니다."

신부는 소리 없이 한두 걸음 더 뒤로 물러선 다음 나를 쳐다봤다.

"이제 다시 한 번 해 보세요."

눈을 감고 깊이 느끼려고 시도해 봤다. 드디어 그때와 비슷한 느낌이 온몸을 휩쓸며 나를 압도했다. 그 느낌을 유지하면서 조금씩 그것을 더 확대해 보려고 애썼다. 나무에 대한 존중과 관심에만 마음을 집중했다. 그때 신부가 말했다.

"아주 좋습니다. 당신은 나무한테서 에너지를 받아서 다시 주고 있습니다."

나는 신부를 똑바로 쳐다보며 물었다.

"내가 나무에게 다시 주고 있다고요?"

"사물의 아름다움과 독특함을 인식하면 에너지를 받아들이게 됩니다. 그러다가 사랑을 느끼는 수준이 되면 그저 마음속으로 바라기만 해도 에너지를 다시 돌려보낼 수 있죠."

오랫동안 나무 앞에 앉아 있었다. 나무에 주의를 더 깊이 집중하면서 빼어난 형태와 색깔에 찬탄을 보낼수록 사랑의 감정도 더 많이 생겨나는 듯했는데, 이는 색다른 경험이었다. 나에게서 에너지가 넘쳐흘러 나무를 가득 채워 주는 광경을 상상했지만 눈으로 볼 수는 없었다. 그때 신부가 일어서더니 자리를 떠나는 게 보였다. 나는 여전히 나무에 주의를 집중하면서 신부에게 물었다.

"나무에게 에너지를 주고 있을 때 제 모습이 어떻게 보입니까?"

신부는 자신이 본 대로 상세하게 설명해 주었다. 그의 말을 들어 보니 비시엔테에서 세라가 필로덴드론에 에너지를 투사할 때 내가 목격했던 모습과 비슷했다. 그녀는 식물에 에너지를 투사하는 데 성공하긴 했지만 사랑의 감정이 필요하다는 사실까지는 몰랐던 모양이다. 세라는 스스로 자각하지 못한 상태에서 사랑의 감정에 도달했던 것이다.

안뜰을 향해 걸어가던 신부의 모습이 시야에서 사라졌다. 나는 해가 질 때까지 그곳에 앉아 있었다.

숙소로 돌아오자 신부 두 명이 공손히 고개를 숙였다. 난로의 활활 타오르는 불빛이 한기를 막아 줬다. 석유 램프 몇 개가 방 안을 밝히고 있었다. 음식 냄새가 집 안에 가득했다. 채소 수프인 듯도 하고 감자 수프인 듯도 했다. 식탁에는 우묵한 도자기 그릇 하나와 스푼 몇 개, 빵 네 조각이 담긴 접시가 놓여 있었다.

신부 한 명이 나와 눈을 마주치지 않고 돌아서서 밖으로 나갔다. 남은 신부도 시선을 내린 채 난로 위에 얹혀 있는 커다란 무쇠 냄비를 향해 고개를 끄덕였다. 냄비 뚜껑으로 국자 자루가 나와 있었다. 내가 그 냄비를 바라보자 신부가 물었다.

"뭐 필요하신 게 있습니까?"

"아니요, 감사합니다."

신부가 고개를 끄덕이고 밖으로 나가자 나 혼자 남았다. 뚜껑을 열어 보니 감자 수프였다. 진하고 맛있는 냄새가 났다. 국자로 서너 번 가득 떠서 그릇에 담고 식탁 앞에 앉았다. 그리고 주머니에서 산체스 신부가 준 복사본을 꺼내 그릇 옆에 놓았다. 하지만 수프가 아주 맛있어서 오로지 먹는 데만 집중했다. 식사를 마친 뒤에 빈 그릇을 커다란 통 안에 넣고 마치 최면에 걸린 듯 난로의 불꽃이 사그라질 때까지 쳐다보았다. 그러고는 램프를 끄고 잠자리에 들었다.

이튿날 아침 동틀 녘에 완전히 원기가 회복된 걸 느끼며 잠에서 깨어났다. 밖에선 아침 안개가 안뜰을 가로지르며 흘러가고 있었다. 난로 불을 뒤적이고 석탄 위에 불쏘시개를 몇 조각 얹은 다음 불길이 일어날 때까지 부채질을 했다. 먹을 게 있는지 부엌을 살펴보려던 참에 산체스 신부가 탄 트럭이 다가오는 소리가 들렸다. 밖으로 걸어 나가는 순간 산체스 신부가 막 교회 뒤에서 모습을 드러냈다. 한 손엔 배낭을 들고 다른 손엔 꾸러미 몇 개를 들고 있었다. 산체스 신부는 나를 보자 따라오라는 몸짓을 하며 말했다.

"소식이 몇 가지 있습니다."

숙소로 들어오자 방금 구운 따끈한 옥수수 빵과 굵게 빻은 옥수수 가루, 말린 과일 몇 가지를 들고 신부 몇 명이 나타났다. 산체스 신부는 그들에게 인사를 건넨 다음 식탁에 앉았고 신부들은 조용히 물러갔다. 이윽고 산체스 신부가 입을 열었다.

"남쪽 교구위원회 소속 신부 몇 명이 모인 회의에 참석했습니다. 필사본에 대한 정부의 과격한 조치가 이번 회의의 안건이었어요. 신부 집단이 공개적으로 이 문서를 지지한 것은 이번이 처음입니다. 우리가 토의를 막 시작하려는데 누군가 문을 두드려 열어 보니 정부의 대리인이었어요. 그는 자기도 회의에 참석하게 해 달라고 하더군요."

산체스 신부는 잠시 말을 멈추고 접시에 음식을 담았다. 그러고는 입안에 넣고 몇 차례 아주 천천히 씹은 뒤 말을 계속했다.

"그 대리인은 외부에서 필사본을 부당하게 사용하지 못하도록 보호하는 것이 정부의 유일한 목적이라고 우리를 안심시켰습니다. 페루 국민은 복사본을 소지할 수 있되, 다만 정부의 인증을 받아야 한다고 알려 줬습니다. 그는 우리가 염려하는 점을 이해하지만 법을 준수해 달라고 하더군요. 그러면서 법에 따라 우리가 갖고 있는 복사본을 모두 제출해 달라고 요구했습니다. 그러면 정부가 갖고 있는 합법적인 사본을 즉시 배포해 주겠다고 약속하더군요."

"그래서 복사본을 제출하셨습니까?"

"물론 아닙니다."

우리는 잠시 아무 말도 하지 않고 음식만 먹었다. 나는 맛을 음미하며 오랫동안 씹으려고 노력했다. 산체스 신부가 다시 말을 이었다.

"우리는 쿨라에서 발생한 폭력사태에 관해 물어봤습니다. 그러자 그 대리인은 로버트라는 사람에 대해 필요한 조치였다고 하더군요. 로버트가 이끄는 집단 가운데 무장한 외국 공작원도 몇 명 있었는데 그들은 아직 발견되지 않은 필사본을 찾아내 해외로 빼돌릴 계획이었기 때문에 정부로서는 그들을 체포하는 방법 외엔 달리 선택의 여지가 없었다고 하더군요. 당신이나 친구분들에 대한 언급은 없었습니다."

"신부님은 그 대리인의 말을 믿으십니까?"

"아니요. 대리인이 떠난 뒤에 우리는 회의를 계속했고, 조용히 저항해 나가기로 의견 일치를 봤습니다. 우리는 계속 복사본을 만들어 조심스럽게 배포할 계획입니다."

"교회 지도층이 그걸 허락할까요?"

"모르겠습니다. 교회의 지도자들은 필사본을 탐탁하게 여기지 않아서 여태까지는 누가 그것에 관여돼 있는지 제대로 조사하지 않았죠. 가장 염려되는 사람은 북쪽 교구에 있는 세바스티안 추기경입니다. 필사본에 대해 가장 크게 반대의 목소리를 내는 분인데 영향력이 아주 막강하죠. 그분이 정부 관료들을 설득해 강력한 포고령을 내리게 한다면 우리로선 매우 심각한 결정을 내려야 할 겁니다."

"그분은 왜 필사본에 대해 그토록 강하게 반대합니까?"

"두려워서죠."

"뭐가요?"

"세바스티안 추기경과 이야기해 본 지 꽤 오래됐어요. 그분은 필사본이라는 주제를 늘 피해 왔습니다. 신앙만 갖고 영적인 지식에 대해서는 무지한 상태로 우주와 더불어 지내는 것이 인간의 역할이라고 믿는 것 같아요. 그리고 필사본이 현재의 질서를 깨뜨리고 명령계통의 기반을 무너뜨릴 거라고 생각하는 것 같아요."

"어떻게 그런 일이 벌어진다는 거죠?"

산체스 신부는 미소를 머금고 머리를 약간 뒤로 젖히며 말했다.

"진리가 그대를 자유롭게 하리라."

나는 그 말이 무슨 뜻인지 몰라서 접시에 담긴 빵과 과일을 마저 먹으며 산체스 신부를 바라봤다. 그는 조금씩 몇 입 더 먹고 나서 의자를 뒤로 빼고 앉았다.

"한결 기운을 차린 듯이 보입니다. 여기 있는 신부와 이야기를 나눠 봤나요?"

"예, 한 신부님에게 에너지를 연결하는 방법을 배웠습니다. 그런데 그분의 성함을 묻지 못했어요. 어제 아침 안뜰에서 우리가 이야기하고 있을 때 숲에 앉아 있던 분인데 누군지 아십니까? 그분과 이야기를 나눴는데 에너지를 받아들이고 다시 돌려보내는 방법을 알려 주었어요."

"요한 신부님입니다."

산체스 신부는 그 신부의 이름을 알려 주고는 이야기를 계속하라는 뜻으로 고개를 끄덕였다. 나는 그다음 이야기를 들려주었다.

"정말 놀라운 경험이었습니다. 제가 느꼈던 사랑을 다시 떠올려 마음을 열 수 있었습니다. 저는 온종일 그곳에 앉아 그 경험에 몰두했습니다. 산 정상에서 느꼈던 상태까지는 이르지 못했지만 거의 가까이 갔습니다."

산체스 신부는 진지한 표정으로 말했다.

"사랑의 역할은 오랫동안 잘못 이해되어 왔습니다. 사랑은 관념상의 도덕적인 의무 때문에 선한 사람이 되기 위해 또는 세상을 더 나은 곳으로 만들기 위해 필요한 것이 아닙니다. 또한 쾌락주의를 포기해야 얻을 수 있는 것도 아닙니다. 에너지와 연결돼 있으면 처음엔 짜릿한 자극을 느끼다가 희열을 느끼고 그런 다음 사랑을 느낍니다. 사랑의 상태를 지속할 만큼 충분한 양의 에너지를 찾아내는 일은 틀림없이 세상을 이롭게 하지만 우리 자신에게도 직접적인 도움을 줍니다. 그것은 우리가 추구할 수 있는 최고의 쾌락주의입니다."

나는 산체스 신부의 의견에 동의했다. 그는 1미터쯤 뒤로 물러나서 앉더니 눈의 초점을 약간 흐리게 해 나를 뚫어지게 바라봤다. 신부의 모습을 보고 물었다.

"제 에너지 장이 어떻게 보입니까?"

"이제 훨씬 커졌어요. 지금 기분이 좋은 모양입니다."

"그렇습니다."

"좋아요. 우리가 여기서 하는 일이 바로 그것입니다."

"그것에 대해 자세히 말씀해 주세요."

"우리는 깊은 산속에서 인디언들과 함께 생활하면서 선교 활동을 벌이고 있습니다. 아주 외롭고 고된 일이기 때문에 신부들은 엄청난 힘이 필요합니다. 이곳에 있는 신부들은 모두 엄격한 심사를 거쳐서 선발됐습니다. 또한 한 가지 공통점은 모두 신비로운 체험을 해 봤다는 것입니다. 저는 이런 체험에 관해 여러 해 동안 연구해 왔어요. 필사본이 발견되기 전부터였어요. 그래서 저는 이미 신비로운 체험을 해 본 사람은 그 상태로 다시 돌아가 자신의 에너지를 훨씬 쉽게 늘릴 수 있다고 확신합니다. 물론 그렇지 않은 사람도 에너지와 연결될 수는 있지만 시간이 더 오래 걸립니다. 제가 보기엔 당신은 이미 그런 체험을 해 봤으니 그것을 뚜렷하게 기억만 한다면 그 상태를 되살리기가 쉽습니다. 그다음에는 조금씩 쌓아 가면 되고요."

"그런 체험을 하고 있는 동안 그 사람의 에너지 장은 어떻게 보입니까?"

"바깥쪽으로 점점 커지면서 색깔이 약간 변합니다."

"무슨 색깔입니까?"

"일반적으로는 희끄무레한 흰빛에서 초록빛이나 파란빛으로 변하죠. 하지만 가장 중요한 건 그것이 확장된다는 점입니다. 예를 들어 산 정상에서 신비로움을 접했을 때 당신의 에너지는 섬광처럼 외부를 향해 우주 전체로 퍼졌습니다. 본질적으로 당신은 우주 전체와 연결돼 우주에서 에너지를 끌어오고, 또 당신의 에너지가 부풀어 올라 모든 곳을 아우르며 모든 것을 에워쌉니다. 그것이 어떤 느낌이었는지 기억하나요?"

"예, 마치 온 우주가 제 몸이고 저는 그 몸의 머리라고 느꼈습니다. 아니, 온 우주의 눈이 된 듯한 느낌이었다고 하는 게 더 정확한 표현이겠군요."

"그렇습니다. 그리고 그 순간에 당신의 에너지 장과 우주의 에너지 장은 하나가 됐습니다. 우주 전체가 당신의 몸이 된 것이죠."

"그때 이상한 기억이 떠올랐습니다. 더 큰 내 몸인 이 우주가 진화한 방식을 제가 기억하는 것 같았습니다. 진화하는 과정에 제가 있었습니다. 저는 단순한 수소에서 최초의 별이 만들어지는 걸 봤고, 그다음에 좀 더 복잡한 물질이 여러 세대의 항성으로 진화하는 걸 봤습니다. 또한 물질이 하나의 단순한 에너지 진동으로 보였고, 그 진동이 체계적으로 점점 더 복잡하고 높은 단계의 진동으로 진화돼 가는 것도 봤습니다. 그러고 나서 생명체가 나타나 계속 진화하더니 마침내 인류가 탄생했습니다."

나는 별안간 말을 멈췄다. 산체스 신부는 내 분위기가 변한 걸 알아차리고 물었다.

"뭔가 잘못됐습니까?"

"진화의 기억이 바로 거기서 중단됐어요. 인류에서 말입니다. 아무래도 이야기가 더 계속될 것 같은데 저는 제대로 이해할 수가 없었습니다."

"이야기는 계속됩니다. 인간은 우주의 진화를 한 층 한 층 더 높은 진동으로, 더 복잡한 방향으로 이어 나갑니다."

"어떻게요?"

산체스 신부는 미소만 띨 뿐 더는 내 질문에 대답하지 않았다.

"그 얘긴 나중에 합시다. 지금 확인해야 할 일이 몇 가지 있습니다. 한 시간쯤 뒤에 다시 봅시다."

나는 고개를 끄덕였다. 산체스 신부는 사과를 하나 집어 들고 밖으로 나갔다. 그의 뒤를 따라 나가 바깥에서 조금 서성이다가 침실에 둔 다섯 번째 통찰이 생각나서 안으로 들어왔다. 문득 산체스 신부를 처음 만났을 때 그가 앉아 있었던 숲이 생각났다. 그때 극심한 피로와 공포 속에서도 그곳이 빼어나게 아름답다고 느꼈다. 나는 복사본을 챙겨서 다시 밖으로 왔다. 서쪽으로 난 길을 따라 걸으니 정확하게 그 지점이 나왔다.

나무에 기대앉아 마음을 가라앉히고 잠시 주위를 둘러봤다. 청명한 날씨에 바람이 기분 좋을 정도로 살짝 불고 있었다. 나는 머리 위에서 나뭇가지들이 바람에 흔들리는 걸 지켜봤다. 바람이 잦아들었을 때 필사본을 꺼내 지난번에 읽다 만 부분을 찾았다. 그런데 미처 그걸 찾기도 전에 트럭 엔진 소리가 들렸다.

나는 나무 옆 땅바닥에 엎드려 어느 방향에서 소리가 나는지 귀를 기울였다. 소리가 나는 곳은 선교회 쪽이었다. 소리가 점점 가까워지더니 낡은 트럭을 몰고 오는 산체스 신부의 모습이 보였다. 신부는 내 옆에 차를 대고 말했다.

"당신이 여기 있을 것 같았어요. 어서 타요. 당장 이곳을 떠나야 합니다."

"무슨 일입니까?"

나는 조수석에 오르면서 물었다. 산체스 신부는 큰 도로를 향해 차를 몰았다.

"한 신부님이 마을에서 우연히 어떤 사람들의 대화를 들었다고 하는군요. 정부 관료 몇 명이 마을에 와서 나와 선교회에 대해 이것저것 묻고 다닌답니다."

"그들이 원하는 게 뭘까요?"

산체스 신부는 안심시키려는 듯이 미소를 띤 채 말했다.

"모릅니다. 하지만 예전처럼 그들이 우리를 가만히 놔둘지 확신할 수가 없습니다. 만약의 사태에 대비해 산속으로 피하는 게 좋을 것 같습니다. 내가 아는 신부님이 마추픽추 근처에 살고 있어요. 칼 신부라는 분이죠. 상황을 제대로 판단할 수 있을 때까지 그분의 집에 머무는 게 안전할 겁니다."

산체스 신부는 여전히 미소를 지으며 말을 이었다.

"당신에게 마추픽추를 보여 주고 싶기도 하고요."

갑자기 일말의 의혹이 뇌리를 스쳤다. '이 사람이 나를 고발해 인도하기로 하고 지금 어딘가로 데려가는 건 아닐까?' 나는 모든 것이 확실해질 때까지 경계를 늦추지 말고 정신을 바짝 차리고 있어야 한다고 생각했다. 그때 산체스 신부가 물었다.

"번역본을 다 읽었나요?"

"거의 다 읽었습니다."

"조금 전에 인류의 진화에 대해 물었는데 그 부분도 읽었나요?"

"아뇨, 아직."

산체스 신부는 전방의 도로를 향해 있던 시선을 돌려 나를 유심히 바라봤다. 내가 시선을 피하자 그가 물었다.

"뭐가 잘못됐습니까?"

"아뇨, 마추픽추까지 시간이 얼마나 걸릴까요?"

"대략 네 시간입니다."

나는 될 수 있으면 말을 아끼고 산체스 신부에게 말을 하도록 유도하기로 했다. 그러면 그가 은연중에 속내를 드러내게 되리라고 생각했다. 하지만 진화에 대한 호기심을 참을 수가 없어 질문을 하고 말았다.

"그래서 인류가 어떻게 더 진화합니까?"

산체스 신부는 나를 힐끗 보며 물었다.

"당신 생각엔 어떨 것 같습니까?"

"전 모릅니다. 하지만 산 정상에 앉아 있을 때 어쩌면 첫 번째 통찰에서 말하는 의미 있는 우연의 일치와 관련이 있지 않을까 하는 생각을 했습니다."

"맞습니다. 그건 사실 다른 통찰들과도 들어맞습니다, 그렇죠?"

나는 혼란스러웠다. 이해가 될 듯하면서도 명료하게 파악되지 않았다. 아무 대답 없이 가만히 있자 산체스 신부가 말을 이었다.

"통찰들이 어떤 순서로 연결되는지 생각해 보세요. 우리가 우연의 일치를 진지하게 받아들일 때 첫 번째 통찰이 일어납니다. 이 우연한 일들은 우리가 하는 모든 일의 이면에는 그 이상의 것, 영적인 뭔가가 있다는 걸 느끼게 합니다. 두 번째 통찰은 우리의 인식을 구체적인 현실적 인식으로 만들죠. 우리가 지금까지 물리적인 생존에 사로잡혀 우주를 안전하게 제어하는 데만 집중해 왔다는 것을 깨닫게 하죠. 그리고 그런 깨달음은 실제로 무슨 일이 일어나는지를 인식하게 하는 일종의 깨어남의 표시라고 할 수 있죠.

세 번째 통찰은 생명에 대한 새로운 관점으로 시작됩니다. 물리적 우주를 순수한 에너지로 보고 그 에너지가 인간의 의지에 어떤 식으로든 반응한다는 사실을 깨닫게 합니다. 네 번째 통찰은 인간에게는 다른 사람을 지배해서 그들의 마음을 휘어잡고 에너지를 빼앗으려는 경향이 있는데, 그런 일을 저지르는 이유는 에너지가 고갈되거나 끊기는 걸 느끼기 때문이라고 알려 줍니다. 그러면서 이런 에너지의 결핍을 해결하려면 더 높은 에너지의 원천과 연결하라고 말합니다. 우리가 그저 마음을 열고 받아들이기만 하면 우주는 우리에게 필요한 모든 것을 공급해 줄 수 있습니다. 그것이 다섯 번째 통찰이 밝혀 주는 비밀이죠."

잠시 숨을 고른 뒤 산체스 신부가 말을 이었다.

"당신은 신비로운 경험을 통해서 인간이 가질 수 있는 엄청난 크기의 에너지를 잠시 맛봤습니다. 그런데 이런 상태는 모든 사람보다 앞서서 높이 뛰어올라 미래를 언뜻 일별하는 것과 같죠. 그 상태를 오랫동안 지속할 수는 없습니다. 일단 평범한 의식으로 살아가고 있는 사람과 이야기하려 들거나, 여전히 갈등이 일어나고 있는 세상에서 살아가려고 하면 그 즉시 예전의 자기 수준으로 돌아가고 맙니다. 그렇게 되면 우리는 얼핏 경험했던 궁극적인 의식을 향해 매번 조금씩 서서히 그걸 되찾아가는 과정을 거쳐야 합니다. 하지만 그렇게 하려면 의식적으로 에너지를 가득 채우는 방법을 배워야 하죠. 왜냐하면 이 에너지가 우연의 일치를 불러오고, 동시에 발생되는 우연한 일들이 우리가 영구적으로 새로운 수준을 실현하도록 돕기 때문이죠."

내가 어리둥절한 표정을 짓자 산체스 신부는 말했다.

"생각해 봐요. 우연의 가능성을 뛰어넘는 일이 삶 속에서 앞으로 인도할 때 우리는 자신을 실현합니다. 운명이 우리를 인도해 우리가 되고자 하는 것을 성취한 것처럼 느낍니다. 이런 일이 일어날 때 애초에 우연의 일치를 불러왔던 에너지의 수준이 우리 내면에 정착된 겁니다. 두려워하면 거기서 떨어져 나와 에너지를 잃기도 하지만, 우리는 쉽사리 새로운 외부의 한계인 이 수준을 다시 회복할 수 있죠. 우리는 이미 새로운 사람이 되었습니다. 잘 들어봐요. 우리는 더 높은 수준의 에너지에, 더 높은 진동 수준에 존재하고 있습니다. 이제 그 과정을 알겠어요? 우리는 가득 채워져서 성장하고, 또다시 가득 채워져서 성장해 가는 겁니다. 이런 방식으로 우리 인류는 점점 더 높은 진동을 향해 우주의 진화를 이어가고 있습니다."

산체스 신부는 잠시 말을 멈추고 생각을 정리하는 듯하더니 다시 말을 이었다.

"이런 진화는 우리가 의식하지 못하는 사이에 인류 역사에서 줄곧 진행돼 왔습니다. 문명이 발달한 것도, 인류의 몸집이 커진 것도, 수명이 길어진 것도 다 그 때문이죠. 하지만 이제 우리는 그 모든 과정을 의식하게 됐습니다. 그런 내용이 필사본에 적혀 있습니다. 전 세계적인 영적 의식을 향한 움직임이 바로 그것이죠."

산체스 신부가 이야기하는 내용에 완전히 매료되어 한 마디도 놓치지 않으려고 열심히 들었다.

"그러니까 요한 신부님이 제게 가르쳐 준 것처럼 에너지로 가득 채워지는 법을 배우는 것이 우리가 할 일이고, 그러면 우연한 일들이 지속적으로 일관되게 일어난다는 말씀이죠?"

"그렇습니다. 하지만 생각처럼 쉽진 않습니다. 영속적으로 에너지에 연결되려면 장해물을 하나 더 통과해야 하죠. 그 문제는 다음에 나올 여섯 번째 통찰에서 다루고 있습니다."

"그게 뭔가요?"

산체스 신부는 나를 똑바로 쳐다봤다.

"자신이 어떤 방식으로 다른 사람을 통제하고 있는지를 직시해야 합니다. 네 번째 통찰에서 인간은 언제나 에너지가 부족하다고 느껴 상대방의 에너지를 빼앗기 위해 서로 지배할 방법을 찾아왔다는 사실을 알려 주죠. 그러고 나서 다섯 번째 통찰에서는 우리에게 선택할 수 있는 다른 에너지가 존재한다는 걸 보여 줍니다. 하지만 우리 각자가 다른 사람을 통제하는 자신의 방식을 알아내고 그 행위를 중단하기 위해 노력하지 않는 한 다른 에너지에 연결될 수 없습니다. 과거의 습관으로 되돌아갈 때마다 연결이 단절되니까요.

이런 습관은 언제나 무의식적으로 이뤄지기 때문에 없애기가 쉽지 않습니다. 습관을 없애는 열쇠는 의식 안으로 완전히 불러들이는 겁니다. 그러려면 다른 사람을 조종하려는 습관은 어린 시절 주위의 관심을 얻거나 다른 사람의 에너지를 끌어오려고 학습한 것인데 지금까지 그것을 떨쳐 버리지 못하고 있다는 사실을 제대로 이해해야 합니다. 우리는 이런 습관을 수없이 되풀이하고 있죠. 나는 이런 습관을 무의식적인 '통제 드라마'라고 부릅니다.

내가 그것을 드라마라고 부르는 이유는 마치 영화의 한 장면처럼 아주 친숙하기 때문입니다. 어렸을 때 그 각본을 썼기 때문에 친숙한 것입니다. 그러고 나서 우리는 인식하지 못하는 사이에 일상생활에서 그 장면을 계속 되풀이합니다. 우리가 아는 건 그저 어떤 특정한 사건들이 거듭해서 우리에게 일어난다는 사실뿐입니다. 문제는 우리가 어떤 특정한 장면을 되풀이하다 보면 다른 장면들, 곧 우연의 일치라는 특징으로 나타나는 대단한 모험이 진행되지 못한다는 것입니다. 다른 사람의 에너지를 빼앗기 위해 어떤 특정한 장면만 반복하면 삶이라는 영화는 결국 멈추게 되죠."

산체스 신부는 트럭의 속도를 늦추고 도로에 깊숙이 파여 있는 바퀴 자국들을 조심조심 지나며 앞으로 나아갔다. 나는 좌절감을 느끼고 있었다. 통제 드라마가 어떤 식으로 작용하는지 제대로 이해할 수 없었기 때문이다. 내 감정을 산체스 신부에게 표현할 뻔했지만 그러지 못했다. 아직도 그에게 거리감이 느껴져 솔직하게 나를 드러내고 싶지 않았다. 그 순간 산체스 신부가 물었다.

"이해가 되나요?"

"모르겠습니다. 제게도 무의식적인 통제 드라마가 있는지 잘 모르겠어요."

심란한 마음에 퉁명스럽게 대답했다. 신부는 애정 어린 관심이 담긴 표정으로 나를 바라보더니 껄껄 소리 내어 웃으며 물었다.

"정말 그래요? 그러면 어째서 늘 그렇게 거리를 두고 냉담하게 행동하죠?"

과거의 청산

앞에서 좁아진 도로는 바위투성이 산을 휘감고 심하게 굽어 있었다. 바위를 지날 때마다 요동치던 트럭은 천천히 커브 길을 돌아 나갔다. 절벽 아래로 안데스 산맥의 거대한 회색 산등성이들이 눈처럼 하얀 구름장을 뚫고 우뚝 솟아올라 있었다.
　산체스 신부를 쳐다봤다. 그는 긴장한 채 운전대 위로 몸을 기울이고 있었다. 우리가 탄 트럭은 가뜩이나 좁은 길 군데군데에 바위가 떨어져 있어 더욱 비좁아진 비탈길을 힘겹게 천천히 올라가는 중이었다. 나는 통제 드라마에 대한 이야기를 다시 꺼내고 싶었지만 아무래도 적절한 때가 아닌 성싶었다. 산체스 신부는 계속 긴장한 채 운전에만 몰두하고 있었고, 나 역시 뭘 묻고 싶은지 명확하지가 않았다. 다섯 번째 통찰의 나머지 부분을 마저 읽어 봤더니 산체스 신부가 설명해 준 내용과 일치했다. 나의 진화 과정에 가속도가 붙으려면 다른 사람을 통제하려는 습관을 없애는 것이 바람직한 방법이라고 여겨졌다. 하지만 통제 드라마가 어떤 식으로 작용하는지는 여전히 이해되지 않았다.

"무슨 생각을 하고 있나요?"

산체스 신부가 물었다.

"다섯 번째 통찰을 마저 읽고 통제 드라마에 관해 생각하고 있습니다. 아까 말씀하신 걸 보면 신부님은 제 통제 드라마가 거리를 두는 제 태도와 연관이 있다고 생각하시는 것 같은데요."

산체스 신부는 아무 대답 없이 도로만 주시하고 있었다. 30미터쯤 앞에서 커다란 사륜구동차 한 대가 길을 가로막은 채 서 있었다. 그리고 그 차에서 5미터쯤 떨어진 낭떠러지의 돌출된 바위 위에서 남자와 여자가 우리 쪽을 내려다보고 있었다. 산체스 신부는 트럭을 세우고 잠시 그들을 바라보더니 이내 미소를 지었다.

"내가 아는 여자분이군요. 훌리아라고 해요. 괜찮으니까 잠깐 저분들과 이야기를 나누고 갑시다."

남자와 여자 모두 짙은 피부색으로 보아 페루 사람 같았다. 여자는 쉰 살 정도로 보이고 남자는 서른 살 정도로 보였다. 우리가 트럭에서 내리자 여자는 우리 쪽으로 걸어오며 반가운 듯 신부를 불렀다.

"산체스 신부님!"

"훌리아, 어떻게 지냈어요?"

산체스 신부는 훌리아와 포옹을 나누고 나서 그녀에게 나를 소개했다. 그러자 훌리아도 동행인 남자를 소개했다. 그 남자의 이름은 롤란도였다. 산체스 신부와 훌리아는 나와 롤란도만 남겨 둔 채 아까 두 사람이 서 있던 돌출된 바위 쪽으로 올라갔다. 롤란도가 나를 뚫어져라 쳐다보기에 나는 본능적으로 돌아서서 두 사람이 올라간 쪽으로 걸어갔다. 그러자 뭔가 할 이야기라도 있는 듯 나를 쳐다보던 롤란도도 곧 뒤따라왔다. 머리카락이 짙고 젊어 보이는 외모에 얼굴 혈색이 붉어 건강해 보이는 사람이었다. 나는 왠지 모르게 불안했다.

모퉁이를 돌 때마다 롤란도가 몇 번인가 말을 걸려고 했지만 그때마다 그를 외면하면서 발걸음을 재촉했다. 롤란도는 결국 아무 말도 하지 못했다. 낭떠러지에 도착했을 때는 그가 옆에 앉지 못하도록 일부러 위로 튀어나온 바위에 앉았다. 산체스 신부와 훌리아는 8미터쯤 위에 있는 큼직한 바위에 나란히 앉아 있었다. 롤란도는 나와 가까운 바위에 앉았다. 줄곧 나를 응시하는 롤란도가 부담스러우면서도 궁금증이 일어 그를 흘깃 바라봤다. 내 눈길을 알아차린 롤란도가 바로 질문을 했다.

"당신은 필사본 때문에 여기 오셨나요?"

"그런 게 있다는 소문은 들었습니다."

나는 한참 뜸을 들인 뒤에야 대답했다. 그러자 그는 어리벙벙한 표정으로 다시 물었다.

"보신 적은 없으세요?"

"약간이요. 당신은 필사본과 관련이 있습니까?"

"관심은 있습니다만 아직 한 번도 못 봤습니다."

잠시 침묵의 시간이 흐른 뒤 롤란도가 먼저 입을 열었다.

"미국에서 오셨나요?"

그 질문에 갑자기 마음이 복잡해져 아무 대답도 하지 않았다. 그 대신 다른 걸 물어봤다.

"필사본이 마추픽추 유적지와 뭔가 관련이 있습니까?"
"그런 것 같진 않습니다. 마추픽추가 건설된 것과 거의 같은 시기에 필사본이 씌어졌다는 것 외엔 말입니다."
나는 침묵을 지키고 안데스의 웅장한 경관을 바라봤다. 내가 아무 말 하지 않고 있으면 그는 조만간 자기와 훌리아가 여기서 뭘 하고 있으며, 필사본과 무슨 관련이 있는지 말할 거라고 생각했다. 하지만 우리는 이십 분간 아무 말 없이 앉아 있었다. 마침내 롤란도가 자리에서 일어서더니 두 사람이 대화하고 있는 곳으로 올라갔다.
나는 어찌해야 할지 곤혹스러웠다. 산체스 신부와 훌리아가 단둘이 나눌 이야기가 있다는 인상을 받았기에 일부러 그들을 피해 떨어져 있었기 때문이다. 삼십 분 정도 혼자 바위에 앉아 험준한 산봉우리를 바라보기도 하고 위에서 이야기하는 소리가 들리는지 목을 길게 빼고 귀를 기울여 보기도 했다. 세 사람 중 누구도 나에게 관심이 없는 듯했다. 마침내 합류해야겠다는 생각이 든 순간 세 사람이 일어서서 훌리아의 차를 향해 걸어가기 시작했다. 나는 바위를 가로질러 그들에게 다가갔다.
"이분들은 가셔야 한답니다."
나를 보자 산체스 신부가 설명했다. 그러자 훌리아는 활짝 웃으며 말했다.
"당신과 이야기를 나눌 시간이 없어서 정말 서운하네요. 또 뵙게 되겠죠."
훌리아는 산체스 신부에게서 종종 볼 수 있는 온화함을 담은 눈길로 나를 바라봤다. 내가 고개를 끄덕이자 그녀는 고개를 살짝 갸우뚱

하더니 덧붙였다.

"실은 당신을 다시 만나게 될 것 같은 느낌이 방금 들었어요."

나는 세 사람과 바윗길을 천천히 걸어 내려가는 동안 응답의 말을 해야겠다고 느꼈지만 뭐라고 말해야 할지 딱히 생각이 떠오르지 않았다. 자동차 앞에 도착하자 훌리아는 가볍게 고개를 숙이며 작별인사를 건네고는 롤란도와 함께 차에 올라 북쪽으로 차를 몰았다. 나는 두 사람과 만났던 일이 얼떨떨하게 느껴졌다. 트럭에 탄 뒤 산체스 신부가 물었다.

"롤란도가 당신에게 윌의 소식을 들려주던가요?"

"아뇨! 그를 봤답니까?"

산체스 신부는 어리둥절한 표정으로 대답했다.

"예, 여기서 동쪽으로 60킬로미터쯤 떨어진 마을에서 만났다고 합니다."

"윌이 저에 관한 이야기를 했나요?"

"훌리아의 이야기로는 윌이 당신과 헤어졌다는 말을 했답니다. 윌은 주로 롤란도와 이야기했다고 훌리아가 말하더군요. 혹시 당신이 누구인지 롤란도에게 이야기하지 않았나요?"

"예, 그를 믿어도 될지 몰라서요."

산체스 신부는 어이가 없다는 표정으로 나를 바라봤다.

"내가 그 사람들과는 이야기해도 괜찮다고 말했잖아요. 훌리아와는 오래전부터 알고 지냈습니다. 원래 리마에서 사업을 하던 분인데 필사본이 발견된 뒤로는 아홉 번째 통찰을 찾고 있습니다. 롤란도가 신뢰할 수 없는 사람이라면 훌리아는 함께 여행하지 않을 겁니다. 전혀 위험한 사람이 아니었어요. 당신은 자신에게 중요한 정보를 놓쳐 버렸군요."

이번에 산체스 신부는 진지한 표정으로 나를 바라봤다.

"이건 당신의 통제 드라마가 어떤 식으로 개입하는지를 보여 준 완벽한 예입니다. 당신의 냉담한 태도 때문에 중요한 우연이 동시에 발생할 기회가 사라졌어요."

나도 모르는 사이에 방어적인 모습을 보였는지 산체스 신부가 다시 말했다.

"괜찮습니다. 사실 유형은 다를지언정 누구에게나 자신만의 드라마가 있으니까요. 이제 적어도 당신은 통제 드라마가 어떻게 작용하는지 이해하겠죠."

"아직 이해가 안 됩니다. 제가 정확하게 뭘 했다는 건가요?"

신부는 잠시 숨을 고른 뒤 설명했다.

"사람마다 에너지를 자기 쪽으로 끌어오려고 다른 사람을 통제하는 방식이 있다고 말했죠. 당신의 방식은 안으로 움츠러들어 신비롭고 비밀스럽게 보이는 드라마를 마음속으로 연출하는 것입니다. 당신은 스스로 조심하기 위해서라고 생각하겠죠. 하지만 실상은 다른 사람들이 그 드라마에 현혹돼 당신의 신비로움에 대해 호기심을 갖기를 바라는 것입니다. 실제로 누군가가 그렇게 끌려 들어오면 당신은 모호한 태도를 유지해 그들이 허우적대며 당신의 진짜 감정을 파악하는 데 몰두하도록 몰아갑니다.

그러면 사람들은 당신에게 전적으로 주의를 기울이는데 그런 과정에서 그들의 에너지를 당신에게 보내 주죠. 그들이 당신에게 미혹된 상태에서 더 오래 머물게 할수록 당신은 더 많은 에너지를 받습니다. 불행하게도 냉담하게 거리를 두는 연기를 할 때 당신 삶의 진화 속도는 그만큼 느려집니다. 그도 그럴 것이 당신은 똑같은 장면을 되풀이하고 있으니까요. 만일 롤란도에게 마음을 열었다면 당신의 삶이란 영화는 새롭고 의미 있는 방향으로 도약했을 겁니다."

마음이 울적해졌다. 월 역시 내가 크리스에게 정보를 주지 않으려고 저항하는 걸 보고 비슷한 말을 했다. 그건 사실이었다. 아닌 게 아니라 내겐 정말로 무슨 생각을 하는지 숨기려는 경향이 있다. 차가산 정상으로 향하는 도로를 구불구불 달리는 동안 나는 창밖을 내다보고 있었다. 산체스 신부는 말을 멈추고 절벽에서 떨어진 돌을 피하는 데만 정신을 집중했다. 길이 다시 곧아졌을 때 그는 나를 보며 말했다.

"자신을 밝히는 과정에서 우리가 거쳐야 하는 첫 단계는 자신의 통제 드라마를 완전히 자각하는 것입니다. 자기 자신을 진정으로 돌아보며 다른 사람들을 어떻게 조종하고 있는지 직시하기 전엔 아무것도 진전될 수 없습니다. 당신에게 방금 일어난 일이 바로 이것입니다."

"그다음 단계는 뭐죠?"

"각자 자신의 과거로, 어린 시절로 돌아가 그런 습관이 어떻게 만들어졌는지 들여다봐야 합니다. 애초에 그런 습관이 어떻게 시작됐는지를 알면 그것을 줄곧 의식하게 되죠. 명심해야 할 것은 우리의 부모 역시 어린 자식한테서 에너지를 끌어내어 가져가려고 각자의 통제 드라마를 펼치고 있었다는 점입니다. 그래서 우리는 어린 시절에 통제 드라마를 만들어야만 했죠. 에너지를 되찾기 위한 전략이 필요했으니까요. 우리가 어떤 특정한 통제 드라마를 개발한 것은 가족과 관련이 있습니다. 그런 통제 전략의 이면에 실제로 무슨 일이 있었는지를 이해하려면 가족 사이에서 일어난 에너지의 움직임에 대해 파악해야 합니다."

"실제로 있었던 일이라니 무슨 뜻입니까?"

"우리는 가족 사이에서 경험한 일을 진화적인 관점, 영적인 관점에서 재해석해 자신이 진정 누구인지 알아내야 합니다. 그렇게 하면 통제 드라마가 우리한테서 떨어져 나가고 진정한 삶이 시작되죠."

"그럼 어떻게 시작하면 될까요?"

"당신의 통제 드라마가 어떻게 만들어졌는지를 먼저 알아내야 합니다. 아버지에 대해 이야기해 보세요."

"장난치길 좋아하고 능력도 있는 좋은 분이셨는데……."

잠시 망설였다. 아버지에 대해 배은망덕하게 들릴 말은 하고 싶지 않았던 것이다.

"그런데요?"

"뭐랄까, 늘 저를 비판하셨죠. 한 가지도 제대로 할 줄 아는 게 없다고."

"아버님은 어떤 식으로 당신을 비판했나요?"

나는 젊은 시절의 활기 넘치던 아버지 모습을 떠올렸다.

"이것저것 묻고 난 뒤 제가 한 대답에서 잘못된 점을 집어내곤 하셨습니다."

"그럴 때 당신의 에너지는 어떻게 됐습니까?"

"기운이 완전히 소진된 느낌이었습니다. 그래서 될 수 있으면 아버지하고 말을 하지 않으려고 했습니다."

"그러니까 당신은 아버지의 관심을 끌 정도로 말하지만 아버지가 비판할 정도로 다 말하지는 않는 모호한 태도를 취하게 되었군요. 당신의 아버지는 '심문자(interrogator)'였어요. 그래서 당신은 냉담하게 거리를 둠으로써 그분을 피했고요."

"예, 그런 것 같습니다. 그런데 심문자가 뭡니까?"

"심문자는 또 다른 유형의 통제 드라마입니다. 다른 사람을 통제하는 수단으로 이 방법을 사용하는 사람은 꼬투리를 잡으려고 여러 가지 질문을 던지며 상대방의 세계로 들어가 탐색하는 드라마를 구성합니다. 일단 잘못된 점을 찾아내면 상대방의 삶에서 그런 측면을 비판하죠. 이 전략이 먹혀들면 비판당하는 사람은 드라마에 끌려들어 갑니다. 그러다가 심문자 옆에 가는 것을 꺼리면서 그 사람의 생각과 행동에 주의를 기울이죠. 심문자가 알아차릴 만한 잘못을 저지르지 않으려고 노력하는 거죠. 이처럼 옳고 그름을 따지지 않고 정신적으로 종속되는 사람이 생기면 심문자는 그 사람의 에너지를 빼앗게 되죠.

심문자가 가까이에 있었을 때 어땠는지 생각해 보세요. 어쩌다 이 드라마에 걸려들었을 때 당신은 그 사람이 당신을 비판하지 못하도록 행동하지 않았나요? 그 사람이 당신을 당신의 길에서 끌어내기 때문에 에너지가 소진되는 겁니다. 그 사람의 관점에서 당신을 판단하기 때문이죠."

그 순간 마음속에서 한 사람이 떠올랐고, 그런 느낌이 어떤 것인지 정확하게 기억났다. 바로 로버트였다.

"그러니까 제 아버지는 심문자였군요?"

"그렇게 보입니다."

나는 잠시 어머니의 드라마를 생각하느라 깊은 상념에 잠겼다. 아버지가 심문자였다면 어머니는 무엇이었을까? 그때 산체스 신부가 무슨 생각을 하는지 물었다.

"어머니의 통제 드라마가 뭐였을지 생각해 봤어요. 그런데 드라마의 유형은 몇 가지나 됩니까?"

"필사본에 나와 있는 유형에 대해 설명하죠. 사람들은 에너지를 얻기 위해 다른 사람을 통제하는데, 그 방법은 공격적일 수도 있고 수동적일 수도 있습니다. 공격적인 경우엔 노골적으로 강요해 사람들의 관심을 끌고, 수동적인 경우엔 동정심이나 호기심을 유발해 관심을 끌죠. 예를 들어 어떤 사람이 말로든 신체적으로든 위협하면 당신은 나쁜 일을 당할까 두려워 그 사람에게 관심을 기울이게 됩니다. 그런 과정에서 결국 그 사람에게 에너지를 빼앗기고 말죠. 이처럼 위협하는 사람은 가장 공격적인 드라마로 상대방을 끌고 들어가는데, 여섯 번째 통찰에선 그런 사람을 '협박자(intimidator)'라고 부릅니다.

그런가 하면 어떤 사람은 자신이 당하고 있는 온갖 끔찍한 일에 관해 이야기하며 당신에게도 일말의 책임이 있다고 암시합니다. 또한 당신이 도와주지 않으면 계속 끔찍한 일이 일어날 거라고 암시하죠. 이런 사람은 가장 수동적인 수준에서 사람을 통제하려는 유형으로 필사본에서는 '동정을 구하는 자(poor me)'라고 부릅니다. 이런 유형에 관해 잠시 생각해 봅시다. 어떤 사람을 만났는데 굳이 그럴 이유가 없는데도 죄책감이 든 적이 없었나요?"

"있었습니다."

"그건 당신이 동정을 구하는 자의 드라마에 말려들었기 때문입니다. 그런 사람이 하는 말과 행동은 당신에게 그 사람을 위해 해야 할 일을 충분히 하지 않았다는 죄책감을 느끼게 하는 탓에 스스로 자신을 방어해야 합니다."

내가 고개를 끄덕이자 산체스 신부가 말을 이었다.

"어떤 사람의 드라마든 공격적인 유형과 수동적인 유형의 스펙트럼에서 어느 한 지점에 있게 마련입니다. 따라서 어느 지점에 해당하는지 살펴볼 수 있습니다. 만약 어떤 사람이 교묘하게 공격적인 태도로 상대방의 잘못을 찾아내면서 서서히 그 사람의 세계를 기반부터 무너뜨려 에너지를 빼앗는다면 당신 아버지의 경우처럼 심문자가 되겠죠. 동정을 구하는 자에 비해 덜 수동적인 유형은 당신의 경우처럼 '냉담자(aloof)'일 겁니다. 그러니까 그 공격 강도에 따라 드라마는 협박자, 심문자, 냉담자, 동정을 구하는 자의 순서를 따릅니다. 말이 되는 것 같습니까?"

"그런 것 같습니다. 신부님은 모든 사람이 이 네 가지 유형 가운데 하나에 해당한다고 보시나요?"

"그래요. 물론 상황에 따라 한 가지 이상의 수단을 사용하는 사람들도 있어요. 하지만 대부분은 어린 시절에 가족에게 사용해서 효과가 좋았던 게 무엇이었느냐에 따라 하나의 우세한 통제 드라마를 되풀이해 사용하는 경향이 뚜렷합니다."

문득 하나의 깨달음이 뇌리를 스쳤다. 어머니 역시 아버지와 똑같은 태도로 나를 대했다. 나는 산체스 신부를 보며 말했다.

"제 어머니가 어떤 유형인지 이제 알 것 같아요. 그분 역시 심문자였습니다."

"그러면 당신은 곱절로 힘들었겠군요. 당신이 그처럼 냉담하게 거리를 두는 게 당연합니다. 하지만 그들은 최소한 당신을 협박하진 않았어요. 적어도 당신은 안전 문제로 두려워한 적은 없었을 겁니다."

"만일 그런 경우였다면 어떻게 됐을까요?"

"그랬더라면 당신은 동정을 구하는 자의 드라마에 사로잡혔을 겁니다. 이제 통제 드라마가 작용하는 원리를 알겠습니까? 당신이 어린아이인데 누가 당신에게 신체적 위해를 가해 에너지를 빼앗으려고 한다면 냉담한 태도만으로는 도움이 안 됩니다. 입만 다물고 있어서는 그들에게 빼앗긴 에너지를 돌려받을 수 없죠. 그들은 당신 내면에서 무슨 일이 벌어지고 있는지 털끝만큼도 개의치 않을 테니까요. 그들은 아주 강하게 나올 겁니다. 그래서 당신은 어쩔 수 없이 더 수동적이 되어 상대방의 자비에 호소하며 동정을 구하는 자의 접근 방식을 취하게 되죠. 그러면 그들은 자신들이 가하는 해악에 죄책감을 느끼고 그것이 그들의 발을 걸고넘어집니다. 이 방법도 먹혀들지 않을 경우엔 어린 시절 내내 참고 견디다가 어느 정도 자라면 폭력에 맞서 폭발합니다. 공격에 공격으로 대응하는 거죠."

산체스 신부는 잠시 멈췄다가 다시 말했다.

"당신이 이야기한 적이 있는 페루 가족의 아이처럼 말입니다. 사람들은 가족한테서 관심이라는 에너지를 끌어내기 위해 필요하다면 아주 극단적인 일조차 서슴지 않습니다. 그렇게 되면 그 전략은 그들이 어느 누구에게나 사용하는 주된 통제 방식, 즉 그들이 끊임없이 되풀이하는 드라마가 되는 거죠."

"협박자는 이해가 됩니다만, 심문자는 어떻게 해서 되는 거죠?"

"만일 당신이 어린아이인데 부모가 직장일이나 그 밖의 일로 너무 바빠서 옆에 없거나 있어도 당신을 무시한다면 어떻게 하겠습니까?"

"잘 모르겠는데요."

"입을 다물고 냉담하게 있어서는 그들의 관심을 끌 수가 없습니다. 그들은 눈치조차 못 챌 테니까요. 당신은 냉담한 태도를 취하는 부모의 세계로 들어가 캐묻고 탐색하고 잘못을 찾아내어 부모의 관심을 억지로 끌어내는 수밖에 없지 않을까요? 그래야 당신이 빼앗긴 에너지를 되돌려받을 수 있으니까요. 심문자는 바로 그렇게 해서 되는 겁니다."

나는 무슨 말인지 이해되기 시작했다.

"냉담자가 심문자를 만든다는 거군요!"

"그렇습니다."

"그리고 심문자가 냉담자를 만들고요! 그리고 협박자가 동정을 구하는 자를 만드는데, 그게 제대로 안 될 때는 또 다른 협박자를 만드는 거죠!"

"바로 그겁니다. 그런 방식으로 통제 드라마는 영구히 존속됩니다. 그런데 기억해야 할 점은 남들한테서는 이런 드라마를 찾아내면서도 자신은 정작 그런 드라마에서 벗어나 있으며 해당사항이 없다고 생각한다는 겁니다. 이런 착각을 뛰어넘어야만 앞으로 나아갈 수 있습니다. 사람들 대부분은 최소한 일정 기간에 드라마에 사로잡히는

데, 그럴 땐 뒤로 한 걸음 물러서서 무엇이 문제인지 자신을 충분히 살펴봐야 합니다."

나는 잠시 동안 아무 말도 하지 않다가 산체스 신부에게 물었다.

"일단 자신의 드라마를 보고 나면 그다음엔 어떻게 됩니까?"

신부는 트럭의 속도를 늦추고 내 눈을 똑바로 쳐다봤다.

"우리는 진정으로 자유로운 존재이며 자신도 모르는 사이에 무의식적으로 하고 있는 행위 이상의 것을 할 수 있습니다. 앞서도 말했듯이 우리 삶에서 더 높은 의미, 우리가 지금의 가정에서 태어난 영적인 이유를 찾을 수 있습니다. 그러면서 우리가 정녕 누구인지 점점 더 분명히 알 수 있습니다."

"거의 다 왔습니다."

침묵을 깨고 산체스 신부가 말했다.

앞을 바라보니 산봉우리 두 개 사이로 높게 난 길이 있었다. 오른쪽에 있는 거대한 암석을 지나자마자 작은 집 한 채가 보였다. 집 뒤에는 첨탑처럼 치솟은 또 하나의 웅장한 암석이 있었다.

"그의 트럭이 없군요."

우리는 차를 세우고 집으로 걸어갔다. 산체스 신부가 문을 열고 안을 살펴보는 동안 나는 밖에서 기다렸다. 몇 차례 숨을 들이켜 봤다. 희박한 공기가 차갑게 느껴졌다. 머리 위의 하늘은 짙은 구름에 뒤덮여 어두운 회색빛을 띠고 있었다. 곧 비가 내릴 것만 같았다. 산체스 신부가 밖으로 나와 말했다.

"집에 아무도 없어요. 그는 유적지에 갔나 봅니다."

"그리로 가려면 어떻게 가면 됩니까?"

산체스 신부는 기운이 다 빠진 듯 보였다. 그는 트럭 열쇠를 건네주며 내게 말했다.

"앞으로 800미터쯤 더 가면 됩니다. 다음번 산봉우리를 지나면 아래쪽에 유적지가 보일 겁니다. 트럭을 가져가세요. 나는 여기 남아서 묵상을 하고 싶습니다."

"좋습니다, 그렇게 하죠."

나는 대답을 마치고 트럭에 올랐다. 작은 계곡을 지나니 오르막길이 시작됐고 다음번 산봉우리가 나올 때까지 계속 달렸다. 산봉우리에 이르자 마침내 유적지가 나타났다. 그 뛰어난 경관은 나를 실망시키지 않았다. 산봉우리 아래로 웅장한 마추픽추 유적지가 한눈에 펼쳐졌다. 한 개의 무게가 몇 톤씩 나가는 거대한 돌덩이들을 세심하게 다듬어 산 위에 차곡차곡 쌓아 지은 대규모 신전과 집터가 보였다. 구름이 끼어 흐린 날씨였음에도 숨이 막힐 정도로 아름다운 경관이었다.

트럭을 세우고 십여 분 정도 에너지를 받아들였다. 몇몇 그룹이 폐허 사이를 누비며 걸어 다니고 있었다. 그때 신부가 목에 두르는 로만 칼라를 착용한 남자가 눈에 띄었다. 그 남자는 유적지 어느 건물에서 나와 차량 쪽으로 걸어가고 있었다. 거리가 꽤 먼 데다가 신부 복장이 아닌 가죽점퍼를 입고 있어 칼 신부인지 확신이 서지 않았다.

나는 트럭에 시동을 걸고 가까이 다가갔다. 차 소리가 들리자 남자는 고개를 돌리더니 이내 미소를 지었다. 산체스 신부의 트럭이라는 걸 알아차린 모양이었다. 그러다 차 안에 다른 사람이 앉아 있는 것을 보고 이상하다는 표정으로 다가왔다. 그는 땅딸막한 체격에 이목구비가 동글동글한 편이었다. 머리색은 흐릿한 갈색이었고 눈은 짙은 푸른색이었다. 나이는 서른 살 정도 되어 보였다.

"저는 산체스 신부님와 함께 온 사람입니다. 신부님은 지금 댁에 계십니다."

나는 트럭에서 내리며 인사를 건넸다. 그러자 그 남자도 손을 내밀어 악수를 청했다.

"칼 신부라고 합니다."

칼 신부 뒤로 보이는 유적지를 얼핏 훑어봤다. 가까이 와서 보니 깎은 돌들이 더욱 인상적이었다. 그때 칼 신부가 물었다.

"이곳에 처음 오셨습니까?"

"예, 여러 해 전부터 이곳에 관해 이야기를 많이 들었지만 직접 온 건 처음입니다."

"이곳은 전 세계에서 에너지가 가장 강한 곳 가운데 하나죠."

이번엔 칼 신부를 자세히 살펴봤다. 그가 말하는 에너지가 필사본에서 이야기하는 에너지와 같은 의미인 게 분명했다. 나는 긍정의 뜻으로 고개를 끄덕이며 말했다.

"저는 지금 의식적으로 에너지를 받아들이면서 통제 드라마를 극복하려고 노력하는 단계에 와 있습니다."

허세를 부리는 듯한 기분이 들었지만 솔직하게 말하고 나니 마음이 한결 편했다.

"당신은 냉담자적 태도가 그리 심한 것 같진 않군요."

칼 신부의 말에 나는 깜짝 놀랐다.

"제 통제 드라마가 냉담자라는 걸 어떻게 아셨습니까?"

"저는 그걸 감지하는 본능을 길러 왔습니다. 제가 여기에 와 있는 이유도 그것이죠."

"신부님은 사람들이 자신의 통제 방식을 알아차리도록 도움을 주고 있나요?"

"예, 그래서 그들이 진정한 자아를 찾을 수 있도록 하죠."

신부의 두 눈에서 성실함이 느껴졌다. 낯선 사람에게 자신을 드러내는 데 전혀 어색해하지 않고 솔직하게 대했다.

내가 가만히 있자 칼 신부가 물었다.

"그러면 처음의 다섯 개 통찰을 이해하고 있습니까?"

"거의 다 읽어 보고 몇몇 사람과도 이야기를 나눠 봤습니다."

이렇게 말한 뒤 너무 막연하게 표현했다는 걸 깨닫고 다시 말을 덧붙였다.

"처음 다섯 개 통찰은 이해했다고 생각합니다. 아직까지 분명하게 이해하지 못한 것은 여섯 번째 통찰입니다."

칼 신부는 고개를 끄덕이고 나서 말했다.

"제가 이야기를 나누는 사람들은 필사본에 관해 들어 본 적조차 없는 이들이 대부분입니다. 사람들은 이곳에 올라와서 에너지에 도취되고, 그것만으로도 자신들의 삶에 대해 다시 한 번 생각해 보게 됩니다."

"신부님은 그런 사람들을 어떻게 만나십니까?"

칼 신부는 이미 알고 있지 않느냐는 듯한 표정으로 나를 바라봤다.

"그들이 저를 찾아내는 것 같습니다."

"사람들이 진정한 자아를 찾아내도록 돕는다고 하셨는데 어떻게 도와주신다는 건가요?"

칼 신부는 깊게 숨을 쉬고 나서 말했다.

"방법은 단 하나뿐입니다. 우선 어린 시절로 돌아가 가정에서 겪었던 경험을 되살리고 무슨 일이 일어났는지를 떠올려야 합니다. 그래서 자신의 통제 드라마를 인식하게 되면 더 높은 진실, 말하자면 가족들 사이의 에너지 경쟁 너머에 숨어 있던 어둠 속의 한 줄기 희망 같은 것에 초점을 맞출 수 있습니다. 그렇게 해서 진실을 발견하고 나면 우리 삶은 활력을 띠게 됩니다. 우리가 누구이며, 어느 길에 있는지, 하고 있는 일에 어떤 의미가 있는지를 알려 주기 때문이죠."

"산체스 신부님이 하신 말씀과 똑같군요. 진실을 어떻게 발견해야 하는지 방법을 알고 싶습니다."

"나중에 또 이야기할 기회가 있을 겁니다. 지금은 산체스 신부님을 환영해 드리고 싶군요."

칼 신부는 늦은 오후의 차가운 기운을 느꼈는지 겉옷의 지퍼를 잠그면서 말했다. 그러고는 유적지를 바라보는 나에게 덧붙였다.

"원하시는 만큼 더 둘러보고 오세요. 나중에 집에서 뵙겠습니다."

그 뒤로 한 시간 삼십 분가량 나는 고대의 유적지를 누비며 걸어 다녔다. 몇 군데 특정한 지점에서는 다른 곳에 비해 가볍게 둥둥 떠 있는 듯한 느낌이 좀 더 강해서 더 오래 머물렀다. 이런 건축물을 지은 문명에 매료되면서 한편으론 궁금증이 일었다. 그들은 이 돌들을 어떻게 여기까지 운반했으며, 또 어떻게 차곡차곡 쌓았을까? 도저히 불가능한 일처럼 느껴졌다.

유적지에 대한 강렬한 흥미가 어느 정도 수그러들자 내 상념은 일신상의 일로 넘어갔다. 사정이야 변한 게 없지만 이젠 그다지 두렵지 않았다. 산체스 신부가 지닌 확신이 나를 안심시켜 줬다. 그를 의심하다니 참으로 어리석었다. 칼 신부도 이미 내 마음에 쏙 들었다.

어둠이 깔릴 무렵 나는 트럭을 타고 칼 신부의 사저로 향했다. 차가 집 가까이에 다가갔을 때 창문으로 함께 서 있는 두 사람의 모습이 보였다. 집 안으로 들어서는데 유쾌한 웃음소리가 들렸다. 두 사람 모두 저녁을 준비하느라 부엌에서 분주하게 움직이고 있었다. 칼 신부가 나를 반기며 의자로 안내했다. 나는 불을 피워 둔 벽난로 앞에 앉아서 주위를 둘러봤다.

넓은 실내는 옅은 색으로 칠한 널찍한 판자로 칸막이가 돼 있었다. 좁은 복도를 사이에 두고 침실로 보이는 방이 두 개 더 있었다. 와트 수가 낮은 전구가 집 안을 밝히고 있었다. 어디선가 발전기 돌아가는 소리가 희미하게 들려오는 듯했다.

식사 준비가 끝나자 두 사람은 거친 널빤지로 만든 식탁으로 나를 불렀다. 산체스 신부가 짤막한 감사기도를 드린 뒤 식사를 시작했다. 두 사람은 음식을 먹는 내내 대화를 나눴다. 식사를 마치고 다 함께 벽난로 앞에 앉았다.

"칼 신부가 윌하고 이야기를 나눴답니다."

산체스 신부의 말에 흥분한 나는 칼 신부를 향해 물었다.

"언제요?"

"며칠 전에 윌이 이곳을 지나갔습니다. 일 년 전에 그를 만난 적이 있는데 이번에는 제게 정보를 알려 주려고 들른 겁니다. 윌은 필사본에 반대하는 정부의 배후에 누가 있는지 알 것 같다고 하더군요."

"누구라고 하던가요?"

이번에는 산체스 신부가 대답했다.

"세바스티안 추기경입니다."

"그 사람이 뭘 하고 있는데요?"

"정부에 영향력을 행사해 필사본에 대한 군사적 압박을 강화시키고 있는 게 분명합니다. 하기야 그분은 예전에도 늘 교회 내부에 분열을 일으키기보다는 정부를 통해 소리 없이 일을 처리하는 방식을 선호했죠. 최근 들어 그런 경향이 더 심해졌는데 불행하게도 그 방법이 효과를 발휘하는 것 같아요."

"그게 무슨 뜻입니까?"

"북부 교구 소속의 신부 두어 명과 훌리아, 윌 등 몇 사람 외엔 더는 복사본을 가진 사람이 없는 듯합니다."

"비시엔테의 과학자들은 어떻게 됐을까요?"

두 사람 다 잠시 말이 없더니 칼 신부가 말했다.

"윌의 이야기론 정부가 그곳을 폐쇄했다고 합니다. 과학자들은 모두 체포됐고 그들의 연구 자료도 압수당했답니다."

"과학계에서 그렇게 당하고만 있을까요?"

내 질문에 이번에는 산체스 신부가 대답했다.

"그들에게 달리 무슨 대안이 있겠습니까? 더구나 학계의 다른 과학자들은 어차피 그 연구 자체를 받아들이지도 않는걸요. 정부는 그 과학자들이 법을 어겼다고 소문내고 있는 게 분명해요."

"정부가 그런 짓을 하고도 무사할 수 있다니 도저히 믿을 수가 없군요."

그러자 칼 신부가 말했다.

"아직까진 그렇다고 하는군요. 제가 몇 군데 전화를 해 보니 다들 같은 얘길 했어요. 아주 조용히 진행되고 있지만 정부는 지금 탄압을 더욱 강화하고 있어요."

"앞으로 어떻게 되리라고 보십니까?"

나는 두 사람을 쳐다보며 질문했다.

칼 신부는 어깨만 들썩였고 산체스 신부가 대답했다.

"지금으로선 어떻게 될지 모릅니다. 하지만 윌이 뭘 발견하느냐에 따라 달라질 수도 있어요."

"그게 무슨 말이죠?"

"윌은 필사본의 빠진 부분인 아홉 번째 통찰을 찾기 거의 일보 직전인 것 같아요. 윌이 그걸 찾으면 아마 전 세계가 지대한 관심을 보일 테고 이 문제에 개입할 수도 있을 겁니다."

"윌은 어디로 간다고 했나요?"

다급한 목소리로 칼 신부에게 물었다.

"자신도 모른다고 하더군요. 하지만 자신의 직관에 따르면 북쪽으로 더 올라가 과테말라 부근까지 가야 한다고 했어요."

"직관에 따른다고요?"

"예, 일곱 번째 통찰에서 자신이 누구인지 명료하게 알게 되면 당신도 그걸 이해할 겁니다."

나는 두 사람을 바라봤다. 두 사람은 믿을 수 없을 정도로 고요하고 평온해 보였다.

"두 분은 어떻게 그렇게 아무렇지 않을 수 있죠? 그들이 이곳까지 들이닥쳐 우리 셋을 모두 붙잡아 갈 수도 있잖아요?"

두 사람은 여전히 평온한 표정으로 나를 응시하더니 마침내 산체스 신부가 말을 꺼냈다.

"평온함을 방심이나 무사태평과 혼동하지 마세요. 우리가 평온해 보이는 것은 에너지와 연결돼 있기 때문입니다. 우리가 에너지와 계속 연결돼 있는 것은 상황이 어떻든 그것이 우리가 할 수 있는 최선의 일이기 때문입니다. 이해가 되나요?"

"예, 물론입니다. 하지만 저는 연결된 상태를 유지하기가 쉽지 않습니다."

내 말에 두 사람 모두 미소를 짓더니 이번에도 산체스 신부가 먼저 말을 꺼냈다.

"당신 자신이 누구인지를 명료하게 알고 나면 연결된 상태를 유지하기가 훨씬 쉬워질 겁니다."

그리고 나서 산체스 신부는 설거지를 하겠다며 부엌으로 들어갔다. 나는 칼 신부를 바라보며 물었다.

"그럼 어떻게 해야 제 자신에 대해 명료하게 알 수 있을까요?"

"산체스 신부님의 말씀을 들으니 당신 부모님의 통제 드라마를 알아냈다고 하더군요."

"맞습니다. 두 분 다 심문자였고, 그래서 저를 냉담자로 만들었습니다."

"좋습니다. 이제 당신은 가족들 사이에서 에너지 경쟁이 벌어지기 훨씬 이전으로 거슬러 올라가 당신이 그곳에 있어야 했던 진정한 이유를 찾아야 합니다."

이 말에 나는 그저 멍하니 칼 신부를 바라보기만 했다.

"자신의 진정한 영적 정체성을 발견하려면 일생을 하나의 긴 스토리로 바라보며 더 높은 의미를 찾으려고 노력해야 합니다. 먼저 스스로 물어보세요. 내가 왜 지금의 가정에서 태어났는가? 거기에 어떤 의미가 있는가?"

"잘 모르겠습니다."

"당신의 아버지가 심문자라고 하셨는데, 그 외에 또 어떤 분이셨나요?"

"그러니까 아버지가 어떻게 사셨는지 물어보시는 겁니까?"

"예."

나는 잠시 생각해 보고 나서 대답했다.

"아버지는 삶을 즐겨야 한다고 생각하셨습니다. 성실하게 살되 삶이 가져다주는 모든 걸 최대한 활용하여 충분히 즐겨야 한다는 태도였죠."

"그분은 실제로 그렇게 사셨나요?"

"어느 정도는 그랬어요. 하지만 아버지가 이제 삶을 즐길 만하다고 생각할 때마다 반드시 나쁜 일이 생기는 것 같았어요."

칼 신부는 눈을 가늘게 뜨고 생각에 잠겼다.

"그분은 인생이 즐거워야 한다고 믿었지만 그걸 제대로 즐기진 못하셨군요?"

"예."

"그 이유를 생각해 본 적이 있나요?"

"거의 없습니다. 그저 아버지가 운이 없었다고 짐작할 뿐입니다."

"삶을 제대로 즐길 방법을 아직까지 발견하지 못한 건 아닐까요?"

"그럴지도 모르죠."

"어머니는 어떤가요?"

"돌아가셨습니다."

"생전에는 어떠셨습니까?"

"어머니에게는 교회가 곧 삶이었습니다. 어머니는 기독교의 원칙을 따라야 한다고 생각하셨어요."

"어떤 식으로요?"

"지역사회를 위해 봉사하면서 교회의 규범을 지켜야 한다고 믿으셨죠."

"어머니는 교회의 규범을 잘 따르셨나요?"

"문자 그대로 어머니가 다니신 교회에서 가르쳐 준 대로 따르셨습니다."

"어머니는 아버지도 규범에 따르도록 종용하셨습니까?"

나는 웃으며 말했다.

"그러진 못했습니다. 어머니는 아버지가 매주 교회에 나가고 지역사회의 여러 활동에도 참여하길 바랐어요. 하지만 말씀드린 대로 아버지는 워낙 자유로운 영혼이었습니다."

"그런 상황에서 당신의 처지는 어땠나요?"

나는 칼 신부를 바라보며 말했다.

"한 번도 그것에 대해 생각해 본 적이 없습니다."

"두 분 모두 당신을 자기편으로 만들려고 하지 않았나요? 그래서 당신에게 꼬치꼬치 캐물은 것 아닙니까? 당신이 상대방의 가치관에 물들어 상대편이 되도록 놔두지 않으려고 말입니다. 두 분 모두 당신이 자신들의 길을 최선이라고 생각하기를 바라지 않으셨습니까?"

"예, 그러셨습니다."

"그럴 때면 당신은 어떻게 반응했습니까?"

"아마 어느 쪽에도 속하지 않으려는 태도를 취한 것 같습니다."

"두 분은 각자 자신들의 관점에 들어맞는지 보려고 당신을 계속 주시했고, 두 분 다 만족시킬 수 없었던 당신은 거리를 둠으로써 냉담자가 되었습니다."

"그런 것 같아요."

"어머니는 어떻게 돌아가셨습니까?"

"파킨슨병에 걸려 오랫동안 앓다가 돌아가셨어요."

"끝까지 신앙을 충실히 지키셨나요?"

"그럼요. 시종일관 변함없으셨습니다."

"그러면 어머니가 당신에게 남겨 준 의미는 무엇입니까?"

"예?"

"당신은 어머니의 삶이 당신에게 주는 의미를 찾아야 합니다. 다시 말해 당신은 자신의 어머니한테서 태어난 이유가 무엇인지, 거기서 무엇을 배워야 하는지를 찾아내야 합니다. 모든 사람은 의식적이든 무의식적이든 인간이 마땅히 살아가야 할 길이라고 스스로 생각하는 삶을 보여 줍니다. 당신은 어머니가 보여 주려고 했던 것을 찾아내는 동시에 그분의 삶에서 어떤 점이 개선되었으면 더 좋았을지도 알아내려고 노력해야 합니다. 어머니의 삶에서 개선되길 바랐던 점이 곧 당신이 추구해야 하는 것의 일부분입니다."

"왜 일부분입니까?"

"아버지의 삶에서 개선되길 바랐던 점이 나머지 부분이기 때문입니다."

나는 여전히 혼란스러울 뿐이었다. 칼 신부는 내 어깨에 손을 얹으며 말했다.

"우리는 부모의 육체적인 피조물만은 아닙니다. 영적인 피조물이기도 하죠. 당신은 두 분 사이에서 태어났고 두 분의 삶은 지금의 당신 모습에 지대한 영향을 미쳤습니다. 진정한 당신의 자아를 발견하려면 두 분이 추구하는 진실 사이의 어느 지점에서 당신이 시작되었다는 사실을 인정해야만 합니다. 당신이 두 분 사이에서 태어난 이유가 바로 그것이니까요. 즉 그들이 추구하는 것보다 더 높은 진리를 추구하기 위해서 말입니다. 당신이 가야 할 길은 두 분이 믿었던 것을 합쳐서 더 높은 진리를 발견하는 겁니다."

이 말에 내가 고개를 끄덕이자 칼 신부가 물었다.

"그럼 두 분이 당신에게 가르쳐 주신 것을 표현해 보겠습니까?"

"글쎄요, 확실하지가 않습니다."

"그냥 당신의 생각을 말해 보세요."

"아버지는 인생이란 최대한 활기차게 살아가는 것, 자신이 누구인지를 즐기는 것이라고 믿으면서 그걸 추구하려고 노력하셨어요. 어머니는 자신을 억제하면서 희생과 남들을 위해 봉사하는 삶의 가치를 소중히 여기셨어요. 어머니는 그것이 성경의 말씀대로 사는 것이라고 믿으셨어요."

"당신은 두 분의 믿음에 대해 어떻게 생각합니까?"

"잘 모르겠습니다."

"그렇다면 어머니의 관점과 아버지의 관점 가운데 어떤 걸 선택하겠습니까?"

"어느 쪽도 아닙니다. 인생이 어디 그렇게 간단한가요?"

내 말에 칼 신부는 웃으며 말했다.

"상당히 모호한 태도를 취하는군요."

"정말 몰라서 그렇습니다."

"하지만 꼭 하나를 선택해야 한다면요?"

잠시 머뭇거리다가 나 자신에게 솔직해지려고 노력했더니 답이 떠올랐다.

"두 분 다 옳았습니다. 하지만 동시에 두 분 다 틀렸습니다."

칼 신부의 눈이 빛났다.

"어떻게요?"

"백 퍼센트 확신하는 건 아닙니다만 양쪽의 관점을 모두 포용해야 올바른 삶일 것 같습니다."

"이제 당신에게 필요한 건 어떻게 할 것이냐 하는 방법입니다. 양쪽을 모두 포용하는 삶을 살려면 어떻게 해야 하는가를 생각해 봐야 합니다. 당신은 어머니에게 인생이란 영성을 추구하는 것이라는 걸 배웠고, 아버지에게는 자기 고양과 재미, 모험을 추구하는 것이라는 걸 배웠습니다."

급한 마음에 칼 신부의 말을 끊고 말했다.

"그러면 제 인생은 두 가지 관점을 어떤 식으로든 합친 것이 되겠군요?"

"그렇습니다. 그리고 당신에게는 영성을 추구하는 것이 문제입니다. 당신은 자기 고양을 위해 영성을 추구하는 데 일생을 송두리째 바칠 것입니다. 두 분은 이 두 가지를 절충하지 못한 채 당신에게 문제로 남겼고, 이것이 바로 당신이 진화하기 위해 이 생애에 추구해야 할 목표가 된 거죠."

칼 신부의 말은 나를 깊은 사색에 잠기게 했다. 그 뒤로 칼 신부가 무슨 말인가를 더 했지만 그의 말에 집중할 수가 없었다. 벽난로 안에서 점점 사그라지는 불꽃이 내 마음을 진정시켜 주었다. 나는 문득 피곤하다는 걸 느꼈다. 칼 신부가 자세를 바로잡으며 말했다.

"이제는 당신에게 에너지가 더는 남아 있지 않은 것 같군요. 하지만 한 가지만 더 말씀드리겠습니다. 당신은 오늘 우리가 나눈 이야기에 대해 전혀 생각하지 않고 잠들 수 있습니다. 지금 당장 오래된 당신의 통제 드라마로 돌아갈 수도 있고, 내일 아침에 깨어나 당신이 누구인가 하는 이 새로운 관념을 계속 생각할 수도 있습니다. 만약 후자를 택한다면 다음 수순을 밟을 수 있습니다. 그건 당신이 태어난 이후 일어난 모든 사건을 자세히 살펴보는 겁니다. 출생부터 지금까지 당신의 삶 전체를 하나의 스토리로 살펴보면 당신이 이 문제를 풀기 위해 어떻게 노력해 왔는지 알 수 있습니다. 당신이 이곳 페루에 어떻게 왔는지, 그다음엔 무엇을 해야 하는지도 알 수 있을 겁니다."

나는 고개를 끄덕이며 칼 신부를 바라봤다. 그의 눈빛은 따사로움과 배려를 담고 있었다. 그리고 윌과 산체스 신부에게서 종종 봤던 것과 똑같은 표정을 짓고 있었다.

"안녕히 주무십시오."

칼 신부는 밤 인사를 하고는 침실로 향했다. 나는 바닥에 침낭을 펴고 곧장 잠 속으로 빠져들었다.

나는 마음속으로 윌을 생각하며 잠에서 깨어났다. 칼 신부에게 그의 계획에 대해 더 아는 게 있는지 물어보고 싶었다. 침낭 속에 그대로 드러누운 채 생각에 잠겨 있을 때 칼 신부가 조용히 걸어 나오더니 벽난로에 불을 지피기 시작했다. 침낭의 지퍼를 내리자 신부는 그 소리를 듣고 내 쪽으로 돌아다보며 말했다.

"안녕히 주무셨습니까?"

"예, 잘 잤습니다."

나는 자리에서 일어났다. 칼 신부는 석탄 위에 불쏘시개를 새로 얹고 큼직한 장작을 몇 개 더 올려놨다. 나는 칼 신부를 보며 물었다.

"윌은 앞으로 어떻게 할 계획이라고 하던가요?"

칼 신부는 자리에서 일어나 나와 마주 보고 섰다.

"친구 집에 머물면서 어떤 정보를 기다리겠다고 했습니다. 아마 아홉 번째 통찰에 관한 정보인 것 같습니다."

"그 밖에 또 무슨 말을 했습니까?"

"윌은 세바스티안 신부도 아홉 번째 통찰을 직접 찾으려고 하는데 거의 다 찾은 것 같다고 말했습니다. 그는 마지막 통찰을 손에 넣은 사람이 필사본의 향방을 결정할 거라고 생각하더군요."

"왜 그렇죠?"

"저도 잘 모릅니다. 윌은 필사본을 발견하고 최초로 공부한 사람 가운데 하나입니다. 아마 살아 있는 사람들 가운데서는 통찰들을 가장 잘 이해할 겁니다. 제가 보기에 그는 마지막 통찰이 나머지 통찰들의 의미를 더 분명하게 해 줘서 사람들이 더 잘 받아들이게 될 거라고 생각하는 듯합니다."

"윌의 판단이 옳다고 생각하십니까?"

"모르겠습니다. 윌이 이해하는 만큼 저는 이해하지 못하니까요. 제가 이해하는 건 제가 무엇을 해야 하는가에 관한 것뿐입니다."

"그게 무엇입니까?"

칼 신부는 잠깐 시간을 두고 나서 대답했다.

"어제 말했듯이 제가 할 일은 사람들이 진정한 자신을 발견할 수 있도록 돕는 겁니다. 필사본을 읽고 나서 이 사명이 더욱 명료해졌습니다. 제게 각별한 통찰은 바로 여섯 번째 통찰입니다. 제가 할 일은 사람들이 이 통찰을 이해하도록 돕는 거고요. 그게 제 진실입니다. 그리고 제가 잘할 수 있는 일이고요. 저 자신이 바로 그런 과정을 거쳤으니까요."

"신부님의 통제 드라마는 뭐였습니까?"

칼 신부는 장난기 있는 표정으로 나를 쳐다보더니 대답했다.

"저는 심문자였습니다."

"신부님도 다른 사람들이 살아가는 방식에서 잘못된 점을 찾아내 그들을 통제하신 건가요?"

"맞습니다. 제 아버지는 동정을 구하는 자였고 어머니는 냉담자였습니다. 두 분 다 항상 저를 무시했죠. 제가 관심이라는 에너지를 다만 얼마라도 얻어낼 수 있는 방법은 그들이 하고 있는 일을 캐물어서 잘못된 점을 지적하는 것밖에 없었어요."

"그럼 신부님은 언제 그 드라마를 극복했나요?"

"18개월쯤 전에 산체스 신부님을 만났는데 그때부터 필사본을 공부하기 시작했어요. 부모님을 실제적으로 살펴보고 나니 두 분과 지낸 경험을 통해 내가 뭘 하게끔 준비됐는지 알겠더군요. 아버지는 성취를 추구하는 분이었습니다. 매사에 목표 지향적이었죠. 그는 자기 인생을 분 단위로 쪼개어 계획을 세운 뒤 얼마나 많이 완수했는지에 따라 자신을 판단했습니다. 어머니는 매우 직관적이고 신비주의적인 경향이 있었어요. 모든 사람에게는 영적인 안내자가 있으며, 그가 인도하는 대로 사는 것이 곧 인생이라고 믿었어요."

"신부님의 아버지는 어머니의 믿음을 어떻게 생각하셨나요?"

"미친 짓이라고 생각했죠."

나는 웃었지만 아무 말도 하지 않았다. 그러자 칼 신부가 물었다.

"그랬으니 제가 어떤 처지에 놓였을지 알겠어요?"

나는 전혀 짐작이 가지 않아서 고개를 저었다. 내 무언의 대답에 칼 신부가 말을 이었다.

"저는 아버지의 영향으로 인생은 성취하는 것이라고 생각했습니다. 중요한 일을 하고 그걸 완수해야 한다고 말이죠. 하지만 동시에 어머니는 제게 인생은 내면의 인도, 일종의 직관적인 안내를 따르는 것이라고 일러 주셨어요. 저는 제 삶이 그 두 가지 관점을 합친 것임을 깨달았습니다. 그때 저는 내면의 인도를 받아 오직 자신만이 완수할 수 있는 사명을 발견하기 위한 방법을 알아내느라 노력하고 있었습니다. 우리가 행복해지고 성취를 느끼려면 그 사명을 추구하는 일이 가장 중요하다는 걸 알았기 때문이죠."

내가 고개를 끄덕이자 그는 다시 말을 이었다.

"그러니 제가 여섯 번째 통찰을 봤을 때 얼마나 기뻤을지 짐작하겠죠. 저는 그걸 읽자마자 내게 주어진 사명이 사람들을 도와서 진정한 자신을 찾도록 하는 것임을 깨달았습니다."

"그렇다면 신부님은 윌이 어떻게 해서 지금의 길을 가게 됐는지도 아십니까?"

"예, 윌에게 대충 이야기를 들었습니다. 그의 드라마는 당신처럼 냉담자였죠. 또한 당신의 경우처럼 윌의 부모님도 모두 심문자였는데 자신들의 철학적 소신을 받아들이도록 강요했다고 합니다. 윌의 아버지는 독일인으로 소설가였는데 그분은 인간이 스스로 완벽해지는 것이 인류의 궁극적인 운명이라고 주장했답니다. 그분은 순수한 인도주의적 차원에서 자신의 주장을 펼친 것인데, 나치들이 그분의 개념을 끌어다가 열등한 인종은 말살해야 한다는 주장을 합리화하는 데 이용했답니다.

그분은 자신의 주장이 변질돼 사람들의 목숨을 빼앗는 수단으로 이용되자 견딜 수 없어 아내와 윌을 데리고 남미로 왔습니다. 윌의 어머니는 페루 사람이었지만 미국에서 자라고 교육을 받았다고 합니다. 그분 역시 소설가로 동양철학에 바탕을 둔 철학적 신념을 지녔으며 인생이란 내면의 깨달음, 곧 더 높은 의식에 이르는 것이라고 믿었다고 합니다. 그래서 세상의 모든 것에서 벗어나 마음의 평화를 얻으려고 노력하셨죠. 그녀의 관점에 따르면 인생은 완벽을 추구하는 게 아니었습니다. 그보다는 오히려 무언가를 완벽하게 해야 한다는 필요성, 어디론가 꼭 가야 한다는 필요성 등을 다 내려놓는 것이었죠. 자, 그럼 윌이 어떤 처지에 놓여 있었는지 아시겠습니까?"

내가 고개를 젓자 칼 신부가 말했다.

"윌은 상당히 어려운 처지에 놓였죠. 아버지는 서구적 사상의 대변자로 진보와 완벽을 주장했고, 어머니는 동양적 사상의 대변자가 되어 내면의 평화를 주장했으니까요. 두 분의 서로 다른 가치관이 윌에게 동양과 서양 문화의 사상적 차이를 통합하도록 준비시켰던 겁니다. 물론 윌 자신도 몰랐던 일이죠. 그는 처음에 과학문명에 헌신하겠다는 생각으로 공학자가 됐지만 나중엔 사람들을 아름다운 곳으로 안내해 내면의 감동을 주고 마음의 평화를 얻기 위해 소박한 가이드가 되었습니다.

그러다 필사본을 찾으면서 윌은 내면에서 이 모든 걸 깨달았습니다. 그동안 그가 지녀 온 가장 큰 의문에 대한 답이 그 통찰 안에 있었습니다. 통찰은 동서양의 사상이 더 높은 의식으로 통합될 수 있다는 것을 알려 줬습니다. 먼저 인생은 진보하기 위한 것이며 더 높은 무언가를 향해 진화하는 것이라는 점에서 서구식 사고가 옳다는 걸 보여 줍니다. 하지만 자의식과 교만으로 다른 사람을 통제하려는 습관을 놓아 버려야 한다는 점에서 동양적 사고 역시 옳습니다. 논리만으로는 진보할 수 없죠. 우리는 더 완전한 의식, 즉 신과 내면으로 연결돼야 합니다. 그래야만 우리 안의 더 높은 부분의 인도에 따라 더 나은 것을 향해 진화할 수 있습니다.

통찰을 발견하면서부터 윌의 삶 전체가 흐름을 타기 시작했어요. 그는 필사본을 처음 발견하고 번역한 호세 신부를 만났습니다. 바로 이어서 비시엔테 산장의 소유주를 만나 그곳에서 과학자들의 연구가 이뤄지도록 도왔죠. 그와 비슷한 시기에 윌은 훌리아를 만났는데, 그녀는 사업가였지만 원시림으로 사람들을 안내하는 일도 하고 있었죠.

윌이 자신과 가장 유사하다고 느낀 사람은 훌리아였습니다. 두 사람은 똑같은 의문을 품고 답을 찾고 있었기에 대번에 의기투합했죠. 훌리아의 아버지는 영적인 개념을 주장하곤 했는데 변덕스럽고 깊이가 없었죠. 훌리아의 어머니는 대학에서 연설 방법을 가르치며 명료한 사고를 주장하는 변론가였죠. 두 분의 영향으로 훌리아는 영적인 것을 원하면서도 간략하고 이해할 수 있어야 한다고 생각했습니다. 윌은 인간의 영성을 설명해 주는 동서양의 통합된 사상을 원했고, 훌리아는 거기에 더해 완벽하게 명료한 설명을 원했어요. 그런데 필사본에는 그 두 가지가 모두 들어 있었습니다."

그때 주방에서 산체스 신부가 외쳤다.

"아침 준비가 다 됐어요."

그 소리를 듣고 나는 깜짝 놀라 돌아다봤다. 산체스 신부가 일어난 것을 알아차리지 못했던 것이다. 칼 신부와 나는 대화를 멈추고 식탁으로 가서 산체스 신부와 함께 과일과 시리얼로 식사를 했다. 식사를 마치자 칼 신부는 다 함께 유적지로 가 보지 않겠느냐고 물었다. 나는 그곳에 다시 가 보고 싶은 마음이 간절해서 그러겠다고 했다. 하지만 산체스 신부는 차를 몰고 산 아래로 내려가 몇 군데 전화를 해 봐야 한다면서 정중히 사양했다.

밖으로 나오니 하늘이 수정처럼 맑았다. 산봉우리 위에는 해가 눈부시게 비치고 있었다. 칼 신부와 나는 힘찬 발걸음으로 성큼성큼 걸었다. 나는 다시 윌의 소식이 궁금해 물었다.

"윌에게 연락할 길이 있을까요?"

"없을 겁니다. 윌은 만나러 간다는 친구에 대해 말해 주지 않았어요. 유일한 방법은 북쪽 국경 부근에 있는 이키토스까지 차로 가는 것뿐인데 제 생각에 지금은 위험할 듯하군요."

"왜 거기입니까?"

"필사본을 찾으려면 그 마을에 가야 할 것 같다고 윌이 말한 적이 있거든요. 그 근처에도 유적지가 많습니다. 세바스티안 추기경의 선교회도 그 부근에 있고요."

"윌이 마지막 통찰을 찾을 거라고 생각하십니까?"

"모르겠습니다."

우리는 몇 분쯤 말없이 걸었다. 그러다 칼 신부가 물었다.

"그런데 어떻게 할지 결정하셨습니까?"

"결정이라니요?"

"산체스 신부님의 말씀을 들으니 당신을 처음 만났을 때 당장 미국으로 돌아가고 싶다고 했다는데 요즘은 통찰을 탐구하는 데 더 흥미를 보이시는 것 같아서요. 지금은 어떻게 생각하시나요?"

"여전히 위험하다고 생각합니다. 하지만 계속 공부하고 싶다는 마음도 듭니다."

"당신 바로 옆에서 사람이 죽어가는 걸 보셨다고 들었습니다."
"맞습니다."
"그런데도 머물기를 원하십니까?"
"아뇨, 떠나고 싶습니다. 죽고 싶지 않으니까요. 하지만 어쨌든 지금 여기에 있는걸요."
"그럼 왜 그렇게 됐다고 생각하십니까?"
나는 칼 신부의 표정을 유심히 살피며 말했다.
"모르겠습니다. 신부님은 아세요?"
"간밤에 우리가 어디까지 이야기했는지 기억하십니까?"
나는 지난 밤 칼 신부와 나눈 이야기를 정확히 기억하고 있었다.
"제 부모님이 제게 남겨 주신 문제가 뭔지 알아냈습니다. 그것은 모험과 성취감을 즐기면서 자기 고양을 위해 영성을 추구해야 한다는 것입니다. 그리고 신부님은 제가 지금까지 살아온 과정을 돌아보면 제 삶에서 이 문제가 어떤 의미를 갖고 있었는지 다 보일 것이고, 앞으로 무슨 일이 일어날지도 훤히 내다보일 거라고 하셨습니다."
그러자 칼 신부는 수수께끼 같은 미소를 띠었다.
"그래요, 필사본에 따르면 그렇게 될 겁니다."
"어떻게 그렇게 될 수 있죠?"
"우리는 진화라는 관점에서 각자 자신의 삶에서 의미 있던 전환점들을 재조명해 다시 해석해 봐야 합니다."
좀체 이해가 되지 않아서 고개를 갸우뚱했다. 그러자 칼 신부가 덧붙여 말했다.
"당신이 살아오는 동안 관심을 뒀던 분야와 중요한 친구들, 우연의 일치로 발생한 사건들을 떠올려 보세요. 그것들이 모두 당신을 어딘가로 인도하지 않았습니까?"

나는 지금까지 살아온 삶을 돌이켜 봤지만 별다른 패턴을 발견하지 못했다. 칼 신부가 다시 물었다.

"어린 시절 주로 어떻게 시간을 보내셨나요?"

"잘 모르겠습니다. 그냥 평범한 아이였던 것 같아요. 책을 많이 읽었고요."

"어떤 이야기의 책을 읽었습니까?"

"대부분 불가사의한 이야기나 공상과학 이야기, 유령 이야기 등이었어요."

"그 후로는 당신의 삶에 어떤 일들이 일어났습니까?"

나는 할아버지가 내게 끼친 영향이 생각나서 호수와 산에 대해 이야기해 주었다. 내 이야기를 다 들은 칼 신부는 알겠다는 듯이 고개를 끄덕였다.

"20대 시절에는 무슨 일이 일어났습니까?"

"집을 떠나 대학에 갔습니다. 할아버지는 제가 집을 떠나 있을 때 돌아가셨습니다."

"대학에선 뭘 공부했습니까?"

"사회학을 전공했습니다."

"이유는요?"

"좋아하는 교수님을 만났어요. 인간 본성에 대한 그분의 지식이 저의 흥미를 끌었어요. 그래서 그분 밑에서 공부하고 싶었죠."

"그러고 나선 어떻게 됐습니까?"

"졸업한 뒤에 취직을 했습니다."
"일하는 게 즐거웠나요?"
"예, 한동안은요."
"그러고 나선 뭔가 달라졌나요?"
"제가 하고 있는 일이 완전하지 않다는 느낌이 들었습니다. 정서 장애가 있는 청소년들을 상담하는 일을 했는데 저는 그들이 자기파괴적인 행동을 그만두고 과거를 극복해 자신의 삶을 살아가도록 도와주고 싶었어요. 당시 저는 그 방법을 안다고 생각했거든요. 하지만 결국은 제 접근 방식에 뭔가 빠져 있다는 걸 깨달았죠."
"그래서 어떻게 했나요?"
"직장을 그만뒀습니다."
"그다음엔 어떻게 됐나요?"
"옛 친구한테서 전화가 와서 오랜만에 만났는데 필사본에 관한 이야기를 했습니다."
"그때 페루에 오기로 결정했나요?"
"예."
"이곳에 오고 나서 겪은 경험에 대해서는 어떻게 생각하십니까?"
"제 정신이 나간 게 아닌가 하는 생각이 들었어요. '이러다가 죽겠구나.' 하는 생각도 했고요."
"하지만 당신의 경험이 이제까지 전개돼 온 방식에 대해서는 어떻게 생각합니까?"
"무슨 말씀인지 이해가 안 됩니다."
"산체스 신부님한테서 당신이 페루에 도착한 이후 일어난 일들에 관해 전해 들었습니다. 그것을 듣고 필요할 때마다 필사본의 통찰들이 정확하게 당신 앞에 바로 나타나는 일련의 우연의 일치가 대단히 놀라웠습니다."

"신부님은 그게 무슨 뜻이라고 생각하십니까?"

칼 신부는 걸음을 멈추고 나를 마주 봤다.

"그건 당신이 준비돼 있었다는 뜻입니다. 당신도 여기 있는 우리와 같습니다. 당신 삶의 진화를 계속하기 위해 필사본이 필요했던 지점에 당신이 도달해 있었던 겁니다. 당신 삶에서 일어난 사건들이 얼마나 절묘하게 들어맞았는지 생각해 보세요. 처음부터 당신은 신비로운 주제에 흥미를 보였고, 그 관심은 마침내 인간의 본성에 대해 공부하도록 당신을 이끌었습니다. 당신이 왜 그 교수를 만났다고 생각하십니까? 그 교수는 당신이 흥미를 느꼈던 것들을 구체화해 줬어요. 그리고 이 행성에서 가장 큰 의문인 인간이 처한 상황이나 삶의 의미 등으로 당신을 이끌었어요. 그러다가 어느 단계에서 당신은 삶의 의미가 과거에 훈련된 조건화를 극복하고 앞으로 나아가는 데 있다는 사실을 깨달았습니다. 그래서 당신은 그 청소년들 곁에서 일한 거죠.

하지만 이제는 당신도 알다시피 그 청소년들과 상담하면서 느꼈던 부족한 점을 통찰을 통해 해결할 수 있었습니다. 정서장애가 있는 청소년들이 진화하려면 우리와 마찬가지로 행동해야 합니다. 충분한 에너지에 연결되어 당신이 말한 '자기파괴적인 행동화', 즉 자신의 통제 드라마를 볼 수 있어야 합니다. 그래서 하나의 영적 과정으로 나아가야 합니다. 이것이 바로 당신이 이해하려고 줄곧 노력해 온 과정입니다.

이런 사건들을 더 높은 관점에서 보세요. 성장의 모든 단계에서 과거 당신을 앞으로 이끌어 온 모든 관심은 지금 여기서 당신이 통찰을 탐색하도록 준비시켰습니다. 당신은 전 생애에 걸쳐 자기 고양을 위한 영성을 점진적으로 추구해 왔습니다. 그리고 당신이 성장한 자연의 장소에서 얻은 에너지, 할아버지가 보여 주려고 노력했던 에너지가 마침내 당신에게 페루로 올 용기를 줬습니다. 당신이 여기에 와 있는 것은 진화를 계속하려면 이곳에 머물러야 할 필요가 있기 때문입니다. 당신의 삶 전체가 바로 이 순간을 준비하기 위한 긴 여정이었던 셈이죠."

칼 신부는 미소를 지으며 계속 말했다.

"당신 삶에 대한 이런 관점을 마침내 통합시키면 필사본에서 말하는 영적인 길에 대한 명료한 의식을 달성한 것입니다. 필사본에 따르면 우리 모두 자신의 과거를 청산하는 이 과정을 거치기 위해선 필요한 만큼 충분한 시간을 보내야만 합니다. 사람들 대부분은 통제 드라마를 갖고 있고 그걸 뛰어넘어야 하죠. 하지만 일단 그렇게 하면 우리가 왜 지금의 부모한테서 태어났으며, 삶의 갖가지 우여곡절이 무엇을 위한 준비 과정이었는지 더 높은 의미를 이해할 수 있습니다. 비록 우리가 온전히 자각하지 못한 채로 추구해 왔더라도 우리에게는 영적인 목적과 사명이 있는데, 일단 그것을 완전히 의식 속으로 불러오면 우리 삶은 도약할 수 있습니다.

당신의 경우엔 이러한 목적을 이미 발견했습니다. 이제 당신은 우연의 일치들이 인도하는 대로 당신의 사명을 어떻게 추구할 것인지,

또 무엇을 할 것인지 찾아내야 합니다. 그래서 앞으로 나아가야 합니다. 페루에 도착한 이후로 당신은 윌의 에너지와 산체스 신부님의 에너지에 편승해 왔습니다. 하지만 이제는 당신 스스로 진화하는 법을 배워야 합니다. 독립적으로 그리고 의식적으로 말이죠."

칼 신부는 뭔가를 더 말하려고 했지만 뒤에서 달려오는 트럭을 보고 말을 멈췄다. 산체스 신부의 트럭이었다. 산체스 신부는 우리 앞에 차를 대더니 차창을 내렸다. 그러자 칼 신부가 물었다.

"무슨 일이 있습니까?"

"빨리 짐을 챙겨서 선교회로 돌아가야 합니다. 거기에 정부군이 왔답니다. 세바스티안 추기경과 함께 말입니다."

우리가 타자마자 산체스 신부는 칼 신부의 집으로 차를 몰았다. 산체스 신부는 운전하면서 정부군이 선교회에 있던 필사본의 복사본을 전량 압수했으며 선교회를 폐쇄할지도 모른다고 했다.

칼 신부의 집에 도착한 우리는 서둘러 집 안으로 들어갔다. 산체스 신부는 즉시 소지품을 꾸리기 시작했다. 나는 그 옆에 서서 앞으로 어떻게 할지 곰곰이 생각하고 있었다. 그때 칼 신부가 산체스 신부에게 다가가서 말했다.

"저도 신부님과 같이 가겠습니다."

산체스 신부는 고개를 들고 물었다.

"정말입니까?"

"예, 제가 꼭 가야 한다는 확신이 듭니다."

"무슨 목적을 위해서입니까?"

"아직은 모르겠습니다."

산체스 신부는 잠시 칼 신부를 응시하더니 다시 짐을 꾸리면서 말했다.

"그게 최선이라고 생각한다면 그렇게 하세요."

"저는 어떻게 해야 합니까?"

나는 문 옆에 서서 두 사람을 바라보다가 물었다. 그러자 칼 신부가 고개를 들고 말했다.

"그건 당신에게 달렸어요."

내가 아무 말도 하지 않고 두 사람을 계속 바라보자 산체스 신부가 말했다.

"당신이 결정해야 할 일입니다."

두 사람이 내 선택에 대해 그토록 초연하다는 게 믿기지 않았다. 그들과 함께 간다면 틀림없이 페루 정부군에 체포될 것이다. 하지만 나 혼자 어떻게 여기에 머물 수 있겠는가? 나는 다시 말했다.

"보세요, 전 어떻게 해야 할지 모르겠어요. 두 분이 도와주셔야 합니다. 저를 숨겨 줄 만한 사람이 있을까요?"

두 사람은 서로 바라보더니 칼 신부가 미소를 띠고 말했다.

"저는 생각나는 사람이 없습니다. 에너지와 연결된 상태를 유지하세요. 당신이 누구인지 기억하세요."

산체스 신부는 가방을 들고 오더니 서류철을 하나 꺼냈다.

"여섯 번째 통찰의 복사본입니다. 당신이 어떻게 해야 할지 결정하는 데 도움이 될 겁니다."

내가 복사본을 받아 들자 산체스 신부는 칼 신부에게 물었다.

"준비를 마치는 데 대략 얼마나 걸릴 것 같습니까?"

"몇 사람에게 연락을 해야 하니 한 시간쯤 걸릴 거예요."

그러자 산체스 신부는 나를 보고 말했다.

"통찰의 복사본을 읽으면서 잠시 생각해 보세요. 그런 다음에 다시 이야기합시다."

두 사람은 떠날 준비를 계속했다. 나는 밖으로 나간 뒤 커다란 바위에 앉아 복사본을 펼쳤다. 산체스 신부와 칼 신부가 이야기한 내용과 같았다. 과거를 청산하는 일은 어린 시절에 학습한 통제 방법, 즉 통제 드라마를 자각하는 데 반드시 필요한 과정이었다. 일단 이런 습관을 극복할 수 있으면 우리는 더 높은 자아, 진화하는 존재인 자신의 정체성을 발견할 것이라고 적혀 있었다.

나는 복사본 전체를 읽는 데 삼십 분도 채 걸리지 않았고 여섯 번째 통찰에 대해 단번에 이해할 수 있었다. 그 기본 내용은 이러했다. 수많은 사람이 얼핏 일별하는 특별한 마음 상태, 즉 삶 속에서 우리를 인도해 앞으로 나아가게 하는 신비스러운 우연의 일치라는 경험으로 온전히 들어가려면 먼저 깨어나 자신이 진정 누구인지 알아야 한다는 것이다.

그때 칼 신부가 집 뒤에서 돌아 나오다가 나를 발견하고는 내 쪽으로 걸어왔다.

"읽어 보셨습니까?"

칼 신부는 평소처럼 온화하고 친근한 태도로 물었다.

"예."

"잠시 옆에 앉아도 괜찮을까요?"

"물론입니다."

칼 신부는 내 오른쪽에 앉아 잠시 아무 말 없이 있다가 물었다.
"자신을 발견하기 위해 이곳에 왔다는 사실을 이해하십니까?"
"그런 것 같습니다. 하지만 이제 어떻게 해야 할까요?"
"이젠 정말로 그걸 믿어야 합니다."
"이렇게 겁이 나는데 어떻게요?"
"무엇이 걸려 있는 중대사인지를 이해해야 합니다. 당신이 추구하는 진실은 우주의 진화 그 자체만큼이나 중요합니다. 진화가 계속될 수 있게 하는 것이니까요. 아직 모르시겠어요? 산체스 신부님에게 들었는데 당신은 산 정상에서 진화 과정을 영상으로 봤다죠. 당신은 간단한 수소의 진동에서 시작해 인류로 진화해 온 전체 과정을 봤습니다. 당신은 인류가 이 진화를 어떻게 이어 나갈지 궁금하게 생각했습니다. 이제 당신은 그 답을 발견했어요. 그것은 사람들이 저마다 역사적 배경 속에서 태어나고 자신이 추구해야 할 것을 발견한다는 겁니다. 사람들은 목적을 찾은 다른 이들과 결합합니다.
이 결합을 통해 아이들이 태어나고 이 아이들은 우연의 일치에 따른 인도로 부모의 두 가지 관점을 조화시켜 더 높은 통합을 추구합니다. 다섯 번째 통찰에서 당신도 분명히 배웠듯이 에너지로 충만해질 때마다 우연의 일치가 일어나 우리를 앞으로 이끌어 줍니다. 그러면 우리는 이 수준의 에너지를 내면에 흡수해 더 높은 진동으로 존재할 수 있습니다. 이것이 인류가 진화를 계속해 나가는 방법입니다.
우리 세대에 와서 달라진 점은 이젠 그 과정을 간략하게 그리고 빠르게 할 수 있다는 것입니다. 아무리 두렵더라도 당신에겐 달리 선택할 대안이 없어요. 일단 인생이 뭔지 배운 뒤엔 그 깨달음을 지워 버릴 방도가 없습니다. 만일 당신이 그 길 말고 다른 길을 선택하려고 하면 늘 뭔가가 빠져 있다는 걸 느낄 겁니다."

"그럼 이제 저는 어떻게 해야 합니까?"

"저는 모릅니다. 오직 당신만이 그걸 압니다. 우선 에너지를 회복하라고 말씀드리고 싶습니다."

산체스 신부가 집 뒤에서 돌아 나오더니 우리를 방해하지 않으려는 듯 눈길이 마주치는 것을 피하며 아무 소리도 내지 않고 우리와 합류했다. 나는 중심을 잡고서 집 주위를 에워싼 뾰족한 암석 봉우리에 초점을 맞췄다. 심호흡을 하자 아까 밖으로 나온 이후 나 자신에게 완전히 몰입하고 있었다는 생각이 들었다. 마치 터널 시야를 가진 것처럼 웅장한 산의 아름다운 경관에서 나 자신을 분리했던 것이다.

눈에 보이는 것들의 가치를 감상하려고 의식하면서 주변을 응시하자 친밀감이 느껴졌다. 별안간 모든 것이 존재감을 확연히 드러내며 약간 빛나 보였다. 몸이 가벼워져 붕 뜨는 것처럼 느껴졌다.

나는 산체스 신부를 보고 나서 칼 신부를 봤다. 그들은 나를 뚫어지게 응시하고 있었는데 내 에너지 장을 살펴보는 게 분명했다. 두 사람에게 물었다.

"제가 어떻게 보입니까?"

"기분이 좋아진 듯합니다. 여기서 되도록 더 많은 에너지를 얻으세요. 아직 짐을 다 쌀 때까지 이십 분 정도 더 걸릴 겁니다."

산체스 신부는 이렇게 대답하고는 엷은 미소를 지으며 말했다.

"그다음 당신은 시작할 준비가 될 겁니다."

흐름에 몸 맡기기

두 사람은 집으로 다시 들어갔다. 나는 에너지를 더 얻으려고 몇 분간 산의 아름다움을 지켜봤다. 그러다 초점을 잃고는 멍하니 윌을 생각하며 몽상에 빠져들었다. 그는 어디에 있을까? 과연 아홉 번째 통찰은 찾은 걸까?

아홉 번째 통찰을 손에 쥔 윌이 밀림 속을 달리고 있었다. 온 사방에서 군인들이 떼 지어 그를 뒤쫓고 있었다. 세바스티안 추기경이 추격전을 지휘하고 있는 것 같았다. 비록 백일몽이었지만 세바스티안 추기경이 온갖 권위를 갖고 있어도 통찰이 사람들에게 미칠 영향력에 대해서는 잘못 생각하고 있으며 오해하고 있다는 것이 분명하게 느껴졌다. 추기경이 필사본의 어떤 부분을 그렇게 위협적으로 느끼는지 알아낼 수 있다면 누군가 그를 설득해 관점을 바꾸게 할 수 있으리라는 느낌이 들었다.

이런 생각에 잠겨 있는데 갑자기 마저리가 떠올랐다. 그녀는 어디에 있을까? 내가 마저리를 다시 만나는 모습을 상상해 봤다. 그런 일이 일어날 수 있을까?

현관문 닫는 소리에 나는 현실로 되돌아왔다. 다시 힘이 빠지고 불안해졌다. 집 뒤에서 돌아 나온 산체스 신부는 내가 앉아 있는 곳으로 걸어왔다. 그의 걸음은 빠르고 단호했다. 그는 내 옆에 앉더니 간단히 물었다.

"어떻게 할지 결정했습니까?"

나는 고개를 저었다.

"에너지가 그리 강해 보이지 않는군요."

"저도 그렇게 느껴집니다."

"어쩌면 에너지를 얻는 방법이 체계적이지 않아서 그런지도 모르겠군요."

"그게 무슨 뜻입니까?"

"제가 에너지를 얻는 방법을 알려 드리겠습니다. 당신만의 방법을 만드는 데 도움이 될 겁니다."

나는 고개를 끄덕였다.

"저는 가장 먼저 주변 환경에 주의를 집중합니다. 아마 당신도 그럴 테죠. 그리고 나서 에너지가 충만했을 때 모든 것이 어떻게 보였는지 기억하려고 노력합니다. 모든 것이 얼마나 뚜렷한 존재감을 드러냈는지 기억하고, 특히 식물의 고유한 아름다움과 독특한 모습을 떠올리고 그 색깔이 얼마나 밝게 빛났는지 회상하는 겁니다. 이해가 됩니까?"

"예, 저도 그렇게 하려고 노력하고 있습니다."

"그다음엔 가까운 느낌, 즉 아무리 멀리 있는 사물도 내가 그걸 만질 수 있고 연결될 수 있다는 친밀감을 느끼려고 노력합니다. 그런 다음 호흡하며 그것을 빨아들입니다."

"빨아들여요?"

"요한 신부님이 설명해 주지 않던가요?"

"예, 안 해주셨는데요."

산체스 신부는 잠시 당황하더니 말을 이었다.

"아마 나중에 다시 설명하려고 그랬나 보군요. 요한 신부님은 극적인 상황을 종종 원하거든요. 어떤 걸 가르쳐 주고는 그 사람이 그것에 대해 깊이 생각하도록 혼자 두었다가 딱 맞는 순간에 다시 나타나서 하나를 더 가르쳐 주는 식이죠. 당신에게 그 얘길 나중에 하려고 했는데 아마 우리가 너무 빨리 떠났나 봅니다."

"그것에 관해 듣고 싶습니다."

"산 정상에서 당신이 경험해 본 둥둥 떠다니는 듯한 느낌을 기억합니까?"

"예."

"당신과 방금 연결된 에너지를 빨아들이려고 노력하면 부유하는 그 느낌을 얻을 수 있습니다."

나는 산체스 신부가 설명해 주는 대로 계속해서 따라 했다. 그의 설명을 듣는 것만으로도 에너지와의 연결이 한결 수월해졌다. 주위의 모든 것이 한층 뚜렷한 존재감과 아름다움을 드러냈다. 심지어 바위들마저 흰빛이 감도는 광채를 드러냈다. 산체스 신부의 에너지 장은 넓고 푸른색을 띠고 있었다. 이제 신부는 의식적으로 심호흡을 하면서 깊이 들이쉰 다음 오 초쯤 숨을 멈췄다가 내쉬곤 했다. 나도 그렇게 따라 했다.

"매번 숨 쉴 때마다 머릿속으로 에너지가 몸으로 들어와 마치 우리가 풍선처럼 부풀어 오른다고 그려 보세요. 그러면 실제로 더 많은 에너지를 얻게 되고 몸이 한결 더 가볍고 부유하는 듯한 느낌이 들 겁니다."

산체스 신부의 설명대로 몇 번 더 심호흡을 하고 나니 실제로 몸이 가벼워진 듯했다. 그는 계속해서 설명했다.

"저는 올바른 감정이 느껴지는지 확인해 봅니다. 전에도 말했듯이 이는 자신이 정말로 에너지와 연결돼 있는지를 알아볼 수 있는 방법입니다."

"사랑에 대해 말씀하시는 거죠?"

"맞습니다. 선교회에서 이야기했듯이 사랑은 머릿속 관념도, 도덕적 의무도 아니고 다른 그 어떤 것도 아닙니다. 그건 우리가 우주의 에너지, 신의 에너지와 연결됐을 때 느끼는 감정입니다."

산체스 신부는 눈의 초점을 약간 흐린 채 나를 빤히 응시하더니 다시 말했다.

"자, 당신은 거기에 도달했습니다. 그것이 당신이 가져야 할 수준의 에너지입니다. 제가 약간 도와주긴 했지만 이젠 당신 혼자 힘으로 그걸 지속할 준비가 된 것입니다."

"신부님이 약간 도와주셨다고요?"

산체스 신부는 고개를 저으며 말했다.

"지금 그건 염려하지 마세요. 나중에 여덟 번째 통찰에서 알게 될 겁니다."

그때 집 뒤를 돌아 나오다가 우리를 본 칼 신부의 표정은 흡족해 보였다. 우리 쪽으로 다가오더니 나를 힐끗 보며 물었다.

"이제 결정했습니까?"

그 질문에 다시 초조해진 나는 에너지가 떨어지지 않도록 안간힘을 써야 했다. 그러자 칼 신부가 말했다.

"냉담한 당신의 드라마로 다시 돌아가지 마세요. 여기선 어떤 쪽으로든 자신의 의견을 밝혀야 합니다. 계속 도망칠 수는 없습니다. 이제 어떻게 하려고 합니까?"

"아무 생각도 나지 않습니다. 그게 문제예요."

"그게 확실합니까? 일단 에너지와 연결된 다음에는 생각이 달라집니다."

내가 의아한 표정으로 쳐다보자 칼 신부는 설명하기 시작했다.

"통제 드라마를 포기하고 나면 이제껏 상황을 논리적으로 통제하려고 습관적으로 머릿속에 떠올렸던 말들이 멈추게 됩니다. 그리고 내면의 에너지로 채워지면서 당신의 더 높은 부분에서 다른 종류의 생각들이 떠오르죠. 그게 바로 직관인데, 그건 느낌이 다릅니다. 마음 뒤편에서 그냥 나타나는데 때로는 백일몽이나 단편적인 환영처럼 곧장 나타나서 당신을 인도합니다."

나는 여전히 이해가 되지 않았다. 칼 신부가 계속해 말했다.

"산체스 신부님과 제가 당신만 남겨 두고 안으로 들어갔을 때 무슨 생각을 했는지 말씀해 보세요."

"기억이 다 날지 모르겠습니다."

"노력해 보세요."

나는 집중하려고 애쓰며 말했다.

"아마 윌에 대해 생각했던 것 같습니다. 그가 아홉 번째 통찰을 찾았는지, 세바스티안 추기경이 왜 필사본에 반대하는지에 대해서도 생각했어요."

"또 다른 것은요?"

"마저리에 대해서도 무슨 일이 일어났는지 궁금했어요. 하지만 이런 게 제가 뭘 해야 하는지 알아내는 데 무슨 도움이 될까요?"

이번엔 산체스 신부가 말했다.

"제가 설명해 드리죠. 충분한 에너지를 얻으면 당신은 의식적으로 진화에 참여할 수 있습니다. 즉 에너지를 흐르게 해서 자신을 더욱 앞으로 인도할 우연의 일치를 생기게 할 수 있죠. 사람들은 각자 매우 구체적인 방식으로 자신의 진화에 착수합니다. 먼저 말씀드렸듯이 충분한 에너지를 형성하고 그다음엔 기본적인 삶의 질문, 즉 부모가 자신에게 남겨 준 문제를 기억합니다. 바로 이 의문점이 당신에게 전반적인 진화의 맥락을 제공하기 때문이죠. 그다음엔 삶에서 현재 맞닥뜨린 급박하고 사소한 의문들을 발견해 당신이 가는 길에서 지금 어디에 와 있는지 알게 됨으로써 중심을 잡습니다. 이런 의문들은 언제나 당신의 더 큰 의문과 연관되어 있으며, 평생 추구해 나가야 할 과정에서 당신이 어느 지점에 와 있는지를 분명하게 밝혀 줍니다.

현재 활성화돼 있는 의문들을 일단 의식하고 나면 당신은 뭘 해야 할지, 어디로 가야 할지 직관으로 감을 잡게 됩니다. 당신은 다음에 할 일을 감으로 느끼죠. 이건 언제나 그렇습니다. 그렇게 되지 않는 경우는 단 한 가지밖에 없습니다. 당신이 잘못된 의문을 마음속에 품을 때입니다. 당신도 알겠지만 답을 얻지 못하는 게 인생의 문제점은 아닙니다. 자신이 가진 현재의 문제들을 알아내는 게 문제죠. 일단 의문이 올바르면 답은 언제나 찾아옵니다.

앞으로 무슨 일이 일어나리라는 것을 직감으로 느끼면 그다음 단계는 정신을 바짝 차리고 신중하게 지켜보는 겁니다. 그러면 조만간 몇 가지 우연의 일치가 일어나서 직감이 알려 줬던 방향으로 당신을 안내할 겁니다. 제 말이 이해됩니까?"

"이해되는 것 같아요."

산체스 신부가 계속 말했다.

"그렇다면 윌과 세바스티안 추기경 그리고 마저리가 떠오른 게 중요하다고 생각하지 않나요? 지금 왜 그런 장면이 떠올랐는지 당신 생애의 스토리에 비춰 생각해 보세요. 당신이 지금의 가정에 태어난 것은 영적인 삶을 자신의 자기 고양을 위한 모험으로 만들 방법을 알고자 했기 때문입니다. 이건 당신도 알고 있죠?"

"예."

"그다음에 당신은 성장하면서 신비로운 주제에 흥미를 보였고, 사회학을 공부했으며, 사람들과 어울려서 일했습니다. 그렇게 하는 이유를 자신도 모르는 채 그랬습니다. 그러다가 깨어나기 시작하면서 당신은 필사본에 대한 소문을 들었고 페루에 와서 통찰들을 하나씩 차례로 찾았는데, 그 각각이 당신이 이제껏 추구해 온 영성에 관해 뭔가를 가르쳐 주었습니다. 자신에 대해 명료해졌기 때문에 이제 당신은 현재의 의문들을 분명히 밝히고 그 해답들이 찾아오는 걸 지켜보면서 이 진화에 대해 초의식(超意識)을 가질 수 있습니다."

나는 그저 산체스 신부를 쳐다보기만 했다. 그가 물었다.

"당신이 지금 답을 원하는 의문은 어떤 것입니까?"

"나머지 통찰들에 대해 알기를 원하는 것 같습니다. 특히 윌이 아홉 번째 통찰을 찾았는지, 마저리에게 무슨 일이 일어났는지 알고 싶습니다. 그리고 세바스티안 추기경에 대해서도 알고 싶습니다."

"그렇다면 당신의 직감은 이 의문들에 대해 뭐라고 암시하나요?"

"모르겠습니다. 마저리를 다시 만나고 윌이 군인들에게 쫓기며 뛰어가는 장면이 떠올랐어요. 이게 무슨 의미일까요?"

"윌이 어디를 달리고 있었습니까?"

"밀림 속이었습니다."

"그건 어쩌면 당신이 가야 할 곳을 보여 주는 것일 수도 있습니다. 이키토스도 밀림 속에 있습니다. 마저리에 대해서는 뭘 봤나요?"

"그녀를 다시 만나는 장면을 봤습니다."

"세바스티안 추기경은 어땠나요?"

"추기경이 필사본에 반대한 이유는 내용을 오해했기 때문이며 그의 생각이 무엇인지, 정확하게 필사본의 어떤 내용을 두려워하는지 누군가 알아낼 수만 있다면 그의 생각을 바꿀 수 있다는 장면을 봤습니다."

두 사람은 매우 놀라면서 서로 바라봤다. 두 사람의 표정이 무얼 뜻하는지 궁금해 물었다.

"그게 무슨 뜻일까요?"

칼 신부가 내 질문에 질문으로 답했다.

"당신 생각엔 어떨 것 같습니까?"

산 정상에서의 체험 이후 나는 처음으로 에너지가 충만하고 자신감이 넘치는 걸 느꼈다. 나는 두 사람을 보며 말했다.

"아무래도 밀림에 들어가서 필사본의 어떤 부분을 교회가 그토록 싫어하는지 알아내야 할 것 같습니다."

내 말에 칼 신부는 흡족하다는 듯 미소를 지었다.

"바로 그겁니다! 제 트럭을 가져가십시오."

나는 고개를 끄덕였다. 우리는 집 뒤를 돌아서 차들이 세워져 있는 곳으로 갔다. 내 물건들은 이미 음식과 물 등 생필품과 함께 칼 신부의 트럭에 실려 있었다. 산체스 신부의 트럭에도 짐들이 가득 실려 있었다. 산체스 신부가 내게 말했다.

"한 가지 말해 줄 게 있습니다. 필요할 때마다 자주 멈춰서 당신의 에너지를 다시 연결시켜야 한다는 걸 기억해요. 충만함을 유지하면서 사랑하는 상태에 머무세요. 일단 이 사랑의 상태에 이르면 만에 하나 어떤 사람이나 사물이 당신한테서 에너지를 빼앗아 가더라도 금방 채울 수 있습니다. 당신한테서 에너지가 흘러 나가면 그것과 똑같은 속도로 새로운 에너지가 당신 안으로 흘러 들어갈 겁니다. 그건 하나의 흐름이 되어 에너지는 절대 바닥나지 않아요. 하지만 그러기 위해선 이 과정을 계속 의식하고 있어야 합니다. 특히 사람을 대할 때 더욱 중요합니다."

산체스 신부가 말을 멈춤과 동시에 마치 서로 짜기라도 한 듯이 칼 신부가 다가와 말했다.

"이제 당신은 일곱 번째와 여덟 번째 통찰, 이 두 개를 제외하고는 통찰을 모두 읽었습니다. 일곱 번째 통찰은 모든 우연의 일치, 즉 우주가 당신에게 주는 모든 답을 철저히 주시하면서 자신을 의식적으로 진화시키는 과정을 다루고 있습니다."

그러고는 얄팍한 서류철 하나를 건네며 말했다.

"이게 일곱 번째 통찰입니다. 아주 짧고 일반적인 내용이죠. 하지만 사물이 우리 눈에 확 들어오는 원리, 어떤 생각이 떠올라 우리를 인도하는 원리 등을 다룹니다. 여덟 번째 통찰은 당신이 맞는 때에 이르면 찾게 될 겁니다. 우리가 추구하는 답을 가져올 사람들을 도와 그 답을 갖고 오게 하는 방법을 다루고 있죠. 더 나아가 사람들이 서로 진화하도록 돕고 거기에 맞는 인간관계를 맺어야 한다는 새로운 윤리를 설명하고 있습니다."

"지금 여덟 번째 통찰을 주지 않는 이유가 뭐죠?"

내 질문에 칼 신부는 미소를 띤 채 내 양어깨에 손을 얹으며 대답했다.

"우리 두 사람 모두 아직은 그럴 때가 아니라고 느끼기 때문입니다. 우리 역시 직감을 따라야 합니다. 때에 이르러 적절한 의문을 품으면 여덟 번째 통찰이 당신 앞에 나타날 겁니다."

나는 무슨 말인지 대강 이해할 수 있었다. 두 신부는 나를 포옹하고 행운을 빌어 줬다. 칼 신부는 우리가 곧 다시 만날 거라고 하면서 내가 페루에 온 해답을 틀림없이 찾을 거라고 확신했다.

우리는 각자 트럭에 올라탈 채비를 했다. 그때 갑자기 산체스 신부가 몸을 돌려 나에게 말했다.

"당신에게 이 말을 해야 할 것 같은 직감이 듭니다. 당신은 나중에 더 많은 것을 배우게 될 겁니다. 하지만 지금은 아름답게 감지되는 것, 보는 각도에 따라 빛나는 것 등의 인도를 받아야 합니다. 당신에게 필요한 답을 가져다줄 장소와 사람들은 특히 더 빛나고 매력적으로 보일 겁니다."

나는 고개를 끄덕이고 나서 칼 신부의 트럭에 올라탔다. 그리고 두 사람이 탄 트럭의 뒤를 따라 바위투성이 도로를 달렸다. 몇 킬로미터쯤 달리자 갈림길이 나왔다. 산체스 신부가 뒷문 차창 밖으로 손을 흔들었다. 그리고 나서 두 사람이 탄 트럭은 동쪽으로 달렸다. 나는 잠깐 동안 그들을 지켜보다가 아마존 분지를 향해 북쪽으로 낡은 트럭을 돌렸다.

어느덧 초조한 마음이 새어 들어오기 시작했다. 처음 세 시간 동안은 줄곧 좋은 상태였지만 교차로에 다다른 지금은 두 길 가운데 어느 쪽을 선택해야 할지 알 수 없었다. 지도를 보니 왼쪽 길은 산의 가장자리를 따라 북쪽으로 100킬로미터가량 가다가 동쪽으로 급히 방향을 틀어 이키토스로 이어졌다. 오른쪽 길은 줄곧 동쪽 방향을 유지하다가 밀림을 통과해 역시 이키토스로 이어졌다.

나는 심호흡을 하며 긴장을 풀려고 노력했다. 그리고 얼른 백미러를 살펴봤다. 시야에는 아무것도 들어오지 않았다. 하기야 한 시간이 넘도록 단 한 대의 차량도, 단 한 명의 사람도 눈에 띄지 않았다. 나는 점점 밀려드는 불안을 떨쳐 버리려고 애를 썼다. 올바른 결정을 내리려면 긴장을 풀고 연결된 상태를 유지해야만 했다.

나는 주변 풍경에 주의를 집중했다. 밀림을 관통하는 오른쪽 길은 커다란 나무들 사이로 나 있었다. 주변의 땅에는 광맥이 드러난 거대한 암석 몇 개가 마치 구두점처럼 찍혀 있었다. 커다란 열대성 관목들이 암석들을 빙 둘러싼 채 자라고 있었다. 반면 산의 가장자리로 나 있는 왼쪽 길은 상대적으로 헐벗은 듯했다. 그쪽 방향으로도 나무가 한 그루 서 있긴 했지만 나머지 풍경은 바위만 보일 뿐 식물이 거의 없어 황량하기 그지없었다.

나는 다시 오른쪽 길을 보며 사랑의 상태를 이끌어 내려고 시도했다. 나무와 관목은 아주 풍성한 녹색이었다. 이번에는 왼쪽 길을 보면서 똑같은 과정을 시도해 봤다. 그 순간 도로 옆에서 자라고 있는 꽃을 품은 풀들이 눈에 들어왔다. 풀잎들은 색이 엷고 얼룩져 보였지만 한데 모여 있는 하얀 꽃들은 독특한 문양을 이루며 멀리까지 도드라져 보였다. 왜 아까는 이 꽃들을 보지 못했는지 이상할 정도였다. 꽃들은 이제 광채를 내뿜는 것 같았다. 나는 시야를 넓혀 그쪽 방향에 있는 모든 것을 집중해서 봤다. 작은 바위와 자갈들도 색채가 풍부하고 뚜렷해 보였다. 전체 배경은 호박색과 보라색 그리고 짙은 붉은색까지 화려한 색채를 띠었다.

나는 오른쪽으로 고개를 돌려 나무와 관목을 바라봤다. 여전히 아름다웠지만 왼쪽 길에 비하면 빛이 바랬다. 분명히 아까는 오른쪽 길이 더 매력적으로 보였는데 어떻게 이런 일이 가능한 걸까. 다시 왼쪽을 바라보고 나서 내 직감은 더욱 확고해졌다. 사물 하나하나의 형태와 색채의 다양성이 정말 놀라웠다.

이제 확신이 들었다. 나는 다시 시동을 걸고 왼쪽 길로 들어섰다.

군데군데 박힌 돌덩이와 움푹 팬 바퀴 자국들로 도로는 울퉁불퉁했다. 하지만 차가 요동칠수록 몸은 오히려 가벼워지는 듯했다. 나는 엉덩이로 무게중심을 잡고 등과 목을 펴서 일직선을 유지했다. 두 팔로 운전대를 잡고 있었지만 걸치진 않았다.

두 시간 동안 달렸지만 아무 일도 일어나지 않았다. 나는 칼 신부가 싸 준 음식을 먹으며 주변을 둘러봤지만 여전히 아무도 보이지 않았다. 산기슭을 지나자 길은 작은 언덕으로 이어졌다. 언덕 꼭대기에 올라가니 오른쪽으로 멀찍이 떨어진 곳에 서 있는 낡은 차 두 대가 보였다. 차 안에는 사람이 보이지 않았다. 아마도 누군가 버리고 간 듯했다. 도로는 왼쪽으로 급격히 휘어지다가 다시 내리막길이더니 커다란 골짜기로 이어졌다. 언덕 꼭대기에서 보니 몇 킬로미터 앞까지 눈에 들어왔다.

나는 황급히 트럭을 세웠다. 계곡 건너 중간 도로에 군용차량 서너 대가 양쪽으로 나란히 서 있었다. 트럭 사이사이에 군인들이 작은 무리를 이루며 서 있었다. 도로를 봉쇄하고 검문을 하려는 것 같았다. 나는 언덕 꼭대기에서 트럭을 후진해 커다란 바위 뒤에 세우고 밖으로 나갔다. 그러고는 전망하기 좋은 곳을 찾아 계곡을 자세히 살펴봤다. 트럭 한 대가 반대편에서 나를 휙 지나쳐 달려갔다.

그때 갑자기 뒤에서 무슨 소리가 들려 얼른 뒤를 돌아봤다. 비시엔테 산장에서 만났던 생태학자 필 스톤이었다. 필도 나만큼이나 놀랐는지 내게로 달려오며 소리를 질렀다.

"대체 여기서 뭘 하는 겁니까?"

"이키토스로 가고 있어요."

그러자 필은 불안한 기색이 역력한 얼굴로 말했다.

"우리 역시 그래요. 하지만 정부가 필사본에 대해 거의 광적으로 나오고 있어요. 그래서 지금 위험을 무릅쓰고 저 봉쇄된 도로를 통과할 것인지 말 것인지를 놓고 고심하고 있어요. 우리 일행은 모두 네 명이죠."

필이 고갯짓으로 왼쪽을 가리켰다. 나무 사이로 남자 두어 명이 보였다. 그는 긴장한 표정으로 물었다.

"당신은 왜 이키토스에 가려는 거죠?"

"윌을 찾으려고요. 우린 쿨라에서 헤어졌어요. 하지만 그가 필사본의 나머지 부분을 찾으러 이키토스로 갈 거라는 소문을 들었죠."

필은 이제 겁에 질린 표정이 되었다.

"그러면 안 돼요! 군인들이 복사본을 갖고 있는 걸 금지했어요. 비시엔테 산장에서 무슨 일이 있었는지 못 들었나요?"

"대충 들었어요. 당신은 어떤 얘길 들었나요?"

"저도 그곳에 있진 않았지만 군인들이 난입해서 복사본을 갖고 있던 사람들을 모조리 체포했답니다. 숙박객 전원이 구류되어 취조를 받았다고 해요. 과학자들은 모두 다른 곳으로 이송됐고요. 하지만 그들이 어떻게 되었는지는 아무도 모릅니다."

"정부가 필사본에 대해 그렇게까지 불쾌해하는 이유가 도대체 뭔지 아세요?"

"아뇨. 하지만 상황이 점점 더 위험해지고 있다는 얘기를 들었어요. 그래서 나와 동료들은 이키토스로 돌아가 연구 자료를 챙겨서 이 나라를 떠나기로 결정했어요."

나는 비시엔테 산장을 떠난 뒤 윌과 나에게 무슨 일이 있었는지 이야기했다. 산등성이에서 있었던 총격에 관해서도 자세히 이야기해 주었다. 그러자 필이 화가 난다는 듯 말했다.

"제기랄! 그런데도 당신은 아직까지 이곳 주변을 맴돌고 있는 겁니까?"

필의 말을 들으니 마음이 조금 흔들렸지만 나는 이렇게 말했다.

"만일 우리가 아무 일도 하지 않으면 정부는 필사본을 완전히 억압할 겁니다. 그런 게 존재한다는 사실조차 세상에 알려지지 않을 테죠. 저는 통찰이 중요하다고 생각합니다!"

"당신 목숨을 걸 만큼 그렇게 중요해요?"

그때 차량의 엔진 소리가 들려왔다. 군용 트럭들이 계곡을 건너서 우리 쪽으로 오고 있었다. 필이 나지막한 소리로 말했다.

"이런 빌어먹을! 이리로 오고 있잖아!"

우리가 미처 움직이기도 전에 반대 방향에서도 차량들이 접근하는 소리가 들렸다. 필은 공포에 질린 표정으로 소리쳤다.

"그들이 우릴 포위했어요!"

나는 재빨리 트럭을 세워 둔 곳으로 달려가 바구니에 담긴 음식을 조그만 봉지에 넣었다. 그러고는 복사본도 함께 넣었다가 생각을 바꿔 다시 꺼내 의자 밑에 밀어 넣었다.

나는 필이 달려간 곳을 향해 길을 가로질러 오른쪽으로 달렸다. 차량 소리가 점점 더 크게 들려왔다. 필과 그의 동료들은 산비탈 아래쪽에 있는 커다란 바위 뒤에 몸을 숨기고 있었다. 나도 그들과 같이 숨었다. 우리는 군용 트럭들이 그냥 지나가기만을 기다리고 있었다.

내가 타고 온 트럭은 눈에 띄지 않는 곳에 있었지만 필 일행이 타고 온 트럭 두 대는 그렇지 않았다. 내가 그랬듯이 군인들도 누군가 버리고 간 차라고 여기길 바랄 뿐이었다.

그런데 남쪽에서 달려온 트럭들이 먼저 도착하더니 운이 없게도 언덕 꼭대기에 멈춰 서는 게 아닌가.

"움직이지 마라!"

군인들이 외치는 소리가 들렸다. 뒤에서 군인 몇 명이 다가오는 동안 우리는 꼼짝달싹하지 못하고 있었다. 중무장한 군인들은 매우 신중하게 우리에게 접근했다. 그들은 우리 몸을 샅샅이 뒤져서 모든 것을 빼앗은 다음에 우리를 밀어 도로 쪽으로 걸어가게 했다. 도로에는 군인들 수십 명이 차량을 수색하고 있었다. 필과 그의 동료들은 군용 트럭 한 대에 실린 채 쏜살같이 달려가 버렸다. 트럭이 내 앞을 지날 때 필의 얼굴을 얼핏 보았는데 안색이 창백하고 마치 혼이 빠진 것 같았다.

군인들은 나를 반대쪽으로 데려가더니 언덕 꼭대기 근처에 앉게 했다. 그중 몇 명이 내 가까이 서 있었는데 하나같이 어깨에 자동소총을 둘러메고 있었다. 마침내 장교 한 명이 오더니 통찰이 적혀 있는 복사본 여러 권을 내 발치의 땅바닥에 툭 던졌다. 그 위에 칼 신부의 트럭 열쇠도 던졌다.

"이 복사본, 당신 것이오?"

장교의 질문에 나는 대답하지 않았다. 그저 장교를 쳐다보기만 하자 그가 다시 말했다.

"이 열쇠는 당신한테서 나왔고, 이 복사본은 그 차 안에서 발견됐소. 다시 묻겠는데 이게 당신 것이오?"

"변호사를 보기 전엔 당신 질문에 답하지 않을 겁니다."

나는 더듬거리며 말했다. 내 말을 들은 장교의 얼굴에 냉소가 떠올랐다. 그는 다른 군인들에게 뭐라고 이야기하더니 다른 곳으로 가 버렸다. 군인들은 나를 지프 한 대로 데려가서 조수석에 앉혔다. 군인 두 명이 총을 겨눈 채 뒷좌석에 앉았다. 내가 탄 지프 뒤에 있던 트럭에도 군인 여러 명이 올라탔다. 잠시 후 차량 두 대는 북쪽을 향해 달렸다.

내 마음속에는 불안한 생각이 가득했다. 나를 어디로 데려가는 걸까? 내가 어쩌다 이런 처지가 됐을까? 두 신부님이 기껏 트럭과 음식을 준비해 줬지만 나는 단 하루도 못 버티지 못했다. 나는 아까 그 갈림길에서 올바른 길을 선택했다고 확신했다. 왼쪽 길이 더 매력적으로 보였다. 그건 분명했다. 그럼 대체 어디서 실수한 걸까?

심호흡을 하며 긴장을 풀어 보려고 애썼다. 이제 어떻게 될지 불안감이 엄습해 왔다. 아무것도 몰랐다고 주장할까. 아무것도 모르는 관광객인데 그저 길을 잘못 든 것이라고 사정할까. 아니면 어쩌다 좋지 못한 사람들을 만나서 그런 것이니 미국으로 보내 달라고 해 볼까.

무릎 위에 얹은 내 손이 약간 떨리고 있었다. 뒤에 앉아 있던 군인 한 명이 수통을 권하기에 받아 들었지만 물을 마실 수가 없었다. 그 군인은 나이 어린 청년이었다. 수통을 그대로 돌려주며 봤더니 그는 악의의 흔적조차 없는 해맑은 얼굴에 미소를 짓고 있었다. 공포에 질렸던 필의 얼굴이 섬광처럼 뇌리를 스쳤다. 그들은 그를 어쩔 셈일까?

거기까지 생각이 미치자 필을 그 언덕 꼭대기에서 만난 것이 우연의 일치였다는 생각이 들었다. 그 만남의 의미는 무엇이었을까? 만일 중간에 방해받지 않았더라면 우린 무슨 이야기를 더 나눴을까? 아까 우리가 만났을 때 나는 필사본의 중요성을 강조했고 필은 이곳이 위험하니 붙잡히기 전에 어서 빠져나가라고 충고했다. 하지만 불행하게도 그의 충고는 한 박자 늦었다.

지프는 몇 시간 동안 달렸다. 그사이에 아무도 입을 열지 않았다. 바깥의 지형은 갈수록 평평해졌다. 공기도 따뜻했다. 아까 물을 권했던 어린 군인이 뚜껑을 딴 통조림 하나를 내게 권했다. 잘게 다진 소고기 요리 같았는데 이번에도 목으로 아무것도 넘길 수가 없었다. 해가 지고 나니 빛이 순식간에 사라졌다.

나는 앞쪽을 응시한 채 차량의 헤드라이트 불빛만 바라보며 아무 생각도 하지 않고 있다가 깜빡 잠이 들었다. 꿈속에서 나는 거대한 모닥불 수백 개가 피워져 있는 한가운데를 누군지 모를 적에게 쫓겨 필사적으로 달리고 있었다. 그러면서도 나는 어딘가에 내가 찾는 것과 안전한 곳으로 가는 길을 열어 줄 비밀의 열쇠가 있다는 걸 확신했다. 그리고 엄청나게 큰 모닥불 한가운데서 그 열쇠를 보았다. 불속으로 뛰어든 나는 그걸 손에 잡았다!

나는 땀을 뻘뻘 흘리며 움찔 놀라 잠에서 깨어났다. 군인들은 불안한 듯 나를 힐끗 쳐다봤다. 나는 고개를 젓고는 지프 문짝에 기대었다. 한참 동안 차창 밖으로 어둡게 윤곽만 보이는 풍경을 내다보며 솟구치는 공포에 지지 않으려고 안간힘을 썼다. 나는 지금 혼자 감시당하면서 어둠 속으로 끌려가고 있었다. 내가 꾼 악몽에 신경을 쓰는 사람은 아무도 없었다.

자정이 지날 무렵 희미하게 불이 켜진 이 층짜리 커다란 건물 앞에서 차가 섰다. 돌로 지은 석조 건물이었다. 현관을 지나 복도를 따라 걷다가 옆쪽에 나 있는 문으로 들어갔다. 계단이 있고 아래쪽에 좁은 복도가 나 있었다. 내부 벽 역시 돌로 돼 있고 천장은 커다란 재목과 거칠게 다듬은 판자로 만들어져 있었다. 천장에 매달려 있는 알전구들이 가는 길을 밝혀 줬다. 문 하나를 더 지나니 이번엔 감방들이 있는 곳이었다. 앞서 사라졌던 군인 한 명이 우리에게 다시 오더니 감방 문을 열쇠로 열고 내게 들어가라는 몸짓을 해 보였다.

안에는 간이침대가 세 개, 나무로 만든 테이블 하나 그리고 꽃병 하나가 있었다. 놀랍게도 감방 안은 아주 깨끗했다. 내가 들어가자 열여덟이나 열아홉 살밖엔 안 돼 보이는 페루 청년 한 명이 문 뒤에서 온순하게 나를 쳐다보고 있었다. 군인은 내 뒤로 문을 잠그고는 걸어가 버렸다. 내가 간이침대 하나 위에 걸터앉자 청년은 팔을 뻗어 등잔불의 심지를 돋웠다. 불빛에 비친 얼굴을 보고 나는 그 청년이 인디언임을 알았다.

"영어 할 줄 알아요?"

내 질문에 청년이 대답했다.

"예, 약간요."

"여기가 어딥니까?"

"풀쿠파 근처입니다."

"우리가 지금 감옥에 있는 겁니까?"

"아뇨, 여기에 와 있는 사람들은 모두 필사본에 대해 조사받으려고 온 것입니다."

"당신은 여기에 온 지 얼마나 됐나요?"

청년은 수줍어하는 갈색 눈으로 나를 쳐다봤다.

"두 달 되었어요."

"저 사람들이 당신에게 뭘 어쩌던가요?"

"필사본의 내용을 부정하라고 하면서 복사본을 갖고 있는 다른 사람들에 관해 말하라고 하더군요."

"어떤 방법을 사용하나요?"

"이야기를 해요."

"그냥 이야기만 하나요, 위협은 안 하고?"

"이야기만 해요."

"언제 당신을 보내 주겠다고 말하던가요?"

"아뇨."

내가 말을 멈췄더니 청년은 궁금한 듯이 나를 물끄러미 쳐다보다가 물었다.

"당신은 필사본을 복사한 걸 갖고 있다가 붙잡혔나요?"

"예. 당신은?"

"저도 그랬어요. 저는 이 근처 고아원에 살고 있어요. 우리 교장선생님이 필사본 내용을 우리에게 가르치셨어요. 교장선생님은 저에게도 아이들을 가르치게 허락해 주셨죠. 그분은 도망쳤지만 저는 붙잡혔죠."

"통찰을 몇 개나 봤나요?"

"발견된 건 다 봤어요. 당신은요?"

"난 일곱 번째와 여덟 번째를 빼곤 다 봤어요. 일곱 번째를 갖고 있었지만 읽을 기회가 없었어요. 그러다가 군인들이 나타났고요."

청년은 하품을 하더니 말했다.

"그만 잘까요?"

나는 건성으로 대답했다.

"그래요, 자야죠."

침대에 누워 눈을 감았으나 마음은 한없이 질주하고 있었다. 이젠 어떻게 해야 하나? 결국 붙잡히고 말다니 과연 탈출할 수 있을까? 나는 몇 가지 전략과 시나리오를 짜다가 그만 잠에 빠져들었다.

또다시 생생한 꿈을 꾸었다. 똑같은 열쇠를 찾고 있었는데 이번에는 깊은 숲 속에서 길을 잃었다. 뭔가 나를 인도해 줄 것이 나타나길 바라며 오랫동안 목적 없이 이리저리 걸어 다녔다. 얼마 뒤에 엄청나게 거대한 폭풍우가 몰려와 숲 속 전체가 홍수에 휩쓸렸다. 범람 속에서 나는 깊은 계곡으로 쓸려 내려가 강에 빠졌는데 강물이 엉뚱한 방향으로 흐르면서 나를 곧 집어삼킬 듯이 위협했다. 마치 여러 날이 지난 것처럼 시간이 길게만 느껴졌는데 나는 있는 힘을 다해 급류에 맞섰다. 마침내 해안가 바위에 매달려 겨우 급류에서 빠져나올 수 있었다. 나는 바위 위로 기어오른 뒤 강과 맞닿아 있는 깎아지른 듯한 절벽을 올라갔다. 절벽은 점점 더 높아졌다. 매우 위험했지만 나는 절벽타기에 자신이 있어 온 힘을 다해 계속 올라갔다. 하지만 어느 지점에 이르러서는 벼랑 끝에 위태롭게 매달린 채 더는 움직일 수가 없었다. 나는 아래쪽의 지형을 내려다봤다. 놀랍게도 내가 아까 허우적대며 싸웠던 강은 숲에서 흘러나와 아름다운 초원으로 조용히 흐르고 있지 않은가! 그리고 초원 한가운데 꽃들이 만발한 곳에 열쇠가 있었다. 바로 그때 나는 그만 비명을 지르며 밑으로 떨어졌다. 마침내 강물에 빠진 나는 물속으로 가라앉기 시작했다.

나는 공기를 들이마시려고 숨을 헐떡이다가 벌떡 일어나 앉았다. 이미 깨어 있던 인디언 청년이 내 쪽으로 다가와 물었다.

"왜 그러세요?"

숨을 돌린 나는 주위를 둘러보고 지금 어디에 있는지 깨달았다. 방에 창문이 하나 있다는 것과 밖은 이미 날이 밝았다는 것도 알아차렸다.

"그냥 나쁜 꿈을 꿨어요."

청년은 내 말이 반가운 듯 미소 지었다.

"가장 중요한 메시지가 들어 있는 것이 악몽입니다."

"메시지요?"

내가 일어나서 셔츠를 걸치며 묻자 청년은 어떻게 설명해야 할지 다소 난감해하는 눈치였다.

"일곱 번째 통찰에 꿈에 대한 설명이 나와요."

"꿈에 대해 뭐라고 말하는데요?"

"그러니까 꿈을 어떻게……."

"꿈을 해석하는 방법이요?"

"예."

"그것에 관해 뭐라고 적혀 있나요?"

"꿈의 스토리와 삶의 스토리를 비교해 보라고 해요."

나는 무슨 의미인지 확실치 않아서 잠시 생각해 봤다.

"스토리를 비교하라는 말이 무슨 뜻이죠?"

청년은 나와 시선을 마주치지도 못한 채 말했다.

"당신이 꾼 꿈을 해석하고 싶으세요?"

나는 고개를 끄덕인 뒤 꿈에서 겪은 일들을 이야기해 주었다. 청년은 열심히 듣고 나더니 말했다.

"스토리의 부분부분을 당신 삶과 비교해 보세요."

나는 청년을 쳐다보며 물었다.

"어디서부터 시작해야 하죠?"

"처음부터요. 꿈이 시작되는 부분에서 당신은 뭘 하고 있었나요?"

"숲에서 열쇠를 찾고 있었어요."

"어떤 느낌이 들었나요?"

"어찌해야 할지 몰라서 막막한 느낌이 들었어요."

"그 상황을 현재와 비교해 보세요."

"관계가 아주 없진 않군요. 난 필사본에 대해 답을 찾고 있고 사실 어찌할 바를 몰라서 갈팡질팡하고 있으니까요."

"그것 말고 또 당신의 실제 삶 속에 어떤 일이 일어나고 있나요?"

"붙잡혔죠. 이것저것 다 해 봤지만 결국 이렇게 갇히고 말았어요. 이제 내 희망은 그저 누군가에게 잘 이야기해서 미국으로 보내 주길 바라는 것뿐이에요."

"붙잡히지 않으려고 애를 썼군요?"

"물론이죠."

"그다음에 꿈에선 무슨 일이 일어났나요?"

"급류에 맞서 싸웠죠."

"왜요?"

나는 청년이 어떤 의도로 묻고 있는지 깨닫기 시작했다.

"왜냐하면 그때는 물에 빠져 곧 익사할 것 같았으니까요."

"만일 물과 싸우지 않았다면 어떻게 됐을까요?"

"열쇠가 있는 데로 나를 데려갔겠죠. 무슨 말을 하려는 거예요? 이 상황과 싸우지 말고 가만히 있어도 내가 원하는 답을 찾을 수 있다는 건가요?"

청년은 내 말에 당황한 기색을 보였다.

"제가 무슨 말을 하는 게 아니에요. 꿈이 말하는 거죠."

나는 잠시 생각해 봤다. 이 해석이 과연 정확할까? 청년은 나를 쳐다보더니 다시 말했다.

"만약 똑같은 꿈을 다시 꾼다면 어떻게 하시겠어요?"

"물에 빠져 죽을 것 같아도 물에 저항하지 않겠어요. 이젠 잘 알았으니까요."

"지금은 무엇이 당신을 위협하고 있나요?"

"군인들이겠죠. 날 감금하고 있으니."

"그렇다면 꿈이 당신에게 전하는 메시지는 무엇인가요?"

"당신은 그 메시지가 이 억류 상태를 긍정적으로 받아들이는 거라고 생각해요?"

청년은 아무 말 없이 미소만 지었다. 나는 벽에 등을 기댄 채 침상에 걸터앉아 있었다. 꿈에 대한 해석이 나를 흥분시켰다. 만약 그것이 정확하다면 결국은 내가 갈림길에서 잘못 선택한 것이 아니며 이 모든 게 일어났어야 할 일의 일부였다는 뜻이 된다. 어느 정도 생각이 정리되자 청년에게 물었다.

"이름이 뭐예요?"

"파블로입니다."

나는 미소를 지으며 내 소개를 하고 나서 왜 페루에 왔으며 그간 어떤 일들이 있었는지 간략히 이야기해 주었다. 파블로는 자기 침상 위에서 무릎에 팔꿈치를 괴고 앉아 있었다. 검은 머리카락을 짧게 자른 그는 호리호리한 체격이었다. 이번엔 파블로가 물었다.

"여기엔 왜 오셨나요?"

"필사본에 관해 알아보려고요."

"그래야 할 특별한 이유가 있나요?"

"일곱 번째 통찰에 대해 알아보려고요. 윌과 마저리라는 두 친구에 대해서도 알아보고 왜 교회가 필사본에 대해 그렇게까지 반대하는지도 알아보려고요."

"여기엔 그것에 대해 이야기를 나눌 신부님이 여러 분 계세요."

나는 청년이 한 말에 대해 잠시 생각해 보고 나서 물었다.

"일곱 번째 통찰엔 꿈에 관해 그 밖에 무슨 이야기가 나오죠?"

파블로는 일곱 번째 통찰에 따르면 꿈은 우리가 삶 속에서 놓치고 있는 것을 알려 준다고 했다. 그러고 나서 그는 뭔가를 더 이야기했지만, 나는 흘려들으며 마저리를 생각했다. 마음속에 마저리의 얼굴을 선명하게 떠올리며 그녀가 어디에 있을까 생각하고 있었다. 그 순간 마저리가 함박 웃음을 띠며 내게로 달려오는 모습이 그려졌다.

문득 파블로가 더 이상 말하고 있지 않다는 걸 깨달았다. 나는 그를 쳐다보며 말했다.

"미안해요. 잠깐 딴 생각을 하느라고 못 들었어요. 무슨 이야기를 했죠?"

"괜찮습니다. 무슨 생각을 하고 있었는데요?"

"그냥 친구 생각이었어요. 아무것도 아니에요."

파블로는 더 물어보고 싶은 눈치였다. 하지만 그때 누군가가 다가오는 소리가 들렸다. 창살 사이로 군인이 빗장을 옆으로 밀어 빼는 것이 보였다. 파블로가 속삭이듯 말했다.

"아침 식사 시간이에요."

문을 연 군인은 고갯짓으로 복도 쪽으로 나오라는 시늉을 해 보였다. 파블로가 앞장서서 돌을 깐 복도를 지나 나를 안내했다. 계단을 한 층 올라가 자그마한 식당으로 들어갔다. 한쪽 구석에 군인이 네댓 명 서 있었다. 배식대 앞에는 민간인 몇 명이 줄을 서 있었는데 남자가 둘에 여자가 한 명 있었다.

걸음을 멈춘 나는 내 눈을 의심했다. 여자는 마저리였다. 마저리도 동시에 나를 보고 놀라서 눈을 크게 뜬 채 손으로 입을 가렸다. 나는 얼른 내 뒤의 군인을 돌아봤다. 그는 구석에 있는 다른 군인들에게 가서 스페인어로 뭔가 이야기하며 무심히 웃고 있었다. 식당 안을 가로질러 줄 있는 데로 가는 파블로를 따라 나도 맨 뒷줄에 섰다.

마저리는 배식을 받고 있었다. 다른 두 남자는 식판을 들고 이야기를 나누며 식탁으로 걸어가고 있었다. 마저리는 몇 번이나 힐끗힐끗 쳐다보며 나와 눈이 마주쳤지만 아무 말도 하지 않으려 애쓰고 있었다. 두 번째로 우리 눈이 마주쳤을 때 파블로는 우리가 서로 아는 사이라는 걸 짐작하고 묻는 듯한 시선으로 나를 쳐다봤다. 배식을 받은 마저리는 식판을 들고 식탁으로 갔다. 뒤이어 우리도 그쪽으로 가서 그녀와 합석했다. 군인들은 여전히 자기들끼리 이야기하느라 우리에겐 신경 쓰지 않았다. 마저리가 소리를 낮춘 채 말했다.

"여긴 어떻게 들어오셨어요? 맙소사, 당신을 보니 반가워요."

"얼마 동안은 신부님들과 지내며 숨어 있었어요. 그러다 윌을 찾으러 길을 나섰다가 어제 붙잡혔어요. 당신은 여기에 온 지 얼마나 됐죠?"

"산등성이에서 그들에게 잡힌 이후로 계속 여기 있었어요."

파블로가 마저리를 빤히 쳐다보고 있는 걸 알아차린 나는 두 사람을 소개시켜 주었다. 그러자 파블로가 반가운 듯 말했다.

"이분이 바로 마저리라는 분이군요."

두 사람이 서로 간단히 인사를 나누고 나자 나는 마저리에게 물었다.

"그 밖에 또 무슨 일이 있었나요?"

"별로 없었어요. 내가 왜 억류돼 있는지 이유조차 모르는걸요. 날마다 신부 또는 장교 한 명에게 가서 취조를 받아요. 그들은 비시엔테 산장에서 나와 접촉한 사람이 누구인지 그리고 복사본이 어디에 더 있는지를 알고 싶어 해요. 계속해서 묻고 또 묻죠!"

마저리는 미소를 지어 보였지만 너무나 연약해 보였다. 그런 모습을 보고 있자니 이번에도 강렬하게 그녀에게 끌리는 것이 느껴졌다. 마저리는 곁눈질로 나를 예리하게 뜯어봤다. 그러다 우리는 둘 다 소리 죽여 웃고 말았다. 그러고는 식사를 하느라 한동안은 대화를 나누지 않았다. 그때 문이 열리더니 정장을 차려입은 신부 한 명이 고위 장교로 보이는 사람의 호위를 받으며 들어왔다. 파블로가 한껏 소리를 낮춰 말했다.

"저분이 가장 높은 신부예요."

군인들이 잽싸게 차려 자세를 취하자 장교는 뭐라고 말하고 나서 신부와 함께 식당 안을 가로질러 주방으로 걸어갔다. 신부가 나를 똑바로 쳐다봐서 잠시 시선이 마주쳤다. 하지만 굳이 주의를 끌 필요가 없다고 판단한 내가 먼저 눈길을 돌려 식사를 계속했다. 두 사람 모두 주방을 지나 거기에 나 있는 문을 통해 밖으로 나갔다.

"저 사람이 당신과 이야기했던 신부들 가운데 한 명인가요?"

내 질문에 마저리는 고개를 저으며 대답했다.

"아뇨, 저분은 한 번도 뵌 적이 없어요."

그때 파블로가 말했다.

"저 신부님이 누군지 알아요. 어제 도착했어요. 세바스티안 추기경이에요."

나는 등을 똑바로 펴고 물었다.

"그가 세바스티안 추기경이었다고?"

그러자 마저리가 말했다.

"추기경에 대해 이야기를 들은 게 있나 보군요."

"그래요, 교회가 필사본에 반대하게 된 주요 배후 인물이 바로 저 사람이에요. 나는 저 사람이 산체스 신부님의 선교회에 가 있을 거라고 생각했어요."

궁금한 듯 마저리가 다시 물었다.

"산체스 신부님은 누구예요?"

마저리에게 신부님 이야기를 하려는데 우리를 호위했던 군인이 식탁으로 와서 파블로와 나에게 따라오라는 몸짓을 해 보였다. 그러자 파블로가 말했다.

"운동 시간이에요."

마저리와 나는 서로 바라봤다. 마저리의 눈엔 불안감이 들어 있었다. 그녀를 안심시켜 주고 싶어 이렇게 말했다.

"염려 말아요. 다음 식사 시간에 이야기해 줄게요. 모든 게 다 잘될 거예요."

군인을 따라가면서 이것이 현실적으로 근거 있는 낙관인지 나 자신도 이상하다는 느낌이 들었다. 이 사람들은 우리 가운데 누구라도 언제든 소리 소문 없이 흔적도 없이 사라지게 할 수도 있었다. 군인은 짧은 복도를 지나서 문을 열고 밖으로 나가는 계단으로 우리를 데려갔다. 우리는 돌덩이로 높다랗게 쌓은 담장에 둘러싸인 옆 마당으로 걸어 내려갔다. 군인은 입구에 서 있었다. 파블로는 내게 고갯짓으로 마당의 끄트머리를 따라 같이 걷자고 했다. 걷는 동안 그는 몇 번인가 몸을 숙이고 돌담 옆 화단에서 꽃을 꺾었다. 다시 둘만 있게 되자 파블로에게 물었다.

"일곱 번째 통찰엔 또 무슨 내용이 들어 있죠?"

파블로는 몸을 숙이고 또 다른 꽃을 하나 꺾었다.

"꿈만 우리를 인도하는 게 아니라고 했어요. 생각이나 백일몽도 우리를 인도해요."

"칼 신부님도 그런 말을 했어요. 백일몽이 어떻게 우리를 인도하는지 이야기해 봐요."

"백일몽은 우리에게 어떤 장면이나 사건을 보여 줘요. 그것은 실제로 그런 일이 일어날 수도 있다는 신호예요. 주의를 기울이면 우리 삶에서 그런 전환이 일어날 때 미리 준비할 수 있어요."

"파블로, 당신도 알겠지만 아까 나는 마저리와 만나는 장면을 떠올렸어요. 그리고 실제로 그 일이 일어났고요."

내 말에 파블로는 미소를 지었다. 그 순간 서늘한 기운이 등골을 타고 올라오는 느낌이 들었다. 내가 있어야 할 장소에 제대로 찾아온 게 분명하다는 생각이 들었다. 나는 뭔가를 직감했고, 그 일이 정말 일어났다. 마저리와 만나는 장면이 여러 번 떠올랐는데 실제로 그대로 되었다. 우연들이 동시에 발생하고 있었다. 나는 몸이 한결 가벼워진 걸 느끼면서 말했다.

"그런 경험을 자주 하는 건 아니에요."

파블로는 잠시 시선을 돌렸다가 말했다.

"일곱 번째 통찰에 따르면 사람들은 자신이 알아차리는 것보다 훨씬 더 많이 그런 경험을 한다고 나와 있어요. 그것들을 알아보려면 관찰자의 태도를 취해야 해요. 어떤 생각이 떠오르면 우리는 '왜?'라는 질문을 던져야 해요. '왜 지금 이런 생각이 났지?', '이것이 내 삶의 문제들과 무슨 연관이 있지?'라고 물어봐야 해요. 관찰자의 태도를 취하면 모든 걸 다 통제하려 드는 필요성을 놓아 버리는 데 도움이 됩니다. 그렇게 되면 우리는 진화의 흐름을 탈 수 있는 위치에 있게 되죠."

"하지만 부정적인 생각이 떠오르면 어떻게 하죠? 예를 들어 사랑하는 사람이 다치거나 간절히 원하는 일을 이루지 못하는 것처럼 나쁜 일이 일어날 듯한 두려운 심상들 말이에요."

"아주 간단해요. 일곱 번째 통찰에서는 그런 무서운 장면이 떠오르면 그 즉시 그걸 멈춰야 한다고 했어요. 그다음엔 마음의 의지로 좋은 결과를 보여 주는 다른 이미지를 끌어내야 하죠. 그렇게 하면 머지않아 부정적인 생각은 거의 나타나지 않아요. 긍정적인 생각에 관해서만 직관을 갖게 되죠. 그런 다음에도 부정적인 생각이 떠오른다면 그건 아주 심각한 문제이므로 절대로 그것에 따르면 안 된다고 해요. 예를 들어 당신이 트럭을 타고 가다가 사고를 당할 것 같다는 생각이 든다면 어떤 사람이 자기 트럭에 태워 주겠다고 해도 그 제안을 받아들이지 말아야 해요."

이제 우리는 안마당을 한 바퀴 돌아서 보초를 서고 있는 군인 쪽으로 걸어갔다. 그 앞을 지날 동안엔 아무 말도 하지 않았다. 파블로는 꽃 한 송이를 더 꺾었고 나는 심호흡을 했다. 따사로우면서도 습기를 머금은 공기였다. 돌담 밖에는 열대식물이 울창하게 자라고 있었다. 모기도 몇 마리 눈에 띄었다.

"이제 돌아오시오!"

군인이 돌연 우리를 불렀다. 그는 우리를 재촉해 건물 안으로 데려간 뒤 감방까지 인도했다. 파블로가 먼저 들어간 다음 군인은 팔을 들어 내 앞을 가로막으며 말했다.

"당신은 말고."

군인은 고갯짓으로 복도 쪽 계단으로 올라가라고 신호했다. 그리고 전날 밤에 들어왔던 문을 통해 나를 밖으로 데려갔다. 주차장에서 세바스티안 추기경이 커다란 자동차의 뒷좌석에 오르고 있는 모습이 보였다. 운전기사가 그의 뒤에서 문을 닫았는데 이번에도 세바스티안 추기경은 나를 쳐다봤다. 그러더니 몸을 돌려 기사에게 뭐라고 이야기했다. 차는 빠르게 달려가 버렸다.

군인은 팔꿈치로 나를 건드리고는 건물 앞쪽으로 데려갔다. 우리는 건물 안으로 들어가 사무실로 갔다. 나는 하얀 철제 책상 건너편에 놓인 나무 의자에 앉으라는 지시를 받았다. 몇 분도 채 지나지 않아서 서른 살가량 돼 보이는 신부가 들어왔다. 키가 작고 머리는 옅은 갈색이었다. 신부는 나를 거들떠보지도 않고 책상 앞에 앉았다. 신부는 잠시 서류철을 들여다본 다음에야 나를 쳐다봤다. 둥근 금테 안경이 지적인 인상을 주었다. 신부의 말투는 딱딱하기 그지없었다.

"당신은 국가 문서를 불법 소지한 혐의로 체포됐소. 나는 기소 절차가 적절한지 검토하려고 온 것이니 협조해 주기 바라오."

고개를 끄덕이자 신부가 물었다.

"번역본은 어디서 구했소?"

"저는 도무지 이해가 안 됩니다. 오래된 필사본을 복사한 게 왜 불법입니까?"

"페루 정부로선 그럴 만한 이유가 있소. 질문에 답변이나 하시오."

"교회는 왜 이 일에 개입합니까?"

"필사본이 우리 종교의 전통에 위배되기 때문이오. 거기서는 인간 영성의 진실을 잘못 전달하고 있소. 거기서는……."

나는 신부의 말을 가로막았다.

"저는 그냥 그게 궁금했을 뿐입니다. 저는 이 필사본에 흥미가 있는 관광객일 뿐 아무도 해칠 생각이 없습니다. 그것이 왜 그렇게 위험한지 알고 싶을 따름입니다."

신부는 나를 어떻게 대하는 것이 최선의 전략일지 판단하느라 곤혹스러운 듯했다. 나는 상세한 걸 알아내려고 의식적으로 그를 압박했다. 그러자 신부는 조심스럽게 말했다.

"교회는 필사본이 사람들을 혼란스럽게 한다고 생각하오. 그것은 성서의 가르침에 아랑곳없이 각자 살아갈 방법을 결정해도 된다는 인상을 주고 있소."

"어떤 성서의 가르침 말입니까?"

"예를 들어 너의 부모를 공경하라는 계명 같은 것이오."

"그게 무슨 뜻인가요?"

"필사본은 부모를 비난해서 가족제도를 무너뜨리려고 하오."

"제 생각엔 해묵은 억울한 감정들을 끝내자는 이야기처럼 들리는데요. 그리고 우리의 어린 시절을 긍정적인 관점으로 보자는 이야기 같습니다."

"아니, 그건 사람들을 호도하고 있소. 어떤 경우에도 부정적인 감정은 애초부터 없어야 하오."

"부모라고 해서 잘못하는 일이 없습니까?"

"부모는 할 수 있는 한 최선을 다하오. 그러므로 자녀 된 자들이 그분들을 용서해야 하는 거요."

"하지만 바로 그게 필사본이 천명하는 바가 아닙니까? 우리가 어린 시절의 긍정적인 부분을 바라볼 때 비로소 용서가 이뤄지는 게 아닐까요?"

신부의 목소리가 노기를 띠며 커졌다.

"그런데 도대체 그 필사본이 누구에게서 재가를 받고 그런 이야기를 한단 말이오? 그걸 어떻게 믿을 수 있단 말이오?"

신부는 책상을 돌아 내 쪽으로 걸어왔다. 그러고는 잔뜩 화난 상태로 위쪽에서 나를 노려보더니 말했다.

"당신은 지금 자신이 무슨 말을 하는지 모르고 있소. 당신이 종교학자라도 된단 말이오? 당신이야말로 이 필사본이 어떤 혼란을 일으키는지 보여 주는 직접적인 증거요. 법과 권위가 있기 때문에 이 세상의 질서가 유지된다는 걸 이해하지 못하겠소? 이런 점에서 어떻게 당신이 감히 권위를 의심할 수 있단 말이오?"

내가 아무 말도 안 했더니 그는 더욱 격분하는 것 같았다.

"한 가지 알려 줄 게 있소. 당신이 저지른 범죄는 감옥에서 몇 년 형을 받을 수 있는 것이오. 페루 감옥에 갇혀 본 적이 있소? 당신은 우리 감옥이 어떤지 알고 싶어 안달이 난 거요? 그렇다면 내가 주선해 줄 수도 있소! 내 말을 이해하겠소? 그렇게 해 줄 수 있다고!"

신부는 잠시 말을 멈춘 다음 손으로 눈을 가리고 심호흡을 한 차례 했다. 마음을 진정시키려는 듯했다.

"내가 여기 온 것은 누가 복사본을 갖고 있는지, 그것들이 어디서 오는지를 알아내기 위해서요. 다시 한 번 묻겠소. 당신은 어디서 번역본을 구했소?"

신부가 버럭 화를 내는 바람에 불안해졌다. 온갖 질문을 해 대느라 도리어 내가 처한 상황을 더 악화시켰다는 생각이 들었다. 만일 내가 협조하지 않는다면 어떻게 될까? 하지만 어떻게 산체스 신부와 칼 신부를 이 일에 끌어들일 수 있단 말인가? 나는 생각을 정리할 시간이 필요했다.

"생각할 시간을 주십시오."

그 순간 신부는 또 한 차례 분노를 터뜨릴 듯한 기세였다. 하지만 곧 누그러지더니 몹시 피곤하다는 듯한 표정으로 말했다.

"내일 아침까지 시간을 주겠소."

신부는 문가에 서 있는 군인에게 나를 데려가라고 몸짓으로 지시를 내렸다. 나는 군인을 따라서 복도를 지나 곧장 감방으로 돌아왔다.

나는 아무 말 없이 침상으로 걸어가서 드러누웠다. 피로감이 밀려왔다. 파블로는 철창 밖을 바라보며 물었다.

"세바스티안 신부님과 이야기했어요?"

"아니, 다른 신부였어요. 그는 누가 나에게 복사본을 줬는지 알고 싶어 했어요."

"뭐라고 말했어요?"

"아무 말도 안 했어요. 생각해 볼 시간을 달랬더니 그가 내일 아침까지 시간을 줬어요."

"그분이 필사본에 대해 무슨 이야기를 하던가요?"

나는 파블로의 눈을 들여다보았다. 이번에 청년은 고개를 숙이지 않았다.

"필사본이 전통적인 권위를 무너뜨린다는 얘길 조금 하더군요. 그러고 나선 고함을 질러 대며 나를 협박했어요."

파블로는 현저히 놀란 기색이었다.

"그 사람, 갈색 머리에 둥근 테 안경을 썼나요?"

"맞아요."

"코스토스 신부예요. 당신은 또 무슨 말을 했어요?"

"필사본이 권위를 무너뜨린다는 그의 말에 동의하지 않는다고 했어요. 그러자 나를 페루 감옥에 처넣겠다고 협박했어요. 정말로 그럴까요?"

"모르겠어요."

파블로는 자기 침상으로 걸어가 나를 마주 보며 앉았다. 그의 마음에 뭔가 다른 생각이 있어 보였다. 하지만 하도 피곤하고 겁이 나서 그대로 눈을 감고 말았다. 얼마 뒤 파블로가 흔드는 바람에 나는 잠에서 깨어났다.

"점심시간이에요."

우리는 군인을 따라서 위층 식당으로 올라가 연골 부위의 소고기와 감자 요리를 한 접시씩 배식받았다. 아침에 보았던 두 남자가 우리 뒤에 왔다. 하지만 마저리는 그들과 함께 오지 않았다.

"마저리는 어디 있죠?"

나는 그들에게 속삭이듯 물었다. 두 남자는 자기들에게 말을 걸자 공포에 질린 표정을 지었다. 군인들이 나를 뚫어져라 쳐다봤다. 그러자 파블로가 말했다.

"영어를 못 알아듣나 봐요."

"마저리가 어디 있는지 궁금해요."

파블로가 뭐라고 대꾸했지만 나는 이번에도 귀담아듣지 않았다. 문득 도망치고 싶은 충동을 느꼈다. 그 순간 어떤 거리를 따라 도망치다가 마침내 어느 문간에 쪼그리고 앉아서 자유를 되찾는 내 모습이 떠올랐다. 뭔가 느꼈는지 파블로가 물었다.

"무슨 생각을 하고 있어요?"

"탈출하는 공상을 하고 있었어요. 나한테 뭐라고 했죠?"

"잠깐만요, 그 생각을 그냥 무시해 버리지 마세요. 중요한 것일 수도 있어요. 어떤 탈출이었나요?"

"어떤 거리를 따라 도망치다가 어느 집 문으로 들어갔죠. 탈출에 성공했다는 기분이 들었어요."

"그 장면에 대해 어떻게 생각하세요?"

"모르겠어요. 우리가 나누던 대화와는 논리적으로 연결이 안 되잖아요."

"우리가 무엇에 대해 이야기하고 있었는지 기억나세요?"

"예, 내가 마저리에 대해 물었죠."

"마저리라는 분과 그 장면에 어떤 연관이 있다는 생각이 들지 않나요?"

"글쎄, 명백한 관련성은 떠오르지 않는데요."

"숨겨져 있는 관련성은요?"

"연결될 만한 생각이 나질 않아요. 탈출과 마저리가 어떻게 연관이 되겠어요? 그녀가 탈출했을 것 같아요?"

파블로는 잠시 생각한 뒤 말했다.

"당신이 생각한 것은 자신이 탈출하는 거였어요."

"그래요. 그 말이 맞아요. 내가 탈출하게 될지도 모르겠군요. 어쩌면 마저리와 함께 탈출할 수도 있고요."

"제 짐작은 후자 쪽이에요."

"그런데 마저리는 어디 있을까요?"

"저도 모르겠어요."

그 뒤로 우리는 말없이 식사를 마쳤다. 나는 배가 고팠지만 음식이 너무 많게 느껴졌다. 왠지 몸이 피로하면서 나른했다. 배고픔도 곧 가셨다. 파블로 역시 별로 먹지 않았다. 그가 먼저 말을 꺼냈다.

"방으로 돌아가는 게 좋을 것 같아요."

나는 고개를 끄덕였다. 우리는 군인에게 돌아가겠다는 몸짓을 했다. 감방으로 돌아오자 나는 침상에 길게 누웠다. 파블로는 자기 침상에 앉아서 나를 바라보고 있었다.

"에너지가 떨어진 것 같아요."

"그래요. 뭐가 잘못된 건지 모르겠어요."

"에너지를 받아들이려고 노력하고 있나요?"

"그런 것 같지 않아요. 음식도 별로 도움이 안 되고요."

"모든 걸 받아들이면 음식은 그다지 필요하지 않아요."

파블로는 모든 것을 강조하느라고 팔을 앞쪽으로 휘저으며 말했다.

"알아요. 하지만 이런 상황에선 흘러들어 오는 사랑을 받아들이기가 어렵군요."

파블로는 약간 놀라워하며 나를 쳐다보더니 이렇게 말했다.

"하지만 그렇게 안 하는 건 자기 자신을 해치는 일이에요."

"무슨 뜻이죠?"

"신체는 어떤 특정한 수준으로 진동하고 있어요. 만일 자신의 에너지 수준이 지나치게 떨어지도록 놔두면 몸이 경직됩니다. 그게 바로 스트레스와 질병의 관계죠. 사랑은 우리가 진동을 높게 유지하는 길이며, 그것이 우릴 건강하게 지켜 주죠. 정말 중요한 겁니다."

"몇 분만 시간을 줘 봐요."

나는 산체스 신부에게 배운 방법을 실천했다. 곧이어 한결 나아지는 게 느껴졌다. 주변의 사물들이 뚜렷한 존재감으로 한층 도드라져 보였다. 나는 눈을 감고 그 느낌에 정신을 모았다.

"좋아요."

파블로의 말에 두 눈을 떴다. 파블로가 나를 향해 활짝 웃고 있었다. 얼굴도 몸도 여전히 어리고 덜 자란 모습이었지만 이제 그의 두 눈에는 지혜가 가득했다. 그때 파블로가 웃으며 말했다.

"에너지가 당신에게로 흘러들어 가는 게 보여요."

파블로의 몸 주위에 가냘픈 초록색의 에너지 장이 있는 걸 알아차릴 수 있었다. 그가 새로 꺾어와 테이블 위의 꽃병에 꽂아 둔 꽃 역시 빛을 발하고 있는 듯했다. 그때 파블로가 말했다.

"일곱 번째 통찰을 완전히 이해하고 진정한 진화의 흐름에 들어서려면 모든 통찰을 끌어당겨서 하나의 존재 속에 합쳐야 해요."

내가 아무 말도 하지 않자 파블로가 말을 이었다.

"통찰들을 얻고 나면 세상이 얼마나 달라지는지 간단히 설명할 수 있으세요?"

나는 잠시 생각해 본 다음 말했다.

"나는 깨어나서 세상이란 우리에게 필요한 걸 제공해 주는 신비로운 장소임을 알았어요. 우리가 과거를 깨끗이 청산하고 올바른 길에 머문다면 말이죠."

"그다음엔 어떻게 되죠?"

"그러면 우리는 진화의 흐름을 탈 준비가 되죠."

"어떻게 하면 우리가 그 과정에 참여하게 되죠?"

나는 잠깐 생각을 정리했다.

"삶에서 생기는 의문을 마음속에 확실히 간직하고 있어야 해요. 그리고 꿈이든, 직감에 따른 생각이든, 주위 환경이 보여 주는 것이든, 우리 눈에 뚜렷이 들어오는 것이든 그런 것들이 제시하는 방향을 유심히 살펴봐야 하죠."

나는 잠시 말을 멈추고 통찰 전체를 한데 모아 보려고 시도했다. 그러고 나서 덧붙여 말했다.

"우린 에너지를 쌓은 다음에 상황, 즉 우리가 당면한 문제의 중심에 우리 자신을 오게 해요. 그러면 어떤 직관이 어디로 가야겠다거나 뭘 해야겠다는 아이디어로 떠올라 우리를 인도하죠. 그다음엔 또 우연한 일들이 일어나서 그 방향으로 움직이게 해 주죠."

파블로는 고개를 크게 끄덕이며 말했다.

"그래요, 맞아요! 바로 그거예요! 그리고 매번 이런 우연들이 일어나서 새로운 뭔가를 향해 인도할 때마다 우리는 성장해 더욱더 충만한 인격체, 더 높은 진동 속에 존재하는 사람이 되는 거죠."

파블로는 내 쪽으로 몸을 기울이고 있었는데 믿을 수 없으리만치 엄청난 에너지로 둘러싸여 있었다. 밝게 웃고 있는 그는 더 이상 수줍어하지 않고 심지어 어려 보이지도 않았다. 완전한 힘으로 충만해 보였다.

"파블로, 대체 어떻게 된 거예요? 처음 만났을 때에 비하면 자신감과 지혜가 넘치고 뭔가 신비한 힘이 가득 찬 것 같으니 말이에요."

파블로가 웃으며 말했다.

"당신이 처음 왔을 때 저는 에너지가 빠져나간 상태였어요. 처음엔 당신이 제 에너지의 흐름을 도와줄 수 있을 거라고 생각했어요. 그러다 당신이 아직 그걸 배우지 못했다는 걸 알았죠. 그 능력은 여덟 번째 통찰에서 배우는 것이니까요."

순간 나는 어리둥절해하며 말했다.

"내가 배우지 못했다고요?"

"신비스럽게 주어지는 모든 해답은 실은 다른 사람들에게서 오는 거예요. 당신이 페루에 온 뒤로 배운 모든 것을 돌이켜 보세요. 전부 우연히 만나게 된 다른 사람들의 행동을 통해서 당신에게 오지 않았나요?"

파블로의 말이 옳았다. 나는 정말이지 언제나 적당한 시기에 적당한 사람들을 만났다. 샬린부터 웨인, 윌, 마저리, 필, 크리스, 산체스 신부와 칼 신부 그리고 이제 파블로까지. 파블로는 계속해서 말했다.

"심지어 필사본조차 누군가를 통해 쓰인 거예요. 하지만 만나는 사람들이 모두 당신에게 메시지를 전해 줄 만큼 에너지가 있거나 그것에 대해 명료하진 않을 겁니다. 그때는 당신이 에너지를 보내 줘서 그들을 도와야 해요. 식물의 아름다움에 집중해 당신의 에너지를 식물에 투사하는 걸 배웠다고 말씀하셨죠, 기억나세요?"

"그럼요."

"사람에게도 그와 똑같이 하면 돼요. 당신의 에너지가 내면으로 흘러들어 가면 그들은 자신의 진실을 더 쉽게 보게 되죠. 그러면 그들은 그 진실을 당신에게 알려 줄 거예요. 코스토스 신부가 하나의 예로 그분은 당신에게 중요한 메시지를 갖고 있었어요. 하지만 당신이 도와주지 않아서 그분은 그걸 드러낼 수 없었어요. 당신은 그분에게 대답만 요구했어요. 그래서 그분과 당신 사이에 에너지 경쟁이 생겼어요. 그걸 느꼈을 때 그분은 자기가 협박자에게 당하던 어린 시절의 드라마가 발동돼 대화를 뒤집어엎었죠."

"그럼 내가 어떻게 말했어야 좋았을까요?"

파블로는 대답하지 않았다. 그때 감방 문 앞에서 누군가의 음성이 들렸고, 이어서 코스토스 신부가 들어왔다. 신부는 희미한 미소를 띤 채 파블로에게 고개를 까딱해 보였다. 파블로는 활짝 미소를 지었는데 마치 그 신부를 실제로 몹시 좋아하는 듯 보였다. 잠시 뒤 신부는 얼굴 표정이 변하더니 엄한 눈길을 내게로 돌렸다. 불안감이 나를 옥죄었다. 신부는 사무적인 말투로 말했다.

"세바스티안 추기경님이 당신을 만나 보시겠다고 하오. 당신은 오늘 오후 이키토스로 이송될 것이오. 그분이 묻는 질문에 제대로 답변해야 할 거요."

"그분이 왜 저를 보기 원하시죠?"

"당신이 체포됐을 때 타고 있던 트럭이 우리 신부들 가운데 한 사람의 소유물이기 때문이오. 우리는 당신이 그 신부에게서 복사본을 받았으리라고 짐작하오. 다른 사람도 아닌 우리 신부들 가운데 법을 어긴 이가 있다는 건 매우 중대한 문제요."

코스토스 신부는 단호한 표정으로 나를 바라봤다. 그때 파블로를 힐끗 봤더니 그는 계속하라는 듯이 고개를 끄덕였다.

"필사본이 당신네 종교의 기반을 뒤흔들고 있다고 생각하고 계신 겁니까?"

나는 부드러운 말투로 물었다. 그러자 코스토스 신부는 의기양양한 표정이 되어 대답했다.

"그건 우리 종교만이 아니라 모든 종교에 해당하는 말이오. 이 세상에 대해 아무런 계획도 없다고 생각하오? 그렇지 않소. 하느님이 주도하시는 거요. 하느님은 우리에게 각자의 운명을 맡겨 주신 거고 우리의 도리는 그분이 정해 주신 법칙에 순종하는 거요. 진화는 거짓 신화일 뿐이오. 미래 역시 하느님이 원하시는 방식으로 창조되는 거요. 인간이 스스로 진화할 수 있다고 말하는 건 그분의 뜻을 부정하는 거나 다름없소. 그렇게 되면 사람들은 서로 떨어져 자기밖에 모르는 이기적인 인간이 될 거요. 그들은 자신들의 진화만 중요하게 여길 뿐 하느님의 계획을 소홀히 할 거요. 결국 그들은 지금보다 오히려 더 서로를 나쁘게 대할 것이오."

나는 더는 물어볼 말이 생각나지 않았다. 코스토스 신부는 나를 잠시 바라보고는 짐짓 다정한 말투로 말했다.

"세바스티안 추기경님에게 협조하길 바라오."

코스토스 신부는 몸을 돌려 파블로를 쳐다보더니 내 질문을 잘 처리한 것에 자부심을 느끼는 듯한 표정을 지어 보였다. 파블로는 신부에게 미소만 지은 채 또 고개를 끄덕였다. 코스토스 신부가 밖으로 나가자 군인은 감방 문을 잠갔다. 파블로는 자기 침상에 앉아 앞으로 몸을 내밀면서 나를 보고 환하게 웃었다. 그의 태도는 완전히 바뀌었고 얼굴에도 자신감이 넘쳤다. 나도 파블로를 보고 미소 지었다. 이번에 파블로는 익살스러운 표정으로 물었다.

"방금 전에 무슨 일이 일어났는지 아세요?"

나도 익살을 부리려고 어깨를 으쓱하며 말했다.

"내가 생각보다 큰 문제에 빠져 있다는 거요?"

그러자 파블로는 웃으며 말했다.

"그 밖에 또 무슨 일이 일어났죠?"

"무슨 얘길 하려고 그러는지 모르겠군요."

"여기에 왔을 때 당신이 갖고 있던 문제들이 뭐였어요?"

"마저리와 윌을 찾길 원했던 것?"

"예, 둘 중 한 명은 찾았죠. 또 다른 질문은 뭐였죠?"

"나는 교회가 필사본에 반대하는 건 악의라기보다는 어떤 부분을 오해했기 때문이라고 느꼈어요. 그래서 그들이 뭘 생각하는지 알고 싶었죠. 왠지 그들과 이야기를 잘하면 오해를 풀 수 있을 거라는 생각이 들었거든요."

이렇게 말하고 나서 파블로가 말하려는 게 뭔지 문득 깨달았다. 내가 여기서 코스토스 신부를 만난 것은 필사본의 어떤 점을 오해하고 있는지 알아내기 위해서였다. 파블로가 진지하게 물었다.

"당신이 받은 메시지는 뭐였나요?"

"메시지라고요?"

"예, 메시지요."

나는 파블로를 바라보며 말했다.

"그들은 인간이 진화에 참여한다는 걸 기분 나쁘게 생각하고 있었어요, 그렇죠?"

"예."

"그들에게는 물리적인 진화란 개념만으로도 충분히 기분이 나쁘죠. 그런데 그 개념을 일상생활이나 개인의 결정, 심지어 역사에까지 확장하다니 도저히 받아들일 수 없는 일이죠. 그들은 인간이 진화하면 결국은 미쳐 날뛰게 되고 인간관계도 훨씬 악화될 거라고 여기고 있죠. 그렇게 생각하면 그들이 필사본을 없애려는 것이 결코 무리는 아니죠."

"그들이 생각을 바꾸도록 설득할 수 있겠어요?"

"아니, 나 자신도 아직은 충분히 모르는걸요."

"그들을 설득하려면 어떤 걸 갖춰야 할까요?"

"진리를 알아야겠죠. 그리고 모든 사람이 통찰을 얻어서 진화할 때가 되면 서로 어떻게 대해야 하는지 그 방법도 알아야 할 거예요."

파블로는 기쁘다는 듯이 웃었다.

"왜 웃는 거죠?"

나도 따라 웃으며 물었다.

"사람들이 서로 어떻게 대해야 하는지는 바로 그다음 통찰에 나와요. 여덟 번째 통찰이죠. 왜 교회가 필사본에 반대하는지 알고 싶어 했던 당신의 의문이 또 다른 의문으로 진화한 거죠."

나는 깊이 생각하고 나서 대답했다.

"그렇군요. 난 이제 여덟 번째 통찰을 찾아야 해요. 여기서 나가야만 해요."

그러자 파블로가 주의를 주었다.

"너무 서두르지는 마세요. 앞으로 더 나아가기 전에 일곱 번째를 완전히 이해했는지 확실히 하셔야 해요."

"내가 제대로 이해한 것 같아요? 진화의 흐름을 타고 있나요?"

"그렇게 될 거예요. 마음속에 항상 의문들을 간직하고 있어야 한다는 걸 기억한다면 말이죠. 심지어 아직 자각하지 못한 이들조차 헤매다가 답이 있는 곳에서 넘어져 나중에 우연의 일치가 일어났다는 걸 알기도 하죠. 이런 답들이 올 때 우리가 알아볼 수 있다면 그게 바로 일곱 번째 통찰이에요. 그것은 일상생활의 경험을 높은 차원으로 끌어올려요.

우리는 모든 사건 하나하나에 중요한 의미가 있으며, 어떤 식으로든 우리의 의문과 관련된 메시지가 담겨 있다고 생각해야 해요. 나쁜 일이 일어날 땐 더욱 그렇죠. 일곱 번째 통찰에 따르면 모든 사건에서 그 안에 숨어 있는 좋은 면, 곧 메시지를 찾아내는 건 아주 중요해요. 그것이 아무리 부정적인 일이라고 해도 말이에요. 처음에 당신은 체포돼서 모든 게 끝났다고 생각했어요. 하지만 이제는 당신이 여기에 와야만 했다는 걸 알게 되었어요. 당신이 찾던 답이 여기에 있었으니까요."

파블로의 말이 옳았다. 하지만 내가 여기에 와서 답을 찾고 더 높은 수준으로 진화했다면 그 역시 그랬어야 하지 않을까. 갑자기 누군가 복도를 걸어오는 소리가 들렸다. 파블로는 진지한 표정으로 나를 똑바로 쳐다봤다.

"잘 들으세요. 제가 말씀드린 걸 꼭 기억하세요. 다음번에 여덟 번째 통찰이 당신에게 올 거예요. 그건 인간관계의 윤리, 더 많은 메시지를 공유할 수 있도록 다른 사람을 대하는 방법에 관한 내용이에요. 하지만 너무 빨리 가려고 서두르지 말아야 한다는 점을 명심하세요. 당신의 상황 안에 중심을 잡고 머물러 계세요. 당신의 의문은 뭐죠?"

"월이 어디 있는지 알아내고 싶어요. 또 여덟 번째 통찰을 찾고 싶어요. 마저리도 찾고 싶고요."

"마저리에 관해 당신의 직관은 뭐라고 말하고 있죠?"

나는 잠시 생각해 보고 나서 대답했다.

"내가 탈출하리라는 것, 우리가 탈출하리라는 것."

누군가가 문으로 다가오는 소리가 들렸다. 나는 파블로에게 서둘러 물었다.

"내가 메시지를 가져왔나요?"

"물론이죠. 당신이 처음 왔을 때는 제가 왜 여기에 있는지 몰랐어요. 일곱 번째 통찰을 전하는 일과 관계가 있다는 건 알았지만 제 능력을 못 믿었죠. 제가 충분히 알고 있다고 생각하지 않았거든요. 당신 덕분에 제가 그걸 할 수 있다는 걸 알았어요. 바로 그것이 당신이 제게 전해 준 메시지 가운데 하나였어요."

"그것 말고도 더 있어요?"

"예, 교회 측이 필사본을 받아들이도록 그들을 이해시킬 수 있다는 당신의 직관이 제게도 하나의 메시지였어요. 제가 여기 있는 건 코스토스 신부님을 설득하기 위해서라고 생각하게 됐어요."

파블로가 말을 마침과 동시에 군인 한 명이 문을 열고 나를 손짓으로 불렀다. 나는 파블로를 쳐다봤다. 그는 시간이 없다는 생각에 빠르게 말했다.

"다음번 통찰에 나오는 개념 한 가지를 알려 드리고 싶어요."

군인은 파블로를 노려보더니 내 팔을 잡고 밖으로 끌어낸 다음 문을 잠갔다. 군인에게 끌려가는 동안 파블로는 창살 틈으로 나를 보면서 이렇게 외쳤다.

"여덟 번째 통찰에서는 한 가지 사실을 경고하고 있어요. 다른 사람에게 중독되면 성장이 멈추게 된다는 경고예요!"

사람 사이의 윤리

군인을 따라 계단을 올라 밖으로 나오니 햇빛이 눈부셨다. 파블로의 말이 귓가에서 메아리쳤다. 다른 사람에게 중독된다고? 무슨 뜻으로 한 말이었을까? 어떤 종류의 애착을 말하는 걸까?

군인은 나를 데리고 길을 따라 주차구역으로 갔다. 거기엔 다른 군인 두 명이 군용 지프 옆에 서 있었다. 다가가는 동안 두 군인은 뚫어지게 우리를 지켜봤다. 지프 안이 보일 만큼 가까워졌을 때 뒷좌석에 이미 사람이 타고 있는 것이 보였다. 마저리였다! 그녀는 안색이 창백하고 불안해 보였다. 마저리가 나를 보기 전에 뒤에 있던 군인이 내 팔을 움켜잡더니 그녀의 옆자리에 앉게 했다. 다른 군인 두 명은 앞에 앉았다. 운전석에 앉은 군인이 흘낏 우리를 돌아본 뒤 차에 시동을 걸고 북쪽으로 향했다.

"영어 할 줄 알아요?"

나는 군인들을 향해 물었다. 조수석에 앉은 군인은 살찐 사람이었는데 나를 한참 바라보며 스페인어로 몇 마디 내뱉고는 매몰차게 휙 돌아앉았다.

나는 마저리에게 주의를 돌리고 귓속말로 물었다.

"괜찮아요?"

"저는 어……."

마저리는 말을 잇지 못한 채 눈물을 흘렸다. 눈물이 뺨을 타고 흘러내렸다.

"괜찮아질 거예요."

마저리를 안심시키려고 한쪽 팔로 그녀의 어깨를 감쌌다. 마저리는 나를 보며 미소를 지으려고 애쓰다가 이내 내 어깨에 머리를 기댔다. 나는 참을 수 없는 격정에 사로잡혔다.

한 시간 동안 우리는 비포장도로를 달리느라 연신 튀어 오르며 엉덩방아를 찧었다. 밖으로 보이는 풍경은 갈수록 수풀이 울창해졌다. 밀림으로 들어가는 것 같았다. 그러다가 어느 굽이진 길을 하나 돌자 이제까지 울창하던 수풀이 탁 트이며 작은 촌락이 나타났다. 목재로 뼈대를 지은 건물들이 도로 양쪽에 줄지어 있었다.

100미터쯤 전방에 대형 트럭 한 대가 길을 가로막고 서 있었다. 군인 몇 명이 정지신호를 보냈다. 그들 뒤로 차가 몇 대 더 있었는데 개중엔 노란색 점멸등을 번쩍이는 차량도 서너 대 포함되어 있었다. 나는 정신을 바싹 차리고 있었다. 우리가 정지했을 때 군인 한 명이 다가와 스페인어로 뭐라고 말했다. 내가 알아들은 유일한 단어는 '가솔린'뿐이었다. 우리와 함께 타고 온 군인들은 지프에서 내려 다른 군인들과 이야기를 나누고 있었다. 무기를 든 그들은 수시로 우리 쪽을 힐끔힐끔 쳐다봤다.

그때 왼쪽으로 꺾어진 작은 길이 눈에 들어왔다. 상점과 입구들을 바라보는 동안 내 지각에 뭔가 미묘한 변화가 일어났다. 건물들의 모양과 색깔이 갑자기 도드라지면서 훨씬 더 뚜렷해진 것이다.

마저리의 이름을 속삭이자 그녀가 나를 올려다봤다. 그 순간 마저리가 무슨 말을 하기도 전에 엄청난 굉음과 함께 지프가 세차게 뒤흔들렸다. 우리 앞에서 어마어마한 불기둥이 솟아올랐고 군인들은 바닥에 나동그라졌다. 자욱한 연기와 떨어지는 재로 시야가 확보되지 않았다.

"빨리요!"

나는 마저리를 차에서 잡아끌며 외쳤다. 혼란을 틈타서 우리는 내가 조금 전 눈여겨봤던 골목길 방향으로 내달렸다. 뒤쪽에선 신음소리와 아우성치는 소리가 들려왔다. 우리는 연기에 휩싸인 채 사오십 미터쯤 달렸다. 문득 왼쪽에 출입문 하나가 보였다.

"이리로!"

나는 소리치며 마저리와 함께 열린 문 안으로 뛰어들었다. 서둘러 문을 단단히 닫고 몸을 돌려 보니 중년의 여성이 우리를 빤히 쳐다보고 있었다. 생판 모르는 사람 집에 뛰어든 것이다.

나는 어떻게든 미소를 지으려고 애쓰면서 그 여인을 마주 봤다. 폭발이 일어나고 낯선 사람 두 명이 자기 집 안에 뛰어들었는데도 여인의 표정엔 공포나 두려움이 보이지 않았다. 오히려 재미있다는 듯 미소를 띠고 있었다. 그녀는 우리가 올 줄 예상하고 있었으며, 이젠 뭔가를 해야 한다는 걸 받아들인 듯한 표정이었다. 여인 뒤에는 네

살쯤으로 보이는 아이가 의자에 앉아 있었다. 여인이 영어로 말했다.
"서둘러요! 그들이 당신들을 찾을 거예요!"
여인은 우리를 가구가 별로 없는 거실 뒤로 데려가 복도를 지나 나무 계단을 몇 개 내려가더니 기다란 지하실로 안내했다. 아이는 여인 옆에 붙어서 우리를 따라왔다. 우리는 재빨리 지하실을 통과해 다른 쪽 계단을 올라가 문을 열고 밖으로 나갔다. 그 문은 골목길과 이어져 있었다.
여인은 그곳에 세워 뒀던 소형차 문을 열고 서둘러 우리를 태웠다. 그녀는 우리에게 뒷좌석에 누우라고 지시한 뒤 우리 몸 위로 담요를 한 장 덮었다. 그러고는 차를 몰았는데 북쪽으로 방향을 잡는 것 같았다. 나는 그 모든 일이 일어나는 동안 한 마디도 하지 않고 그저 여인의 직관에 따랐다. 무슨 일이 일어났는지 온전히 깨닫게 되자 갑자기 에너지가 온몸에 용솟음쳤다. 탈출에 대한 내 직감이 현실로 이뤄진 것이다. 마저리는 두 눈을 꼭 감은 채 내 곁에 누워 있었다.
"괜찮아요?"
내 속삭임에 마저리는 눈물이 그렁그렁한 눈으로 나를 보며 고개를 끄덕였다. 십오 분쯤 지났을 때 여인이 말했다.
"이젠 앉아 있어도 괜찮을 것 같아요."
나는 담요를 옆으로 밀치고 주위를 둘러봤다. 북쪽으로 꽤 올라왔을 뿐 폭발이 일어났던 곳과 같은 길인 것 같았다. 나는 그 여인의 정체를 묻지 않을 수 없었다.
"당신은 누구십니까?"
여인은 고개를 돌려 살짝 미소를 띤 채 나를 바라봤다. 그녀는 마흔 살가량으로 보였는데 균형 잡힌 몸매에 머리를 어깨까지 기르고 있었다.

"칼라 디즈라고 해요. 이 아이는 제 딸 마레타고요."

조수석에 앉은 아이는 미소를 머금은 채 호기심이 가득 찬 커다란 눈으로 우리를 쳐다보고 있었다. 아이의 머리카락은 새까맣고 역시 길었다. 나는 우리가 누구인지 소개하고 나서 물었다.

"우리를 도와야겠다는 걸 어떻게 아셨습니까?"

칼라의 미소는 더 크게 번졌다.

"필사본 때문에 군인들에게서 도망쳐 오신 거 맞죠?"

"예, 하지만 어떻게 아셨습니까?"

"저도 필사본을 알아요."

"우리를 어디로 데려가는 중입니까?"

"그건 몰라요. 이번엔 당신이 저를 도와주셔야 합니다."

나는 마저리 쪽으로 시선을 돌렸다. 그녀는 칼라와 이야기를 나누는 나를 지켜보고 있었다. 다시 칼라에게 시선을 돌려 말했다.

"실은 저도 어디로 가야 할지 모르겠습니다. 붙잡히기 전에는 이키토스에 가려고 했는데요."

그러자 칼라가 물었다.

"거기엔 왜 가려고 하셨는데요?"

"친구를 찾아보려고요. 그는 아홉 번째 통찰을 찾고 있거든요."

"그건 위험한 일이에요."

"저도 압니다."

"그럼 당신들을 그리로 데려다 드릴게요. 그럴 거지, 마레타?"

어린 소녀는 깔깔거리더니 어린아이답지 않게 야무지게 대답했다.

"물론이에요."

나는 칼라에게 다시 물었다.

"아까 거기서 어떤 종류의 폭발이 일어난 건가요?"

"가스 트럭이었나 봐요. 얼마 전에도 같은 사고가 일어났는데 가스가 샜다고 했어요."

칼라가 우리를 돕기로 결정한 게 얼마나 신속했는지 다시 생각해 봐도 여전히 놀라워서 나는 그 질문을 더 밀어붙여 보기로 했다.

"우리가 군인들에게서 도망쳐 왔다는 걸 어떻게 알았습니까?"

칼라는 숨을 깊이 들이쉬고 나서 말했다.

"어제 군용차량이 수없이 마을을 관통해서 북쪽으로 지나갔어요. 아주 드문 일이었기 때문에 두 달 전 내 친구들이 잡혀가던 때가 생각나더군요. 그 친구들과 나는 함께 필사본을 공부했죠. 여덟 개 통찰을 모두 가진 건 이 마을에서는 우리뿐이었답니다. 그러다가 군인들이 와서 친구들을 데려간 거예요. 그 이후로 그들의 소식을 듣지 못했어요.

어제 트럭 행렬을 지켜보면서 군인들이 복사본을 계속 뒤지고 있다는 걸 알고 내 친구들처럼 다른 이들도 도움이 필요하겠다는 걸 알았어요. 그리고 그런 사람들을 도와주는 내 모습을 마음속으로 그려 봤죠. 물론 그 특정한 때 그런 특정한 생각이 났다는 건 뭔가 의미가 있을 거라는 생각이 들었어요. 그래서 당신들이 우리 집에 들어왔을 때 크게 놀라지 않은 거죠."

칼라는 말을 멈추더니 내게 물었다.

"당신도 이런 경험을 해 본 적이 있나요?"

"예."

그때 칼라가 속도를 낮췄는데 앞에 교차로가 있었다. 그녀는 우리를 향해 말했다.

"내 생각엔 여기서 우회전해야 할 것 같아요. 시간은 더 걸리겠지만 안전할 겁니다."

칼라가 차를 오른쪽으로 돌리자 왼쪽으로 미끄러진 마레타는 바닥으로 떨어지지 않으려고 좌석을 붙잡은 채 깔깔거리며 웃었다. 마저리는 흐뭇한 표정으로 어린 소녀를 지켜보더니 칼라에게 물었다.

"마레타는 몇 살이에요?"

칼라는 언짢은 기색이었지만 이내 점잖게 말했다.

"마치 아이가 여기에 없는 듯 그 애에 대해 이야기하지 말아 주세요. 그 애가 어른이었다면 당신은 직접 물었을 테죠."

"아, 죄송합니다."

마저리는 얼른 사과했다.

"다섯 살이에요."

마레타는 자랑스럽다는 듯 말했다.

칼라는 운전에 집중한 채 물었다.

"두 분은 여덟 번째 통찰을 공부하셨나요?"

마저리가 먼저 대답했다.

"아뇨, 저는 세 번째 통찰까지만 봤어요."

곧이어 내가 대답했다.

"저는 여덟 번째를 할 차례입니다. 혹시 복사본을 갖고 있나요?"

"아뇨, 복사본 모두 군인들이 압수한걸요."

"혹시 여덟 번째에서 어린아이에게 말하는 법을 다루나요?"

"예, 거기엔 사람들이 궁극적으로 서로 어떻게 관계를 맺을지 배우게 되리라는 것과 그 밖에도 예를 들어 다른 사람에게 에너지를 투사하는 방법이나 다른 사람에게 중독되지 않도록 피하는 방법 등 여러 가지 내용이 나옵니다."

'똑같은 경고가 또 나오는군.'이라고 생각하며 칼라에게 그게 무슨 뜻인지 물어보려던 참에 마저리가 말했다.

"우리에게 여덟 번째 통찰에 대해 말씀해 주실 수 있나요?"

칼라가 설명하기 시작했다.

"여덟 번째 통찰은 사람들과 관계를 맺을 때 에너지를 새롭게 사용하는 방식에 관한 거예요. 하지만 그건 아동기에 처음 시작됩니다."

칼라의 설명을 듣다가 궁금해 물었다.

"어린아이를 어떤 시각으로 봐야 할까요?"

"그들을 실제의 그들로서, 즉 우리를 전진시키는 진화의 종착점으로 대해야 합니다. 하지만 아이들의 진화를 위해 우리는 끊임없이 그리고 조건 없이 도와줘야 해요. 아이들에게 일어날 수 있는 최악의 일은 그들의 잘못을 지적하고 교정하며 끊임없이 그들의 에너지를 소진시키는 것이죠. 그런 경우 우리가 익히 알고 있듯이 통제의 드라마가 형성되죠.

하지만 상황이 어찌 됐든 아이들이 필요로 하는 에너지를 어른들이 모두 주는 경우 아이로서는 그런 식의 조종을 학습할 필요가 없습니다. 그래서 아이들도 대화에 참여시켜야 하는데 특히 자신들에 관한 대화일 땐 더욱 그렇죠. 또한 우리는 자신이 완전히 관심을 기울이는 것이 가능한 이상은 자녀 양육의 책임을 지지 않도록 해야 합니다."

"필사본에 그런 이야기가 모두 나와 있나요?"

"예, 그리고 자녀의 수에 대해 특히 강조하고 있습니다."

순간 나는 어리둥절해 물었다.

"자녀의 수가 왜 그렇게 중요합니까?"

운전 중이던 칼라는 나를 힐끗 쳐다보더니 말했다.

"왜냐하면 성인이라도 한 번에 단 한 아이에게만 온전히 관심을 쏟으며 주의를 집중할 수 있기 때문이죠. 어른 수에 비해 아이 수가 너무 많으면 어른들은 압도당해 에너지를 충분히 줄 수 없게 됩니다. 그러면 아이들은 어른의 관심과 시간을 얻으려고 서로 경쟁을 벌이게 되죠."

"소위 형제간의 경쟁이군요."

"예, 필사본에서는 이 문제가 사람들이 흔히 생각하는 것보다 더 중요하다고 설명합니다. 어른들은 종종 대가족의 개념과 그 안에서 아이들이 함께 성장하는 걸 미화시키죠. 하지만 아이들은 다른 아이들이 아닌 어른들한테서 세상을 배워야 합니다. 아이들끼리 무리를 지어 뛰어다니는 문화가 너무 많습니다. 필사본에서는 인류가 서서히 이것을 이해하게 될 거라고 말합니다. 아이 한 명에 항상 온전히 관심을 쏟으며 전념할 수 있는 어른이 최소 한 명이 안 된다면 아이들을 세상에 나오게 해선 안 된다는 거예요."

"하지만 잠깐만요, 생존을 위해 부모가 모두 일해야만 하는 경우가 상당히 많습니다. 그 주장대로라면 그런 사람들은 아이를 가질 권리가 없다는 말 같군요."

"꼭 그렇지만은 않아요. 필사본에 따르면 인류는 가족을 혈연의 범주 밖으로까지 확장하는 법을 배우게 된답니다. 그러면 누군가 다른 사람이 한 번에 한 아이에게 온전히 주의를 기울일 수 있게 되죠. 에너지가 전적으로 부모한테서만 나와야 하는 건 아니니까요. 사실은 안 그러는 편이 더 낫죠. 하지만 아이를 돌보는 사람이 누구든 반드시 일대일의 관심을 줘야 해요."

"어쨌든 당신은 뭔가 잘하셨나 봅니다. 마레타는 사리분별이 뛰어나 보입니다."

이번에도 칼라는 미간을 찌푸리고 말했다.

"저한테 이야기하지 말고 아이한테 직접 말하세요."

나는 아이를 쳐다보며 말했다.

"아, 참 그렇군요. 넌 정말 어른스럽게 행동하는구나, 마레타."

아이는 잠시 수줍은 듯 딴 데를 쳐다보더니 이내 나를 보며 말했다.

"고마워요."

칼라는 다정하게 아이를 안았다. 그리고 자랑스러움을 가득 담은 표정으로 나를 쳐다봤다.

"지난 이 년간 저는 필사본에서 알려 주는 대로 마레타에게 이야기하려고 노력해 왔어요. 그랬지, 마레타?"

아이는 미소를 지으며 고개를 끄덕였다.

"나는 아이에게 에너지를 주려고, 또 모든 상황을 아이가 이해할 수 있는 언어로 이야기하려고 노력해 왔습니다. 아이가 어린아이다운 질문을 했을 땐 어른들 대부분이 스스로 재미있자고 해 주는 그런 종류의 허무맹랑한 대답을 하고 싶은 유혹을 떨쳐 버리고 진지하게 대답해 주었죠."

나는 미소를 지은 채 물었다.

"그러니까 '아기는 황새가 데려온다.'는 식의 이야기 말인가요?"

"예, 그래요. 하지만 그런 종류의 문화적인 표현은 그리 나쁘진 않죠. 그런 것들은 어차피 늘 똑같기 때문에 아이들도 금방 알아냅니다. 그런데 어른들이 그저 장난삼아서, 또 아이들이 이해하기엔 진실이 너무도 복잡하다고 생각해 즉석에서 꾸며 내는 왜곡은 더 나쁩니다. 그건 정말 옳지 않아요. 아이가 이해할 수 있는 언어로 언제나 진실을 알려 줘야 합니다. 이는 조금만 더 생각해 보면 되는 일입니다."

"이 주제에 대해 필사본에는 뭐라고 씌어 있습니까?"

"우리는 언제든 아이에게 진실을 알려 줄 방법을 찾아내야 한다고 했어요."

평소 아이들을 놀려먹기를 즐기는 편이었으므로 이 통찰에 대해 내 안의 어떤 부분이 저항하고 있었다.

"아이들도 대개 어른들이 그냥 장난으로 그런다는 걸 이해하지 않나요? 이 모든 게 아이들을 너무 빨리 자라게 하고, 어린 시절의 즐거움을 빼앗아 가는 것처럼 여겨지는데요."

칼라는 엄한 눈길로 나를 쳐다봤다.

"마레타는 항상 즐겁게 지낸답니다. 우린 서로 뒤쫓고 뒹굴고 온갖 종류의 상상 속 놀이를 하고 놀아요. 다만 차이가 있다면 우리가 공상할 때 마레타가 그걸 안다는 점이죠."

나는 고개를 끄덕이며 칼라의 말에 공감을 나타냈다. 그녀가 말을 이었다.

"마레타는 언제나 옆에 내가 함께 있어 자신감이 있는 듯해요. 아이가 필요로 할 때면 일대일로 주의를 기울여 줬으니까요. 어쩌다 함께 있어 줄 수 없는 경우 바로 옆집에 사는 제 여동생이 대신 돌봤죠. 질문을 하면 언제나 어른이 대답해 주었기 때문에, 또 항상 진정한 관심을 받고 자랐기 때문에 마레타는 투정을 부리거나 감정을 과시해야 할 필요성을 느껴 본 적이 없죠.

마레타에겐 에너지가 충분해 앞으로도 언제나 충분히 가질 수 있을 거예요. 그래서 제가 이미 마레타와 이야기하고 있듯 어른들한테서 에너지를 받는 데서 우주에서 받는 걸로 전환하기가 아이에겐 한결 쉬운 것 같아요."

나는 바깥의 지형에 주목했다. 이제 우리는 깊은 밀림 속을 통과하는 중이었는데 해는 보이지 않았지만 때가 오후 늦은 시간인 걸 알 수 있었다.

"오늘 밤 안으로 이키토스에 도착할 수 있을까요?"

"아뇨, 하지만 제가 아는 집이 있으니 거기서 머물면 됩니다."

"이 근처예요?"

"그래요, 제 친구 집이에요. 그 사람은 야생동물을 보호하는 일을 하고 있어요."

"정부를 위해 일하는 분인가요?"

"아마존의 일부 구간은 보호구역이에요. 그는 이 지역의 담당자인데 영향력을 갖고 있어요. 이름은 후안 힌튼이에요. 염려하지 마세요. 후안은 필사본의 내용을 믿지만 정부 측 사람들이 그를 괴롭혔던 적은 한 번도 없으니까요."

우리 일행이 도착했을 무렵엔 하늘이 완전히 어두워져 있었다. 주변의 밀림은 밤의 소리들로 생기가 가득 찼고 공기는 후텁지근했다. 촘촘한 나뭇잎 사이로 개간지 끝에 불을 환히 밝힌 커다란 목조 주택이 보였다. 근처엔 커다란 건물 두 동과 지프차 몇 대가 서 있었다. 또 다른 차량 한 대는 받침대 위에 올라가 있고, 몇 사람이 그 아래서 불빛을 받으며 일하고 있었다.

칼라가 문을 두드리자 마른 몸집에 값비싼 의복을 차려 입은 페루 남자가 나와서 미소를 띠며 그녀를 반겼다. 그러나 계단 아래서 기다리고 있는 마저리와 나, 마레타를 보더니 그 사람의 표정이 바뀌었다. 스페인어로 칼라와 이야기하던 그는 언짢고 걱정스러운 표정을 지어 보였다. 칼라는 간청하는 투로 뭔가를 이야기했지만 그의 거동이나 어조는 우리를 재워 주길 원하지 않는다는 게 분명했다.

그때 벌어진 문 틈 사이로 현관에 어떤 여자가 서 있는 모습이 눈에 들어왔다. 나는 그녀의 얼굴을 보려고 약간 움직였다. 훌리아였다. 계속 바라보고 있자 그녀도 몸을 돌려 나를 봤는데 깜짝 놀란 표정으로 재빨리 걸어 나왔다. 훌리아는 문간에 있던 남자의 어깨에 손을 대고 무슨 말을 가만히 속삭였다. 남자는 고개를 끄덕이더니 체념한 표정으로 문을 열어 줬다. 남자가 서재 쪽으로 안내하는 동안 우리는 각자 그에게 자신을 소개했다.

훌리아가 나를 보고 말했다.

"다시 만났군요."

훌리아는 양옆에 주머니가 몇 개 달려 있는 카키색 바지에 선명한 붉은색 티셔츠 차림이었다. 나는 반가운 마음에 가벼운 말투로 말했다.

"예, 그렇군요."

페루인 하인 한 명이 후안의 걸음을 멈추게 하더니 일 분쯤 이야기를 했다. 그러고 나서 두 사람은 다른 방향으로 걸어갔다. 커피 탁자 옆 의자에 앉아 있던 훌리아가 자기 맞은편의 긴 의자에 앉으라고 우리에게 몸짓으로 권했다. 마저리는 여전히 공포에 질린 표정으로 나를 뚫어지게 바라봤다. 칼라도 마저리가 겪고 있는 고충을 인식한 듯 그녀에게로 가더니 손을 잡으며 말했다.

"우리는 가서 따끈한 차 좀 마셔요."

걸어가다가 마저리는 고개를 돌려 나를 봤다. 나는 미소를 지어 보이고 그들이 모퉁이를 돌아 주방 쪽으로 갈 때까지 지켜봤다. 그러고 나서 훌리아를 봤다. 그녀는 조용히 물었다.

"그래서 당신은 이게 무슨 의미라고 생각하나요?"

"뭐가 뭘 의미한다는 말씀인가요?"

나는 여전히 주의집중이 안 된 상태에서 되물었다.

"우리가 또다시 만나게 된 것 말이에요."

"아, 예. 아직 잘 모르겠는데요."

"칼라와는 어떻게 만나게 되었고, 어디로 가는 중이에요?"

"칼라가 저희를 구해 주었습니다. 마저리와 저는 페루 군대에 억류돼 있었어요. 우리가 탈출했을 때 마침 그곳에 칼라가 있었고 우릴 구해 줬어요."

훌리아는 매우 진지한 표정으로 말했다.

"무슨 일이 일어났는지 말씀해 보세요."

나는 뒤로 기대앉아서 칼 신부의 트럭을 타고 길을 떠난 대목부터 시작해 붙잡힌 것과 가스 폭발이 일어나 그곳에서 탈출한 것까지 전부 이야기해 주었다. 그러자 훌리아가 물었다.

"그리고 칼라가 당신을 이키토스까지 데려다 주겠다고 했고요?"

"예."

"거기엔 왜 가려고 하세요?"

"윌이 칼 신부에게 가겠다고 말한 데가 그곳이기 때문입니다. 아홉 번째 통찰에 대해 윌이 실마리를 쥐고 있는 게 분명해 보입니다. 세바스티안 추기경 역시 이유가 있어 거기에 있는 거겠죠."

훌리아는 고개를 끄덕였다.

"맞아요. 세바스티안의 선교회가 그 부근에 있어요. 그가 인디언들을 개종시켜서 명성을 얻은 데가 바로 거기죠."

"당신은요? 왜 여기 오신 겁니까?"

훌리아는 자신 역시 아홉 번째 통찰을 찾기를 원했으나 단서를 못 찾았다고 털어놓았다. 그리고 오랜 지기인 후안이 자꾸만 생각나서 이 집에 왔다고 했다.

그 말이 내 귀엔 거의 들어오지 않았다. 마저리와 칼라가 주방에서 나와 찻잔을 손에 든 채 홀에 서서 이야기를 나누고 있었다. 마저리는 나하고 시선이 마주쳤지만 아무 말도 하지 않았다.

"저 사람은 필사본을 많이 읽었나요?"

훌리아가 고갯짓으로 마저리를 가리키며 물었다.

"세 번째 통찰까지만 읽었다고 들었어요."

"원한다면 우리가 그녀를 페루 밖으로 데리고 나갈 수 있어요."

나는 몸을 돌려 훌리아를 쳐다봤다.

"어떻게요?"

"내일 롤란도가 브라질로 떠나거든요. 거기 미국 대사관에 우리의 지인이 몇 명 있어요. 그들이 그녀를 미국으로 데려가 줄 거예요. 우린 이런 식으로 다른 미국 사람들을 도왔어요."

나는 건성으로 고개를 끄덕였다. 훌리아의 제안에 대해 상반된 두 가지 감정이 일었기 때문이다. 내 마음 일부는 여길 벗어나는 게 마저리에게 최선책이라는 걸 알았다. 하지만 다른 부분은 그녀가 내 곁에 남아 있기를 원했다. 마저리가 곁에 있을 때면 딴 사람이라도 된 듯 에너지가 넘치는 게 느껴졌다. 나는 혼란스러운 마음으로 말했다.

"그녀와 이야기해 봐야겠습니다."

"물론이죠. 그러고 나서 나중에 다시 이야기해요."

나는 일어서서 마저리에게로 다가갔다. 나를 본 칼라는 주방 쪽으로 걸어갔다. 구석진 장소에 있어 내게서는 마저리가 보이지 않았다. 가까이 걸어가 보니 그녀는 벽에 기대 서 있었다.

마저리를 끌어당겨 품에 안았는데 내 몸 전체가 요동치는 듯했다. 나는 그녀의 귀에 대고 속삭였다.

"이 에너지가 느껴져요?"

마저리는 고개를 들어 나를 쳐다보며 말했다.

"놀라워요. 이게 무슨 의미죠?"

"나도 몰라요. 하지만 우린 서로 연결돼 있어요."

얼른 주위를 둘러보니 아무도 우리를 볼 수 없는 위치였다. 우리는 열렬히 키스했다.

마저리의 얼굴을 들여다보려고 물러서서 봤더니 그녀는 뭔가 달라 보였다. 더 강해진 느낌이었다. 우리가 비시엔테에서 만났던 날이나 쿨라의 식당에서 대화를 나누던 때를 돌이켜 보면 그녀와 함께 있을 때, 그녀가 나를 만졌을 때 얼마나 굉장한 에너지가 느껴졌는지 믿을 수 없을 정도였다.

마저리는 나를 꼭 껴안더니 말했다.

"비시엔테에서의 그날 이후로 당신과 함께 있고 싶었어요. 그땐 어떻게 받아들여야 할지 몰랐지만, 이 에너지는 참 놀랍네요. 완전히 새로운 경험이에요."

곁눈으로 보니 칼라가 미소 지으며 다가오고 있었다. 저녁이 준비 됐다는 말에 식당으로 갔다. 거기엔 다양하고 신선한 과일과 채소, 빵이 푸짐하게 뷔페식으로 차려져 있었다. 각자 접시에 담은 뒤에 모두 커다란 식탁에 둘러앉았다. 마레타가 축복의 기도를 노래로 부르고 나서 우리는 한 시간 삼십 분 동안 천천히 음식을 먹으며 담소를 나눴다. 두려워하던 감정을 떨쳐 버린 후안의 표정에 우리도 탈출로 말미암은 긴장감을 내려놓을 수 있었다. 마저리는 편안하게 대화를 나누는 등 한결 여유로워 보였다. 그녀 옆에 앉아 있으니 따사로운 사랑이 나를 가득 채웠다.

식사를 마치고 나서 후안은 우리를 다시 서재로 안내했다. 장소를 옮기자 달콤한 리큐어(설탕과 식물성 향료 따위를 섞어 만든 알코올음료―옮긴이)와 함께 커스터드가 후식으로 나왔다. 마저리와 나는 긴

의자에 나란히 앉아 각자가 살아온 이야기와 의미 깊은 삶의 경험들을 나눴다. 그녀와 한층 더 가까워진 느낌이 들었다. 단 한 가지 우리가 찾아낸 난관은 마저리는 서해안 쪽에, 나는 남쪽에 살고 있다는 것뿐이었다. 나중에 마저리는 그 문제를 가볍게 일축하더니 활짝 웃어 보였다.

"어서 미국에 돌아가면 좋겠어요. 이쪽저쪽으로 서로 오가며 아주 즐거울 텐데."

좀 뒤로 물러나 앉은 나는 진지한 표정으로 그녀를 바라봤다.

"훌리아가 미국으로 돌아갈 방도를 조치해 줄 수 있다고 했어요."

내 말에 눈을 동그랗게 뜨고 마저리가 물었다.

"우리 둘 다를 말하는 거죠, 예?"

"아니, 난 못 가요."

"왜요? 당신을 두고 나 혼자선 못 가요. 그렇다고 여기에 더 남아 있는 것 역시 견딜 수 없어요. 그랬다간 미치고 말 거예요."

"일단 당신 먼저 가요. 나도 곧 떠날 수 있을 테니까."

마저리는 큰 소리로 말했다.

"싫어요! 내가 그걸 어떻게 견디겠어요?"

마레타를 재워 놓고 서재로 다시 돌아오던 칼라는 우리를 힐끗 보더니 시선을 얼른 다른 데로 돌렸다. 한창 대화를 나누던 후안과 훌리아는 마저리가 소리 지른 걸 전혀 눈치 채지 못한 듯했다.

마저리는 애원하듯 말했다.

"제발 다 놔두고 그냥 돌아가요."

나는 마음이 약해질 것 같아 눈길을 돌렸다. 그러자 마저리는 퉁명스럽게 말했다.

"됐어요, 좋아요! 머물러 있어요!"

이렇게 말한 뒤 마저리는 벌떡 일어나 침실을 향해 빠른 걸음으로 가 버렸다.

걸어가는 마저리의 뒷모습을 지켜보고 있자니 마음이 아팠다. 그녀와 함께 있으면서 쌓아 올렸던 에너지가 산산조각 나더니 갑자기 힘이 빠지면서 혼돈스러웠다. 그 기분을 떨쳐 버리려고 노력했다. '따지고 보면 그녀를 알게 된 지 얼마 되지도 않았잖아.'라며 스스로 타일렀다.

또 다른 한편으론 어쩌면 마저리가 옳을지 모른다는 생각이 들었다. 지금 내가 해야 할 일은 그냥 집으로 돌아가는 것이리라. 여기에 남아 있어 본들 내가 무슨 대단한 일을 해낼 수 있을 것인가? 귀국하면 목숨을 지키면서 어쩌면 필사본을 지지하는 세력을 규합할 수 있을지도 모른다. 일어서서 그녀를 따라 복도로 나가려다가 무슨 이유에선지 도로 앉아 버렸다. 어떻게 해야 할지 판단이 서질 않았다.

"잠깐 옆에 앉아도 괜찮을까요?"

말을 걸어 오기 전까지 칼라가 소파 옆에 서 있다는 걸 전혀 깨닫지 못했다.

"예, 그럼요."

의자에 앉은 칼라는 존중하는 눈빛으로 나를 쳐다봤다.

"대화 내용을 들을 수밖에 없는 상황이었어요. 그래서 당신이 결정을 내리기 전에 여덟 번째 통찰에 나오는 데 관한 내용을 이야기해 드리면 당신에게 도움이 되지 않을까 하는 생각이 들었어요. 바로 다른 사람들에게 중독되는 것이죠."

"예, 아닌 게 아니라 그게 무슨 뜻인지 알고 싶습니다."

"이건 우리 가운데 누구한테든 가능한 일인데, 일단 처음에 명료해지는 법을 배워 잘 진화하고 있다가 다른 사람에게 중독되면서 그게 갑자기 멈춰 버리기도 합니다."

"마저리와 저에 대한 말씀이군요, 그렇죠?"

"그것이 진행되는 과정에 대해 설명해 드릴 테니 판단은 스스로 내리세요."

"좋습니다."

"제게는 통찰의 이 부분이 아주 어려웠다는 걸 먼저 말씀드릴게요. 만일 크리스 교수를 만나지 못했더라면 저는 절대로 이걸 이해하지 못했을 거예요."

나는 깜짝 놀라 외쳤다.

"크리스요? 제가 아는 사람이에요. 네 번째 통찰을 배울 때 그를 만났죠."

내 반응에 칼라는 살짝 미소 짓더니 말했다.

"아무튼 우린 두 사람 다 여덟 번째 통찰에 들어가려던 시점에 만났어요. 그 사람이 우리 집에 며칠 머물렀거든요."

나는 놀라워하며 고개를 끄덕였다.

"크리스는 필사본에서 말하는 중독의 개념은 낭만적인 관계에서 권력투쟁이 일어나는 원인이 뭔지를 설명해 준다고 했어요. 도대체 사랑의 환희와 희열을 끝장내고 돌연히 갈등과 대립으로 변하게 만드는 원인이 뭔지 늘 궁금했는데, 그때 비로소 알게 됐어요. 그건 관련된 두 사람 사이의 에너지 흐름에 따른 결과예요.

처음 사랑이 시작될 때 당사자들은 서로에게 무의식적으로 에너지를 주어 양쪽 모두 둥실둥실 떠 있는 듯한 기분에 마음이 마냥 들뜹니다. 그것이 바로 '사랑에 빠졌다.'라고 부르는 감정이 놀랍도록 고양된 상태죠.

불행한 사실은 일단 사랑하는 사람에게서 이런 느낌을 기대하게 된 이들은 우주의 에너지로부터 자신을 단절시키고 상대방에게서 얻을 수 있는 에너지에 더 크게 의존하게 된다는 데 있어요. 문제는 그때쯤에 에너지가 부족하다고 느낀다는 거죠. 그래서 두 사람은 서로에게 에너지를 주기를 중단하고 상대방의 에너지를 자신에게로 끌어당기고자 서로를 통제하는 드라마로 돌아가죠. 그러면 그 관계는 흔해빠진 힘의 투쟁으로 전락하고 맙니다."

칼라는 내가 이해했는지 살펴보듯 잠시 멈칫하더니 덧붙여 말했다.

"크리스는 이런 유형의 중독에 얼마나 잘 걸릴 수 있는가 하는 민감성을 심리학적으로 설명할 수 있다고 했는데, 그걸 말씀드리면 당신이 이해하는 데 도움이 될까요?"

나는 칼라에게 계속하라는 뜻으로 고개를 끄덕였다.

"크리스의 말에 따르면 어린 시절 가족 내에서 문제가 시작된다고 했어요. 그때 에너지를 두고 경쟁하느라고 우리 중 단 한 명도 심리적으로 중요한 과정을 달성할 수 없게 되죠. 우리는 자신의 반대편 성에 속하는 면을 통합할 수가 없었던 겁니다."

"우리의 뭐를요?"

"제 경우엔 저의 남성적인 면을 통합시킬 수 없었어요. 당신의 경우엔 당신의 여성적인 면을 통합시킬 수 없었고요. 반대되는 성별을 가진 사람, 즉 이성에게 중독되는 이유는 이제라도 우리가 이 반대편 성의 에너지에 접근해야 하기 때문이에요. 아시다시피 우리가 내면의 원천으로 얼마든지 사용할 수 있는 신비로운 에너지는 남성적이면서 여성적입니다. 궁극적으로 우리는 그것에 마음을 열 테지만, 처음 진화를 시작할 때는 조심해야 합니다. 통합 과정은 상당한 시간이 필요하죠.ND신의 여성적 또는 남성적 에너지를 얻으려고 시도하는 도중에 미숙하게 인간의 원천과 연결하는 경우 우리는 우주의 공급 원천을 차단하게 되죠."

무슨 이야기인지 이해가 안 된다고 말하자 칼라는 다시 설명해 주었다.

"이상적인 가정에서 이 통합이 어떻게 일어날지 생각해 보세요. 그러면 제 이야기가 무슨 뜻인지 이해될 거예요. 어떤 가정의 아이든 우선은 자기 삶 속에 존재하는 어른한테서 에너지를 받아야 합니다. 대개의 경우 같은 성별의 부모와 자신을 동일시하며 그 에너지를 통합하기는 쉬운데, 다른 쪽 부모와는 성별 차이 때문에 에너지를 받기가 쉽지 않습니다.

여자아이를 예로 들어 볼까요. 처음 자신의 남성적인 면을 통합하려고 애쓰면서 어린 소녀들은 자신이 아버지에게 몹시 끌린다는 걸 알아요. 아이는 아빠가 늘 곁에 있고 자기와 가깝기를 바라죠. 필사본에서는 아이가 실제로 원하는 것은 남성적인 에너지라고 설명합니다. 왜냐하면 이 남성적 에너지가 그 아이의 여성적인 면을 보완해 주기 때문이죠. 이 남성적 에너지에서 아이는 완성되는 듯한 감각과 지극한 희열을 맛봅니다. 하지만 아이는 이 에너지를 얻는 유일한 방법이 아버지를 성적으로 소유하고 그를 물리적으로 가까이 두는 것이라고 잘못 생각하죠.

흥미로운 사실은 이 에너지가 실은 정당한 제 것이며, 제 마음대로 이 에너지를 부릴 수 있어야 한다는 것입니다. 즉 아버지가 자신의 일부인 양 그를 움직일 수 있어야 한다는 걸 아이가 직관적으로 안다는 거죠. 아이는 아빠가 매우 멋지고 완벽하며 자신이 어떤 변덕을 부려도 다 맞춰 줄 능력이 있다고 여깁니다. 이에 반해 덜 이상적인 가정에서는 이것 때문에 어린 소녀와 아버지 사이에 힘의 충돌이 발생하죠. 어떤 태도를 취해야만 아버지를 조종해서 자기가 원하는 에너지를 받을 수 있는지 아이가 배워 나감에 따라 드라마가 형성됩니다.

하지만 바람직한 가정이라면 아버지는 아이와 경쟁하지 않고 그 태도를 항시 지속하겠죠. 아이에게 계속 정직하게 이야기하고, 물론 아이가 해 달라는 대로 전부 다 해 주진 못하더라도 충분한 에너지를 갖고 있으면서 아이에게 조건 없이 공급해 줄 수 있을 겁니다. 여기서, 즉 이런 이상적인 예에서 알아야 할 중요한 점은 아버지가 늘 마음을 열고서 의사소통을 한다는 거예요. 아이는 아빠가 완벽하며 거의 마술까지 부릴 수 있다고 생각하죠. 아버지 자신이 솔직하게 자기가 누구이며 뭘 하고 있고 왜 그렇게 하는지 설명해 주면 어린 딸도 그의 독특한 방식과 능력을 통합할 수 있고, 아버지를 비현실적으로 보던 관점을 넘어서서 더 전진할 수 있겠죠.

결국 아이는 아버지를 그저 특정한 관계를 가진 평범한 인간으로,

그 나름의 재능과 결함을 지닌 하나의 인간 존재로 보게 될 겁니다. 진실에 입각한 이 모방이 일어나면 아이는 아버지한테서만 반대편 성별의 에너지를 받던 데서 우주 전체에 존재하는 전반적인 에너지의 일부로 그걸 받아들이는 쪽으로 수월하게 옮겨 갈 수 있어요.

문제는 부모 중 대다수가 지금까지 자기 자식들과 에너지를 놓고 경쟁해 왔으며, 그것이 우리 모두에게 영향을 끼쳤다는 점이죠. 이 경쟁을 벌이느라고 우리 중 어느 누구도 이 이성에 관한 문제를 제대로 해결할 수가 없었어요. 우리는 아직도 자기 바깥에서, 즉 이상적이고 멋지면서 또 성적으로 소유할 수 있다고 생각되는 남성 또는 여성에게서 이 이성의 에너지를 찾고 있습니다. 이제 문제가 뭔지 알겠어요?"

"예, 알 듯합니다."

칼라가 다시 말을 이었다.

"의식의 진화란 인간의 능력에 대한 관점에서 보면 우리는 심각한 위기 국면에 처해 있습니다. 말했다시피 여덟 번째 통찰에 따르면 우리가 처음 진화를 시작할 땐 자동적으로 반대편 성의 에너지를 받습니다. 우주의 에너지에서 그게 자연스럽게 오니까요. 하지만 이를 조심해야 하는데, 왜냐하면 이 에너지를 직접 주는 어떤 사람이 나타나는 경우엔 자칫 하다간 우리가 참된 원천에서 봉쇄되고 퇴행할 수도 있으니까요."

그러고선 칼라는 혼자 쿡쿡거리며 웃었다.

"왜 웃으세요?"

내 질문에 칼라는 웃음을 멈추고 계속 설명했다.

"크리스가 이런 비유를 한 적이 있어요. 그의 이야기로는 우리가 이런 상황을 피하는 방법을 배우기 전엔 반쪽짜리 원 같은 모양을 하고 돌아다닌다는 거예요. 아시죠, 알파벳의 C자처럼요. 우리는 또 다른 반쪽짜리 원인 이성에게 매우 취약합니다. 그 사람이 와서 우리와 결합함으로써 원을 완성하면 우리는 폭발할 듯한 행복감과 에너지를 맛보는데 그건 마치 우주와 연결됐을 때 느끼는 완전성과 비슷한 느낌이죠. 실제로는 그 역시 자기 외부에서 다른 반쪽을 찾아 헤매던 사람을 만난 데 불과합니다.

이것은 전형적인 상호의존의 관계로서 애초부터 문제점들을 내포하고 있기 때문에 즉시 문제가 드러나게 마련이라고 크리스가 말했어요."

내가 무슨 말을 하기를 기대하는 듯 칼라는 잠시 머뭇거렸다. 하지만 나는 그저 고개만 끄덕였다.

"아시죠? 두 사람 모두 자기들이 달성했다고 여기는 이 완성된 인간, 이 O자의 문제는 완성된 인간 하나를 만드는 데 사실 남성적 에너지를 공급하는 한 사람과 여성적 에너지를 공급하는 또 한 사람 이렇게 두 사람이 필요하다는 거예요. 결과적으로 이 한 사람은 머리가 둘인데, 다른 말로 하면 두 개의 자존심이 있단 말이죠. 두 사람 모두 자신들이 창조한 이 완전한 인간을 자기 마음대로 움직이고 싶어 하다 보니 어렸을 때 그랬던 것처럼 상대방이 마치 자기 자신인 양 그 사람을 장악하려고 합니다.

완성에 대한 이런 종류의 착각은 언제나 깨어져 권력투쟁이 되죠. 결국 각자는 상대방을 대수롭지 않게 여기고 심지어 자신이 원하는 방향으로 이 완성된 자아를 끌고 갈 수 있도록 상대방이 틀렸다는 걸 입증해 내기까지 합니다. 하지만 물론 그렇게 되진 않아요. 적어도 이제 더 이상은 안 됩니다. 과거엔 두 사람 중 한쪽이 기꺼이 상대방에게 굽히고 들어가는 일도 있었죠. 대개는 여자가 그랬지만 간혹 남자도 그랬어요. 하지만 우린 이젠 깨어나고 있어요. 다른 이에게 굴종하기를 원하는 사람은 더 이상 아무도 없어요."

친밀한 관계 내에서의 권력투쟁에 대한 첫 번째 통찰의 내용과 함께 샬린과 식당에 있을 때 감정을 터뜨렸던 여자의 모습이 떠올랐다. 나는 중얼거리듯 말했다.

"이제 로맨스는 끝이로군요."

그러자 칼라는 웃으며 대답했다.

"오, 여전히 로맨스는 가능해요. 하지만 우선 혼자 힘으로 원을 완성시켜야 합니다. 우주와의 채널을 안정적으로 확보해야 하죠. 시간이 걸리긴 하지만, 일단 그것이 가능하면 우린 결코 두 번 다시 이 문제에 대해 취약해지지 않고 필사본에서 더 높은 관계라고 부르는 걸 가질 수 있게 되죠. 그다음 또 다른 온전한 사람을 낭만적으로 사랑하게 되면 우리는 초인을 창조하게 됩니다. 하지만 그것은 개인적인 진화의 길에서 우리를 절대로 끌어내지 않아요."

"마저리와 제가 지금 서로에게 그걸 하고 있다고 생각하는 거죠? 길에서 끌어내는 일이요."

"예."

"그럼, 그런 일을 피하려면 어떻게 해야 합니까?"

"당분간은 '첫눈에 반한 사랑'의 감정에 굴하지 말고, 반대쪽 성에 속하는 사람들과 플라토닉한 관계를 맺는 법을 배워야 해요. 하지만 과정을 기억하세요. 오직 자신이 하고 있는 일이 무엇이며, 왜 또 어떻게 그걸 하고 있는지 이야기하면서 자신을 완전히 드러내려는 사람들하고만 그런 관계를 맺을 수 있습니다. 이상적인 어린 시절이었다면 이상적인 반대 성의 부모가 했을 그런 방법으로 말입니다. 다른 성별의 친구에 대해 그가 내면적으로 진정 어떤 사람인지 이해하면 그 성에 대해 투사하던 환상을 뛰어넘을 수 있게 되고, 거기서 놓여나면 우리는 우주와 다시 연결됩니다.

또 한 가지 기억할 점은 그 일이 쉽지 않다는 것, 특히 현재의 상호의존적 관계에서 탈피해야 하는 경우엔 더욱 어렵다는 겁니다. 그건 에너지를 끊어 내는 일이에요. 당연히 아프죠. 그래도 해야만 하는 일입니다. 상호의존은 우리 중 일부만 앓는 무슨 신종의 질병이 아닙니다. 우리는 너나없이 서로 의존하고 있어요. 그리고 이젠 우리 모두 거기서 벗어나야 합니다.

혼자 있을 때 상호의존의 관계가 처음 시작되던 순간에 느꼈던 행복과 희열의 감각을 경험해 보는 것도 하나의 시작이 될 수 있습니다. 말하자면 당신 내면에 그 사람을 갖고 있어야 하는 거죠. 그 후엔 발전하면서 정말로 자신에게 적합한, 각별하고도 로맨틱한 관계를 찾을 수 있습니다."

칼라는 말을 멈췄다가 다시 말했다.

"그리고 누가 알겠어요? 만일 당신과 마저리가 둘 다 더 발전한다면 당신들이 진정 서로에게 속한다는 걸 발견할 수도 있지 않을까요. 하지만 지금으로선 당신과 그녀의 관계가 이뤄질 길이 없다는 걸 이해하세요."

후안이 방에 들어왔기 때문에 칼라와의 대화는 중단됐다. 후안은 자러 들어가겠다고 말하면서 우리가 잘 방이 준비됐다고 했다. 우리는 그의 친절한 접대에 감사를 표했다. 후안이 나갈 때 칼라도 일어나며 말했다.

"저도 자야겠어요. 나중에 또 이야기해요."

나는 고개를 끄덕이고 걸어가는 칼라의 모습을 지켜봤다. 그때 누군가 내 어깨에 손을 얹었다. 훌리아였다.

"저는 방에 갈 건데요. 당신 방이 어딘지 아세요? 제가 가르쳐 드릴게요."

나는 알려 달라고 말한 뒤 덧붙여 물었다.

"마저리의 방은 어디인가요?"

훌리아는 홀을 따라 걸어가면서 미소를 지었고, 어느 방 앞에서 걸음을 멈췄다.

"당신 방과는 전혀 가깝지 않아요. 후안 씨는 보수적이고 매우 신중한 분입니다."

나도 훌리아에게 미소를 지어 보이고 잘 주무시라고 인사했다. 방에 들어간 나는 한동안 아픈 배를 끌어안고 있다가 잠이 들었다.

나는 진한 커피 향을 맡으며 잠이 깼다. 집 안 가득 향내가 퍼져 있었다. 옷을 입고 서재로 갔다. 집안일을 돌보는 나이 지긋한 남자가 신선한 포도 주스를 한 잔 권하기에 그것을 받아들였다.

"좋은 아침이에요."

훌리아가 등 뒤에서 인사했다.

나도 돌아서며 아침인사를 했다.

"안녕하세요."

훌리아는 나를 찬찬히 살펴보고 나서 말했다.

"우리가 다시 만난 이유를 이제 발견했나요?"

"아뇨, 그것에 관해서는 생각해 볼 여유가 없었어요. 중독에 대해 이해하려고 노력하고 있었거든요."

"그랬을 거예요."

"무슨 말씀인가요?"

"당신의 에너지 장을 보니 무슨 일이 일어나고 있는지 이내 알겠더군요."

"제가 어떻게 보이던가요?"

"당신의 에너지는 마저리와 연결돼 있었어요. 당신은 여기 대충 앉아 있고 마저리는 다른 방에 있는데, 당신의 장은 거기까지 쭉 뻗쳐서 그녀에게 가 닿아 있었으니까요."

나는 연신 고개를 흔들었다. 훌리아는 미소를 머금고 내 어깨에 손을 얹으며 말했다.

"당신은 우주와의 연결을 잃어버린 뒤였어요. 그 대신 당신은 마저리의 에너지에 중독됐죠. 모든 중독이 다 마찬가지예요. 우주와 연결되기 위해 누군가 딴 사람 혹은 사물을 통해 가는 겁니다. 이런 일을 처리하는 방법은 당신의 에너지를 높여 놓고, 그다음엔 당신이 여기서 진정으로 하고 있는 일의 중심에 자기 자신을 놓아 두는 거예요."

나는 고개를 끄덕이고 밖으로 나갔다. 훌리아는 그냥 서재에 있었다. 십 분 정도 산체스 신부가 가르쳐 준 에너지를 증강시키는 방법을 실행해 봤다. 차츰 아름다움이 돌아왔고 나 자신이 훨씬 가벼워진 걸 느꼈다. 그러고 나서 나는 안으로 들어갔다. 내 모습을 확인한 뒤 훌리아가 말했다.

"나아 보이는군요."

"예, 기분이 나아졌습니다."

"그러면 이 시점에서 당신이 가진 질문들이 뭐죠?"

나는 일 분가량 생각했다. 이제 마저리는 찾았으니 그 질문은 해결됐다. 하지만 아직도 윌이 어디 있는지 알기를 원했고, 사람들이 필사본의 가르침을 따를 경우 서로를 어떤 식으로 대하게 될지에 대해서도 이해하고 싶었다. 필사본이 긍정적인 영향을 끼친다면 세바스티안 추기경이나 다른 신부들은 걱정할 이유가 없다.

나는 훌리아를 쳐다봤다.

"저는 여덟 번째 통찰의 나머지 부분들을 이해해야 합니다. 그리고 여전히 윌을 찾기를 원해요. 그는 어쩌면 아홉 번째 통찰을 갖고 있을지도 모릅니다."

그러자 훌리아가 물었다.

"저는 내일 이키토스로 갈 거예요. 당신도 가고 싶은가요?"

주저하는 듯하자 훌리아가 덧붙였다.

"제 생각엔 윌이 거기 있을 것 같아요."

"어떻게 아십니까?"

"어젯밤에 그에 대한 생각이 났기 때문이에요."

아무 말도 하지 않자 훌리아가 계속 말했다.

"당신에 대한 생각도 했어요. 우리 둘이 이키토스에 가는 생각이었어요. 여하튼 당신은 이 일에 어떻게든 관련돼 있어요."

"무엇에 관련되었다고요?"

내 질문에 훌리아는 활짝 웃으며 말했다.

"세바스티안 추기경이 찾아내기 전에 마지막 통찰을 먼저 찾는 일 말이에요."

훌리아가 말하는 동안 그녀와 내가 이키토스에 도착하는 광경, 하지만 무슨 일인지 각자 다른 방향으로 가기로 결정하는 장면이 마음에 떠올랐다. 뭔가 목적이 있다는 느낌이었지만 분명하진 않았다.

나는 다시 훌리아에게 집중했다. 그녀는 미소 지으며 물었다.

"어디에 가 있었나요?"

나는 머리를 긁적이며 대답했다.

"죄송해요, 다른 생각을 좀 했습니다."

"중요한 것이었나요?"

"모르겠습니다. 일단 이키토스에 도착한 뒤에 우리가 헤어져 서로 다른 방향으로 가게 되리라는 것이었어요."

그때 롤란도가 방에 들어왔다.

"말씀하신 식료품과 물건들을 가져왔습니다."

이렇게 말한 뒤 나를 알아본 롤란도는 공손하게 목례를 했다. 훌리아는 그를 향해 물었다.

"고마워요. 군인들이 많던가요?"

"아뇨, 한 명도 못 봤는데요."

그때 마저리가 방에 들어와 주의가 그리로 쏠렸다. 홀리아는 롤란도에게 마저리가 그와 함께 브라질에 가기를 원하는 것 같고, 브라질에서 미국으로 돌아가는 길은 자신이 주선해 주겠다고 설명했다.

나는 마저리 쪽으로 걸어가 물었다.

"잘 잤어요?"

마저리는 계속 화를 내야 할지 말지 판단하려는 듯 나를 쳐다봤다.

"잘 자지 못했는데요."

나는 고갯짓으로 롤란도를 가리켰다.

"홀리아가 아는 사람이에요. 저분은 오늘 아침 브라질로 떠날 거예요. 그와 함께 가면 당신이 미국으로 돌아가는 걸 도와줄 거예요."

마저리는 겁에 질린 표정이 되었다.

"당신은 무사할 거예요. 이분들은 미국인을 돕는 일을 해 왔어요. 이분들이 브라질에 있는 미국 대사관 사람들을 알아요. 눈 깜짝할 사이에 당신은 벌써 집에 가 있을 거예요."

내 설명에 마저리는 고개를 끄덕이더니 말했다.

"당신이 염려돼요."

"난 괜찮을 거예요. 걱정하지 말아요. 미국에 돌아가는 대로 즉시 연락할게요."

후안이 내 뒤쪽에서 아침 식사가 준비됐다고 알렸다.

식사를 마친 뒤 홀리아와 롤란도는 마음이 급해 보였다. 홀리아는 롤란도와 마저리가 어둡기 전에 국경을 넘어가는 게 중요한데, 온종일 걸리는 여정이라고 설명했다.

마저리는 후안이 마련해 준 옷가지를 챙기며 짐을 꾸렸다. 홀리아와 롤란도가 문가에 서서 이야기하고 있을 때 나는 마저리를 한쪽으로 끌어당겼다.

"아무것도 걱정하지 말아요. 그저 눈만 잘 뜨고 있어요. 그러면 아마 다른 통찰들을 보게 될 거예요."

마저리는 미소를 지었지만 말은 하지 않았다. 롤란도가 자신의 소형차에 짐을 싣는 마저리를 거드는 모습을 훌리아와 함께 지켜보았다. 두 사람을 싣고 차가 출발할 때 마저리의 눈길이 잠깐 나하고 마주쳤다. 걱정스러운 마음에 훌리아에게 물었다.

"저 사람들 무사히 도착하겠죠?"

훌리아는 나를 보면서 눈을 찡긋해 보였다.

"물론이죠. 자, 이제 우리도 가는 게 좋겠어요. 당신이 입을 만한 옷이 여기에 좀 있어요."

훌리아는 옷을 담은 작은 가방을 건네주었다. 우리는 옷가지를 포함해 식료품 상자 몇 개를 픽업트럭에 실었다. 그러고 나서 후안과 칼라, 마레타에게 작별인사를 하고 이키토스를 향해 북쪽으로 차를 몰았다.

북쪽으로 갈수록 풍광은 더 깊은 밀림으로 변하면서 사람의 흔적은 거의 찾아볼 수 없었다. 나는 여덟 번째 통찰에 대해 생각하기 시작했다. 사람들을 대하는 방법에 관한 새로운 이해인 것만은 분명했지만, 완전히 이해되지는 않았다. 아이들을 대하는 올바른 방법과 다른 사람에게 중독되는 것의 위험에 대해서는 칼라가 이야기해 주었다. 하지만 파블로도 칼라도 의식적으로 다른 사람에게 에너지를 투사하는 방식에 관해서 넌지시 언급했는데, 과연 그게 뭘까?

나는 훌리아의 눈길을 잡은 뒤 말했다.

"여덟 번째 통찰을 아직 제대로 이해하지 못했어요."

내 말을 들은 훌리아가 말했다.

"어떤 식으로 다른 사람들에게 접근하는지에 따라 우리의 진화 속도가 결정되고, 우리 삶의 질문들에 대한 답을 얼마나 빨리 찾을지 결정됩니다."

"그게 어떻게 그렇게 됩니까?"

"당신이 겪은 상황들을 생각해 보세요. 당신은 질문들에 대한 답을 어떻게 얻었나요?"

"사람들이 와서 알려 준 것 같습니다."

"당신은 그들의 메시지에 완전히 마음을 열었나요?"

"별로 그러지 못했습니다. 저는 주로 거리를 두고 냉담한 태도를 취했어요."

"당신에게 메시지를 가져온 사람들 역시 뒤로 물러섰나요?"

"아뇨, 그들은 아주 개방적인 태도로 여러모로 도움을 줬어요. 그들은……."

정확한 표현이 생각나지 않아서 주춤하자 훌리아가 물었다.

"그들이 당신 자신을 여는 데 많은 도움을 주던가요? 그들은 당신을 따사로운 온기와 에너지로 채워 줬나요?"

훌리아의 말이 물통의 뚜껑이라도 연 듯 한꺼번에 기억들이 와르르 쏟아졌다. 리마에 와서 공포에 질려 있던 나를 위로해 줬던 윌의 태도, 아버지 같았던 산체스 신부의 따뜻한 환대, 칼 신부와 파블로, 나를 염려해 들려준 칼라의 충고들 그리고 지금 훌리아까지 그들 모두는 눈에 똑같은 표정을 담고 있었다.

"예, 그들 모두 그렇게 해 줬어요."

"맞아요, 모두 그렇게 했어요. 우리는 여덟 번째 통찰의 가르침에 따라 의식적으로 그렇게 했죠. 당신을 들어 올려 명료해지도록 도움으로써 당신이 우리를 위해 갖고 있는 메시지, 그 진실을 찾고자 한 것입니다. 이제 그걸 이해하겠어요? 당신에게 에너지를 주는 일은 우리가 우리 자신을 위해 할 수 있는 최선의 일이에요."

"필사본엔 그것에 관해 정확히 뭐라고 씌어 있습니까?"

"'사람들이 우리 앞길을 가로질러 올 때마다 거기엔 언제나 메시지가 있다.'라고 씌어 있었어요. 우연한 만남이란 존재하지 않습니다. 그렇긴 하되 이 만남에 대해 반응하는 방식에 따라 우리가 메시지를 받을 수 있는지 여부가 결정되죠. 우리가 어떤 사람과 대화를 나누고서도 현재의 문제들과 연관된 메시지를 식별하지 못한다고 해서 거기에 메시지가 없다는 의미는 아니에요. 그건 무슨 이유인지 우리가 그 메시지를 놓쳐 버린 거죠."

잠시 생각한 뒤 훌리아는 말을 이었다.

"오래된 친구나 지인과 우연히 마주쳐서 잠시 이야기하고 헤어졌는데, 그 사람을 같은 날 혹은 같은 주에 또다시 만났던 일이 혹시 있었나요?"

"예, 있었습니다."

"그럴 경우 대개 뭐라고 하나요? '아이고, 널 또 만나다니.' 이런 식으로 이야기하고는 웃고 나서 각자 갈 길을 가 버리죠."

"뭐, 보통 그런 식이죠."

"필사본에는 그런 상황에선 그러지 말고 하고 있던 일이 뭐였든 그걸 멈추고 우리가 그 사람에게 갖고 있는 메시지와 그 사람이 우리를 위해 갖고 있는 메시지를 찾아봐야 한다고 나와 있습니다. 필사본은 사람들이 일단 이 현실을 온전히 파악하면 우리가 서로를 대하는 상호작용의 속도가 느려지면서 좀 더 목적을 갖고 신중하게 될 거라고 예언합니다."

"하지만 그렇게 하기 어렵지 않을까요? 우리가 무슨 말을 하고 있는지 모르는 사람하고는 특히 더 그렇지 않을까요?"

"어렵죠. 하지만 필사본은 대략적으로나마 그 절차를 알려 주고 있어요."

"그러니까 우리가 서로를 대해야 할 정확한 방법을 말입니까?"

"그래요."

"뭐라고 이야기합니까?"

"세 번째 통찰에서 인간은 자신들의 에너지를 의식적으로 투사할 수 있기 때문에 에너지의 세계에서 인간은 독특한 존재라고 한 걸 기억하나요?"

"예."

"그걸 하는 방법을 기억하나요?"

나는 요한 신부에게 배운 걸 떠올렸다.

"예, 대상의 아름다움을 인식해서 사랑이 느껴질 때까지 충분한 에너지를 흡수하면 됩니다. 그 시점에서 우리는 에너지를 돌려보낼 수 있죠."

"맞아요. 그리고 똑같은 원리가 사람들 사이에서도 적용됩니다. 어떤 사람의 형상과 태도를 인식하고 정신을 집중해서 그들이 도드라지고 존재감이 확연해지면 그때 우린 그들에게 에너지를 보내 줘서 그들을 높이 들어 올려 줄 수 있어요.

물론 첫 번째 단계는 우리 자신의 에너지를 높게 유지해야 합니다. 그래야 우리에게 흘러들어 오는 에너지가 우리를 통해 상대방에게로 흘러들어 가게끔 에너지의 흐름을 만들 수 있으니까요. 그들의 완전함과 그들이 지닌 내면의 아름다움을 더 깊이 인식할수록 더 많은 에너지가 그들에게 유입되고, 자연히 우리에게도 더 많이 유입됩니다."

훌리아는 웃더니 다시 말했다.

"사실 따지고 보면 우리가 즐겁자고 하는 일이죠. 남들을 더 사랑하고 그들의 진가를 더 알아볼수록 우리에게 더 많은 에너지가 유입되니까요. 남들을 사랑하고 에너지를 많이 주는 것이 결국은 우리가 자기 자신을 위해 할 수 있는 최선의 일인 거죠."

"그 말을 예전에도 들었어요. 산체스 신부님이 종종 그런 얘길 하시곤 했습니다."

나는 훌리아를 세세히 뜯어봤다. 처음으로 그녀의 인격을 깊이 인식한다는 느낌이 들었다. 빤히 쳐다보는 나를 한순간 마주 쳐다본 훌리아는 다시 도로에 신경을 집중하며 말했다.

"에너지의 투사가 그 당사자에게 주는 영향은 막대합니다. 지금 이 순간을 예로 들어 보면 당신이 나를 에너지로 가득 채워 주고 있어요. 난 그걸 느낄 수 있어요. 말하려고 생각을 정리하는 데도 훨씬 더 가볍고 명료해지는 것이 느껴지거든요.

당신이 에너지를 주는 덕분에 평소보다 에너지가 더 많아진 나는 나 자신의 진실을 볼 수 있고, 그걸 당신에게 더 선뜻 줄 수도 있습니다. 그렇게 할 때 당신은 내 이야기에서 계시를 얻는 느낌을 받죠. 그렇게 되면 당신은 나의 더 높은 자아를 더 전체적으로 완전하게 볼 수 있어 그걸 한층 더 심오한 차원에서 인식하고 거기에 초점을 맞출 수 있어요. 그러면 나는 더 많은 에너지를 받으면서 나의 진실에 대해 더욱 깊은 통찰을 얻고 이렇게 순환이 또 한 바퀴 일어납니다. 두 명 이상이 모여서 이 일을 함께하는 경우엔 서로가 서로에게 에너지를 높여 주고 그 즉시 되돌려 받기 때문에 믿을 수 없을 만큼 높이 고양된 상태에 도달할 수가 있어요.

하지만 이것이 상호의존적인 관계와는 완전히 다르다는 걸 이해해야 합니다. 상호의존적인 관계도 이런 식으로 시작하지만 머지않아 통제로 성격이 바뀌는데, 왜냐하면 중독된 탓에 그들은 원천에서 차단됨으로써 에너지가 바닥나기 때문이에요. 제대로 된 에너지의 투사는 애착도 없고 어떤 의도도 없습니다. 두 사람 모두 그저 메시지를 기다릴 뿐이죠."

훌리아의 말을 듣고 있자니 의문이 하나 떠올랐다. 파블로의 이야기로는 내가 코스토스 신부를 처음 만났을 때 감정을 건드렸기 때문에 그의 어린 시절 드라마가 촉발됐고, 그런 이유로 그가 전하는 메시지를 받을 수 없었다고 했다.

나는 훌리아에게 그 점에 대해 물어봤다.

"만일 우리가 어떤 사람과 이야기하는데, 그 사람은 이미 통제 드라마 속에 들어가 있으면서 우리를 끌어들이려 하는 경우 어떻게 합니까? 어떻게 그걸 돌파해야 할까요?"

홀리아는 바로 답해 주었다.

"필사본에는 우리가 대항하는 드라마를 취하지 않으면 상대방의 드라마는 수포로 돌아갈 거라고 씌어 있어요."

"제가 제대로 이해했는지 모르겠습니다."

홀리아는 앞의 도로를 보고 있었는데 뭔가를 생각하는 듯 보였다.

"이 근처 어딘가 오른쪽으로 가면 가솔린을 파는 집이 하나 있을 거예요."

휘발유 계량기를 내려다보았더니 트럭의 연료 탱크가 절반가량 차 있는 걸로 표시돼 있었다. 그래서 홀리아에게 말했다.

"아직은 연료가 충분한데요."

내 쪽으로 고개를 돌리며 홀리아가 대답했다.

"예, 나도 알아요. 하지만 거기 들러서 연료를 채워야겠다는 생각이 들었어요. 문득 그래야 한다는 생각이 들어요."

"아, 그렇군요."

"저기 그 길이 있네요."

홀리아는 오른쪽을 가리키며 말했다.

그 길로 꺾어 들어 1킬로미터쯤 밀림 속으로 달리자 어부나 사냥꾼들에게 필요한 용구들을 파는 집처럼 보이는 건물이 나왔다. 그 집은 강 가장자리에 지어져 있었고, 배를 대는 곳에는 낚싯배가 몇 대 묶여 있었다. 녹슨 펌프 앞에 차를 대고서 홀리아는 주인을 찾으러 집 안으로 들어갔다.

나는 차에서 내려 팔다리를 뻗어 본 다음 그 건물을 돌아서 물가로 걸어갔다. 공기가 아주 습했다. 빽빽하게 자란 나무들이 두꺼운 층을 이루며 해를 가리고 있었지만 해가 바로 머리 위에 떠 있다는 걸 알 수 있었다. 머지않아 모든 걸 태워 버릴 듯 기온이 오를 것이다.

갑자기 뒤에서 어떤 남자가 화난 말투로 뭐라고 스페인어로 말했다. 돌아다보니 땅딸막한 페루 남자였다. 그는 위협하듯 나를 노려보며 같은 말을 되풀이했다. 당황한 나는 양손을 내민 채 말했다.

"저는 당신 이야기를 이해하지 못합니다."

그러자 남자가 영어로 바꿔 말했다.

"당신 누구야? 여기서 뭘 하고 있어?"

나는 그의 지나친 경계를 무시하려고 했다.

"우린 그저 기름을 넣으려고 여기 온 것뿐이에요. 그러니 기름만 넣으면 금방 갈 거예요."

물 쪽으로 돌아서며 남자가 그냥 가 주기만을 바랐다.

그런데 남자는 걸어서 내 옆으로 왔다.

"이봐, 양키. 당신이 누군지 내게 말하는 게 좋을걸."

남자를 다시 쳐다보니 진담인 듯했다.

"난 미국인입니다. 지금 가는 데가 어딘지 저도 잘 몰라요. 친구와 함께 가고 있으니까요."

남자는 여전히 적대감을 드러내며 말했다.

"길 잃은 미국인."

"그래요."

"미국 사람, 당신 뭘 노리고 여기에 와 있는 거지?"

"난 아무것도 노리지 않아요. 그리고 난 당신에게 아무 짓도 안 했어요. 날 가만히 내버려 둬요."

나는 차 있는 데로 돌아가려고 방향을 틀며 말했다.

문득 차 옆에 훌리아가 서 있다는 걸 알아차렸다. 내 시선을 따라 그 남자도 고개를 돌려 그쪽을 보았다. 훌리아는 전혀 동요하지 않고 말했다.

"떠날 시간이에요. 이젠 영업을 안 하네요."

"당신 누구요?"

남자는 훌리아에게 반감 섞인 어조로 물었다.

"왜 그렇게 화를 내세요?"

훌리아가 차분히 되묻자 남자의 태도가 바뀌었다.

"이곳을 돌보는 게 내 일이기 때문이오."

"당신은 분명히 일을 잘하겠군요. 하지만 그렇게 무섭게 하면 당신과 이야기를 나누기가 어렵죠."

남자는 훌리아를 멀뚱히 바라보면서 우리 정체가 뭔지 알아내려고 애쓰는 듯했다.

"우리는 이키토스로 가는 중이에요. 우리는 산체스 신부님과 칼 신부님과 함께 일하고 있어요. 그분들 아세요?"

남자는 고개를 흔들었지만, 신부가 두 명이나 언급되자 다소 진정되는 듯했다. 그러더니 고개를 끄덕이고 나서 집 쪽으로 걸어가 버렸다. 훌리아는 어깨를 으쓱하더니 말했다.

"갑시다."

우리는 트럭을 타고 출발했다. 내가 얼마나 불안하고 신경이 곤두선 상태였는지 깨달을 수 있었다. 나는 그런 기분을 떨쳐 버리려고 노력하며 물었다.

"안에서 무슨 일이 일어났습니까?"

훌리아는 나를 쳐다봤다.

"무슨 뜻이에요?"

"저기 들렀다 가야겠다는 생각이 떠올랐던 이유를 설명해 줄 만한 일이 안에서 있었는지 물어본 겁니다."

훌리아는 웃고 나서 말했다.

"아뇨, 행동은 모두 밖에서 일어났어요."

내가 가만 쳐다보자 훌리아가 물었다.

"당신은 그걸 알아냈나요?"

"아뇨."

"우리가 도착하기 직전에 당신은 무엇에 대해 생각하고 있었죠?"

"다리를 쭉 뻗고 싶다는 생각이요."

"아니, 그전에요. 우리가 이야기할 때 당신이 뭘 물었죠?"

나는 질문을 기억해 내려고 애썼다. '어린 시절의 드라마에 대해 말했지.'라는 기억이 떠올라 내 생각을 말했다.

"당신 이야기가 제겐 좀 혼란스러웠는데요. 우리가 대항하는 드라마를 취하지 않는 한 누구도 우리에게 통제 드라마를 연출할 수 없다고 하셨죠. 저는 그 말이 이해가 되지 않았습니다."

"지금은 이해하나요?"

"아뇨. 무슨 이야기를 하려고 그러는데요?"

"대항하는 드라마를 취했을 때 어떻게 되는지 바깥에서 벌어진 장면이 명료하게 보여 줬어요."

"어떻게요?"

훌리아는 잠깐 나를 쳐다봤다.

"그 남자가 당신에게 연기한 것은 어떤 드라마였나요?"

"그는 명백하게 협박자였어요."

"맞아요, 그러면 당신은 어떤 드라마를 연기했나요?"

"전 그저 그를 떼어 버리고 싶었을 뿐이에요."

"알아요, 하지만 당신은 어떤 드라마를 연기했느냐고요."

"글쎄요. 처음엔 냉담하게 거리를 두는 제 드라마로 시작했는데, 그럼에도 그가 계속 쫓아왔어요."

"그다음에는요?"

이 대화가 좀 짜증스러웠지만 그래도 집중하려고 노력했다. 나는 훌리아를 보고 말했다.

"아마 동정을 구하는 자를 연출한 것 같아요."

훌리아는 미소를 띠며 말했다.

"맞아요."

"그런데 당신은 그 남자를 쉽게 처리하더군요."

"그건 그 사람이 기대한 드라마를 제가 연기하지 않았기 때문이에요. 각자의 통제 드라마는 어린 시절 다른 사람들과의 관계에서 형성됐다는 걸 기억할 거예요. 그렇기 때문에 각 드라마는 그것에 대응하는 드라마가 있어야만 제대로 연출될 수 있죠. 협박자가 에너지를 얻으려면 동정을 구하는 자 혹은 또 다른 협박자가 있어야만 가능해요."

"그래서 그걸 어떻게 해결한 거죠?"

나는 아직도 완전히 이해되지 않아서 물었다.

"원래 제 드라마의 반응은 나도 협박자가 돼 겁을 줘서 그를 쫓아버리는 거였어요. 물론 그랬으면 폭력을 불러올 수도 있었겠죠. 하지만 저는 그렇게 하는 대신 필사본에서 알려 준 대로 그가 연기하고 있는 드라마의 이름을 지적했어요. 모든 드라마는 결국 에너지를 얻기 위한 숨은 전략이에요. 그는 당신을 협박해 에너지를 빼앗아 가려고 했어요. 그 남자가 내게도 그렇게 하려고 할 때 난 그가 하는 행동에 이름을 붙여 밝힌 거죠."

"그래서 그에게 왜 그렇게 화를 내느냐고 물으셨군요?"

"예. 에너지를 얻기 위해 하는 은밀한 조종은 일단 그걸 지적해서 의식의 표면으로 끌어올리면 존재할 수 없게 된다고 필사본에 나와 있거든요. 더 이상 은밀할 수가 없으니까요. 사실은 아주 간단한 방법인데, 대화에서는 일어나고 있는 진실을 말하는 것이 언제나 승리하는 길이죠. 그렇게 되려면 그 사람은 더 현실적이고 정직해져야 합니다."

"말이 되네요. 예전엔 저 자신이 뭘 하고 있는지조차 몰랐는데, 그런 저도 드라마들에 대해 이름을 붙였던 것 같아요."

"틀림없이 그랬겠죠. 누구나 다들 그래 왔으니까요. 우리 모두 진짜 중요한 게 뭔지 배우고 있는 중입니다. 그걸 제대로 하기 위한 열쇠는 드라마를 넘어서 우리 앞에 있는 실제 인물을 보면서 동시에 그들에게 에너지를 되도록 많이 보내 주는 것이에요. 그들은 어찌 됐든 에너지가 오는 걸 느낄 수 있기 때문에 그걸 얻고자 조종하던 걸 쉽게 단념하게 됩니다."

"당신은 그 사람에게서 무얼 볼 수 있었습니까?"

"에너지가 절박하게 필요한 자신감 없는 어린 사내아이를 인식할 수 있었어요. 그런데 그 사람은 아주 적시에 당신에게 메시지를 가져다주지 않았나요?"

훌리아를 쳐다보자 그녀는 금방이라도 웃음보를 터뜨릴 듯했다.

"우리가 거기에 갔던 게 드라마를 연출하고 있는 사람을 다룰 방법을 제가 배우기 위해서였다고 생각하는 겁니까?"

"당신이 물어본 게 그것 아니었나요?"

기분이 풀리는 걸 느끼면서 나도 슬그머니 웃음이 나왔다.

"예, 그랬나 봅니다."

모기 한 마리가 얼굴 근처를 날아다니며 앵앵거리는 바람에 잠이 깼다. 훌리아를 건너다봤다. 그녀는 뭔가 우스운 일이라도 떠오르는지 미소를 짓고 있었다. 강변의 임시 주거지를 떠난 이후로 몇 시간 동안 우리는 침묵 속에서 달리며 훌리아가 준비해 온 음식을 우물우물 씹어 먹었다.

"깨어났군요."

훌리아는 내 쪽을 바라보며 말했다.

"예, 이키토스까진 얼마나 남았습니까?"

"읍까진 50킬로미터가량 남았고, 몇 분 거리에 스튜어트 인이라는 여관이 있어요. 작은 숙박시설인데 사냥꾼들의 야영지이기도 하죠. 주인은 영국인인데, 필사본을 지지하는 사람이에요."

훌리아는 또 미소를 짓더니 이어 말했다.

"그 사람과 함께 아주 좋은 시간을 보낸 기억이 있거든요. 특별한 일이 없는 한 거기 있을 거예요. 윌이 어디 있는지에 관해 실마리를 얻길 바라는 마음도 있고요."

홀리아는 길가에 트럭을 세우고 나를 쳐다봤다.

"현재 우리가 어느 위치에 와 있는지 중심을 잡아 보는 게 좋을 것 같아요. 당신과 만나기 전에 저는 아홉 번째 통찰을 찾는 일에 일조하기를 원하면서도 허우적거리기만 했지 어디로 가야 할지 몰랐어요. 그러다 어느 시점부턴가 자꾸만 후안이 생각난다는 걸 알아차렸죠. 그리로 갔을 때 바로 당신이 나타났어요. 그리고 당신은 윌을 찾고 있다면서 그가 이키토스에 있다는 소문에 대해 이야기했고요. 나는 직감으로 이키토스에 가서 아홉 번째 통찰을 찾는 일에 우리 둘 다 관련될 거라고 느꼈고, 당신은 어느 시점에 우리가 헤어져 각자 다른 방향으로 갈 거라는 직감을 느꼈어요. 대략 맞죠?"

"예."

나는 고개를 끄덕이며 대답했다

"음, 제가 당신에게 알려 드리고 싶은 건 그다음에 윌리 스튜어트와 스튜어트 인 여관이 떠올랐다는 거예요. 거기서 아마 무슨 일이 일어날 거예요."

나는 다시 한 번 크게 고개를 끄덕였다.

홀리아는 트럭을 몰아 다시 도로에 들어섰고 곧이어 커브 길을 돌았다.

"저게 그 여관이에요."

200미터쯤 전방에서 또 한 번 급커브 길이 보이더니 오른쪽으로 흰 곳에 이 층짜리 빅토리아 양식의 저택이 보였다.

우리는 자갈이 깔린 주차장으로 들어가 차를 댔다. 현관 앞 베란다에 몇 사람이 앉아서 담소를 나누고 있었다. 차문을 열고 내리려는 순간 훌리아가 내 어깨를 살짝 건드리며 말했다.

"기억해요. 여기에 있는 어느 누구도 우연히 와 있지 않아요. 그러니 메시지를 받으려면 정신을 바짝 차리고 있어야 해요."

훌리아는 현관 계단을 올라갔고 나는 그 뒤를 따랐다. 우리가 집 안으로 들어가려고 할 때 베란다에 있던 잘 차려입은 페루 남자들이 건성으로 고개를 끄덕여 인사를 했다. 널찍한 로비로 들어간 다음 훌리아는 가서 주인을 찾아볼 테니 그동안 테이블을 하나 잡고 기다리라며 식당 쪽을 가리켰다.

나는 식당을 살펴봤다. 테이블이 열두어 개가량 두 줄로 놓여 있었다. 중간쯤에 있는 테이블을 하나 택해서 벽에 등을 돌리고 앉았다. 바로 뒤이어 다른 남자가 들어오더니 내게서 오른쪽으로 육칠 미터쯤 떨어진 테이블에 앉았다. 내게서 등이 약간 보이는 각도에 앉은 그 남자는 유럽인 같았다.

식당에 들어와 나를 발견한 훌리아는 마주 보고 앉았다.

"주인이 없군요. 그리고 사무 보는 직원은 월에 대해 아무것도 모르고요."

"그럼 이제 어쩌죠?"

훌리아는 어깨를 으쓱하더니 말했다.

"나도 몰라요. 이제 여기 있는 사람들 가운데 누군가 우리를 위한 메시지를 갖고 있다고 가정해 봅시다."

"그게 누구라고 생각하는데요?"

"나도 모르죠."

"그런 일이 일어날지 어찌 압니까?"

나는 갑자기 회의적인 생각이 들어 이렇게 말했다. 페루에 온 이후로 갖가지 신비스러운 우연의 일치를 겪고 난 터였으나 그래도 우리가 원한다고 해서 그런 일이 반드시 일어나리라고 믿기는 어려웠다.

훌리아가 대답했다.

"세 번째 통찰을 잊지 말아요. 우주는 우리가 기대하는 대로 반응하는 에너지예요. 사람들 역시 그 에너지의 일부이기 때문에 우리가 질문을 가지면 답을 가진 사람들이 반드시 나타날 거예요."

훌리아는 방에 있는 다른 사람들을 힐끗 쳐다봤다.

"이 사람들이 누군지 모르겠어요. 하지만 우리가 그들과 충분히 길게 이야기할 수만 있다면 그들 각자가 우리를 위해 갖고 있는 진실을 발견할 수 있을 거예요. 우리 질문에 대한 답의 일부 말이에요."

나는 훌리아를 곁눈으로 쳐다봤다. 그녀는 식탁 위로 내 쪽을 향해 몸을 기울였다.

"그걸 잘 이해하세요. 우리가 가는 길을 가로지르는 사람은 그 누구든 우리에게 줄 메시지를 갖고 있다는 것을요. 그렇지 않았다면 그들은 다른 쪽 길로 갔거나, 일찍 떠났거나, 혹은 더 늦게 가겠죠. 이 사람들이 여기에 있다는 사실은 무언가 그럴 만한 이유가 있다는 의미예요."

그게 말처럼 그렇게 간단한 일이라고 생각되지 않아서 나는 훌리아를 말없이 바라봤다. 그러자 그녀가 말했다.

"어려운 건 모든 사람과 다 이야기하긴 불가능하고 그럼 시간을 들여서 누구랑 이야기해 봐야 할지를 알아내는 일이에요."
"그걸 어떻게 결정하죠?"
"필사본에서는 징후가 있다고 했어요."
훌리아의 이야기를 열심히 듣고 있었는데도 무슨 이유에선지 주변을 둘러보며 내 오른쪽의 남자를 쳐다봤다. 정확히 똑같은 순간에 그도 고개를 돌려 나를 쳐다봤다. 시선이 마주치는 순간 그는 눈길을 돌렸고 나 역시 훌리아에게로 시선을 돌렸다.
"무슨 징후요?"
"그것 같은 징후요."
"뭐가 그것 같다는 말씀이죠?"
"당신이 방금 한 것 같은 거요."
훌리아는 내 오른쪽에 앉아 있는 남자를 턱으로 가리켰다.
"무슨 뜻이죠?"
훌리아는 내 쪽으로 몸을 숙였다.
"갑자기 자연스럽게 눈이 마주치는 경우엔 두 사람이 대화를 해야 한다는 표시라는 걸 배우게 될 거라고 필사본에 씌어 있어요."
"하지만 그런 일이야 늘 일어나는 것 아닌가요?"
"예, 그래요. 그런 일이 일어나도 사람들은 그냥 잊어버리고 하던 일을 계속하죠."
나는 머리를 끄덕이며 물었다.
"필사본에서 언급한 표시가 그것 외에도 더 있습니까?"
"아는 사람인 것 같은 느낌이에요. 그 사람을 본 적이 없다는 걸 알면서도 왠지 낯익은 듯한 느낌이 드는 사람을 보게 될 때죠."

그 말을 들으니 웨인과 크리스가 생각났다. 그들을 처음 봤을 때 얼마나 친숙한 느낌이 들었는지 떠올랐다. 내가 다시 물었다.

"어떤 사람들이 낯익은 듯이 여겨지는 이유에 대해 혹시 필사본에 무슨 설명이 나옵니까?"

"별다른 설명은 없어요. 그냥 어떤 특정한 사람들은 우리와 같은 생각을 하는 집단에 속하는 구성원이라는 이야기뿐이에요. 사고 집단들은 대개 동일한 계열의 관심을 갖고 진화하죠. 그들은 동일한 사고를 하고, 그 결과로써 같은 표현과 동일한 외부적 경험을 하게 됩니다. 우리는 직관적으로 동일한 사고 집단의 구성원들을 알아보는데, 그들은 우리에게 메시지를 전해 주곤 하죠."

나는 오른쪽의 남자를 한 번 더 쳐다봤다. 그러고 보니 어딘가 약간 낯익은 듯도 했다. 놀랍게도 내가 남자를 슬쩍 쳐다보자 그도 고개를 돌려 나를 힐끗 쳐다보는 것이었다. 다시 훌리아를 쳐다보자 그녀가 말했다.

"당신, 저 사람하고 이야기해 봐야 해요."

나는 곧바로 대답하지 않았다. 낯선 사람에게 무작정 말을 건다는 게 불편하게 느껴졌기 때문이다. 그냥 여길 떠나서 이키토스에 가면 좋겠다는 생각뿐이었다. 그 얘길 막 하려는 순간 훌리아가 다시 입을 뗐다.

"우리가 있어야 할 곳은 이키토스가 아니라 여기예요. 우린 이걸 끝까지 완수해야 합니다. 당신이 어려워하는 건 그 사람에게 걸어가 대화를 시작해야한다는 데 대해 저항하고 있기 때문이에요."

"그건 어떻게 하는 거죠?"

"뭘요?"

훌리아가 되물었다.

"제가 생각하고 있는 걸 알아맞히는 일 말입니다."

"그건 신기할 게 하나도 없는 일이에요. 그저 당신 얼굴 표정만 잘 살펴보면 되니까요."

"무슨 뜻입니까?"

"어떤 사람을 더 깊은 차원에서 알게 되면 겉모습을 어떻게 꾸미든 그들의 가장 정직한 자아를 볼 수가 있어요. 이 정도 수준으로 관심의 초점을 맞추고 있을 때는 얼굴에 나타나는 미세한 표정만으로도 그들이 뭘 생각하고 있는지 감지할 수 있어요. 지극히 자연스러운 일이죠."

"제가 듣기엔 텔레파시 이야기 같은데요."

훌리아는 싱긋 웃어 보였다.

"텔레파시야말로 극히 자연스러운 일이에요."

다시 그 남자를 쳐다봤지만 그는 돌아보지 않았다. 그때 훌리아가 말했다.

"당신 에너지를 수습하고 나서 그와 말해 보는 게 좋겠어요. 늑장 부리다가 기회를 놓치기 전에 말이에요."

강해진 느낌이 들 때까지 나는 에너지를 늘리는 데 집중했다. 그러고 나서 훌리아에게 물었다.

"저 사람에게 뭐라고 말해야 할까요?"

"진실이죠. 그가 인식할 수 있는 형태로 진실을 이야기하세요."

"알았어요, 그럴게요."

의자를 뒤로 밀고 그 남자가 앉아 있는 테이블로 걸어갔다. 그는 수줍고 불안해 보여 처음 만나던 날 밤의 파블로를 연상시켰다. 나는 그의 불안을 넘어 더 깊은 수준에서 그를 보려고 노력했다. 그렇게 했더니 에너지를 띤 다른 표정을 그의 얼굴에서 감지할 수 있을 듯했다. 나는 긴장감을 누르며 말했다.

"안녕하세요, 페루 현지인 같진 않으신데요. 혹시 저를 도와주실 수 있을까 하고 여쭤 보려고요. 저는 윌 제임스라는 친구를 찾고 있습니다."

그 남자는 스칸디나비아 억양으로 말했다.

"좀 앉으시죠. 저는 에드먼드 코너 교수입니다."

손을 내밀어 악수를 청하며 그는 다시 말했다.

"죄송하군요. 저는 윌이라는 당신 친구분을 모릅니다."

나는 에드먼드에게 나 자신을 소개하고, 그에게 뭔가 의미가 있을 것 같은 예감이 들어 윌이 아홉 번째 통찰을 찾고 있다는 말을 덧붙였다.

그러자 에드먼드는 살짝 당황한 표정으로 말했다.

"저도 필사본에 대해선 잘 압니다. 그것의 진위를 조사하고자 여기 온 것입니다."

"혼자서요?"

"여기서 웨인 교수를 만나기로 했어요. 그런데 그 사람이 아직 안 오는군요. 왜 늦어지는지 그 이유를 모르겠습니다. 제가 도착할 때 그는 이미 여기에 와 있을 거라고 했거든요."

"웨인을 아세요?"

"예, 그 사람이 필사본에 대한 검사를 주선했어요."

"그런데 웨인은 무사합니까? 그가 이리로 오고 있다고요?"

에드먼드는 이상하다는 듯이 나를 쳐다봤다.

"적어도 그게 우리 계획이었습니다. 뭐가 잘못됐나요?"

내 에너지는 뚝 떨어졌다. 웨인이 에드먼드와 만나기로 약속한 것은 그가 체포되기 전의 일이었다는 것을 깨달았다. 나는 웨인과 관련된 일을 설명했다.

"저는 웨인을 페루에 오는 비행기 안에서 만났습니다. 그는 리마에서 체포됐는데, 그 후 어찌 되었는지 전혀 모릅니다."

"체포됐다고요? 맙소사!"

"그와 마지막으로 연락한 것이 언제였습니까?"

"몇 주 전이었어요. 하지만 여기서 만나기로 한 날짜는 확정돼 있었죠. 변경이 생기면 전화하겠다고 그가 말했거든요."

"웨인이 리마가 아닌 여기서 만나기를 원한 이유가 뭐였는지 혹시 기억하십니까?"

"이 부근에 유적지가 있다고 했어요. 그리고 여기 와서 이 지역의 다른 과학자를 만나서 이야기하고 있겠다고 했어요."

"그 과학자라는 분을 만나서 이야기할 장소가 어딘지 그가 언급했습니까?"

"예, 그가 산루이스라고 말했던 것 같아요. 왜죠?"

"모르겠습니다. 그냥 좀 궁금해서요."

그 말을 하는 동안 동시에 두 가지 일이 일어났다. 첫째는 웨인이 생각나면서 그를 다시 만나는 광경이 떠올랐다. 우리는 커다란 나무들이 있는 길에서 만났다. 그러면서 동시에 창문을 내다봤더니 놀랍게도 산체스 신부가 현관 계단을 올라오고 있는 모습이 보였다. 산체스 신부는 지쳐 보였고 옷은 더러워져 있었다. 주차장을 보니 다른 신부 한 명이 낡은 차 안에서 기다리고 있었다. 에드먼드가 물었다.

"저분이 누구인가요?"

"산체스 신부님입니다!"

나는 흥분을 감추지 못한 채 말했다.

몸을 돌려 홀리아를 찾아봤지만 그녀는 그 테이블을 떠난 뒤였다. 내가 막 일어서는 순간 산체스 신부가 식당으로 들어왔다. 나를 보자 그는 완전히 놀란 얼굴이 되어 걸음을 딱 멈췄다. 그러더니 내게로 걸어와서 나를 포옹했다. 산체스 신부가 물었다.

"괜찮아요?"

"예, 저는 좋습니다. 신부님은 어떻게 여기 오신 거예요?"

지친 상태이면서도 신부는 가볍게 껄껄 웃으며 말했다.

"달리 갈 데가 있어야죠. 하마터면 여기까지 오지도 못할 뻔했어요. 수백 명의 병력이 이쪽으로 밀려오고 있어요."

"병력이 왜 이쪽으로 몰려오고 있는데요?"

산체스 신부와 내가 서 있는 데로 걸어오면서 에드먼드가 뒤쪽에서 물었다.

그러자 산체스 신부가 대답했다.

"죄송하지만 그 군인들이 무슨 의도를 갖고 있는지는 저도 모릅니다. 숫자가 많다는 것만 알아요."

두 사람을 서로 소개한 뒤 산체스 신부에게 에드먼드의 상황을 이야기했다. 에드먼드는 극심한 공포에 사로잡힌 듯했다. 그는 긴장된 표정으로 말했다.

"저는 떠나야겠습니다. 하지만 차를 태워 줄 사람이 없군요."

"파울로 신부가 밖에서 기다리고 있습니다. 그는 즉시 리마로 돌아갈 겁니다. 만일 원하신다면 그의 차로 가실 수 있습니다."

에드먼드는 지체하지 않고 말했다.

"예, 정말 원합니다."

"잠깐만요, 만일 이분들이 군대와 맞닥뜨리면 어쩝니까?"

내가 걱정스럽다는 듯 물어보자 산체스 신부가 대답했다.

"파울로 신부의 차를 세우지는 않을 겁니다. 그분은 그리 잘 알려져 있지 않아요."

그 순간 식당으로 돌아온 훌리아가 산체스 신부를 봤다. 두 사람은 따뜻하게 포옹했다. 나는 또다시 에드먼드를 소개했다. 내가 말하는 동안에도 에드먼드는 점점 더 겁에 질려 낯빛이 변해 갔다.

몇 분 후 산체스 신부는 에드먼드에게 파울로 신부가 출발할 때가 되었다고 알려 줬다. 그는 짐을 가지러 객실로 갔다가 금세 돌아왔다. 산체스 신부와 훌리아 두 사람 모두 그를 밖까지 배웅했지만 나는 거기서 작별인사를 하고 테이블에 앉아서 두 사람을 기다렸다. 에드먼드를 만난 것도 충분히 의미심장한 일이지만 산체스 신부가 여기서 우리를 발견한 건 더 중요한 일이라는 걸 알았다. 그러나 그게 정확하게 뭔지는 알 수 없었다.

오래지 않아 훌리아가 돌아와서 내 옆에 앉더니 말했다.

"여기서 뭔가 일이 일어날 거라고 이야기했죠. 여기 들르지 않았다면 우린 산체스 신부님도, 에드먼드도 만날 수 없었을 거예요. 그건 그렇고 당신은 에드먼드에게서 뭘 배웠나요?"

"아직 확실치가 않아요. 그런데 산체스 신부님은 어디 계신가요?"

"잠시 쉬시면서 체력을 회복하려고 객실에 들어가셨어요. 이틀 밤을 꼬박 새우셨답니다."

나는 시선을 딴 데로 돌렸다. 산체스 신부가 피로에 지쳤다는 걸 알면서도 그가 옆에 없으니 실망스러웠다. 산체스 신부와 너무나도 이야기하고 싶었다. 벌어지고 있는 일들에 관한 그의 견해를 듣고 싶었는데, 특히 군인들에 관한 그의 관점이 궁금했다. 불안한 마음이 들면서 한편으론 에드먼드와 함께 도망치기를 원했다.

훌리아는 초조해하는 내 낌새를 알아차리고 위로하듯 말을 건넸다.

"마음을 편히 가지세요. 느긋하게 맘먹고, 여덟 번째 통찰에 대한 당신의 생각을 이야기해 줄래요?"

훌리아를 보며 나 자신을 중심에 두려고 노력했다.

"어디서부터 시작해야 할지 모르겠어요."

"여덟 번째 통찰의 요지가 뭐라고 생각해요?"

훌리아의 말에 나는 돌이켜 생각해 봤다.

"그건 다른 사람들, 아이들 그리고 어른들과 관계를 맺는 방법에 관한 것입니다. 또한 그건 통제 드라마의 이름을 명명하고, 그걸 이겨내고, 또 다른 사람들에게 에너지를 보내도록 그들에게 집중하는 데 관한 것이기도 해요."

"그리고 또요?"

훌리아의 얼굴을 주의 깊게 살펴보자 그녀가 뭘 말하려는지 즉시 알 수 있었다.

"그리고 대화하는 상대방을 잘 관찰하면 우리가 바라는 답을 얻을 수 있습니다."

훌리아는 활짝 웃었다. 나는 궁금해 참지 못하고 물었다.

"제가 통찰을 제대로 이해한 건가요?"

"거의 이해했어요. 그런데 딱 한 가지가 더 있어요. 당신은 어떻게 하면 한 사람이 다른 사람을 고양시킬 수 있는지 이해했어요. 그런 방식으로 서로를 대할 줄 아는 사람들로 구성된 집단에서는 어떻게 되는지 이제 그걸 보게 될 거예요."

나는 현관으로 나가 연철로 만든 의자에 앉았다. 별다른 이야기 없이 느긋하게 저녁을 먹은 뒤에 밤공기를 쐬며 앉아 있었다. 산체스 신부가 쉬러 들어간 지 세 시간이 지났는데 나는 또다시 초조해지는 걸 느꼈다. 바로 그때 갑자기 산체스 신부가 나타나 우리 옆에 앉는 순간 안도감이 밀려들었다. 나는 그에게 물었다.

"윌에 대해 들은 이야기가 있으세요?"

내가 말하는 동안 산체스 신부는 나와 훌리아를 마주 볼 수 있도록 의자를 밀었다. 나는 그가 우리와 동등한 거리가 되는 위치로 세심하게 의자를 옮기는 것에 주목했다. 산체스 신부가 마침내 대답했다.

"예, 들은 게 있습니다."

말을 멈춘 신부는 생각에 잠긴 듯해 나는 또다시 물었다.

"무슨 얘길 들으셨습니까?"

"그동안 있었던 일을 다 이야기해 드리죠. 내가 칼 신부와 함께 선교회로 돌아가려고 출발했을 때 우린 거기에 세바스티안 추기경이 군대를 데리고 와 있을 거라고 예상했죠. 심문이 있을지도 모른다고 생각했습니다. 그런데 도착해 보니 세바스티안 추기경도 군인들도 몇 시간 전에 급작스레 떠난 뒤였어요. 무슨 소식을 전해 듣고 떠났던 것이죠.

온종일 우리는 상황이 어떻게 진행되고 있는지 몰랐습니다. 그러다 어제 코스토스 신부라는 분의 방문을 받았는데, 당신도 그를 만난 적이 있는 걸로 압니다. 그는 윌 제임스에게서 우리 선교회의 위치를 알았다고 했어요. 예전에 칼 신부와 이야기하면서 윌이 우리 선교회의 이름을 듣고 기억했던 게 분명해요. 또 코스토스 신부는 우리에게 정보가 필요하리라는 것을 직감적으로 알았던 모양입니다. 그는 필사본을 지지하기로 결정했답니다."

"세바스티안 추기경이 그렇게 돌연히 떠난 이유가 뭐였습니까?"

"그건 자신의 계획을 더 앞당겨 실행에 옮기려 했던 것입니다. 아홉 번째 통찰을 파기하려는 자신의 의도를 코스토스 신부가 폭로하려 한다는 낌새를 눈치챘으니까요."

"세바스티안 추기경이 아홉 번째 통찰을 찾아냈습니까?"

"아직은 아니지만, 그는 그럴 걸로 기대하고 있죠. 그들은 아홉 번째 통찰이 있는 곳을 시사해 주는 다른 문서를 하나 찾아냈습니다."

"그게 어디인데요?"

훌리아가 눈을 크게 뜨고 물었다.

"셀레스틴 유적지입니다."

"그 유적지는 어디에 있습니까?"

이번엔 내가 물었다. 그러자 홀리아는 나를 쳐다보며 말했다.

"여기서 100킬로미터쯤 떨어진 곳이에요. 페루 과학자들끼리 극비리에 발굴한 유적이에요. 고대의 사원들이 층층이 나왔는데 마야의 사원들이 먼저, 그다음엔 잉카의 사원들이 발굴됐어요. 양쪽 문화 모두 그 장소에 뭔가 특별한 게 있다고 믿었던 게 분명합니다."

그때 문득 산체스 신부가 이 대화에 비상하리만큼 정신을 집중하고 있다는 사실을 깨달았다. 내가 말할 때면 시선을 전혀 딴 데로 돌리지 않고 오로지 나에게만 집중했다. 그리고 홀리아가 말할 때면 산체스 신부는 그녀에게 온전히 초점을 맞추기 위해 의자 위치를 옮겼다. 그는 의도적으로 그렇게 행동하는 듯했다. 산체스 신부가 뭘 하고 있는지 의아한 생각이 든 바로 그 순간 대화가 중단되어 정적이 흘렀다. 침묵이 시작되면서 두 사람 모두 나를 기대에 찬 시선으로 쳐다봤다. 나는 영문을 몰라 물었다.

"왜 그러세요?"

그러자 산체스 신부는 잔뜩 기대감을 갖고 말했다.

"당신이 이야기할 차례입니다."

"우리가 순서대로 이야기하기로 했나요?"

내 질문에 홀리아가 설명해 주었다.

"아뇨, 우린 지금 의식의 대화를 나누고 있어요. 에너지가 한 사람에게 이동하면 그 사람이 이야기를 하는 겁니다. 지금은 그 에너지가 당신에게로 가 있어요."

나는 무슨 말을 해야 할지 알 수가 없었다. 산체스 신부가 따스한 시선으로 나를 바라보며 말했다.

"여덟 번째 통찰의 일부는 집단 내에서 의식을 갖고 서로를 대하는 방법을 배우는 것입니다. 하지만 남들을 의식하진 말아요. 그냥 그 진행 과정만 이해하면 됩니다. 집단 속에서 사람들이 말할 때 가장 강력한 생각을 가진 사람은 한 시점에 단 한 명뿐입니다. 정신을 차리고 있으면 집단의 구성원들은 모두 누가 이야기할 차례인지 느낄 수 있습니다. 그다음에 그들은 그 사람에게 의식적으로 에너지를 집중함으로써 그가 최대한 명료하게 자신의 생각을 표현하도록 도움을 줄 수 있죠.

그러다가 대화가 진행되면서 누군가가 가장 강력한 생각을, 그다음엔 다른 누군가가 가장 강력한 생각을 하게 됩니다. 이렇게 대화에 집중하면 자기 차례가 되었을 때 그걸 느낄 수 있습니다. 생각이 마음속에 떠오를 것입니다."

신체스 신부는 훌리아에게로 시선을 돌렸고 그녀는 나에게로 시선을 돌리며 물었다.

"당신의 생각 가운데 표현하지 않은 게 무엇이었나요?"

나는 그것이 뭔지 생각해 내려고 애썼다. 이윽고 문득 떠오르는 생각이 있어 말했다.

"제가 생각하고 있었던 건 누군가 이야기를 할 때마다 왜 산체스 신부님이 그 사람을 저렇게 열심히 쳐다볼까 하는 것이었어요. 그게 무슨 의미인지 의아해하고 있었던 것 같습니다."

"이 진행 과정은 자신의 순간이 왔을 때는 거침없이 말하고, 다른 사람 순서엔 그 사람에게 에너지를 투사해 주는 것이 관건입니다."

산체스 신부가 말하는 중간에 훌리아가 끼어들었다.

"여러 가지로 잘못될 수도 있어요. 집단 속에서 부풀어 오르는 사람도 일부 있죠. 그들은 어떤 생각의 힘을 느끼고 표현한 다음, 그 에너지의 분출이 너무나 기분 좋아서 이미 딴 사람에게로 에너지가 옮겨졌어야 할 시점까지 이야기를 계속합니다. 에너지를 독점하려 드는 거죠.

그런가 하면 또 다른 사람들은 뒤로 물러서서 생각의 힘을 느낄 때조차 그걸 말해야 한다는 위험을 무릅쓰지 않으려고 합니다. 이렇게 되면 집단이 무너져 구성원은 모든 메시지를 다 들을 수 있는 혜택을 박탈당하고 말죠. 집단의 일부 구성원이 다른 일부의 구성원을 수용하지 않을 때도 마찬가지입니다. 거부당한 사람들은 에너지를 받지 못하므로 그 집단은 그의 생각에서 얻을 수 있었던 유익을 놓치고 맙니다."

훌리아가 말을 멈추자 우리는 둘 다 산체스 신부를 쳐다봤고, 그는 말을 하려고 호흡을 가다듬었다.

"사람들이 배제되는 건 중대한 일입니다. 어떤 이를 싫어하거나 어떤 이에게서 위협을 느낄 때 우리는 자연스럽게 그 사람의 싫은 점, 거슬리는 점에만 초점을 맞추는 경향이 있죠. 이렇게 할 때 우리는 깊숙이 들어 있는 그 사람의 아름다움을 알아보고 에너지를 주는 대신에 불행하게도 에너지를 빼앗아 버림으로써 그들에게 해를 끼치게 됩니다. 그들은 단지 갑자기 덜 아름답게 느껴지고 자신감이 줄어들었다고 느끼는데, 그건 우리가 그들의 에너지를 소진시켰기 때문입니다."

홀리아가 말을 이어 받았다.

"그래서 이런 진행 방식은 매우 중요합니다. 세상 사람들은 폭력적인 경쟁으로 서로를 엄청난 속도로 노쇠시키고 있죠."

이번엔 산체스 신부가 덧붙였다.

"하지만 기억할 점은 진정으로 상호작용하는 집단에선 세상과는 정반대로 각 구성원의 에너지와 진동을 늘려 주려고 생각한다는 것입니다. 나머지 사람들이 그에게 에너지를 보내 주기 때문입니다. 이렇게 되면 각 개인의 에너지가 확장돼 다른 사람들의 에너지와 전체로 합쳐져 하나의 에너지 풀(pool)을 형성하죠. 집단이 하나가 된 듯, 하지만 여러 개의 머리를 가진 듯한 모습이 되는 거죠. 때로는 이쪽의 머리가 전체의 몸을 대표해서 말하고, 다른 때는 저쪽의 다른 머리가 대표해서 말하게 됩니다.

이런 식으로 상호작용하는 집단에서는 각 개인이 언제 자기가 말할 차례이고 무얼 말해야 하는지 압니다. 왜냐하면 삶을 진정으로 명료하게 볼 수 있기 때문입니다. 이것이 바로 여덟 번째 통찰에서 한 남자와 여자가 낭만적인 관계를 맺는 것과 연관 지어 일러 주는, 더 높은 인격(Higher Person)에 관한 내용입니다. 그러나 다른 집단들 역시 더 높은 인격을 형성할 수 있습니다."

산체스 신부의 말을 듣고 있자니 문득 코스토스 신부와 함께 파블로가 떠올랐다. 그 젊은 인디언이 결국 코스토스 신부의 마음을 변화시켜 이젠 그가 필사본을 지키기를 원하게 된 것일까? 여덟 번째 통찰이 알려 준 힘으로 파블로는 그렇게 할 수 있었던 걸까? 나는 머리에 떠오른 질문을 곧장 물었다.

"코스토스 신부는 지금 어디에 있습니까?"

내 질문에 두 사람 다 약간 놀란 듯했지만 산체스 신부가 바로 대답해 주었다.

"그는 칼 신부와 함께 리마로 가서 우리 교회의 지도자들에게 세바스티안 추기경이 계획한 것에 관해 말하기로 결정했습니다."

"그래서 그 분이 신부님과 함께 신부님의 선교회에 가는 데 대해서 그렇게 단호했나 봅니다. 그는 자신이 해야 할 일이 그것 외에도 뭔가 더 있다는 걸 알았어요."

"맞습니다."

대화가 소강 국면을 맞이했고 우리는 서로를 보면서 각자 다음 생각이 떠오르길 기다렸다. 마침내 산체스 신부가 말했다.

"이제 문제는 우리가 뭘 해야 하느냐는 겁니다."

훌리아가 먼저 말했다.

"어떤 식으로든 제가 아홉 번째 통찰과 관련되어 있다는 생각을 줄곧 해 왔어요. 뭔가를 할 수 있을 만큼 충분히 오랫동안 그걸 수중에 넣고 있어야 한다는 생각인데 뚜렷하진 않아요."

산체스 신부와 나는 훌리아를 뚫어지게 응시했다. 그녀가 말을 이었다.

"그게 어떤 특정한 장소에서 일어나는 걸 보곤 합니다……. 앗, 잠깐만요. 제가 내내 생각해 왔던 장소는 유적지, 셀레스틴 유적지입니다. 사원들 중간에 어떤 특정한 지점이 있어요. 이제껏 그걸 거의 잊고 있었네요."

홀리아는 우리와 마주 본 채로 확신에 차서 말했다.

"제가 가야 할 곳은 거기예요. 셀레스틴 유적지로 가야겠어요."

홀리아가 말을 마치자 두 사람은 이번엔 내게로 시선을 옮겼다. 나는 별다른 생각이 떠오르지 않았다.

"저는 모르겠습니다. 저는 왜 세바스티안 추기경과 그를 따르는 사람들이 그렇게까지 필사본에 반대하는지에 계속 관심이 갔습니다. 그리고 우리의 내면적인 혁명을 그들이 두려워하기 때문이라는 걸 발견했어요. 하지만 이젠 어디로 가야 할지 모르겠습니다. 군인들이 밀려오고 있으니 아무래도 세바스티안 추기경이 아홉 번째 통찰을 먼저 찾아낼 것 같아요. 모르겠어요, 어쨌든 그가 그걸 없애지 않도록 설득하는 데 어떤 식으로든 제가 연관돼 있다는 생각을 해 왔습니다만."

나는 잠시 말을 멈췄다. 다시 웨인이 생각났고, 돌연히 아홉 번째 통찰로 생각이 옮겨졌다. 문득 인류가 이 진화의 결과로 어디에 도달하게 될지 아홉 번째 통찰이 드러내리라는 것을 깨달았다. 나는 인간들이 서로에게 행동하는 방식이 필사본으로 말미암아 어떻게 달라질지 궁금했는데, 그 질문에 대한 답은 여덟 번째 통찰이 주었다. 그렇다면 논리적으로 볼 때 그다음에 와야 할 질문은 이 모든 것이 어디로 우리를 인도할 것인가, 인간 사회가 어떻게 달라질 것인가 하는 걸로 귀결된다. 이것이 바로 아홉 번째 통찰이 주게 될 답일 것이다.

그리고 나는 왠지 이 지식이 또 한편으로는 의식의 진화에 대한 세바스티안 추기경의 두려움을 진정시키리라는 것 역시 알았다. 만일 그가 이 말을 들어준다면 말이다. 그 순간 나는 확신에 차서 말했다.

"저는 아직도 세바스티안 추기경이 필사본을 지지하도록 설득할 수 있다고 생각합니다!"

산체스 신부가 물었다.

"당신이 직접 그를 설득하는 모습을 봅니까?"

"아뇨. 꼭 그렇진 않습니다. 저는 그분에게 다가갈 수 있는 다른 누구와 같이 있어요. 그분을 알고, 그분과 같은 수준에서 이야기할 수 있는 누군가와 말입니다."

이 말을 할 때 훌리아와 나는 둘 다 자연스럽게 산체스 신부를 쳐다봤다. 신부는 미소를 지으려고 무던히 애쓰며 체념한 듯 말했다.

"세바스티안 추기경과는 꽤 오랫동안 필사본에 관한 문제로 서로 대면하길 피해 왔습니다. 그분은 언제나 제 상급자였어요. 그는 저를 제자로 여겼고, 저도 그를 존경했던 게 사실입니다. 하지만 언젠가는 반드시 이렇게 될 줄 예전부터 알고 있었던 것 같아요. 당신이 그 얘길 처음 언급했을 때부터 그를 설득하는 것이 제 몫인 걸 알았어요. 제 평생이 이 일을 위해 나를 준비시켜 왔으니까요."

산체스 신부는 훌리아와 나를 번갈아 찬찬히 쳐다보고 나서 말을 계속했다.

"제 어머니는 기독교 개혁론자였습니다. 어머니는 복음을 전할 때 죄책감을 이용하거나 강요하는 것에 대해 질색하셨죠. 두려움 때문이 아니라 사랑으로 사람들이 종교를 갖게 해야 한다고 느끼셨던 겁니다. 반면에 아버지는 규율주의자로서 나중에 신부가 되셨는데, 세바스티안 추기경처럼 전통과 권위를 철저히 믿으셨어요. 그런 환경 때문에 저는 교회라는 권위 있는 조직에서 일하기를 원했고, 그러면서도 항상 좀 더 높은 종교적 체험이 강조되도록 그것을 개선할 방도를 찾아왔습니다.

그러니 저의 다음 단계는 세바스티안 추기경을 상대하는 일일 테죠. 어떻게든 피해 보려고 애써 왔지만, 이키토스에 있는 세바스티안의 선교회에 가야 한다는 걸 알고 있어요."

나는 확신에 찬 어조로 말했다.

"저도 신부님과 같이 가겠습니다."

새로 도래하는 문화

빽빽한 밀림을 뚫고 커다란 개울을 여러 개 지나자 북쪽으로 향하는 길이 구불구불 이어졌다. 산체스 신부는 그 개울들이 아마존 강의 지류라고 알려 주었다. 우리는 아침 일찍 일어나 훌리아에게 작별인사를 하고 나서 산체스 신부가 빌린 트럭을 타고 출발했다. 여느 차보다 큰 바퀴들이 높이 달려 있는 사륜구동 트럭이었다. 갈수록 지대가 높아지면서 나무들이 자라는 간격이 좀 더 성겨지고 나무 크기도 커졌다.

"이곳은 비시엔테 산장 주변과 지형이 비슷하군요."

내 말에 산체스 신부는 미소를 지으며 말했다.

"우린 지금 가로로 30킬로미터가량, 세로로 80킬로미터가량 펼쳐져 있는 에너지가 높은 지역에 들어와 있어요. 모든 길이 셀레스틴 유적지까지 쭉 연결되어 있답니다. 이 지역 주변은 사방이 다 밀림이에요."

오른쪽으로 멀리 떨어진 곳에 숲을 밀어 만든 개간지가 보였다.

"저곳은 뭐죠?"

나는 그쪽을 손가락으로 가리키며 물었다.

"정부가 농업 개발을 한다고 만든 곳입니다."

나무들을 불도저로 밀어 한쪽에 무더기로 쌓아 두었는데 그중에는 불에 일부 타다 만 나무도 있었다. 그 가운데 한 무리의 소 떼가 이리저리 돌아다니며 잡초를 뜯어 먹고 있었다. 우리가 지나가자 엔진 소리를 듣고 소 몇 마리가 우리 쪽을 바라봤다. 불도저로 민 지 얼마 안 된 것처럼 보이는 또 하나의 개간지가 눈에 띄었다. 개발 구간이 우리가 지나고 있는 밀림 안쪽으로 점점 더 가까워지고 있다는 사실을 알 수 있었다.

"저건 너무 심한데요."

나는 안타까운 마음으로 말했다.

"그래요, 심지어 세바스티안 추기경마저 반대할 정도니까요."

문득 필이 생각났다. 그가 보호하려고 애쓰던 곳도 바로 이런 곳일 것 같았다. 필은 어찌 되었을까? 웨인도 떠올랐다. 에드먼드는 웨인이 여관으로 올 계획이었다고 말했다. 에드먼드가 거기서 나를 만나 그 이야기를 해 준 이유는 뭐였을까? 그는 지금 어디에 있을까? 강제 추방되었을까, 아니면 감금되었을까? 그러면서 웨인의 모습이 언제나 필과 연결되어 떠오르곤 했다는 사실을 놓치지 않고 알아차렸다. 내가 물었다.

"세바스티안 추기경의 선교회는 얼마나 더 가야 합니까?"

"한 시간쯤 달리면 되는 거리예요. 기분은 좀 어때요?"

"어떤 기분을 말씀하시는 건가요?"

"당신의 에너지 말이에요."

"높은 것 같아요. 여긴 무척 아름답군요."

"어젯밤 우리가 나눈 대화에 대해선 어떻게 생각합니까?"

"사실 깜짝 놀랐어요."

"무슨 일이 일어나고 있는지 이해했습니까?"

"그러니까 여러 차례에 걸쳐 한 사람씩 생각이 샘솟아 나는 것 말인가요?"

"예, 그리고 그것이 지니고 있는 더 큰 의미 말입니다."

"잘 모르겠습니다."

"그것에 대해 생각해 봤어요. 궁극적으로는 인류 전체가 이런 태도, 즉 모든 사람이 이런 식으로 서로를 의식적으로 대하며 남들에게 힘을 행사하기보다는 최선의 것을 이끌어 내려고 시도하는 태도를 선택하게 될 겁니다. 그 시점에 이르면 모든 사람의 에너지 수준이 어떨지, 어떤 속도로 진화할지 생각해 보세요."

"맞아요! 전체의 에너지 수준이 높아졌을 때 인류 문화가 어떻게 바뀔지 그게 궁금했습니다."

머릿속의 생각을 정확하게 표현한 듯 산체스 신부는 나를 바라보며 말했다.

"저도 바로 그것을 알고 싶습니다."

한순간 우리는 서로를 바라봤다. 나는 우리가 누가 그다음 생각을 할지 기다리고 있다는 걸 알았다. 이윽고 산체스 신부가 말했다.

"그 의문에 대한 답이 아홉 번째 통찰에 틀림없이 나와 있을 겁니다. 인류 문화가 진화하면 앞으로 어떻게 될지 거기에 설명되어 있어야만 해요."

"제 생각도 그렇습니다."

산체스 신부는 트럭의 속도를 늦췄다. 교차로에 접근하고 있었는데 어느 쪽 길로 가야 할지 결정을 내리지 못한 것처럼 보여 물었다.

"우리가 혹시 산루이스 근처로 가고 있습니까?"

산체스 신부는 내 눈을 똑바로 쳐다보더니 말했다.

"이 교차로에서 왼쪽으로 가야 그리로 갑니다. 왜 그러나요?"

"에드먼드 이야기에 따르면 웨인이 산루이스를 거쳐 스튜어트 인 여관으로 오기로 되어 있었다고 했거든요. 저는 그것이 메시지였다고 생각합니다."

우리는 계속 서로를 바라봤다.

"신부님은 이 교차로 가까이서 이미 속도를 늦추셨어요. 왜 그러셨습니까?"

산체스 신부는 어깨를 으쓱하며 말했다.

"모르겠어요. 이키토스로 가는 가장 빠른 길은 곧장 직진하는 겁니다. 그런데 왠지 망설여지더군요."

그 순간 서늘한 기운이 온몸을 휩쓸고 지나가는 걸 느꼈다. 산체스 신부는 한쪽 눈썹을 치켜뜨더니 만면에 웃음을 띠며 말했다.

"아무래도 우리는 산루이스를 거쳐 가는 게 나을 것 같군요. 내 말이 맞죠?"

나는 고개를 끄덕였고 순간 에너지가 용솟음치는 걸 느꼈다. 여관에 들러서 에드먼드와 만난 게 이제부터 더 큰 의미로 이어질 것 같았다. 산체스 신부가 왼쪽으로 꺾어 산루이스를 향해 차를 모는 동안 나는 계속 기대하며 도로변을 살폈다. 삼사십 분이 지났지만 아무 일도 일어나지 않았다. 산루이스를 통과할 때도 별다른 일이 일어나지 않았다. 그때 갑자기 경적 소리가 들려 뒤를 돌아보니 은색 지프 한 대가 부르릉대며 급하게 달려오고 있었다. 운전자는 미친 듯이 손을 흔들어 대고 있었다. 어딘가 모르게 낯익은 얼굴이었다.
"필 스톤이에요!"
내 외침에 산체스 신부는 길 한편으로 차를 댔다. 필도 차에서 뛰어내려 우리 트럭으로 다가와 내 손을 잡고는 산체스 신부에게 고개를 숙여 인사했다. 필은 흥분한 목소리로 말했다.
"당신이 여기서 뭘 하고 있는지는 몰라도 더 가면 길을 군인들이 점령하고 있어요. 그러니 당신도 되돌아가서 우리와 함께 기다려 보는 게 좋을 거예요."
"우리가 온다는 걸 어떻게 알았어요?"
내가 깜짝 놀라 묻자 필이 대답했다.
"그건 몰랐어요. 우연히 당신이 지나가는 모습을 봤어요. 우린 8킬로미터쯤 뒤에 있어요."
필은 갑자기 주위를 휙 둘러보더니 말했다.
"얼른 이 길에서 벗어나는 게 좋겠어요."
그때 산체스 신부가 말했다.
"그럼 먼저 출발하세요. 우린 뒤따라갈게요."
지프를 돌리는 필을 따라서 우리는 방금 전에 지나왔던 방향으로 돌아갔다. 필은 동쪽으로 난 다른 길로 들어서더니 재빨리 차를 세웠다. 나무가 몇 그루 모여 있는 곳이었는데, 어떤 사람이 차를 보고 나무 뒤에서 나왔다. 순간 나는 내 눈을 믿을 수가 없었다. 그는 바로 웨인이었다! 나는 트럭에서 내려 그가 있는 쪽으로 다가갔다. 웨인 역시 나만큼이나 깜짝 놀라더니 이내 다정하게 나를 껴안으며 말했다.

"당신을 다시 만나다니 정말로 반가워요!"

"저도 그렇습니다. 당신이 총에 맞은 줄 알았거든요."

내 말에 웨인은 내 등을 토닥거리며 말했다.

"아니에요. 그때 내가 공포에 질려서 비명을 질렀던 것 같아요. 그들은 단지 나를 억류했을 뿐이에요. 나중에 필사본에 대해 동조하는 공무원들이 나를 풀어 줬어요. 그 뒤론 줄곧 도망 다니고 있어요."

웨인은 말을 멈추고 나를 보며 함박웃음을 지어 보였다.

"당신이 무사해서 기뻐요. 필이 당신을 비시엔테에서 만났고 나중엔 같이 체포되었다고 말해 줘서 도무지 갈피를 잡을 수 없었어요. 하지만 우리가 다시 만나리라는 걸 알고 있었어요. 그런데 어디로 가는 중이었나요?"

"세바스티안 추기경을 만나러 가던 중이었어요. 우리가 알기엔 그가 마지막 통찰을 없애려 하고 있어요."

웨인이 고개를 끄덕이고 무슨 말인가 하려고 할 때 산체스 신부가 다가왔다. 나는 두 사람을 소개시켜 주었다. 웨인이 산체스 신부에게 말했다.

"신부님 성함을 리마에서 들은 것 같습니다. 그때 억류되어 있던 신부님들 이름과 함께요."

"칼 신부와 코스토스 신부 말인가요?"

걱정스러운 생각이 들어 웨인에게 재촉하듯 물었다.

"그런 이름이었던 것 같아요. 아니, 그 이름이 맞아요."

웨인의 대답에 산체스 신부는 머리만 가볍게 흔들었다. 나는 산체스 신부를 잠시 지켜본 다음 웨인과 몇 분 동안 우리가 헤어진 뒤에 각자 겪은 일에 관해 이야기했다. 그는 통찰 여덟 개를 모두 공부했다는 이야기를 하고 나서 뭔가 더 이야기하려고 안달하는 듯했다. 나는 웨인의 말을 가로막고 여관에서 에드먼드를 만났고, 그가 리마로 돌아갔다는 소식을 전해 주었다. 그러자 웨인이 말했다.

"그 사람도 아마 억류될 겁니다. 내가 제때 여관에 당도하지 못한 게 안타깝지만 먼저 산루이스에 와서 다른 과학자 한 분을 만나야 했어요. 하지만 그 사람을 만날 수 없었는데 그 대신 필을 만났어요. 그리고……."

그때 산체스 신부가 초조한 목소리로 물었다.

"그리고 뭡니까?"

"일단 좀 앉아야 할 것 같아요. 아마 못 믿으실 겁니다. 필이 아홉 번째 통찰의 일부분을 찾았어요!"

웨인의 말을 듣는 순간 아무도 움직이지 않았다. 이윽고 신체스 신부가 물었다.

"필이 번역본을 발견했다고요?"

"예."

그때 차 안에서 뭔가를 하고 있던 필이 우리 쪽으로 걸어오고 있었다. 나는 필을 향해 물었다.

"당신이 아홉 번째 통찰의 일부분을 찾았다면서요?"

"솔직히 제가 찾은 건 아닙니다. 누가 제게 줬어요. 당신과 같이 체포된 뒤에 나는 딴 마을로 이송되었죠. 어딘지는 몰라요. 얼마 뒤에 세바스티안 추기경이 나타났어요. 그는 내가 비시엔테 산장에서 뭘 했는지 계속 캐물었고 또 숲을 구하려는 내 노력에 대해서도 조사했어요. 난 왜 그러는지 몰랐어요. 감시요원 한 명이 아홉 번째 통찰의 일부분을 가져다줘서 그제야 그 이유를 알았어요. 그 감시요원은 세바스티안 측 사람들이 번역한 걸 훔쳐 낸 거였어요. 그것은 오래된 숲의 에너지에 관한 내용이었어요."

"뭐라고 씌어 있던가요?"

내 질문에 필은 잠시 말을 멈추고 생각에 잠겼다. 그때 웨인이 다시 우리에게 자리에 앉자고 권유했다. 웨인은 일부분만 개간된 곳의 가운데 방수포를 펼쳐 놓은 지점으로 우리를 데려갔다. 아름다운 곳이었다. 커다란 나무 열두어 그루가 직경이 10미터쯤 되는 원을 이루고 있었다. 원 안쪽에는 아주 향기로운 열대 관목과 꽃자루가 긴 양치식물들이 짙은 녹색을 띠며 자라고 있었다. 이제껏 내가 본 것들 가운데 가장 밝은 녹색이었다. 우리는 둘러앉아 서로를 바라봤다. 필이 먼저 웨인을 봤다. 웨인은 산체스 신부와 나를 보고 나서 말했다.

"아홉 번째 통찰은 의식 진화의 결과, 다음 천 년 동안 인류 문화가 어떻게 변할지 설명하고 있어요. 상당히 의미 있게 달라질 삶의 양식이 서술되어 있습니다. 예를 들어 인류 전체가 지구상에서 강력하고 아름다운 곳에 살 수 있도록 자발적으로 인구를 감소시킬 거라고 예언하고 있습니다. 주목할 점은 그런 지역들이 미래엔 훨씬 더 많아질 텐데, 우리가 원숙해지고 에너지를 얻을 수 있도록 숲을 벌채하지 않고 그대로 보존하기 때문이죠.

아홉 번째 통찰에 따르면 다음 천 년의 중간쯤에 사람들은 일반적으로 수령이 500년쯤 되는 나무들과 정성껏 가꾼 정원 가운데 살면서도 믿을 수 없는 기술적 진보로 형성된 도심 지역까지 쉽게 오갈 수 있는 거리에 살 거라고 했습니다. 그때쯤엔 생존 수단인 의식주와 교통편 등은 거의 자동화되고, 누구든 원하는 대로 이용할 수 있게 됩니다. 우리는 돈을 주고받지 않아도 필요를 충족시킬 수 있는데, 그렇다고 방종하거나 나태해지는 것은 아닙니다.

직감을 통해 모든 사람은 자기가 뭘 해야 하고 언제 해야 할지를 정확히 알고, 그런 행동은 다른 사람들의 행동과 조화를 이룰 겁니다. 아무도 과도하게 소비하지 않는데, 소유해야 할 필요성과 안전을 위해 통제해야 할 필요성을 이미 버린 뒤이기 때문입니다. 천 년 뒤엔 삶이 다른 무언가가 되어 있을 겁니다.

아홉 번째 통찰에 따르면 자신의 진화에 고무된 우리는 직감으로 스스로 고양되고, 그다음엔 우리 운명이 펼쳐지는 걸 면밀히 지켜보면서 목적의식이 성취되는 것을 느낍니다. 또한 모든 사람이 속도를 늦추고 더 기민해진 상태에서 다음번에 올 의미 있는 만남을 항상 예의주시하는 그런 인간 사회를 묘사하고 있습니다. 사람들은 숲 속의 오솔길이든, 골짜기를 가로지르는 다리 위든 어디서나 의미 있는 만남이 일어날 수 있다는 걸 알고 있습니다.

이런 의미와 중요성을 띤 인간의 만남을 눈앞에 그려 보실 수 있습니까? 처음으로 만난 두 사람 사이에 어떤 일이 일어날지 생각해 보세요. 각자 서로의 에너지 장을 보며 혹시 조종하려는 의도가 드러나는지 살펴볼 것입니다. 일단 문제가 없으면 두 사람은 의식적으로 인생에 대해 이야기를 나누다가 서로에게 전달되는 메시지를 발견하죠. 그다음엔 각자의 여정을 다시 계속할 테지만 그들은 의미 있게 변했을 겁니다. 두 사람은 새로운 수준으로 진동할 것이고, 그래서 서로를 만나기 전에는 불가능하던 새로운 방식으로 남들에게 감동을 줄 수 있게 됩니다."

우리가 에너지를 모아 보내 주자 웨인은 새로운 인류 문화에 대해 한층 더 분명하게 묘사하면서 고무되었다. 그의 말이 진실로 들렸다. 적어도 나는 그가 성취 가능한 미래를 서술하고 있다는 데 대해 추호도 의심하지 않았다. 그러면서도 한편으론 역사상 수많은 선지자가 그런 세상을 일별했으나 그런 유토피아를 창조할 방도는 찾지 못했다는 것을 알았다. 마르크스도 그런 사례들 가운데 하나가 아니었겠는가. 하지만 공산주의는 비극으로 변질되고 말았다.

처음 여덟 개의 통찰이 전해 준 지식이 있긴 해도 일반적인 인간 행동을 감안할 때 인류는 과연 아홉 번째 통찰이 묘사하는 경지에 도달할 수 있겠는가. 웨인이 말을 멈췄을 때 나는 이런 우려를 드러냈다. 그러자 그는 나를 향해 미소 지으며 이렇게 설명했다.

"필사본에는 인간은 진리에 대한 추구를 타고났기 때문에 그것으로 말미암아 그리로 인도될 것이라고 설명되어 있습니다. 하지만 이런 움직임이 어떻게 일어날 것인지 확실하게 파악하려면 아마도 다음 천 년을 시각화해 보는 과정이 필요할 겁니다. 비행기 안에서 저랑 이번 천 년을 시각화했던 것을 기억하나요? 마치 짧은 시간 동안에 그 긴 세월을 다 살아 본 것처럼 했던걸요."

웨인은 다른 사람들에게 그 과정을 간략하게 알려 준 다음 계속해서 말했다.

"이번 천 년간 어떤 일들이 일어났는지 생각해 보세요. 중세 때 우리는 성직자들이 정의해 준 대로 선과 악, 두 가지뿐인 단순한 세계에서 살았습니다. 하지만 르네상스 시대에 우리는 거기서 풀려났죠. 우주에서 인류가 처한 상황에는 성직자들이 아는 것 이상의 뭔가가 더 있으리라는 걸 알았던 우리는 전모를 밝히고자 했습니다.

그래서 인류의 진정한 상황을 발견하도록 탐험자를 파견했는데, 이것으로 우리가 원하던 답을 당장 얻을 수 없게 되자 일단 그 상태에서 자리를 잡기로 결정했습니다. 그러고 나서 현대적 노동 윤리를 세속적인 현실에 대한 집착과 몰입으로 바꾼 우리는 세상에서 일체의 신비를 축출해 버렸죠. 그러나 지금 우리는 그 집착에 대한 진실을 볼 수 있습니다. 다섯 세기에 걸쳐 인간생활을 위해 물질적 측면의 지원만을 창조해 낸 이유는 다른 무엇, 즉 신비를 다시 존재하도록 되돌리는 삶의 방식을 위한 무대를 준비하기 위함이었다는 것을 알 수 있습니다.

그건 과학적인 방법으로 얻은 정보가 가리키는 것, 즉 이 행성에 사는 인류는 의식적으로 진화하도록 되어 있다는 겁니다. 우리가 진화하는 방법을 배워 각자의 특정한 길을 추구하며 차례대로 진실을 하나씩 찾으면 문화 전체가 예측 가능한 방식으로 변하리라는 것이 아홉 번째 통찰의 내용입니다."

웨인이 말을 멈췄지만 아무도 말을 하지 않았다. 모두 그의 이야기를 더 듣고 싶어 하는 것이 분명했다. 웨인의 이야기가 계속 이어졌다.

"일단 우리의 수가 임계질량에 달하고 지구 전체에 통찰이 곳곳으로 퍼지면 처음에 인류는 집중적인 내적 성찰의 시기를 경험하게 될 것입니다. 우리는 자연세계가 진정 얼마나 아름답고 영적인지 완전히 파악하게 될 겁니다. 나무들, 강들과 산들을 위대한 힘을 지닌 사원으로, 경외와 두려움으로 대해야 할 대상으로 여기게 될 것입니다. 우리는 이런 보물들을 위협하는 경제활동을 중지하라고 요구할 겁니다. 그리고 이런 상황과 가장 밀접한 사람들은 이 오염 문제를 해결할 대안적 해법을 발견해 낼 텐데, 왜냐하면 자신들의 진화를 추구하는 과정에서 그런 대안들을 직감으로 깨닫게 되기 때문이죠.

이런 것들은 앞으로 일어날 가장 큰 변화 중 일부인데, 이로 말미암아 직업을 바꾸는 사람들로 극적인 이동이 발생하게 될 것입니다. 왜냐하면 자신이 누구이며 뭘 해야 할 것인지 명료한 직관으로 자각하기 시작한 사람들은 직업이 자신과 맞지 않으며, 앞으로 더 성장하기 위해서는 다른 직업으로 바꿔야 한다는 사실을 종종 발견하기 때문이죠. 필사본에 따르면 이 시기에 사람들 가운데 일부는 여러 차례 직업을 바꾸기도 할 거라고 합니다.

그다음의 문화적 변화는 제품 생산의 자동화일 것입니다. 그 자동화를 담당하는 사람들인 기술자들에게는 그것이 경제를 좀 더 효율적으로 돌아가게 만들기 위해 필요한 방법이라고 느껴질 겁니다. 하지만 그들의 직관이 더 명료해지면 실제 자동화의 이점은 모든 사람에게 자유로운 시간을 주어 그들이 다른 노력을 추구할 수 있게 해 주는 것임을 알게 되죠.

그러는 동안 나머지 사람들은 각자의 직업 내에서 자신의 직관에 따르면서 자유시간을 더 많이 갖게 되기를 원합니다. 우리가 이야기해야 하는 진실과 행해야 하는 일들이 너무 독특해서 여느 직업 환경에는 잘 맞지 않는다는 사실을 깨달을 것입니다. 그래서 우리 자신의 진실을 추구하도록 근무시간을 줄일 방도를 찾아낼 겁니다. 한 사람이 전일 근무하던 일자리를 두세 명이 나눠 갖게 됩니다. 이런 추세로 말미암아 자동화로 일자리를 잃게 된 사람들은 최소한 파트타임 일자리라도 구하게 되겠죠."

그때 내가 물었다.

"하지만 돈은 어떻게 됩니까? 사람들이 자발적으로 수입을 줄일 거라고는 믿을 수 없는데요."

"아, 그럴 필요는 없을 겁니다. 필사본에 따르면 우리는 안정된 수입을 유지하는데, 우리가 통찰을 제공해 주면 사람들이 돈을 줄 것이기 때문이라고 해요."

웨인이 말하는 도중에 나는 하마터면 웃을 뻔했다.

"뭐라고요?"

웨인은 이해한다는 듯 미소를 띠며 나를 똑바로 쳐다봤다.

"필사본이 설명하는 바로는 우리가 우주의 에너지 진동에 대해 더 많은 걸 발견하게 되면 누군가에게 뭔가를 줄 때 실제로 무슨 일이 일어나는지 알게 될 거라고 했습니다. 지금 현재로선 준다는 것에 대한 유일한 영적 개념은 종교의 십일조라는 협의의 개념뿐입니다."

웨인은 시선을 산체스 신부에게로 옮겼다.

"아시다시피 성서에서 말하는 십일조의 개념은 흔히 수입의 10퍼센트를 교회에 헌납하라는 명령으로 해석됩니다. 그 배경에는 우리가 무엇을 주든지 몇 곱절로 불어나 우리에게로 다시 돌아올 거라는 신념이 있습니다. 하지만 아홉 번째 통찰은 준다는 것이 단지 교회만을 위한 것이 아니라 사실은 모든 사람을 지원하는 우주의 원칙이라고 설명합니다. 우리가 주는 경우엔 준 것을 돌려받는데, 그건 우주에서 에너지가 그런 식으로 상호작용하기 때문이죠. 기억하세요. 우리가 누군가에게 에너지를 투사하면 우리에게 공동(空洞)이 생기는데, 만일 우리가 연결된 상태라면 그것은 다시 채워집니다. 돈도 정확히 똑같은 방식으로 작용합니다. 아홉 번째 통찰은 우리가 일단 꾸준히 주기 시작하면 늘 더 많이 들어오는데, 다 주기가 어려울 정도로 언제나 많이 들어온다고 이야기합니다.

그리고 우리 선물은 당연히 우리에게 영적인 진실을 알려 준 사람들에게 가야 하죠. 사람들이 딱 알맞은 때에 우리 삶으로 들어와서 꼭 필요한 답을 주면 우린 그들에게 돈을 줘야 합니다. 이런 방식으로 우리는 수입을 보충하면서 우리를 제약하는 직업에서 물러날 수 있는 거죠. 더 많은 사람이 이런 식으로 영적 경제에 참여하기 시작하면 우리는 다음 천 년의 문화에 제대로 진입하게 될 겁니다. 우리는 자신에게 맞는 직업으로 진화하는 단계를 이미 거쳤고, 자유롭게 진화하고 남들에게 우리의 고유한 진실을 제공함으로써 대가를 받는 단계로 들어가게 되는 거죠."

나는 산체스 신부 쪽을 바라봤다. 집중해서 듣고 있는 그의 모습은 빛이 날 정도였다. 마침내 산체스 신부가 입을 열었다.

"예, 제겐 그게 분명하게 보입니다. 만일 모든 사람이 참여한다면 우리는 꾸준히 주고받을 것이고 서로간의 이 상호작용, 이 정보 교환이 모든 사람의 새로운 일이 되어 경제의 새로운 방향이 될 것입니다. 우리에게 감동받은 사람들이 우리에게 대가를 지급할 것입니다. 이런 상황이 되면 삶을 위한 물질적 지원은 완전히 자동화되는데, 우리는 너무 바빠서 그런 체제를 소유하거나 운영할 수 없기 때문이죠. 그러면 물질 생산이 자동화되어 공익사업처럼 운영되길 원할 겁니다. 어쩌면 그에 대한 주식의 지분을 소유할 수는 있겠지만, 어쨌든 우리는 자유로워져서 지금 이미 정보화시대가 되었지만 이걸 더욱 확장시킬 것입니다.

그러나 지금 당장 중요한 것은 현재 우리가 어디로 가고 있는지를 스스로 이해할 수 있다는 사실입니다. 예전에는 환경을 구할 수도, 세상을 민주화시킬 수도, 가난한 이들을 먹일 수도 없었습니다. 그건 오랫동안 궁핍에 대한 두려움이나 통제하려는 욕구를 포기할 수 없었던 탓에 남들에게 주지 못했기 때문입니다. 삶을 다른 관점에서는 볼 수가 없었기에 그런 것들을 우리 손에서 놓을 수가 없었던 거죠. 그런데 이제 우리는 내려놓을 수 있습니다!"

산체스 신부는 필을 쳐다보며 물었다.

"하지만 아무래도 더 저렴한 에너지원이 있어야 하지 않을까요?"

그러자 필이 대답했다.

"핵융합, 초전도(超電導), 인공지능, 자동화에 요구되는 기술은 그리 머지않은 시기에 현실화될 겁니다. 이제 왜 그걸 해야 하는지 알았으니까요."

웨인이 맞장구치며 말했다.

"그 말이 맞습니다. 가장 중요한 것은 우리가 이런 식의 삶에 대한 진실을 안다는 거죠. 우리가 여기 지구에 온 것은 개인별로 통제의 제국을 구축하고자 한 것이 아니고 진화하려고 와 있는 겁니다. 남들에게 통찰의 대가를 지급하는 것과 함께 변화가 시작될 것이고, 경제의 더 많은 부분이 자동화되면 통화(通貨)는 완전히 사라질 것입니다. 인류가 그걸 필요로 하지 않을 테니까요. 직감이 안내하는 대로 올바르게 따른다면 우리는 꼭 필요한 것만 취할 것입니다."

필이 말을 보탰다.

"그리고 우리는 이해할 겁니다. 지구의 천연 지역들은 엄청난 힘의 원천인 만큼 그런 곳들은 살려 두고 보호해야 합니다."

필이 말하는 동안 우리는 그에게 완전히 주의를 집중했다. 필은 그것이 어느 정도로 자신을 고양시키는지 경험하고 놀란 듯했다. 그는 나를 쳐다보며 말했다.

"저는 통찰들을 전부 다 공부하진 못했습니다. 만일 당신을 앞서 만나지 않았다면 감시요원의 도움을 받아서 탈출한 뒤에 아홉 번째의 이 부분을 간직하지 않았을지도 모릅니다. 그런데 무슨 일인지 당신이 이 필사본이 중요하다고 이야기한 게 기억났어요. 비록 제가 다른 통찰들을 읽진 않았지만, 자동화를 지구의 역동적인 에너지와 조화롭게 유지해야 하는 중요성은 이해하고 있었죠.

숲은 늘 제 관심의 대상이었고, 숲이 생태계에서 하는 역할에도 관심이 많았습니다. 제가 아이였을 때부터 늘 그랬다는 걸 이제는 압니다. 아홉 번째 통찰은 인류가 영적으로 진화하면 우리는 지구가 부양

할 수 있는 수준으로 인구를 자발적으로 줄일 거라고 했습니다. 우리는 지구의 자연적인 에너지 체제의 범위 내에서 살아가도록 전적으로 노력할 겁니다. 우리가 개인적으로 에너지를 줘서 길러 먹을 식물 외엔 농사는 자동화될 겁니다. 건설에 필요한 나무들은 특별히 지정된 지역에서 기를 것입니다. 이렇게 하면 지구상의 다른 나무들은 자유롭게 자라서 나이 들고 마침내 강력한 에너지를 품은 숲으로 성숙할 것입니다.

궁극적으로는 이런 숲들이 예외가 아닌 대세를 이룰 것이고, 인간 모두가 이런 종류의 힘과 근접한 곳에서 살게 될 것입니다. 우리가 얼마나 에너지로 충만한 세상에서 살게 될지 생각해 보세요."

나는 필의 말에 동조하듯 말했다.

"그것이 틀림없이 모든 사람의 에너지 수준을 높일 테죠."

"예, 그럴 겁니다."

산체스 신부는 건성으로 대답했는데, 에너지 증가가 어떤 의미일지 미리 생각해 보고 있는 듯했다. 모든 사람이 그의 말을 기다렸다. 마침내 산체스 신부가 말했다.

"그것이 우리의 진화를 가속화시킬 겁니다. 에너지를 더 순조롭게 우리 내면에 흘러들게 할수록 우주는 더욱 신비로운 방식으로 응답해 우리 질문에 답해 줄 사람을 우리 삶 안으로 더 많이 데려옵니다."

산체스 신부는 다시 생각에 잠긴 듯이 보였다. 그리고 절반쯤은 혼잣말처럼 중얼거렸다.

"우리가 매번 직감을 따를 때마다, 어떤 신비스러운 만남이 우리를 앞으로 안내할 때마다 우리의 진동은 더욱 증가합니다. 앞으로 위로 말이죠. 만일 역사가 계속된다면…….”

웨인이 산체스 신부의 말을 받아서 문장을 완성시켰다.

“우리는 계속해서 점점 더 높은 에너지와 진동 수준을 달성할 겁니다.”

산체스 신부는 동의한다는 듯 고개를 끄덕이며 말했다.

“예, 바로 그것입니다. 잠시 실례하겠습니다.”

자리에서 일어선 산체스 신부는 몇 미터쯤 숲으로 들어가 혼자 앉았다. 나는 웨인에게 물었다.

“그 밖에 어떤 이야기가 아홉 번째 통찰에 나와 있습니까?”

“모릅니다. 우리가 가진 부분은 거기까지였으니까요. 그걸 보시겠어요?”

보고 싶다고 했더니 웨인은 차에 가서 누런 종이로 만든 서류철을 갖고 돌아왔다. 그 안에는 타이프 친 종이가 스무 쪽 들어 있었다. 나는 필사본을 읽어 보고 웨인과 필이 그 근본 요지를 얼마나 철저히 포착했는지 깊은 인상을 받았다. 마지막 쪽까지 읽었을 때 나는 그것이 아홉 번째 통찰의 일부분이라고 이야기한 이유를 이해했다. 그것은 하나의 개념 중간에서 돌연 끝나 버렸다. 지구의 변화로 말미암아 완전히 영적인 문화가 창조되고, 인간이 더 높은 진동으로 높여질 것이라는 개념을 소개하고 나서 이 상승이 다른 무언가의 발생으로 이어지리라는 것을 시사하지만, 그것이 무엇인지는 밝히지 않았다.

한 시간 후에 산체스 신부가 일어나 내 쪽으로 걸어왔다. 나는 식물들 곁에 앉아서 그들의 믿을 수 없는 에너지 장을 관찰하며 만족스러워하고 있었다. 웨인과 필은 그들의 지프 옆에 서서 이야기를 나누고 있었다.
산체스 신부가 비장한 표정으로 말했다.
"이키토스까지 가야 한다는 생각이 듭니다."
"군인들은 어쩝니까?"
"위험을 무릅써야 한다고 생각해요. 지금 떠나면 거기까지 갈 수 있다는 분명한 생각이 들었어요."
나도 산체스 신부의 직감에 따르기로 동의했다. 우리는 웨인과 필에게 가서 우리 계획을 이야기했다. 두 사람 모두 그 계획을 지지해 주었다. 웨인도 비장한 표정으로 말했다.
"우리 역시 어떻게 할지에 관해 의논했어요. 우리는 곧장 셀레스틴 유적지로 가야 한다는 생각이 들어요. 어쩌면 우리가 아홉 번째 통찰의 나머지 부분을 구해 내는 걸 도울 수 있을지도 몰라요."
우리는 그들에게 작별인사를 하고 다시 북쪽으로 차를 몰았다.

"무얼 생각하고 계십니까?"
얼마간 침묵의 시간이 흐른 뒤에 산체스 신부에게 물었다. 신부는 트럭의 속도를 늦추고 나를 봤다.
"세바스티안 추기경을 생각하고 있습니다. 그를 이해시킬 수만 있다면 그분이 필사본에 대한 싸움을 그만둘 거라고 당신이 말한 것에 대해서요."
산체스 신부가 이 말을 할 때 내 마음은 세바스티안 추기경을 실제로 대면하는 백일몽 속을 헤맸다. 그는 아주 품격 있게 꾸민 방에서 우리를 내려다보며 서 있었다. 그 순간 그는 아홉 번째 통찰을 없앨 힘을 지니고 있었으며, 우리는 너무 늦기 전에 그를 이해시키려고 애쓰고 있었다.

그 장면이 끝났을 때 산체스 신부는 나를 보며 살짝 미소 지어 보이더니 물었다.

"무얼 보고 있었나요?"

"그냥 세바스티안 추기경에 대해 생각하고 있었습니다."

"무슨 생각이었습니까?"

"세바스티안 추기경을 만나는 장면이 한층 더 뚜렷하게 보였습니다. 그는 마지막 통찰을 없애려고 하고 있었어요. 우린 그가 그렇게 하지 않도록 설득하려고 애쓰고 있었고요."

산체스 신부는 숨을 깊이 들이마셨다.

"아무래도 아홉 번째 통찰의 나머지 부분이 알려질지 여부는 우리에게 달린 것 같습니다."

나는 그런 생각을 하자 명치끝이 뭉치는 것 같았다.

"과연 그분에게 뭐라고 말해야 할까요?"

"모르겠습니다. 하지만 추기경이 긍정적인 면을 보도록 설득해 필사본 전체는 교회의 진실을 부정하는 게 아니라 도리어 분명히 밝혀준다는 점을 그가 이해하도록 만들어야 합니다. 저는 아홉 번째 통찰의 나머지 부분들이 바로 그걸 한다는 걸 확신합니다."

우리는 한 시간 동안 침묵을 지키며 차를 몰았다. 지나가는 차량이라곤 종류를 막론하고 단 한 대도 안 보였다. 내 머릿속은 페루에 온 뒤로 일어났던 사건들에 대한 생각들이 마구 내달리고 있었다. 필사본의 통찰들이 마침내 내 마음속에서 하나의 의식으로 합쳐졌다는 것을 알았다. 나는 첫 번째 통찰이 드러내 보여 주었기 때문에 내 인생이 진화하는 신비로운 방식에 대해 기민해졌다. 그뿐 아니라 전체 문화가 이 신비를 다시 감지하고 있다는 것과 우리가 세계에 대해 새로운 관점을 형성해 나가는 과정 중에 있다는 것도 두 번째 통찰이 지적해 주었기 때문에 알았다. 세 번째와 네 번째 통찰은 우주가 실제로 거대한 에너지 시스템이며, 인간들은 이 에너지가 부족해 그것을 조작하려고 충돌을 일으킨다는 걸 보여 주었다.

다섯 번째 통찰은 더 높은 원천에서 유입되는 이 에너지를 받으면 우리가 대립을 끝낼 수 있다는 것을 밝혀 주었다. 이제 나는 이 능력을 거의 습관처럼 몸에 익혔다. 여섯 번째가 알려 준 내용, 즉 우리가 오랫동안 반복해 왔던 드라마를 이제 깨끗이 정리하고 진정한 우리 자신을 발견할 수 있다는 것도 내 뇌리에 영구히 각인되었다. 그리고 일곱 번째 통찰은 이 참된 자아가 질문과 해야 할 것이 무엇인지를 아는 직감 그리고 답변을 통해 진화하도록 시동을 걸어 주었다. 이 마법적인 흐름 안에 머무는 데 진정한 행복의 비결이 들어 있다.

그리고 여덟 번째에서는 새로운 방식으로 관계 맺을 줄 알게 되어 남들에게서 가장 최선의 것을 이끌어 내는 것이 계속해서 신비가 펼쳐지고 답이 나타나게 만드는 열쇠라는 것을 배웠다.

이 모든 통찰이 의식에 통합되면 정신이 한층 기민해지면서 기대하는 바를 예민하게 감지할 수 있는 감각이 고양되는 것이 느껴진다. 이제 남은 아홉 번째는 진화의 결과 우리가 어디로 향하게 될 것인지를 드러내 준다는 것을 알았다. 그 일부는 발견되었는데, 그 나머지는 어찌 될까? 그때 산체스 신부가 트럭을 길옆에 세웠다.

"세바스티안 추기경의 선교회는 6킬로미터 거리 이내에 있어요. 이야기를 나눠야겠어요."

"좋습니다."

"어떤 상황이 될지 모르겠지만 우리가 할 수 있는 일은 곧장 안으로 차를 몰고 들어가는 것뿐이라고 짐작됩니다."

"어느 정도로 큰 곳인가요?"

"대단히 큰 규모입니다. 그분이 20년간 개발해 온 선교회니까요. 그분은 시골의 인디언들이 아무 혜택도 못 받고 방치되어 있었다고 여겨 이 장소를 택했죠. 그런데 이젠 페루 전역에서 학생들이 찾아옵니다. 추기경은 리마에서 행정적인 보직을 맡고 있긴 하지만 이것은 그의 특별한 사업이죠. 그는 이 선교회에 전적으로 헌신하고 있습니다."

산체스 신부는 나의 눈을 똑바로 들여다보고 말했다.

"정신을 바짝 차리고 있어야 합니다. 서로 도움이 필요할 경우가 생길 수도 있을 겁니다."

이 말을 하고 나서 산체스 신부는 차를 몰았다. 몇 킬로미터가량은 아무것도 보이지 않더니 그 뒤에 우리가 가는 길 오른쪽에 군용 지프가 두 대 주차되어 있었다. 차 안의 군인들이 지나가는 우리를 빤히 바라보았다.

긴장된 목소리로 산체스 신부가 말했다.

"자, 이젠 우리가 여기 온 걸 그들이 알겠죠."

1킬로미터쯤 뒤에 선교회로 들어가는 입구가 나왔다. 커다란 철문들이 자갈을 깐 진입로를 보호하고 있었다. 문은 열려 있었지만 지프 한 대와 군인 네 명이 길을 가로막고 정지하라는 신호를 보냈다. 그 중 한 명이 단파 무전기에 대고 말하는 모습이 보였다. 군인 한 명이 다가오자 산체스 신부는 미소를 지으며 말했다.

"저는 산체스 신부인데, 세바스티안 추기경님을 만나 뵈려고 왔습니다."

군인은 산체스 신부를 이리저리 뜯어보더니 그다음엔 나를 면밀히 살폈다. 그러고 나서 돌아서서 무전기를 든 군인에게로 갔다. 두 사람은 우리에게서 시선을 돌리지 않은 채 서로 이야기했다. 몇 분쯤 지나자 군인이 다시 우리에게로 오더니 자기 뒤를 따르라고 말했다.

지프는 3차선 길을 몇백 미터쯤 달려 우리를 선교회 부지까지 안내했다. 교회는 잘라낸 돌덩이로 지어졌는데 웅장했고 천 명 이상을 수용할 수 있을 정도로 커 보였다. 교회 양쪽에 각각 부속건물이 있는데 거기엔 교실이 있는 듯했다. 두 건물 모두 사 층 높이였다.

"참으로 인상적인 곳이군요."

나는 떨리는 마음을 진정시키기 위해 말했다.

"그래요, 하지만 사람들은 다 어디로 간 거죠?"

산체스 신부의 질문을 듣고 주위를 둘러보니 길도 보도도 텅 비어 있었다.

"세바스티안 추기경은 여기서 아주 유명한 학교를 운영하고 있는데, 왜 학생들이 없을까요?"

군인들은 우리를 교회 입구 쪽으로 안내하더니 정중하면서도 단호한 어조로 우리에게 차에서 내려 따라오라고 했다. 시멘트 계단을 오르는데 옆 건물 뒤에 트럭이 몇 대 세워져 있는 것이 보였다. 가까운 곳에 군인이 삼사십 명쯤 차려 자세로 서 있었다. 안으로 들어간 우리는 교회를 지나 작은 방으로 안내되었고, 거기서 철저하게 몸수색을 당한 뒤 기다리라는 말을 들었다. 군인들은 나갔고 문이 잠겼다.
"세바스티안 추기경의 집무실은 어디입니까?"
긴장을 풀려고 신부에게 말을 걸었다.
"뒤쪽으로 더 들어가 교회 뒤편 근처에 있어요."
산체스 신부가 대답했다. 그때 갑자기 문이 열리더니 군인 몇 명을 거느리고 세바스티안 추기경이 들어왔다. 그는 큰 키에다 곧은 자세를 취하고 있었다. 세바스티안 추기경이 산체스 신부에게 물었다.
"여기엔 웬일이오?"
"말씀드릴 것이 있습니다."
"무엇에 관해서요?"
"필사본의 아홉 번째 통찰에 관해서입니다."
"그건 논의할 만한 것이 전혀 없소. 절대 발견되지 않을 테니까."
"당신이 이미 그걸 발견했다는 것을 압니다."
이 말에 세바스티안 추기경의 눈이 커졌다.
"나는 이 통찰이 퍼지는 걸 결코 용납하지 않을 것이오. 그건 진실이 아니오."
"진실이 아니라는 걸 어떻게 확신하십니까? 잘못 알고 계실 수도 있지 않습니까. 그러니 제가 그것을 읽어 보게 해 주십시오."
산체스 신부를 바라보는 세바스티안 추기경의 얼굴 표정이 잠시 누그러졌다.

"예전에 당신은 이런 종류의 판단에서 내가 항상 옳은 판단을 내리리라고 생각하곤 했지."

산체스 신부도 한결 누그러뜨린 태도로 말했다.

"그렇습니다. 당신은 저의 멘토이면서 제게 영감을 가져다주는 원천이었습니다. 그래서 저는 당신의 선교회를 본떠서 제 선교회를 만들었습니다."

"당신은 이 필사본이란 게 발견되기 전까지는 나를 존경했소. 그러니 그것이 얼마나 분열을 조장하는지 모르겠소? 나는 당신이 알아서 당신의 길을 가도록 놓아두려고 노력했소. 심지어 당신이 그 통찰이란 것을 가르치고 있다는 걸 안 뒤에도 가만히 놔뒀소. 하지만 난 우리 교회가 지금껏 쌓아 온 모든 것을 이 문서가 파괴하도록 가만 놔두지 않을 것이오."

다른 군인 한 명이 세바스티안 추기경에게 면회를 청했다. 추기경은 산체스 신부를 힐끗 쳐다보고 나서 복도로 나갔다. 우리는 여전히 그를 볼 수 있었지만 대화 소리는 들리지 않았다. 뭔지 몰라도 전언이 그를 불안하게 만든 듯했다. 세바스티안 추기경은 돌아서서 걸어가며 군인들 가운데 한 명만 남고 나머지는 모두 자신을 따르라고 손짓했다. 한 명에게는 우리와 함께 기다리고 있으라고 지시한 듯했다.

방으로 다시 들어와서 벽에 기대어 서 있는 군인의 얼굴에는 자못 불안한 기색이 감돌았다. 그는 겨우 스무 살 남짓해 보였다. 산체스 신부는 군인 쪽으로 몸을 돌려 물었다.

"뭐가 잘못되었나요?"

군인은 고개만 저었다.

"필사본에 관한 일이죠, 아홉 번째 통찰?"

군인은 깜짝 놀라더니 겁먹은 표정으로 쭈뼛쭈뼛 물었다.

"아홉 번째 통찰에 대해 뭘 알고 계신가요?"

"우리는 그걸 구하려고 여기에 온 겁니다."

산체스 신부의 말에 군인은 떨리는 목소리로 대답했다.

"저도 그게 구해지길 바랍니다."

"그걸 읽어 봤어요?"

내 질문에 군인은 고개를 저었다.

"아뇨, 하지만 이야기하는 걸 들었어요. 그것이 우리 종교를 되살린다고요."

갑자기 교회 밖에서 총성이 들렸다. 갑작스러운 일에 놀란 산체스 신부가 물었다.

"대체 무슨 일이죠?"

군인은 꼼짝도 하지 않고 서 있었다. 산체스 신부가 군인의 팔을 살며시 건드렸다.

"우리를 도와주세요."

군인은 문으로 가서 복도를 살펴보더니 말했다.

"어떤 사람이 교회에 침입해 아홉 번째 통찰을 한 부 훔쳤어요. 그는 아직 이 선교회 구내 어딘가에 있는 것 같습니다."

그때 총성이 몇 발 더 울렸고 다급한 목소리로 산체스 신부는 젊은 군인에게 말했다.

"우리가 그 사람들을 도와야 합니다."

군인은 공포에 질린 듯 보였다. 그 모습을 본 산체스 신부는 용기를 주려는 듯 힘을 주어 말했다.

"옳은 일이면 우리가 해야죠. 이건 전 세계를 위한 일이에요."

군인은 고개를 끄덕이더니 우리에게 교회의 다른 구역으로, 사람들의 왕래가 더 적은 곳으로 가야 한다고 했다. 그러면 우리를 도울 방법을 발견할 수 있을 거라고 했다. 군인은 우리를 복도로 안내해 계단을 두 층 올라가 더 큰 복도로 데려갔는데 그곳은 교회의 폭 전체를 잇는 널따란 곳 복도였다. 그때 군인이 말했다.

"세바스티안 추기경의 집무실은 여기서 두 층 아래쪽에 바로 이 위치에 있습니다."

문득 우리 쪽을 향해 달려오는 사람들의 발소리가 바로 옆 복도에서 들려왔다. 나보다 앞서 가고 있던 산체스 신부와 군인은 몸을 웅크리고 오른쪽의 방으로 숨어들었다. 나는 그 방까지 갈 수 없어 그 옆방으로 뛰어 들어가 문을 닫았다.

그곳은 교실이었는데 책상, 강단, 벽장 등이 있었다. 벽장으로 달려간 나는 문이 잠겨 있지 않은 걸 발견하고 상자들과 퀴퀴한 냄새를 풍기는 윗옷 몇 벌 사이로 비집고 들어갔다. 몸을 숨기려고 최대한 애썼지만 누가 벽장문을 열기만 하면 발각될 것이 분명했다. 나는 움직이지 않는 것은 물론이고 숨조차 쉬지 않으려고 노력했다. 교실 문이 삐걱거리며 열리고 몇 사람이 들어와서 여기저기 걸어 돌아다니는 소리가 들렸다. 그중 한 사람이 벽장 쪽으로 가까이 오는 것 같았는데 걸음을 멈추더니 방향을 돌렸다. 그들은 스페인어로 큰 소리로 말했다. 그러더니 정적이 흐르고 아무런 움직임이 없었다.

나는 십 분쯤 기다린 다음 삐걱거리는 벽장문을 천천히 열고 밖을 내다봤다. 교실은 텅 비어 있었다. 문 쪽으로 걸어가 살피니 밖에는 아무런 인기척도 없었다. 나는 재빨리 산체스 신부와 군인이 숨었던 방으로 들어갔다. 놀랍게도 그건 방이 아니라 통로였다. 귀를 기울여 봤지만 아무 소리도 들리지 않았다. 나는 불안감으로 명치끝이 저려 오는 걸 느끼면서 벽에 기대섰다. 산체스 신부의 이름을 나직이 불러 봤다. 응답이 없었다. 나 혼자였다. 불안한 기분이 드는 순간 가벼운 현기증이 일었다.

한 차례 숨을 깊이 들이쉬고 나 자신을 타일러 보려고 애썼다. 정신 차리고 침착해야 해, 그리고 에너지를 더 늘려야 해. 몇 분 동안 고전한 끝에 겨우 통로의 색과 형상에서 미약하지만 존재감이 느껴졌다. 나는 사랑을 투사하려고 애썼다. 마침내 좀 나아진 걸 느끼며 나는 또다시 세바스티안 추기경을 생각했다. 그가 집무실에 있다면 산체스 신부도 그리로 갔을 것이다.

통로가 끝나고 층계가 보이자 나는 계단을 두 층 내려가 일 층에 도달했다. 계단으로 나 있는 문을 통해 통로 쪽을 내다봤다. 아무도 눈에 띄지 않았다. 문을 열고 나 자신도 어디로 가기를 원하는지 모른 채 앞으로 걸어갔다.

그러자 앞쪽의 어느 방에서 산체스 신부의 목소리가 들렸다. 문은 살짝 열려 있었다. 세바스티안 추기경이 산체스 신부에게 뭐라고 큰 소리를 내질렀다. 내가 문 가까이 접근했을 때 안에 있던 군인이 돌연 문을 열더니 내 가슴팍에 자동소총을 들이대고 안으로 끌어들였다. 그는 나를 벽에 기대 세웠다. 산체스 신부가 힐끗 고개를 돌려 나를 봤다는 걸 알린 뒤 자신의 명치에 손을 댔다. 세바스티안 추기경은 넌더리가 난다는 듯 크게 고개를 내저었다. 그곳에 우리를 도왔던 군인은 보이지 않았다.

명치에 손을 갖다 댄 산체스 신부의 동작이 뭔가를 의미한다는 걸 알아차렸다. 하지만 그 순간 내가 생각할 수 있는 것은 그저 그에게 에너지가 필요하다는 것뿐이었다. 산체스 신부가 말할 때 나는 그의 얼굴에 초점을 맞추고 그의 더 높은 자아를 보려고 노력했다. 신부의 에너지 장이 확장되었다. 산체스 신부는 진심을 담아 말했다.

"당신은 진실을 막을 수 없습니다. 사람들은 알 권리가 있습니다."

세바스티안 추기경은 짐짓 상냥한 표정을 지어 보이며 산체스 신부를 쳐다봤다.

"이 통찰이란 것들은 성서의 가르침에 위배된단 말이오. 그 이야기들은 사실이 아닐 수도 있소."

"그것들이 정말로 성서의 가르침에 위배됩니까? 도리어 성서에서 말씀하시는 의미가 뭔지 더 확실하게 보여 주는 건 아닐까요?"

세바스티안 추기경은 이번에도 상냥하지만 단호한 어조로 말했다.

"우리는 성서의 의미를 알고 있소. 여러 세기를 거치는 동안 우리는 줄곧 그 의미를 알아 왔지. 당신이 교육받은 것을, 여러 해 동안 공부했던 것을 다 잊어버렸소?"

"아뇨, 잊지 않았습니다. 하지만 저는 통찰이 우리의 영성을 더 폭넓게 확대시켜 준다는 것 역시 압니다. 그것······."

산체스 신부의 말을 가로막은 세바스티안 추기경은 버럭 고함을 질렀다.

"누구의 말에 따라 그렇소? 애당초 이 필사본이란 걸 쓴 게 누구였소? 어디선가 아람어를 배운 마야의 이교도 아니오? 그 사람들이 대체 뭘 알았단 말이오? 그들은 신비로운 장소니 신비한 에너지 따위를 믿었소. 미개한 자들이었지. 아홉 번째 통찰이 발견된 곳은 셀레스틴 사원, 즉 천국의 사원이라고 불리는 장소였소. 이 문화가 천국에 대해 대체 뭘 알았단 말이오?

그들의 문화가 지속되었소? 아니오. 마야인들에게 무슨 일이 일어났는지 아무도 모르오. 그들은 흔적도 없이 그냥 사라졌소. 그런데 당신들은 우리에게 이 필사본을 믿으라고 하고 있소. 이 문서는 마치 인간이 우주를 통제할 수 있다고, 인간에게 세상에 대한 책임이 있다고 믿게 하고 있소. 우리는 신이 아니라 인간이오. 인류가 당면한 유일한 문제는 성서의 가르침을 받아들여 구원을 얻느냐 얻지 못하느냐 하는 것밖에 없소."

산체스 신부도 지지 않고 말했다.

"하지만 그것에 관해 생각해 보십시오. 성서의 가르침을 받아들임으로써 우리 자신의 구원을 얻는다는 것의 진정한 의미가 무엇입니까? 그 일은 어떤 진행 절차를 거쳐 일어납니까? 필사본이야말로 더욱 영적으로 되고, 연결되고, 구제되는 일련의 과정을, 그것이 실제로 어떻게 느껴지는지를 정확하게 보여 주지 않습니까? 그리고 여덟 번째와 아홉 번째 통찰은 모든 사람이 그런 방식으로 행동할 때 어떻게 될지를 우리에게 보여 주고 있지 않습니까?"

세바스티안 추기경은 고개를 흔들고 걸어가는 듯하더니 돌아서서 산체스 신부를 뚫어질 듯이 쳐다봤다.

"당신은 아홉 번째 통찰을 본 적조차 없지 않소."

"아뇨, 봤습니다. 일부분이었지만 봤습니다."

"어떻게?"

"여기에 도착하기 전 일부분에 대한 설명을 들었습니다. 그리고 불과 몇 분 전에 나머지의 일부를 또 읽었습니다."

"뭐라고? 어떻게 그걸 읽었단 말이오?"

산체스 신부는 연장자인 신부에게 가까이 걸어갔다.

"세바스티안 추기경님, 모든 곳에 있는 사람들 전부 이 마지막 통찰이 드러나기를 원합니다. 그것이 나머지 통찰들을 더 넓은 관점에서 보게 해 주기 때문입니다. 그것은 우리의 운명을 보여 줍니다. 영적인 의식이 진정 무엇인지를 보여 줍니다!"

"우리는 영성이 뭔지 알고 있소, 산체스 신부."

"정말 그럴까요? 저는 그렇지 않다고 생각합니다. 우리는 수세기 동안 그것에 관해 이야기하면서 그것을 눈앞에 그려 왔고, 우리가 그것을 굳게 믿는다고 천명해 왔습니다. 하지만 우리는 이 연결을 항상 추상적인 어떤 것, 머리로만 믿는 뭔가로 규정지어 왔죠. 그리고 우리는 이 연결을 좋고 굉장한 뭔가를 얻는 방법이 아니라 뭔가 나쁜 일이 일어나지 않도록 피하려면 각 개인이 해야 하는 어떤 일로 묘사해 왔죠. 그런데 필사본에는 우리가 진정 서로를 사랑하며 우리의 삶을 발전적으로 진화시켜 나갈 때 얻게 되는 영감에 대해 서술되어 있습니다."

"진화! 진화라니! 지금 자신이 무슨 말을 하고 있는지 알고 있소, 산체스 신부? 당신은 지금까지 진화의 영향에 대항해 싸워 오지 않았소? 대체 당신은 왜 그렇게 되었소?"

산체스 신부는 마음을 가라앉힌 뒤 차분하게 말했다.

"예, 저는 하느님을 대신하는 개념인 진화에 대항해 싸웠습니다. 그것은 하느님과 관계없이 우주를 설명하려는 방식이니까요. 하지만 이제 저는 진실이란 과학적 관점과 종교적 관점을 합친 거라는 걸 압니다. 사실은 하느님이 창조하신 방식, 아직도 창조하고 계시는 방식이 바로 진화입니다."

세바스티안 추기경은 이 말에 이의를 제기했다.

"세상에 진화라는 건 없소. 하느님이 이 세상을 창조하셨고, 그게 전부요."

산체스 신부가 나를 얼핏 쳐다봤는데 나는 아무 생각도 떠오르지 않았다. 그러자 산체스 신부가 말을 이었다.

"세바스티안 추기경님, 필사본에서는 계속 이어지는 각 세대의 발전을 이해의 진화, 더 높은 영성과 진동을 향한 진화라고 표현합니다. 각 세대는 더 많은 에너지를 포함시키고 더 많은 진실을 축적한 다음 그 상태를 다음 세대로 전하고, 그러면 그들은 그것을 더욱 확장시킨다고 서술되어 있습니다."

"그건 말도 안 되는 소리요. 영적인 것을 개발하는 길은 단 하나뿐이오. 그것은 성서에서 예시하고 있는 본보기를 따르는 것이오."

"정확히 그렇습니다! 하지만 다시 말해 본보기가 무엇입니까? 성서의 이야기들은 곧 하느님의 에너지와 의지를 내면에 받아들이는 방법을 배우는 사람들의 이야기가 아닙니까? 구약성서에 나온 초기의 예언자들이 사람들을 인도해 그분의 에너지와 의지를 내면에 받아들이도록 한 것이 바로 그것 아닙니까? 하느님의 에너지를 내면에 받아들이는 능력이 목수의 아들에게서 최고조에 달했기에 우리는 그분이 친히 지구에 강림하셨다고까지 말했던 것 아닙니까?

신약성서의 이야기는 어떤 종류의 에너지로 채워져 그들이 변했던 한 무리의 사람들에 대한 이야기가 아닙니까? 예수님이 친히 그가 한 일을 우리도 할 수 있다고, 더 많이 할 수 있다고 말씀하시지 않았습니까? 우리는 이제까지 그 생각을 진지하게 제대로 받아들이지 않았습니다. 이제야 예수님이 한 말이 무슨 뜻이었는지, 우리를 어디로 데려가고자 하셨는지 이해합니다. 필사본은 예수님이 하신 말씀의 뜻을 명료하게 밝혀 줍니다! 그걸 실천하는 방법 말입니다!"

시선을 돌린 세바스티안 추기경의 얼굴은 화가 나서 붉어진 상태였다. 잠시 대화가 멈췄을 때 고위 장교 한 명이 방으로 뛰어들어 와 추기경에게 침입자들을 발견했다고 보고했다. 장교는 창문 밖을 손가락으로 가리키며 말했다.

"보십시오! 저기 있습니다!"

300미터쯤 떨어진 곳에서 숲을 향해 빈 들을 가로질러 뛰어가는 두 사람의 모습이 보였다. 공터의 가장자리에 군인 여럿이 발사 준비를 하고 있었다. 창에서 몸을 돌린 장교는 무전기를 들어 올리며 세바스티안 추기경을 쳐다봤다.

"숲으로 들어가면 저들을 찾기 어려워집니다. 발사하도록 허가하시겠습니까?"

뛰어가는 두 사람을 바라보던 나는 문득 그들이 누구인지 알아보았다. 그 순간 나도 모르는 사이에 소리를 질렀다.

"윌과 훌리아예요!"

산체스 신부는 세바스티안 추기경에게 더 바싹 다가서며 말했다.

"신의 이름으로 이 문제 때문에 살인을 저지르시면 안 됩니다!"

장교는 집요하게 졸랐다.

"세바스티안 추기경님, 필사본이 유출되지 않기를 원하신다면 지금 명령을 내리셔야 합니다."

나는 그대로 얼어붙은 채 서 있었다. 산체스 신부는 간절함을 담아 말했다.

"추기경님, 저를 믿어 주십시오. 당신이 쌓아 올린 모든 것, 당신이 대표하는 모든 것을 필사본이 허물어뜨리는 일은 절대 없을 겁니다. 저 사람들을 죽여선 안 됩니다."

"당신을 믿으라고?"

세바스티안 추기경은 고개를 저었다. 그러고 나서 그는 책상 앞에 앉더니 장교를 바라봤다.

"우리는 아무에게도 총을 쏘지 않을 것이오. 그러니 부대원들에게 그들을 생포하라고 하시오."

장교는 고개를 끄덕이더니 방에서 나갔다. 그 모습을 보며 산체스 신부는 비로소 안심한 듯 말했다.

"감사합니다. 옳은 결정을 하셨습니다."

"물론 그 두 사람을 죽이진 않을 거요. 하지만 내 마음은 변하지 않소. 이 필사본은 저주가 될 것이오. 영적인 권위 구조를 무너뜨릴 것이오. 그리고 사람들이 영적인 운명을 통제할 수 있다고 부추길 것이오. 그것은 지구상의 모든 사람을 교회로 데려와야 한다는 원칙의 기반을 무너뜨릴 것이고, 사람들은 환희의 때를 원하면서 그 생각에 사로잡힐 것이오."

추기경은 산체스 신부를 노려보더니 이어 말했다.

"지금 수천 명의 병력이 이곳으로 오고 있소. 당신이든 다른 누구든 무얼 하든지 상관없소. 아홉 번째 통찰은 결코 페루 국내를 벗어날 수 없을 것이오. 이제 내 선교회에서 나가 주시오."

우리가 트럭에 올라 속력을 내며 달릴 때 멀리서 트럭 열두어 대가 달려오는 모습이 보였다. 나는 고개를 갸우뚱하며 물었다.

"추기경이 왜 우리를 보내 주었을까요?"

"내 짐작엔 이러든 저러든 차이가 없다고 생각했기 때문인 것 같아요. 어차피 우리가 할 수 있는 일이 없다고 생각한 거겠죠. 나도 이제 어떻게 해야 할지 잘 모르겠어요. 아시다시피 우린 그를 이해시키지 못했어요."

산체스 신부와 내 시선이 마주쳤다. 나 역시 혼란스러웠다. 일이 이렇게 된 것은 대체 무슨 뜻일까? 결국 우리가 거기에 간 것은 추기경을 설득하기 위한 것이 아니었던 걸까? 단지 그를 지연시키기 위한 것뿐이었을까?

나는 다시 산체스 신부를 쳐다봤다. 그는 운전에 집중하면서 혹시 윌과 훌리아가 보이는지 도로변을 살피고 있었다. 우리는 그들이 뛰어갔던 방향으로 일단 갔다가 되짚어 돌아오며 확인해 보기로 했는데 아무것도 눈에 띄지 않았다. 차가 달리는 동안 내 마음은 셀레스틴 유적지로 향했다. 그곳의 풍경을 상상해 보았다. 발굴은 층층이 단계별로 진행되고 있으며 과학자들의 텐트와 배경으로 어렴풋이 피라미드 형태의 구조물이 보였다.

그때 산체스 신부가 말했다.

"그 사람들, 이 숲엔 없는 것 같아요. 아마도 차를 갖고 있었나 봅니다. 이제 우리가 어떻게 할 것인지 결정해야 합니다."

"유적지로 가야 한다는 생각이 듭니다."

재빠른 대답에 산체스 신부는 나를 보며 말했다.

"그래야겠죠. 달리 갈 데도 없군요."

산체스 신부가 서쪽으로 방향을 돌리자 나는 지금 가는 곳에 대해 물었다.

"이 유적지에 대해 좀 아십니까?"

"훌리아가 말했듯이 두 가지 상이한 문화가 그것을 건설했습니다. 첫 번째는 마야인이었는데 그곳에서 발달된 문명을 누렸죠. 그들이 건설한 사원들은 대부분 더 북쪽인 유카탄 반도에 있지만요. 그런데 기원전 600년경에 그들의 문명이 홀연히 자취를 감추었습니다. 뚜렷한 이유를 알 수 없게 말입니다. 그 후 같은 장소에서 잉카인들이 또 하나의 문명을 꽃피웠죠."

"신부님은 마야인들에게 무슨 일이 일어났다고 생각하세요?"

산체스 신부는 나를 흘깃 쳐다보더니 말했다.

"모릅니다."

우리는 입을 다물고 몇 분쯤 더 갔다. 그러다 산체스 신부가 세바스티안 추기경에게 아홉 번째 통찰을 조금 더 읽었다고 이야기한 게 불현듯 기억났다.

"어떻게 해서 아홉 번째 통찰을 더 보셨어요?"

"우리를 도왔던 젊은 군인이 다른 일부를 숨겨 둔 장소를 알고 있었어요. 당신과 헤어진 뒤 그가 나를 다른 방으로 데려가서 그걸 보여 줬습니다. 필과 웨인이 이야기해 준 것에 개념 서너 개가 더 추가되어 있었어요. 그래서 거기에 씌어 있던 몇 가지 요점을 세바스티안 추기경에게 써 먹을 수 있었죠."

"구체적으로 뭐라고 씌어 있었습니까?"

"필사본이 여러 종교를 명확히 밝혀 줄 거라고 했어요. 그리고 각 종교가 약속해 온 바를 이루어 줄 거라고 했어요. 필사본은 모든 종교는 실상 인류가 더 높은 원천과의 관계를 찾으려는 거라고 설명했어요. 또한 종교들은 모두 내면에서 신을 지각하는 것에 대해 말하는데, 그 지각은 우리를 채워 주고 현재의 우리보다 더 크게 만들어 주죠. 종교 지도자들이 사람들에게 이 방향을 어떻게 내면에서 발견할 수 있는지 그 방법을 보여 주지 않고 신의 뜻을 설명하는 일만 맡아 할 때 종교는 타락하고 맙니다.

필사본은 역사의 어느 시점에서 어떤 인물이 신이라는 에너지와 지시의 원천과 연결하는 정확한 방법을 파악하게 될 것이며, 그럼으로써 이 연결이 가능하다는 것을 보여 줄 영속적인 본보기가 될 거라고 했어요."

산체스 신부는 나를 쳐다보더니 덧붙였다.

"그것이야말로 예수님이 행한 진정한 일 아닙니까? 에너지와 진동을 증가시켜 마침내 충분한 빛이……."

산체스 신부는 말을 하다 말고 깊은 생각에 빠져든 것 같았다.

"무슨 생각을 하고 계십니까?"

산체스 신부는 착잡한 표정으로 대답했다.

"저도 모르겠습니다. 군인이 보여 준 것은 딱 거기까지였어요. 그 개인은 인류 전체가 따르도록 운명 지어진 길을 환히 밝혀 줄 것이라고 씌어 있었어요. 하지만 그 길이 어디로 이어질 것인지에 대해선 아무 설명이 없었어요."

십오 분가량 우리는 말없이 이동했다. 그다음엔 무슨 일이 일어날지 알려 주는 암시를 받으려고 시도해 보았지만 아무 생각도 떠오르지 않았다. 지나치게 애쓴다는 생각이 들었을 때 산체스 신부가 말했다.

"저기가 바로 유적지입니다."

앞쪽으로 도로 왼쪽 숲 사이에서 커다란 피라미드 형태의 구조물 세 개가 보였다. 차를 세우고 가까이 걸어가 보니 돌을 잘라 만든 피라미드들이 30여 미터쯤 간격을 두고 배치되어 있었다. 그리고 피라미드 사이의 구역엔 더 매끈한 돌이 깔려 있었다. 몇 군데 피라미드들의 기저까지 파고 들어간 발굴 현장이 눈에 띄었다.

"보세요, 저기!"

산체스 신부가 더 먼 쪽의 피라미드 방향을 가리키며 말했다. 구조물 앞에 앉아 있는 한 사람의 모습이 보였다. 그쪽으로 걸어가는 동안 내 에너지 수준이 증가되는 것이 느껴졌다. 포장된 구역까지 당도했을 즈음엔 믿을 수 없으리만치 충만한 에너지를 느꼈다. 산체스 신부를 쳐다봤더니 그는 한쪽 눈썹을 추켜올렸다. 더 가까이 가서야 피라미드 앞에 앉아 있는 사람이 훌리아라는 걸 알았다. 가부좌 자세를 한 그녀의 무릎 위에는 종이 몇 장이 놓여 있었다.

"훌리아!"

산체스 신부가 부르자 훌리아는 우리를 돌아보고 일어섰다. 그녀의 얼굴은 마치 무지개처럼 갖가지 빛깔로 빛나는 것 같았다.

"윌은 어디 있습니까?"

내 물음에 훌리아는 자기 오른쪽을 가리켰다. 100미터쯤 떨어진 곳에 윌이 있었다. 저물어 가는 석양 속에서 그는 마치 불타오르는 듯했다.

"지금 윌은 뭘 하고 있습니까?"

"아홉 번째 통찰이에요."

훌리아는 이렇게 대답하고 우리 쪽으로 종이를 내밀었다. 산체스 신부는 우리가 통찰의 일부, 즉 의식의 진화로 말미암아 인류 사회가 어떻게 변할지 예언한 부분을 봤다고 이야기했다. 산체스 신부는 조용히 물었다.

"그런데 이 진화가 우리를 어디로 데려갑니까?"

훌리아는 대답하지 않았다. 대신 그녀는 손으로 종이를 들어 올렸는데 마치 우리가 자기 마음을 읽어 주길 기대하는 듯했다. 나는 그녀의 행동이 이해되지 않아 물었다.

"뭐라고요?"

그때 산체스 신부가 팔을 뻗어 내 팔뚝을 잡았다. 그의 표정은 내게 기다려야 한다는 것을 말해 주었다. 잠시 후 훌리아가 말했다.

"아홉 번째 통찰은 우리의 궁극적인 운명을 밝혀 줍니다. 그 모든 것을 분명하게 보여 주죠. 우리 인간이 전체 진화의 정점이라는 사실을 누누이 천명하고 있습니다. 물질이 약한 형태로 시작되어 하나의 원소에서 그다음 원소로, 한 종에서 그다음 종으로 점차 복잡해지면서 언제나 더 높은 진동으로 진화하고 있다고 설명합니다.

원시 인류가 등장했을 때 우리는 타인들을 정복해 에너지를 획득하고 조금씩 전진하다가 또 다른 누군가를 만나 정복당하고 에너지를 잃기도 하면서 무의식적으로 진화를 계속해 왔습니다. 물리적인 이 충돌은 우리가 민주주의라는 체제를 만들어 낼 때까지 지속되었는데, 민주주의가 투쟁을 끝낸 것은 아니지만 그것을 물리적 차원에서 심리적 갈등으로 바꿔 놓았습니다.

이제 우리는 이 과정 전체를 의식 속에서 봅니다. 우리는 인류 역사 전체가 의식의 진화를 달성하기 위해 우리를 준비시켜 왔음을 압니다. 이제는 자신의 에너지를 증가시킬 수 있고 동시 발생하는 우연의 일치들을 의식적으로 경험할 수 있습니다. 이로 말미암아 진화는 더 빠른 속도로 진행되어 우리의 진동을 한층 더 높여 줄 것입니다."

훌리아는 잠시 우리를 보며 주저하는 듯하더니 방금 한 이야기를 반복했다.

"우리의 운명은 계속해서 우리의 에너지 수준을 늘려 나가는 것입니다. 우리의 에너지 수준이 증가하면 우리 신체를 구성하는 원자의 진동 수준도 높아지죠."

훌리아는 또다시 머뭇거렸다. 나는 참지 못하고 물었다.

"그건 무슨 의미입니까?"

"그건 우리가 점점 더 가볍고, 더욱 순수하게 영적으로 되어 간다는 뜻이에요."

산체스 신부를 봤더니 그는 훌리아에게 완전히 집중하고 있었다. 그녀는 계속 말했다.

"아홉 번째 통찰은 우리 인간이 진동을 계속 늘려 나가면 놀라운 일이 일어나기 시작할 거라고 이야기합니다. 일단 어떤 한 집단 전체가 일정한 수준에 도달하면 그들은 낮은 수준에서 진동하고 있는 사람들의 눈에 갑자기 보이지 않게 됩니다. 낮은 수준에서 진동하는 사람들에게는 그들이 단지 사라진 것처럼 보이지만 그 집단 자체는 그들이 바로 여기에 그대로 있는 듯이 느껴지고 다만 더 가볍게 느낄 뿐입니다."

훌리아가 말하는 동안 그녀의 얼굴과 몸이 어딘지 달라지는 것 같았다. 그녀의 에너지 장에서 보이는 특성이 몸에도 나타났다. 훌리아의 이목구비는 여전히 뚜렷하고 분명했으나 더 이상은 근육과 피부로 이루어져 있지 않았다. 마치 안쪽에서 뿜어져 나오는 빛인 양 그녀는 순수한 빛으로 이루어진 형상처럼 보였다.

산체스 신부를 보았더니 그 역시 마찬가지였다. 놀랍게도 내 눈에 보이는 모든 것이 그런 식으로 보였다. 피라미드도, 내 발 아래 돌도, 주위의 숲도, 내 양손도 말이다. 그 순간 내가 감지할 수 있는 아름다움은 이제껏 경험해 본 그 무엇보다 컸다. 심지어 산등성이 위에서 경험했던 것보다 훨씬 더 컸다. 훌리아의 말이 계속되었다.

"남들이 자신들을 볼 수 없는 수준까지 진동을 올리게 되면 그것은 우리가 죽은 뒤에 돌아갈 다른 세계를 가르는 장벽을 건너고 있다는 표시일 것입니다. 우리 자신과 우리 삶 또한 거기서 왔습니다.

의식으로 건너가는 이것이 그리스도가 보여 준 길입니다. 그분은 완전히 자신을 열어 에너지를 받아들임으로써 마침내 물 위를 걸을 수 있을 만큼 가벼워졌습니다. 그분은 바로 여기 지구 위에서 죽음을 초월했고, 물질세계를 확장해 영적인 세계로 건너간 최초의 존재였습니다. 그분의 일생이 곧 이것을 보여 주는 본보기였죠. 만일 우리가 동일한 원천에 연결된다면 우리도 그분과 같은 길을 향해 한 걸음 한 걸음씩 차례로 나아갈 수 있습니다. 언젠가는 모든 사람이 이 형태를 그대로 지닌 채 천국으로 걸어 들어갈 만큼 충분히 높게 진동할 것입니다."

윌이 우리 쪽으로 천천히 걸어오고 있었다. 나는 그가 마치 미끄러지는 듯 우아한 동작으로 걸어오고 있음을 알아차렸다. 훌리아가 말을 이었다.

"통찰에서 하는 이야기로는 사람들 대부분이 세 번째 천년 동안 서로 가장 잘 연결되는 사람들의 집단에서는 이 수준의 진동에 도달할 거라고 해요. 하지만 역사상 몇몇 문화는 이미 그 진동에 도달한 적이 있죠. 아홉 번째 통찰에 따르면 마야인들은 모두 함께 그 장벽을 건너갔습니다."

훌리아가 갑자기 말을 멈췄다. 뒤쪽에서 나지막이 스페인어로 이야기하는 음성이 들렸다. 군인 수십 명이 유적지로 들어와서 우리 쪽으로 걸어왔다. 놀랍게도 나는 전혀 두렵지 않았다. 이상하게도 군인들은 우리 쪽으로 오긴 했지만 곧장 우리를 향해 오고 있지는 않았다. 그때 산체스 신부가 말했다.

"저들은 우리를 볼 수 없어요. 우리가 높게 진동하고 있어서요!"

나는 다시 군인들을 보았다. 산체스 신부의 말이 옳았다. 그들은 우리를 완전히 무시한 채 우리를 7, 8미터쯤 왼쪽으로 그냥 지나갔다. 문득 우리 왼쪽의 피라미드에서 스페인어로 커다랗게 고함을 지르는 소리가 들렸다. 우리와 가장 가까이 있던 군인들이 멈춰 서더니 그쪽으로 달려갔다.

나는 목을 길게 빼고 무슨 일이 일어났는지 보려고 했다. 군인들의 무리가 다른 두 사람의 팔을 잡고 숲에서 나왔다. 웨인과 필이었다. 그들이 체포된 모습을 보자 나는 가슴이 덜컥 내려앉으면서 에너지가 바닥으로 곤두박질치는 걸 느꼈다. 나는 산체스 신부와 훌리아를 쳐다봤다. 군인들을 뚫어지게 바라보고 있는 두 사람 모두 나 못지않게 몹시 불안한 기색이었다. 윌이 반대편 방향에서 뭐라고 소리치는 것 같았다.

"기다려요! 당신들의 에너지를 잃지 말아요!"

나는 그 말을 들었고 또 느끼기도 했다. 하지만 약간 알아듣기가 어려웠다. 그쪽으로 돌아선 우리는 윌이 빠르게 걸어오는 것을 보았다. 지켜보는 우리에게 뭔가 또 다른 이야기를 하는 것 같았는데, 그의 말은 전혀 알아들을 수가 없었다. 나는 집중하기가 어렵다는 것을 깨달았다. 그의 모습은 점점 희미해지면서 뒤틀렸다. 내가 믿을 수 없어 하며 지켜보는 가운데 그는 완전히 사라졌다.

훌리아는 고개를 돌려 산체스 신부와 나를 쳐다봤다. 에너지 수준이 낮아진 듯했지만 그녀는 의연하게 방금 전에 일어난 일로 뭔가를 명확히 이해한 듯 보였다. 훌리아가 말했다.

"우린 진동을 유지할 수 없었어요. 두려움은 사람의 진동을 크게 저하시키거든요."

훌리아는 윌이 우리 시야에서 사라진 지점을 바라봤다.

"아홉 번째 통찰은 사람들 가운데 극소수는 건너갈 수 있지만, 우리가 완전히 두려움을 없애고 어떤 상황에서든 충분한 진동을 지속할 수 있게 되기 전에는 전반적인 환희가 일어날 수 없을 거라고 했어요."

훌리아는 더 격앙되어 말했다.

"모르시겠어요? 우리는 아직 그렇게 못 하지만, 아홉 번째 통찰의 역할은 우리가 그걸 믿도록 돕는 겁니다. 아홉 번째 통찰은 우리가 어디로 향하고 있는지를 알려 주죠. 나머지 통찰들은 세상이 놀라운 아름다움과 에너지를 지니고 있다는 걸 보여 줍니다. 또한 우리가 그 아름다움과의 연결을 증가시켜 나가면 그 아름다움을 보게 된다는 사실도 알려 주죠.

아름다움을 더 많이 볼수록 우리는 더욱 진화합니다. 더 많이 진화할수록 우리는 더 높게 진동합니다. 아홉 번째 통찰은 우리의 의식과 진동이 고양되면 궁극적으로 천국이 열리게 되리라는 것을 보여 줍니다. 사실 천국은 이미 우리 앞에 와 있죠. 단지 우리가 아직 볼 수 없을 뿐입니다.

우리가 가는 길에 대해 의구심이 들거나, 그 진행 과정을 망각하게 될 때마다 우린 반드시 기억해야 합니다. 우리가 어디를 향해 진화하고 있는지, 살아가는 과정이 무엇인지를 말입니다. 지구에서 천국에 도달하는 것이 우리가 여기에 와 있는 이유예요. 그리고 이제 우리는 그걸 어떻게 할 수 있는지 어떻게 하면 되는지 압니다."

홀리아는 한동안 멈췄다가 다시 말했다.

"아홉 번째 통찰은 열 번째 통찰에 대해 언급합니다. 제 생각엔 그것은 틀림없이……."

홀리아가 말을 채 마치기도 전에 갑자기 기관총이 연달아 발사되며 우리 발치의 석재 타일들을 부숴 놓았다. 우리는 모두 양손을 든 채 땅바닥으로 몸을 날렸다. 군인들이 와서 종이를 모두 압수하고 우리를 각기 다른 방향으로 데려갈 때까지 아무도 말을 하지 않았다.

체포된 후 처음 몇 주 동안은 공포 속에서 지내야 했다. 장교들이 번갈아 가며 필사본에 대해 취조하는 동안 내 에너지 수준은 형편없이 떨어졌다. 나는 말하지 못하는 관광객 시늉을 하며 아무것도 모른다고 주장했다. 하기야 다른 신부들 가운데 누가 문서를 더 갖고 있는지, 이 문서를 받아들인 사람이 어느 정도로 퍼져 있는지 나로선 알 수가 없으니 과히 틀린 말도 아니었다. 내 전술이 차츰 먹혀들기 시작했다. 시간이 흐르자 군인들은 지친 듯 나를 민간당국에 인계했는데 그들의 접근 방식은 달랐다.

새로운 담당 공무원들은 애초에 내가 페루에 온 것부터 정신 나간 짓이었다는 점을 나에게 납득시킬 방도를 찾았다. 내가 제정신이 아니었다는 이유로 그들은 필사본이라는 게 정말로 존재한 적이 없다고 했다. 그들은 통찰이 실제로는 반역을 꾀하는 소수 그룹의 신부들이 만들어 낸 것이라고 주장했다. 공무원들은 "당신은 속임수에 걸려든 겁니다."라고 말했고, 나는 그들이 멋대로 말하도록 그냥 놔두었다.

어느 정도 시간이 흐르자 공무원들의 말투가 다정해졌다. 모든 사람이 나를 음모에 걸려든 죄 없는 희생자, 모험 이야기를 너무 많이 읽다가 이제 남의 나라까지 와서 길을 잃은 채 남들에게 속아 넘어간 양키쯤으로 대하기 시작했다.

에너지가 워낙 떨어져 있어 만일 다른 일만 일어나지 않았다면 그런 시나리오에 넘어갔을 수도 있었을 것이다. 그러던 차에 그때까지 억류되어 있던 군부대에서 리마 공항 부근의 정부 청사로 옮겨졌는데, 거기에 칼 신부도 구금되어 있었다. 이 우연의 일치가 잃었던 나의 확신을 일부 되돌려 주었다.

지붕 없는 열린 안뜰을 걷다가 칼 신부를 처음 보았는데, 그는 벤치에 앉아서 책을 읽고 있었다. 나는 갑자기 넘쳐흐르는 활력을 억누르며 건물 안쪽에 있는 공무원들의 주의를 끌지 않으려고 슬며시 그에게로 걸어갔다. 가만히 옆에 앉자 칼 신부는 나를 바라보더니 활짝 웃으며 말했다.

"당신이 나타나길 기다리고 있었어요."

"그러셨어요?"

칼 신부는 책을 내려놨는데 그의 눈이 기쁨으로 빛나는 걸 볼 수 있었다. 그가 지금까지의 일을 말해 주었다.

"코스토스 신부와 저는 리마로 온 뒤에 즉시 억류되면서 서로 헤어졌고, 저는 그때부터 쭉 여기에 감금되어 있었어요. 그 이유를 알 수가 없는 것이 아무 일도 일어나는 것 같지 않았으니까요. 그러다가 자꾸만 당신이 계속해서 생각나더군요."

칼 신부는 알지 않느냐는 듯한 표정으로 나를 봤다.

"그래서 당신이 나타나리라고 짐작했죠."

"신부님이 여기 계신 것은 정말로 감사한 일입니다. 셀레스틴 유적지에서 무슨 일이 있었는지 누구한테 이야기를 들으셨나요?"

"예, 산체스 신부님과 잠깐 얘길 했어요. 그분은 하루 동안 여기 계시다가 다른 데로 가셨죠."

"산체스 신부님은 괜찮으신가요? 다른 사람들은 어떻게 되었는지 알고 계시던가요?"

"다른 분들에 대한 정보는 신부님도 모르셨어요. 그리고 산체스 신부님에 대해선 저도 모릅니다. 정부의 전략은 체계적으로 수색 작업을 펴서 필사본의 모든 복사본을 없애는 것이에요. 그러고 나서 이 일을 하나의 대규모 사기극으로 몰고 가겠죠. 우리는 모두 철저하게 명예를 박탈당할 겁니다. 그건 충분히 상상할 수 있는 일이죠. 하지만 궁극적으로 저 사람들이 우리를 어떻게 할지 누가 알겠습니까?"

"웨인의 복사본은 어떻게 될까요? 그가 미국에 남겨 두고 온 첫 번째와 두 번째 통찰 말입니다."

"그것은 벌써 그들 수중에 넘어갔습니다. 정부 요원들이 그것을 숨겨 둔 곳을 알아내어 훔쳤다고 산체스 신부님이 이야기해 주셨어요. 그들은 처음부터 웨인에 대해 알았고, 당신의 친구 샬린에 대해서도 알고 있었어요."

"그럼 산체스 신부님은 정부가 이 일을 끝내고 나면 복사본이 하나도 남지 않으리라고 생각하시는 건가요?"

"남아 있다면 기적일 거라고 생각하셨어요."

나는 그나마 회복한 에너지가 줄어드는 것을 느꼈다. 칼 신부는 굳은 표정으로 물었다.

"이게 무슨 뜻인지 아시죠?"

칼 신부를 쳐다보긴 했지만 아무 말도 하지 않았다. 그는 말을 계속했다.

"이것은 필사본에 씌어 있는 내용을 우리 각자가 정확하게 기억해야 한다는 의미입니다. 당신과 산체스 신부님은 세바스티안 추기경을 설득하진 못했지만, 아홉 번째 통찰이 이해되는 데 필요한 시간만큼 충분히 그를 지체시켰어요. 이젠 그것을 소통시켜야 합니다. 그리고 당신은 그것이 소통되는 데 관여해야 합니다."

칼 신부의 말에 나는 압력을 받는다는 느낌이 들었고 냉담하게 거리를 두는 내 드라마가 안에서 작동되었다. 내가 벤치 등받이에 기대앉아서 시선을 돌리자 칼 신부는 웃었다. 바로 그 순간 우리 둘 다 대사관 직원 몇 명이 사무실 유리창으로 우리를 지켜보고 있다는 걸 알아차렸다.

칼 신부가 재빨리 말했다.

"제 얘길 들어 보세요. 이제부터 통찰을 사람들과 공유해야 합니다. 일단 메시지를 듣고 통찰이 진실이라는 걸 깨달은 사람들은 각자 그 메시지를 받아들일 준비가 되어 있는 사람 모두에게 전해야 합니다. 에너지에 연결되는 건 인간들이 마음을 열고, 이야기하고, 기대해야 할 주제입니다. 그렇지 않으면 인류 전체가 남들에게 힘을 행사하고 지구를 착취하는 것이 인생인 척하던 수준으로 후퇴할 수밖에 없어요. 다시 그 정도 행동 수준으로 돌아가면 우리 인류는 살아남지 못할 겁니다. 우리는 이 메시지를 전하기 위해 각자 할 수 있는 만큼 해야만 합니다."

대사관 직원 두 명이 건물 밖으로 나와 우리를 향해 걸어오고 있었다. 칼 신부는 소리 죽여 말했다.

"한 가지가 더 있어요."

"뭡니까?"

"산체스 신부님 말씀으론 훌리아가 열 번째 통찰에 대해 이야기했다고 하더군요. 그것은 아직까지 발견되지 않았고, 어디에 있는지 아무도 모릅니다."

직원들이 거의 우리 앞까지 당도했다.

"제 생각으론 그들은 당신을 풀어 줄 겁니다. 그러니 당신이 그걸 찾을 수 있는 유일한 사람일 수도 있어요."

그 남자들은 우리의 대화를 방해하고 건물 쪽으로 나를 에스코트했다. 칼 신부가 미소를 머금은 채 손을 흔들며 내게 뭔가 더 말했지만 나는 반쯤밖에는 주의를 기울일 수 없었다. 칼 신부가 열 번째 통찰이라는 말을 꺼낸 순간부터 나는 샬린에 대한 생각에 사로잡혀 있었다. 왜 갑자기 그녀가 생각난 걸까? 그녀는 과연 열 번째 통찰과 연결되어 있을까?

두 남자는 내게 몇 가지 안 되는 물건들을 꾸리게 한 뒤 대사관 정문 앞까지 걸어가게 했다. 거기서 미국 소유의 자동차에 태워진 나는 곧장 공항으로 향했다. 공항에 도착한 다음엔 탑승 대기실로 보내졌다. 거기서 둘 중 한 남자가 희미한 미소를 띠고 두꺼운 색안경 뒤로 나를 쳐다봤다.

내게 여권과 미국행 비행기표를 내밀 때 그 남자의 미소는 사라졌다. 그리고 그는 심한 페루 억양으로 내게 두 번 다시 페루에 돌아오지 말라고 이야기했다.

감사의 말

이 책을 쓰는 데 영향을 준 사람이 너무 많아서 일일이 다 언급하기는 불가능하다. 그러나 앨런 실즈, 짐 갬블, 마크 라퐁텐, 마크와 데브라 매켈하니 부부, 댄 퀘스텐베리, 비제이 존스, 바비 허드슨, 조이와 밥 콰피엔 부부, 『왜 이 일이 나한테 또 일어났지?』 테이프 시리즈의 저자 마이클 라이스에게 각별한 감사를 보내며, 무엇보다도 내 아내 살르에게 가장 큰 고마움을 전하고 싶다.

옮긴이 | 주혜경

서울대학교 영어영문학과를 졸업하고 가톨릭대학교 심리상담대학원에서 석사 학위를 받았다. 카이스트 전산팀, 삼성 SDS 교육개발팀장을 거쳐 성공회대학교 강사, 열린 사이버대학교 교수로 재직했으며 현재 프리랜서 번역가, 칼럼니스트로 활동 중이다. 저서로 『프로를 꿈꾸는 그대에게』, 『이야기로 보는 밀레니엄 주부의 인터넷 하루』가 있고, 『국가폭력과 세계의 진실위원회』를 옮겼다.

천상의 예언

1판 1쇄 펴냄 2013년 11월 14일
1판 4쇄 펴냄 2024년 2월 13일

지은이 | 제임스 레드필드
옮긴이 | 주혜경
발행인 | 박근섭
펴낸곳 | 판미동

출판등록 | 2009. 10. 8 (제2009-000273호)
주소 | 135-887 서울 강남구 신사동 506 강남출판문화센터 5층
전화 | 영업부 515-2000 편집부 3446-8774 팩시밀리 515-2007
홈페이지 | panmidong.minumsa.com

도서 파본 등의 이유로 반송이 필요할 경우에는 구매처에서 교환하시고
출판사 교환이 필요할 경우에는 아래 주소로 반송 사유를 적어 도서와 함께 보내주세요.
135-887 서울 강남구 신사동 506 강남출판문화센터 6층 민음인 마케팅부

한국어판 © ㈜민음인, 2013. Printed in Seoul, Korea
ISBN 978-89-6017-919-6 03840
판미동은 민음사 출판 그룹의 브랜드입니다.